Für meinen Bruder, der zwar keine Bücher liest,
aber sehr gerne klettern geht

C A R O

Es ist das Haus am Ende der Straße. Ich dachte schon, wir kommen nie an. Eine verschneite, eingezäunte Kuhweide befindet sich dort, wo laut Navi eigentlich unsere Unterkunft liegen müsste, aber zum Glück bin ich einfach ein Stück weitergefahren, bis hinter einer Kurve, versteckt im Schatten einer Tannengruppe, das Gebäude auftaucht.

Die Ortschaft haben wir längst hinter uns gelassen. Es gibt hier bloß ein paar heruntergekommene Bauernhäuser an den Hängen und – ich kann nicht betonen, wie glücklich mich das macht – unser trautes Heim für die nächsten sieben Tage.

Ein Rascheln verscheucht die angespannte Stille im Wagen. Ben hat zum ersten Mal seit dem letzten Tankstopp sein Handy in den Rucksack gepackt. Mit gerümpfter Nase stiert er aus dem Fenster.

»Bitte sag, dass wir falsch abgebogen sind.«

»Nein, wir sind absolut richtig«, antworte ich stolz, während ich meinen Renault Clio in die schmale Parklücke direkt vor dem Gartenzaun zwänge. Drei weitere Parkplätze sind mit einem anderen Auto, einem Anhänger und einem Traktor verstellt, der Rest ist voller Schneehaufen.

»Scheiße«, sagt Ben.

»Sieht doch nett aus.«

»Wenn man auf Kuhmist und Ungeziefer unter dem Bett steht.«

»Da gibt's kein Ungeziefer. Rede nicht dauernd so einen Blödsinn.«

Er antwortet nicht, sitzt bloß da und schmollt. Dabei

habe ich extra eine Unterkunft mit freiem WLAN-Zugang gebucht, damit er sich nicht beschweren kann, ich würde ihn vom sozialen Leben abschneiden. Wenn er erst einen Fernseher vor der Nase und etwas zu essen im Bauch hat, wird er sich beruhigen.

Das Haus an sich ist zwar nicht groß, aber es sieht sehr niedlich und wohnlich aus mit seinem spitz zulaufenden Dach, den kleinen Holzbalkonen und der dicken glitzernden Schneehaube auf den Fensterbrettern, die mit zentimeterlangen Eiszapfen dekoriert sind. Die Fassade ist in einem freundlichen Hellgelb gestrichen, der Garten ist eingezäunt und voller kahler Obstbäume, in denen Vogelhäuschen und Windspiele hängen. Gleich neben der Haustür lacht uns ein Schneemann mit Hut und langer Karottennase entgegen. Auf dem Dach rotiert ein bunt gefärbtes Windrad.

Ich schnappe meine Handtasche von der Rückbank, steige aus und atme die kühle, glasklare Luft.

Es ist Ende Februar. In Wien hat vor Kurzem das Tauwetter eingesetzt. Hier oben kann man von Sonnenschein und Plustemperaturen nur träumen. Winterlicher Nebel hüllt die Landschaft in einen tiefgrauen, feuchten Schleier. Der nie zur Ruhe kommende, teils steinharte Wind treibt Schneeflocken von den Tannen, sodass sich in kürzester Zeit ein weißer Flaum auf meinem Haar und meiner Jacke gebildet hat. Von den Bergen sieht man nicht sehr viel. Dicke Wolken haben sich um die Gipfel geschlungen, verhüllen sie zu dunklen Umrissen, die aus kilometerweiter Entfernung auf uns herabblicken und scheinbar endlos in die Höhe ragen.

Einer davon ist es. Ich bin ihm ganz nah. Ich warte darauf, dass ich es sofort weiß, es irgendwie spüre, welcher dieser steinernen Giganten mein Leben zerstört hat, welcher der Grund dafür ist, warum ich über sechshundert Kilometer gefahren bin, mit einem bockigen

Teenie im Schlepptau, obwohl ich lange Autofahrten und bockige Teenies nicht ausstehen kann. Aber es könnte jeder gewesen sein. Berge sehen doch alle gleich aus. Alex hat es gehasst, wenn ich das gesagt habe.

Ich stiere ungeduldig durch die Windschutzscheibe. Im Wageninneren erkenne ich ein finsteres, hinter brünettem Kraushaar verstecktes Gesicht, das meinem zum Verwechseln ähnlich sieht. Zumindest behaupten das die Leute. Ich kann nicht einschätzen, ob es tatsächlich so ist, aber einen Unterschied gibt es zweifelsohne: Ben ist wesentlich schwerer zum Lachen zu bringen, obwohl er weit mehr Grund dazu hätte.

»Brauchst du eine Einladung?«, frage ich. »Lass uns reingehen.«

Er rührt sich keinen Zentimeter.

»Wäre es dir lieber, die Nacht im Auto zu verbringen?«

Er lehnt den Kopf gegen die Scheibe und wendet sich ab. Dann soll er mich gernhaben. Aus dem Kofferraum hole ich unser Gepäck und eine Flasche Mineralwasser, die ich halb leer trinke, während mein Blick den freigeräumten Pflastersteinen des schnurgerade verlaufenden Gehwegs folgt, der durch den Garten bis zur Haustür führt. Tiefe Spuren in der sonst unberührten Schneedecke verraten, dass sich hier irgendwo ein Hund herumtreibt. Die Veranda vor dem Haus hat kein Geländer, ist aber mit bunten, wenn auch kahlen Blumentöpfen geschmückt, die ein bisschen Farbe in die eintönige Winterlandschaft bringen. Aus dem Schornstein über dem Dach quillt Rauch, und es riecht nach Holzkohle und frischem Kaffee, was die Kälte hier draußen schier unerträglich werden lässt.

An der Tür hängt ein geschnitztes Willkommensschild. Gehäkelte Sterne und Blumen baumeln an den Innenseiten der Fensterscheiben. Ich will eben klopfen, als die Haustür aufgeht und eine Frau mit Kochschürze und roten Wangen herauskommt. Frau Gremberger hat mich wahrscheinlich von einem der Fenster aus gesehen. Sie hat eine Zahnlücke auf der rechten oberen Seite, was ich bereits von den Fotos auf ihrer Homepage wusste. Allerdings scheint sie seit dem Fotoshooting um zwanzig Jahre gealtert zu sein. Ihr langes Haar ist grau, und ihr Griff fühlt sich rau und schwielig an, als sie mir mit einem breiten Grinsen die Hand gibt. Wahrscheinlich hat sie die Sterne und Blumen an den Fenstern selbst gehäkelt. Das müssen an die fünfzig sein.

»Aber sagten Sie nicht, Sie wären zu zweit?« Sie sieht sich verwundert um.

»Sind wir auch. Mein Bruder ist auf dem Beifahrersitz festgefroren.«

Lachend nimmt sie mir die Reisetasche ab und bittet mich ins Haus.

»Nur immer hereinspaziert! Der junge Mann kann ja nachkommen, wenn er so weit ist. Vorsicht, Stufe!«

Drinnen ist es warm und hell, aber auch fürchterlich vollgeräumt. Gleich beim Reinkommen stoße ich versehentlich an einen Schrank, der viel zu nahe beim Eingang steht, sodass sich die Tür nicht ganz öffnen lässt. Dahinter kommt sofort eine Kommode, auf der jede Menge Krimskrams steht, Keramikfiguren, Plüschtiere, Fotorahmen mit uralten Schwarz-Weiß-Bildern. Ich muss mich sehr schlank machen, um mich zwischen der Kommode und dem Schuhkasten auf der anderen Seite vorbeizuschieben. Über einen kurzen, schmalen Gang geht es ins Vorzimmer und von dort aus ins Wohnzimmer sowie in den oberen Stock.

Abgesehen vom verwinkelten Eingangsbereich macht das Haus einen sehr gemütlichen Eindruck; die Einrichtung wirkt alt, doch es steckt viel Liebe zum Detail dahinter, Schnitzereien und Blumenmuster an

Kästen, Schränken und Regalen machen das urige Ambiente perfekt, und ich zähle drei Kuckucksuhren auf meinem Weg nach oben. Die tickende Geräuschkulisse ist gewöhnungsbedürftig. Hoffentlich ist keines dieser Exemplare in meinem Zimmer.

Frau Gremberger führt mich an ein paar Türen vorbei, die jeweils mit einem anderen niedlichen Namen beschriftet sind. Meine Tür trägt die Aufschrift »Zauberwiese«. Ich mache mich auf das Schlimmste gefasst.

»So, da wären wir.« Sie durchquert den Raum und öffnet eines der beiden Fenster. Kalter Wind bringt die bunt geblümten Vorhänge zum Flattern, die perfekt zur geblümten Tapete, der geblümten Bettwäsche und den Blumen auf Frau Grembergers Hausschuhen passen. Nur der Boden tanzt ein wenig aus der Reihe, der ist nämlich braun und aus Holz. Bei jedem Schritt, den Frau Gremberger zum Badezimmer zurücklegt, knarrt und ächzt es. Ich gebe zu, das gefällt mir nicht. Meine Bewegungen werden im ganzen Haus zu hören sein.

»Badezimmer und Toilette befinden sich hier. Und hier«, sie öffnet die Tür neben dem Eingang, »haben wir einen kleinen Abstellraum. Dort drüben ist der Fernseher, wie Sie sehen können. Und die Lichtschalter sind hier, hier und hier. Steckdosen haben Sie dort. Und im Bad ist auch noch eine.«

»Wunderbar. Vielen Dank.«

»Und falls Ihnen in der Nacht kalt werden sollte …« Sie zaubert eine zusätzliche Decke aus dem Schrank, in dem es nach Lavendel und Holzpolitur riecht, und deutet auf den Heizkörper, der unter dem Fenster knistert. »Sie können die Hitze regulieren, wie es Ihnen gefällt. Das Fenster können Sie natürlich gerne wieder zumachen, ich wollte nur ein bisschen lüften.«

Sie stellt sich in die Mitte des Raumes und strahlt mich an.

Was für eine nette alte Frau. Sie hält mich wahrscheinlich für eine Touristin. Auf dem Tisch dort liegen diverse Ski-, Wander- und Wellness-Broschüren, fein säuberlich nach Größe und Thema sortiert. Bestimmt wird sie mich fragen, was ich denn alles in Schirau vorhabe. Dabei interessiert mich nur eines: *Welcher Berg ist es?*

»Das Frühstück gibt es von sieben bis neun«, sagt sie. »Und Abendessen ab achtzehn Uhr. Sie können sich aussuchen, was Sie haben möchten. Ich koche alles, was gute Hausmannskost ist.«

»Das hört sich toll an! Vielen Dank erst mal. Ich denke, ich werde mich einfach mal einquartieren.«

»Sehr gerne. Oh, wer kommt denn da? Ist der Junior ebenfalls eingetroffen?« Sie entdeckt die flinke, hagere Gestalt, die sich eben mit hochgezogener Kapuze an der offenen Zimmertür vorbeischleichen wollte. »Komm, mein Junge, dein Zimmer ist gleich nebenan.«

Wenn ich mir Bens genervten Gesichtsausdruck so ansehe, ist er weder von der urigen Unterkunft noch von der betagten Hausherrin begeistert. Widerwillig folgt er Frau Gremberger ins angrenzende Zimmer, das den Namen »Bärenhöhle« trägt. Nach einem kurzen Rundgang, den er mit sparsamen Brummlauten zur Kenntnis nimmt, höre ich, wie Frau Gremberger zurück nach unten verschwindet. Ich gehe nach nebenan und frage: »Und, was sagst du?«

Ben hat sich mit Schuhen und Jacke auf das frisch bezogene Bett gelegt und drückt sich bei meinem Auftauchen ein Kissen aufs Gesicht. »Noch kitschiger ging's nicht, oder?«

Ich sehe die gleiche Blumenattacke wie in meinem Zimmer. Und es gibt auch Blumen auf dem Fensterbrett, diesmal sogar zum Anfassen: Stiefmütterchen in einem Topf. Vermutlich aus Plastik. »Also mir gefällt's.«

Er greift nach der Fernbedienung und beginnt durch die Kanäle zu zappen.

»Was sagst du, erkunden wir nachher noch die Gegend? In der Ortschaft war doch dieses nette kleine Gasthaus. Hast du Hunger?«

»Nö.«

»Du musst ja nichts essen. Aber ein bisschen umschauen würde ich mich trotzdem gerne.«

»Dann geh doch.«

»Allein?«

Keine Antwort.

»Zieh dir wenigstens die Schuhe aus«, sage ich mit Blick auf seine ausgetretenen schwarzen Chucks.

Er findet einen Musiksender, wo gerade irgendein Rocksong läuft. Ungerührt dreht er die Lautstärke rauf und macht es sich auf dem Bett bequem.

»Ich geh mal rüber und räum meine Sachen aus. Du kannst ja einstweilen duschen gehen. Du miefst wie ein alter Turnschuh.«

»Du weißt schon, wo du mich kannst!« Er wirft einen seiner Chucks nach mir. Erstaunlich, wie schnell er die Dinger loswerden kann, wenn es ihm in den Kram passt. Werfen kann er aber nicht – das Teil landet mit einem halben Meter Abstand zu mir in einer Ecke. Und dort bleibt es auch liegen.

»Benimmst du dich bitte? Wir sind hier zu Gast.«

»Jetzt lass mich fernsehen.«

Ich kann ihm nicht böse sein. Seit dem Tod unserer Eltern vor vier Jahren bin ich alles, was er hat. Es war ein Autounfall, ganz klischeehaft, wie man es aus Filmen, Büchern und Songs kennt. Mitten aus dem Leben gerissen ohne jeden Grund. Ben spricht nicht darüber. Seine Strategie ist die Ablenkung, sich mit Freunden treffen, in Gesellschaft sein, den Gedanken an früher so gut es geht verdrängen. Ich bezweifle, dass es immer

13

so zuverlässig klappt, wie er sich das vorstellt, dafür ist er viel zu launisch, kämpft viel zu häufig mit Gefühlen, die ganz offensichtlich rauswollen, aber den Alltag bewältigt er sehr gut. Er hat keine Probleme in der Schule, und sein Umfeld wirkt seriös. Er funktioniert, ganz im Gegenteil zu mir. Aber er hat ja auch bloß mit einem einzigen Verlust zu kämpfen.

Mit mir hier gestrandet zu sein, in meinem schwierigen Zustand, ohne Schlupfwinkel oder Unterhaltung, ist bestimmt nicht leicht für ihn. Doch wenn wir erst den Berg gesehen haben, wird vieles einfacher werden. Davon bin ich überzeugt.

Ich gehe zurück in mein Zimmer und mache mich ans Auspacken.

Fast meine ganze Garderobe habe ich mitgenommen. Ich weiß gar nicht, warum. Jetzt kommt mir beim Anblick des Wäschebergs, der sich auf meinem Bett verteilt, das schiere Grauen. Passt das überhaupt alles in den Schrank? Ich habe keine Lust auf Stapeln und Stopfen, es war eine lange Fahrt, und ich möchte eigentlich bloß unter die Dusche und in Ruhe die folgenden Tage planen, solange mein Verstand noch durchhält.

Denn Planung ist gut, Planung ist wichtig. Ohne Planung funktioniert bei mir gar nichts. Ich würde es morgens vermutlich nicht einmal aus dem Bett schaffen, wenn mein Tag nicht diesen fixen Ablauf hätte: duschen, anziehen, atmen. Atmen ist essenziell. Frühstück machen für Ben und dafür sorgen, dass er nach dem Aufstehen *in* die Schule geht und nicht heimlich daran vorbei, wenn er denkt, ich sei schon weggefahren. Mich auf die Arbeit schleppen. Es schaffen, acht Stunden lang mit Alex' Vater im Büro zu verbringen, ohne ein einziges Mal zu weinen. Mich dazu zwingen, danach wieder nach Hause zu fahren. Denn zu Hause werde ich gebraucht. Ich muss einkaufen. Putzen, Geld verdienen. Für Ben da sein. Auch wenn er es nicht will. Er ist von nun an das Wichtigste in meinem Leben.

Planung ist mein Lebenselixier, und es beunruhigt mich, dass ich beim bloßen Gedanken an die kommenden Tage den Kopf aus dem Fenster stecken und einfach losbrüllen will. Sonst gibt mir meine strenge Organisation ein Gefühl von Sicherheit. Diesmal ist es schwer, den Kurs zu halten. Verdammt schwer.

Ich gehe zum Fenster und schaue nach draußen. Die schmale, gewundene Straße verläuft sich hinter einem Holzschuppen, der zu einem der Nachbarhäuser gehört. Dahinter geht es zurück ins Tal. Auf wie vielen Metern Höhe sind wir eigentlich? Die Luft schmeckt herrlich, und ich nehme genüsslich einen Atemzug, ehe ich zurück nach oben schaue, zu den Bergspitzen irgendwo in den Wolken.

Einer von denen war es. Einer von denen hat ihn umgebracht.

Ich weiß nicht, ob irgendeine Planung ausreicht, um diesen Satz aus meinem Kopf zu verbannen. Vielleicht bleibt er da drin, bis ich sterbe. Wiederholt sich, bis die Worte jede Bedeutung verlieren, bis ich sie bloß noch höre, weil nichts anderes mehr zu mir durchdringt. Aber allein hier zu stehen gibt mir neue Kraft. Denn natürlich war nicht der Berg schuld. Das ist mir schon klar. Aber sonst gibt es niemanden, den ich beschuldigen könnte, und Berge streiten wenigstens nichts ab. Sie lassen alles über sich ergehen. Weil sie unerschütterlich sind, wie Alex es war.

SAMUEL

Die Medien haben mir so einen lächerlichen neuen Namen gegeben: der Bezwinger von Schirau. Ich habe selten etwas derart Bescheuertes gehört. Mehrmals ließ ich über mein Management bereits ausrichten, dass diese rhetorische Entgleisung umgehend aus dem allgemeinen Sprachgebrauch entfernt gehört, bisher ohne Erfolg. Den Leuten gefällt so etwas einfach. Ich habe mir nie viel aus Publicity gemacht. Wer bloß dem Ruhm hinterherjagt, verliert schnell das eigentliche Ziel aus den Augen, und wer das Ziel aus den Augen verliert, begeht Fehler. Deswegen kann mir beim Klettern niemand das Wasser reichen, wegen der Fehler – ich mache einfach keine.

Ich bin früher zu Hause als erwartet. Flug und Fahrt verliefen ohne Komplikationen, es gab keine Pressetermine, und Ewigkeiten im Zoll stehen musste ich auch nicht. Vor einer Viertelstunde habe ich Konrad via Handy Bescheid gegeben, dass ich im Anmarsch bin und man sich auf meine schlechte Laune einstellen solle. Die habe ich meistens, wenn ich heimkomme.

Als ich den geländegängigen SUV, mit dem ich im Winter unterwegs bin, durch die Einfahrt lenke, öffnet sich gerade die Haustür. Konrad eilt auf mich zu, um den Wagenschlüssel entgegenzunehmen und sich um das Gepäck zu kümmern. Ich steige aus, setze die Sonnenbrille ab und nehme in Sekundenschnelle alles unter die Lupe.

Die Einfahrt ist nicht gut genug geräumt. An der Mauer dort klebt Vogelkacke. Und was sollen die Eiszapfen an der Dachrinne, wollen die mich verarschen?

Wenn du sechs Monate lang unterwegs bist, um buchstäblich im Schweiße deines Angesichts das Geld zu verdienen, von dem dieser ganze Laden hier gesponsert wird, sollte man erwarten, dass bei deinem Eintreffen alles in Ordnung ist, immerhin hatten sie *sechs Monate* dafür Zeit. Aber das Einzige, worauf ich mich beim Heimkommen verlassen kann, sind die etlichen neuen Gesichter, die mir teils neugierig, teils irritiert entgegenstarren. Saisonarbeit im Hause Winterscheidt ist heiß begehrt. Manche nehmen lange Wegstrecken auf sich, quartieren ihr gesamtes Hab und Gut bei uns ein und nehmen es widerstandslos in Kauf, von früh bis spät zur Verfügung zu stehen, solange die Bezahlung stimmt. Und die stimmt immer, darauf habe ich ein Auge. Nichtsdestotrotz hält es kaum jemand länger als ein, zwei Saisonen bei uns aus. Das bedeutet nicht bloß neue Gesichter und Namen, die ich mir merken muss, sondern auch eine kilometerlange Aneinanderreihung von Anfängerfehlern.

»Fenster auf«, sage ich, als ich das Haus betrete.

In Rekordzeit werden Vorhänge zurückgeschoben und schwere Fenstertüren geöffnet, sodass mit einem Schwall die herrlich kalte Winterluft hereinströmt.

Ich fokussiere die große Treppe, die in die beiden oberen Stockwerke führt. Irgendjemand hat sich den Scherz erlaubt, sämtliche Presseartikel, die während meiner Abwesenheit über mich erschienen sind, zu sammeln und großspurig in Rahmen und Girlanden am Geländer zu verteilen. Ich tippe auf Oliver. Er weiß genau, was ich von solchen Aktionen halte.

Ich setze eines der Hausmädchen darauf an. »Das Zeug will ich da nicht haben.«

»Aber das haben wir extra für Sie …« Sie bricht ab und macht sich an die Arbeit. »Sehr wohl, Herr Winterscheidt. Ich kümmere mich darum.«

Währenddessen kommandiert Konrad die übrigen

Angestellten dazu ab, ihm mit dem Hereintragen des Gepäcks zu helfen. Schwierigkeiten bereitet vor allem meine kiloschwere, sperrige Kletterausrüstung. Wenn die auch nur einen Kratzer abbekommt, werden Köpfe rollen.

Ein Junge mit viel zu dürren Beinen, den ich noch nie zuvor gesehen habe, taucht wie aus dem Nichts vor mir auf.

»Das hier sind die neuen Schlüssel für das Garagentor, Herr Winterscheidt!«

»Was ist mit den alten?«

»Wir mussten sie austauschen, weil das Schloss Rostschäden davongetragen hat. I-ich hoffe, das macht keine Umstände.«

Schon wieder ein Stotterer.

»Hier, klemm sie da dran. Aber vergiss nicht, zuvor den alten Schlüssel zu entfernen.«

Ich drücke ihm meinen Schlüsselbund in die Hand und mache mich auf den Weg nach oben. Im Hintergrund höre ich nervöses Gemurmel und Klimpern, dann biege ich um die Ecke und habe diesen schillernden Beweis, dass Konrad einfach nicht das Zeug zur Mitarbeiter-Akquise hat, bereits vergessen.

Ich erreiche mein Schlafzimmer im obersten Stock. Am Ende des langen Korridors gelegen, ist es der einsame Außenposten in diesem riesigen, dunklen Gemäuer. Man muss so viele Stufen dorthin bewältigen, dass die meisten auf halber Strecke aufgeben. Aus diesem Grund habe ich einen eigenen Telefonanschluss und auch einen Speiseaufzug, mit dem mich die Küche versorgen kann, falls ich keine Lust habe, mein heiliges Refugium zu verlassen.

Kalter Wind streicht mir beim Hereinkommen übers Gesicht. Ich hatte fast vergessen, wie rein und gut die Luft hier schmeckt. In den Anden, wo ich bis vor wenigen Tagen noch den Sonnenstrahlen und Sternen hinterhergejagt bin, riecht es nach Stein und Erde und sonst nichts. Nun ja, das stimmt nicht ganz. Es riecht nach den Urzeiten, die sich ins Gebirge und in die Täler gefressen haben und alles mit einer bleiernen Schwere füllen. Bei jedem Atemzug hat man das Gefühl, einen ganzen Kosmos einzusaugen. Hier gibt es einfach nur Luft, in all ihren Variationen zwar, aber leicht. Auch die Sonne fühlt sich anders an. Sanfter. Klare Tage sind selten, wenn man sein Leben auf Klippen, Steilwänden und Gipfeln verbringt. Ab einer gewissen Höhe verliert die Realität ihre Ecken und Kanten, und es ist dann, als würdest du fallen, ohne aufzuprallen. Ich frage mich, ob es bei einem Absturz genau umgekehrt ist: Du denkst, du befindest dich in Schwerelosigkeit, hast deinen Körper, hast die Erde verlassen und bist in diesem absurden Zustand einer Trance gefangen, der dich glauben lässt, zu den Sternen aufzusteigen, obwohl der Boden das Einzige ist, das näher kommt.

Lärm veranstaltet man auf jeden Fall, wenn man abstürzt. Selbst dann, wenn es gar keinen Aufprall gibt. Davon würde ich am liebsten bei den Interviews erzählen. Vom Schrei und vom Zerreißen des Nebels und von der totalen Stille, wenn es vorbei ist. Aber so etwas will niemand hören. Die Menschen interessieren sich vielmehr dafür, wie es sich anfühlt, einen zappelnden Körper zurück nach oben zu ziehen. Gute Frage. Heldenhaft? Ich habe keine Lust, ein Held zu sein. Helden sterben jung.

Durch die große geöffnete Panoramatür gehe ich raus auf den Balkon. Es ist der einzige Balkon im Haus und bietet eine weite Sicht über die Ortschaft und das Gebirge, in das sie eingebettet ist. Schirau ist bloß eine Ansammlung klitzekleiner Gebäude von hier oben aus gesehen, ein winziges Nest im Tal, das kaum erreichbar scheint. Doch wer genauer hinsieht, entdeckt nach und nach die Spuren von Zivilisation: enge Passstraßen und Güterwege, die sich durch die verschneite Berglandschaft ziehen, das Leuchten von Häusern mitten im vermeintlichen Nichts. Jetzt, zur Abenddämmerung, ist es umso deutlicher – ein Netz aus Lichtern über die steilen Hänge verteilt, was das Gefühl, hier am Ende der Welt zu sein, ein wenig verscheucht.

Es klopft, obwohl die Tür offen steht. Schon wieder der Junge mit den dürren Beinen.

»Was ist das?« Ich deute auf das Paket Briefe, das er sich so fest an die Brust drückt, als wolle er damit untergehen.

»I-Ihre Post, Herr Winterscheidt. Zumindest ein Teil davon.« Zögerlich kommt er auf mich zu. Bevor wir morgen noch hier stehen, gehe ich ihm entgegen und nehme ihm die Briefe aus der Hand.

Durchgesehen habe ich sie schnell, öffnen werde ich sie später. Wichtige Korrespondenz wird während meiner Klettertouren ohnehin von meinem Management abgewickelt. »Gibt's noch was?«, frage ich, als mir auffällt, dass der Junge noch nicht gegangen ist.

Er sieht wirklich komisch aus. Wie ein zerzauster, dürrer Vogel, der eben erst aus dem Nest gefallen ist. Und er klingt auch wie ein Vogel, krächzt mit knallroten Wangen vor sich hin.

»Also ... das ist so ... Konrad hat mich gebeten ...«

»Was will Konrad von mir?«, helfe ich ihm auf die Sprünge.

»Er hat mich gebeten ... Ihnen auszurichten ... dass er ...«

»Ich frag ihn selbst.« Ich werfe die Briefe aufs Bett und marschiere aus dem Zimmer.

»Dass Sie runterkommen sollen, sobald es Ihnen möglich ist!« Er schießt die Worte heraus wie einen

Rettungsring, dann begreift er, dass es zu spät ist, und rennt mir aufgescheucht hinterher. »Aber es ist nicht so dringend!«, setzt er nach.

Ich bin schon auf der Treppe. Als er droht sich mit seinen langen Beinchen auf den Stufen zu überschlagen, bleibe ich stehen und schnappe ihn am Kragen seines Wollpullis.

»Wie heißt du?«

Keine Antwort. Ich schüttle ihn etwas, und die Worte fallen wie Äpfel von einem Baum. »Manfred! Es tut mir leid! Herr Winterscheidt! Ich bin nur –«

»Manfred also. Sagen wir ›Freddie‹. Hör zu, Freddie. Du kennst doch sicher den Geräteschuppen hinter dem Haus.« Ein rasches Nicken. »Dort gehst du jetzt hin und suchst die Schneefräse. Die Einfahrt hat ein bisschen zugeschneit gewirkt, als ich angekommen bin. Ich mag keine verschneiten Einfahrten. Verstehst du, worauf ich hinauswill?«

»Ja, Herr Winterscheidt!«

Ich lasse ihn los, und er stolpert nach hinten und macht sich aus dem Staub. Auf dem Weg nach draußen rennt er fast Konrad über den Haufen, der eben mit dem Hereintragen der letzten Gepäckstücke fertig wurde.

Ich zeige mit dem Finger auf die offene Haustür, durch die Freddie gerade getürmt ist. »Was bitte schön ist das?«

»Er ist fleißig und sehr lernbereit.«

»Er kann keinen vollständigen Satz bilden.«

»Du wirst ihn schon noch mögen.«

»Ich mag hier keinen so wirklich.«

Konrad brummt etwas, das ich nicht verstehe. Als einer der wenigen war er schlau genug, sich kleidungstechnisch auf mein Kommen vorzubereiten: dicker Pullover und wahrscheinlich drei Schichten Unterwäsche als Schutz gegen den Zug der offenen Fenster. Hinter

dem hochgewickelten Schal sehe ich sein ernstes, zer-
furchtes Gesicht, als er sich die Haube vom Kopf nimmt
und sich durch das graue Haar fährt.

»Hat dir der Junge erklärt, worum es geht?«

»Sagen wir, er hat es versucht.«

Konrad setzt sich seufzend die Haube wieder auf.

»Es gibt ein Problem. Nein, eigentlich gibt es sogar zwei
Probleme.«

»Fang mit dem größeren an.«

»Es ist wieder ein Bergsteiger verschwunden.«

»Wie lange schon?«

»Abgängig ist er seit drei Tagen. Die Bergrettung
sucht noch. Er war auf der Südwand unterwegs.«

Das wundert mich nicht. Die Schirauer Südwand
ist meistens im Spiel, wenn Menschen verschwinden.
Jahrzehntelang galt sie als unbezwingbar, weil sich an
ihren schroffen Steilwänden die Sturmwinde brechen
und kaum ein Tag vergeht, an dem der 4187 Meter hohe
Gipfel nicht in eiskalten, tückischen Nebel gehüllt ist.
Doch seit es einem Irren gelungen ist, die Spitze zu
erklimmen, nämlich mir, glaubt jeder dahergelaufene
Hobbyalpinist, er könne dieses Kunststück wiederholen, und sie alle machen den gleichen Fehler: Sie
versuchen es im Sommer, wenn die Lawinengefahr am
geringsten ist, dabei vergessen sie, welche Vorteile win-
terliche Bedingungen bei so einem Berg bringen. Nach
bereits wenigen eisigen Nächten bildet sich vom Gipfel
abwärts ein beinahe durchgehend begehbares Eisfeld
aus Lawinenschnee, auf dem man nach oben *spazieren*
kann, wenn man es geschickt anstellt. Der Rest ist natürlich Risiko. Selbst geringe Mengen Neuschnee wachsen
dort oben zu einer tödlichen Megalawine heran, und
mit Stein- und Eisschlag ist in den Schluchten sowieso
permanent zu rechnen. Wenn die Felspassagen nicht
gerade brüchig sind, sind sie auf jeden Fall gefroren,

was eine vernünftige Absicherung schwierig macht. Im Notfall heißt es dann: klettern mit bloßen Händen.

Seit meiner Erstbesteigung vor vier Jahren gab es achtundzwanzig Todesfälle. Jungspunde, Profikletterer, ganze Seilschaften – einfach verschwunden. Abgestürzt und vom Nebel verschluckt. Wie viele es davor erwischt hat, weiß Gott allein.

»Ich darf mich also wieder auf einen Besuch der Bergrettung einstellen«, fasse ich zusammen.

»Die waren sogar schon vorgestern hier. Ich habe gesagt, dass du erst morgen zurückkommst.«

»Wow, ein Tag Aufschub.«

»Mehr war nicht drin, die Zeit drängt. Wirst du es machen?«

Keine leichte Frage. Rettungseinsätze sind immer riskant. Wer die Schirauer Südwand bezwingen will, muss sich ganz auf seine Instinkte verlassen, muss extrem erfahren und furchtlos sein, und auch das Wetter ist ein entscheidender Faktor. An manchen Tagen spielt es dort oben regelrecht verrückt, der ganze Berg scheint im Sturm zu heulen, Blitze zucken über den Himmel, in dem es rumort wie in einem Hexenkessel. Und dann wiederum, wenn der Berg still und einsam in der Morgensonne glitzert, ist er einfach nur wunderschön. Ein stolzes Gebilde aus Stein und Eis, so friedfertig wie ein spiegelglatter Bergsee.

»Wirst du es machen?«, wiederholt Konrad.

»Der Typ ist doch längst tot. Abgestürzt oder erfroren.«

»Das hab ich denen auch gesagt. Aber sie versuchen es natürlich trotzdem weiter.« Konrad schaut in Richtung Waldrand. »Was das zweite Problem betrifft … Nun ja, wie soll ich sagen … Wir sind uns nicht ganz sicher, was es zu bedeuten hat. Am besten siehst du es dir selbst an. Oben bei der Teufelsmauer.«

»Hat das nicht bis morgen Zeit?«

»Es ist besser, wenn ich es dir sofort zeige. Solange wir noch Tageslicht haben.«

Er deutet auf den Horizont, wo die letzten Sonnenstrahlen gerade hinter den Bergkämmen verblassen.

»Wehe, wenn es nicht mindestens eine eingeschneite Leiche ist«, motze ich, während ich in den Wagen steige. Konrad zwängt sich wortlos auf den Beifahrersitz. Wir nehmen die schmale, steil bergaufführende Abzweigung, die sich nach wenigen Metern in einen Rumpelpfad verwandelt, der unmittelbar in den Wald führt.

Bis zur Teufelsmauer sind es etwa zehn Minuten Fahrt. Hoffentlich ist es dieser kleine Ausflug wert, dass ich dafür meine Dusche und das Abendessen verschiebe. Aber Konrad ist nicht der Typ Mensch, der meine Zeit verschwendet. Normalerweise schirmt er mich vor jeder Ablenkung ab, indem er einfach alles auf diesem Grundstück managt, von der Organisation des Küchenpersonals über die Abwicklung der Hauspflege bis zur Kooperation mit den Förstern, die die Wälder und Felder innerhalb und rund um das Grundstück in Schuss halten. Ohne Konrad würde hier gar nichts funktionieren.

Auf einmal kommen mir die Reisestrapazen und der Jetlag ziemlich lächerlich vor – denn das hier, das ist der wahre Stress. In tiefe, dunkle Wälder zu fahren und nicht zu wissen, was dich erwartet.

Wohl keine eingeschneite Leiche.

Wobei Probleme nicht zwingend etwas mit Toten zu tun haben müssen.

Wir müssen die Stelle zu Fuß erreichen. Das Auto haben wir auf der Straße stehen lassen, die bei einem verwahrlosten Holzstoß einfach aufhört. Die letzten Sonnenstrahlen brechen durch die Äste und erzeugen ein trügerisches Zwielicht. Die Schneedecke ist mit einer hauchzarten Eisschicht überzogen. Die eng stehenden Nadelbäume tragen schwere weiße Kuppeln, zu unseren Füßen schlängelt sich ein vereister Bach den Boden entlang. Wie die Aorta eines toten Herzens liegt er da, glitzert gespenstisch in der frostigen Dämmerung.

Nichts regt sich hier, alles scheint farblos und leer. Bloß aus den Baumkronen rieseln Schneeflocken, die die Luft noch viel kälter erscheinen lassen, als sie es tatsächlich ist.

Konrad hat eine Taschenlampe dabei, mit der er die schnell wachsenden Schatten vertreibt. Wir marschieren steil bergauf. Nach so vielen Stunden im Flugzeug und danach im Auto fühlt sich die Bewegung herrlich an. Auch wenn ich eigentlich todmüde bin, weckt jeder Schritt neues Leben in mir.

»Hier in der Nähe müsste es sein. Dort vorne, glaube ich.« Keuchend sieht Konrad sich um. Der Hang, den wir die letzten Minuten hinaufgestiegen sind, endet abrupt vor einer breiten, steil in die Höhe ragenden Felswand, die »Teufelsmauer« genannt wird. An der oberen Kante befindet sich ein merkwürdiger, spitz zulaufender Stein, der an ein Horn erinnert. Daher der Name.

Als Kind bin ich da oft hinaufgeklettert. Ungesichert, mit meinen bloßen Händen. Ich wollte sehen, ob die Wand tatsächlich so hoch ist, wie sie von unten scheint, wollte die Sterne berühren, die von jedem Gipfel aus so nahe wirken. Damals wurde mir zum ersten Mal klar, dass sich jede Höhe überwinden lässt, solange man bereit ist, über seine Grenzen zu gehen. Das sagt sich so leicht – als ginge es bloß um einen Schritt, von einer Seite der Linie auf die andere. Am Ende ist es eigentlich auch nicht viel mehr als das, aber bis man es überhaupt an seine Grenzen geschafft hat, gehen Kriege verloren und Welten unter, so unwahrscheinlich weit ist das Möglichkeitsspektrum des menschlichen Körpers.

Nahe einem Fichtenhain, wo der massive Fels den Himmel verdunkelt, bleibt Konrad stehen. Mit der Kuppe seines Stiefels legt er eine vereiste Spur frei, die sich unter frisch gefallenen Nadeln versteckt hat. »Hier. Das da meine ich.«

Er beleuchtet die Spur mit der Taschenlampe. Ich gehe in die Hocke und sehe mir die Stelle genauer an.

»Ein Wolf?«, frage ich stirnrunzelnd.

»Wir sind uns nicht sicher. Ich habe es bereits dem Jagdverband und den Förstern gemeldet. Und ich habe auch mit den Nachbarn geredet, aber angeblich hat niemand ähnliche Spuren gefunden.«

»Hier hat es seit Jahren keine Wölfe mehr gegeben.«

»Genau deswegen wollte ich es dir zeigen.« Er stützt sich an einem Baumstamm ab und sieht mich an.

Natürlich ist mir klar, worauf er hinauswill. Wölfe sind gefährlich. Ich traf einst auf einen, da war hier noch gar nicht so viel los. Ich war acht Jahre alt. Wir begegneten uns auf einer Lichtung nicht weit von hier entfernt, es war Winter, und das Eis über den Bächen und Seen war dick. Ich habe nie verstanden, warum das Viech auf mich losging. An diesem Tag kam es ihm einfach in den Sinn. Er verfolgte mich bis weit auf den Staudensee hinaus, wo die Eisdecke schließlich so dünn war, dass ich und der Wolf darin einbrachen.

Bis heute sehe ich seine Augen, die glühend im dunklen Abgrund verschwanden. Als hätte ein grausamer Wille ihn bis zur letzten Sekunde am Leben gehalten, krallte sein Blick sich an mir fest. Er paddelte, kämpfte verzweifelt gegen den Sog der Tiefe an, doch der See zog ihn unaufhörlich nach unten, bis sein Körper nachgab und er mit der bodenlosen Schwärze verschmolz.

Unter dem Eis nimmt alles einen seltsamen grünen Schimmer an. Es ist dann, als wäre man von lumineszierenden Wellen umgeben, von einer Art Lebensform

aus einer anderen Welt, die mit dir Kontakt aufnimmt.
Ich war so lange unter Wasser, dass ich aufhörte, meinen
Körper, meinen Geist zu spüren, und Teil der brennen-
den Kälte wurde. Und so trieb ich unter dem Eis dahin,
eine Laune der Natur hielt mich bei Bewusstsein, bis
mein Vater mich aus dem See zog und von diesem eisigen
Grab wegbrachte. Und der Wolf? Der war verschwun-
den. Vielleicht war er der Letzte seiner Art gewesen.
Gibt es rachsüchtige Geister unter Wölfen? Blödsinn.
Geister hinterlassen keine Spuren.

»Wir sollten einen Jäger darauf ansetzen«, reißt Konrad mich aus meinen Gedanken.

»Geldverschwendung. Es könnte auch ein Luchs
oder ein streunender Hund sein. So was erledige ich
mit links.«

»Und wenn es doch ein Wolf ist?«

»Auch den erledige ich.«

Seine Miene bleibt ernst. »Bei Wölfen ist Vorsicht
geboten. Mehr will ich damit gar nicht sagen.«

»Warten wir erst mal ab«, antworte ich und stehe
wieder auf. »Setz Rudi und Tobias darauf an. Wenn wir
in den kommenden Tagen noch mehr solcher Spuren
finden, gehen wir der Sache nach.«

Im Licht der Taschenlampe sehe ich deutlich seinen
unzufriedenen Gesichtsausdruck. Aber er nickt und
leuchtet mir den Weg zurück zum Auto.

CARO

Es gibt Postkarten davon. Natürlich gibt es Postkarten. Trotzdem bin ich für einen Moment vor Schreck wie gelähmt.

»Das ist die Südwand. Ganz schön imposant, was?« Der freundliche alte Ladenbesitzer, mit dem ich eben noch völlig unbefangen über das unberechenbare Schirauer Wetter und die Öffnungszeiten der umliegenden Seilbahnen geplaudert habe, nimmt eine der Postkarten aus dem Drehständer und legt sie zwischen uns auf den Ladentisch. »Die Steilwand an der Ostseite ist über zweihundert Meter hoch. Extrem gefährlich.«

»Davon hab ich gehört.«

»Sehen Sie diesen kleinen Bereich ganz oben, knapp unterhalb des Gipfels? Nennt sich Himmelssprung. Eine Schlucht. Gut vier Meter breit und der Teufel weiß, wie tief. Der Zustieg dorthin ist schon eine Wucht. Und wenn man erst mal dort ist, heißt es Endstation. Es gibt kaum eine Möglichkeit, diesen Abgrund zu überqueren.«

»Kann man die Schlucht nicht umgehen?«

»Hat man versucht, aber bisher wurde keine sichere Route gefunden. Sie kennen sich aus im Bergsteigen?«

»Ich komme so über die Runden.«

»Dann sind Sie hier genau richtig. Schirau verfügt über eines der dichtesten Netze an Klettersteigen in ganz Europa. Ein Fest für Alpinisten! Was haben Sie denn alles geplant?«

»Noch nicht so viel. Ich bin auch keine wirkliche Alpinistin, ich … ich war nur mal mit einem Bergsteiger zusammen. Er hat mich auf ein paar harmlose Gipfel gezerrt, das war's auch schon.«

»Wissen Sie, das Fieber kann einen oft ganz unerwartet packen. Vielleicht müssen Sie bloß den richtigen Berg finden, der die Lust in Ihnen weckt. Aber versuchen Sie sich bloß nicht an diesem Monstrum, ich beschwöre Sie. Der Abgrund, von dem ich zuvor gesprochen habe, der hat es in sich. Ich kann mich an einen speziellen Fall erinnern, da hat sich eine Gruppe daran versucht, den Berg zu erklimmen, dreimal dürfen Sie raten, wie viele davon noch leben. Ich sag's Ihnen: einer. Und dem fehlt jetzt ein Bein.«

Ich nehme die Ansichtskarte in die Hand und schaue mir das Monster etwas genauer an.

Das Foto wurde bei strahlend blauem Himmel geschossen. Nur eine einzige kleine Wolke kratzt am schneebedeckten Gipfel, der die umliegenden Berge um ein gutes Stück überragt. Die berühmt-berüchtigte Schlucht, an der so viele ihr Glück versuchen, liegt erstaunlich weit oben. Kaum vorstellbar, es überhaupt bis dorthin zu schaffen, geschweige denn darüber hinaus. Mein Magen krampft sich zusammen. Bereits vor sechs Monaten haben mir die sparsamen Schilderungen der Bergrettung den Rest gegeben. Aber wozu bin ich hergekommen, wenn ich mich jetzt wieder vor der Realität verstecke?

»Welcher da draußen ist es?«, frage ich.

Der Mann winkt mich ans große Auslagenfenster. Sein wulstiger Finger zeigt irgendwo hoch ins Gebirge. »Der dort drüben, sehen Sie? Wo die lange Seilbahn verläuft. Sie haben sich leider keinen guten Tag ausgesucht. Bei dem Wetter sieht man fast gar nichts von ihm.«

Ich kneife die Augen zusammen, um aus dem dichten Nebel etwaige Konturen herauszufiltern. Den Fuß des Berges erkennt man gerade noch, wild bewaldet und mehr breit als hoch, der Rest wird von den Wolken verschluckt. Aber er ist da. Er ist sogar ganz nah. Eine plötzliche Angst droht mich innerlich zu verschlingen, wie eine Schwärze, die sich um mich dreht, schneller und schneller, und ich weiche zurück, will von diesem Ungetüm weder etwas sehen noch länger darüber reden.

»Es ist ein Jammer. Erst vor wenigen Tagen hat es wieder einen erwischt.« Der Mann hat sich zurück hinter den Ladentisch gestellt, seine Stirn liegt in Falten. »Armer Teufel. Aber wenn Sie mich fragen, sind die alle selber schuld. Es ist ja schließlich kein Geheimnis, dass dieser Berg eine Todesfalle ist. Mir tun vor allem die Angehörigen leid. Es muss schrecklich sein, einen geliebten Menschen allein wegen blinden Übermutes zu verlieren.«

Übermut. Ein hässliches, herabwürdigendes Wort, obwohl doch buchstäblich so viel Mut darin steckt. Hat es nicht eher etwas mit Heldenmut zu tun, dass sie alle sterben? Ich rede mir das so oft ein, dass ich es schon fast selber glaube. Das macht es leichter, und an manchen Tagen hilft mir dieser winzige Unterschied sogar, es heil durch die Nacht zu schaffen, ohne von Klippen und Abgründen zu träumen und tieftraurig in den nächsten Tag zu starten.

»Und dieser Himmelssprung«, fahre ich fort. »Wenn er unüberwindbar ist, warum versuchen dann trotzdem so viele, den Gipfel zu besteigen?«

»Um die Ersten zu sein, schätze ich. Dabei wären sie das ja gar nicht. Ein Einziger hat es bisher ganz nach oben geschafft, und wissen Sie, wie er die Schlucht überquert hat? Er ist gesprungen.«

»Sagten Sie nicht, der Spalt sei vier Meter breit?«

»Da war auch sicher mehr Glück als Verstand im Spiel. Falls es überhaupt wahr ist. So ein Kunststück gelingt einem Menschen genau ein Mal, und beim zweiten Versuch ist er genauso tot wie alle anderen, das traue ich mich zu wetten.«

Er steckt die Karte zurück in den Ständer.

In meiner Kehle staut sich die Luft zu einem brennenden, steinharten Klumpen. Ich merke, wie ich immer weiter zurückweiche, ungewollt, denn eigentlich möchte ich noch eine Klettersteigkarte kaufen. Der Ladenbesitzer nimmt die kreisrunde Lesebrille ab und macht ein besorgtes Gesicht.

»Ich habe Sie doch hoffentlich nicht erschreckt. Vergessen Sie die Südwand, es gibt hier genügend andere Berge, die sich hervorragend zum Klettern und Wandern eignen, auch für Einsteiger.«

Er will mir ein paar Broschüren in die Hand drücken.

Das ist zu viel. Meine Gedanken stapeln sich zu Türmen, stürzen ein und haben mich binnen Sekunden unter sich begraben. Auf einmal bin ich aus dem Laden gestürmt und drei Gassen weit gerannt. Ich achte nicht darauf, wohin ich trete, lasse den Wind meine Tränen trocknen, ehe pure Erschöpfung und mein rasendes Herz mich zum Stehenbleiben zwingen. Keuchend sinke ich auf die Parkbank, die am Straßenrand neben einer Bushaltestelle steht. Großer Gott. Damit habe ich nicht gerechnet. Mit allem, aber nicht mit dieser Panik.

Allmählich taucht mein Verstand aus dem grauen Schleier auf und zeigt mir Bilder so klar, als befänden sie sich unmittelbar vor mir: die Klippe und dahinter der Abgrund. Vier Meter bis zur anderen Seite. Kein Mensch kann so weit springen. Nicht mit kiloschwerer Ausrüstung und bei einer Luft so dünn wie Papier. Wieso dachte er, er könne es, wieso?

Der Bus hält und spuckt einen Haufen Leute aus. Touristen, Tourengänger, viele sind mit Skiern auf den Schultern unterwegs und rempeln mich in ihren klotzigen Skischuhen unbedacht zur Seite. Ich atme tief durch, reibe mir übers Gesicht und reiße mich zusammen. Als der nächste Bus hält, nutze ich den Strom der aussteigenden Leute und setze mich wieder in Bewegung.

Schirau ist ein kleiner Ort mit wenig Gassen und nur einer einzigen breiten Hauptstraße. Geht man die eine Weile entlang, kommt man automatisch zu der versteckten Abzweigung, an deren Ende Frau Grembergers niedliches altes Häuschen im Schutz der Tannen liegt. In die andere Richtung bin ich noch nicht gegangen, doch angeblich kommt man nicht weit. Nach der Talstation der hiesigen Gondelbahn endet die Straße in einer Sackgasse, die zu einem kleinen Bauernhaus gehört. Dahinter liegen bloß noch Weiden und karge Natur. Keine Tunnel oder Passstraßen führen auf die andere Seite des Gebirges. Man ist hier buchstäblich von ihnen umzingelt. Von den Bergen, die so gerne Menschen fressen.

Als ich die Pension erreiche, beginnt es zu schneien. Ich beeile mich, ins Haus zu kommen, wo es warm und hell ist und verboten gut nach frisch gebackenem Kuchen duftet.

Passend zum eisigen Wetterumschwung steht Frau Gremberger mit einer Tasse Kaffee im Wohnzimmer und begrüßt mich mit einem strahlenden Lächeln. »Ich dachte mir, Sie wollen sicher etwas Warmes, wenn Sie zurückkommen!«

»Wie lieb von Ihnen. Vielen Dank.« Ich schäle mich aus meiner dicken Winterverpackung und setze mich mit der Tasse in der Hand zu Ben, der auf der Couch neben dem herrlich warmen Kachelofen herumlungert. »Alles okay?«, frage ich.

Er hat sich mit dem Haushund Cicero angefreundet, einem gutmütigen alten Neufundländer, der nicht viel macht, außer zu fressen, zu schlafen und ab und zu mit dem Schwanz zu wedeln, wenn sein Name fällt. Gerade eben hat er sich leise schnarchend zu unseren Füßen ausgebreitet, ein wulstiges Bündel Fell mit zwei Augen und einer träge heraushängenden Zunge. Am Vormittag waren er und Ben noch draußen auf dem verschneiten Feld und haben ein bisschen Stöckchenholen gespielt. Jetzt ist der Hund müde, und Ben hat erneut sein preisgekröntes Leck-mich-Gesicht aufgesetzt.

Ich versuche für ein wenig Stimmung zu sorgen. »Schirau ist eine echt schöne Ortschaft. Überall so kleine Läden und Souvenirgeschäfte. Und die Kirche ist auch hübsch! Wollen wir uns die morgen ansehen?«

Er sinkt tiefer in die Rückenlehne des Sofas, verschränkt die Arme vor der Brust und schweigt. Erst jetzt bemerke ich, dass er kleine Kopfhörer in den Ohren stecken hat. Ich schiebe ihm die Kapuze seines Pullis vom Kopf und reiße die Dinger heraus.

»Hallo? Ich rede mit dir, du Affe.«

»Mann, was willst du von mir?«

»Ich hab dich gefragt, ob wir uns morgen die Kirche ansehen.«

»Nö.«

»Und wieso nicht?«

»Was interessieren mich Kirchen?«

»Schön«, antworte ich genervt, »und was willst du stattdessen machen?«

Er zuckt mit den Schultern und will sich die Stöpsel wieder in die Ohren stecken. Ich ziehe am Kabel und zerre versehentlich das ganze Smartphone an mich, das er auf seinem Oberschenkel abgelegt hatte. Ben reißt die Augen auf, nimmt mir das Handy schnaubend wieder weg und wechselt vom Sofa auf den Schaukelstuhl schräg gegenüber.

»Komm schon, irgendetwas müssen wir doch machen. Oder willst du die ganze Zeit im Haus verbringen?«

»Ist doch voll chillig hier.«

Ich verpasse ihm einen Tritt gegen das Bein, worauf er

mit einem wütenden Schnauben das Smartphone weg-
legt.

»Was stimmt nicht mit dir?«, geht er mich an. »Bin
ich hier dein Entertainer, oder was? Du wolltest unbedingt in dieses Kaff, also kümmere dich selbst um deine
Unterhaltung!«

»Du weißt genau, dass es mir nicht um Unterhaltung
geht. Dieser Aufenthalt könnte uns guttun.«

»Hättest du nicht einfach allein herfahren können,
anstatt mich mitzuschleppen? Hier ist nichts los! Der
Höhepunkt meines Tages beschränkt sich aufs mor-
gendliche Kacken! Und nicht mal das läuft gut bei diesem scheißkalten Klo! Ich will nach Hause.«

»Du hast gesagt, es macht dir nichts aus, mich zu
begleiten.«

»Klar hab ich das gesagt, du hast mir ja auch keine
andere Wahl gelassen! Und jetzt sitzen wir hier in dieser
Einöde und langweilen uns zu Tode!«

»*Du* langweilst dich zu Tode. Ich war immerhin
schon ein bisschen unterwegs.«

»Und was hast du zu berichten? Wow, eine Kirche,
und wow, ein paar Häuser! Gähn, Caro!«

Er springt vom Schaukelstuhl auf, als wolle er abhauen, bleibt aber einfach stehen. Cicero hat alarmiert
den Kopf gehoben, beschließt nun jedoch, sich wieder
hinzulegen, und auch ich bewahre stur meine Ruhe. Er
hat ja nicht ganz unrecht. Mir war von Anfang an klar,
wie schwer er sich ohne Freunde und Xbox beschäftigen
kann. Aber was wäre die Alternative gewesen? Allein
zu fahren? Ich werde noch lange genug allein sein. Wenigstens für kurze Zeit wollte ich eine Pause davon.

»Schon gut«, antworte ich, damit wir nicht länger
diskutieren. »Ich weiß, du wolltest nicht mit. Aber jetzt
sind wir nun mal hier. Wollen wir nicht das Beste daraus
machen?«

»Was weiß ich, keine Ahnung.« Er beruhigt sich etwas, atmet tief durch und setzt sich zurück aufs Sofa.

Frau Gremberger kommt in den Raum. Sie hat uns wohl streiten gehört und bringt uns Kuchen.

»Sag Danke«, murmle ich Ben zu, als der nur dasitzt und den Teller anstarrt.

»Danke.«

Frau Gremberger lächelt kurz und lässt uns wieder allein.

Schweigsam essen wir unseren Kuchen. Mir liegt das süße Zeug wie ein Stein im Magen, doch Ben taut durch die Zuckerzufuhr endlich ein wenig auf. Auf dem Weg in die Küche stolpert er fast über den armen Cicero, der sich eben erst ein neues Plätzchen mitten auf dem Wohnzimmerteppich gesucht hat. Als er wenig später mit einem neuen, viel größeren Stück Kuchen zurückkommt, nutze ich die Gelegenheit und taste mich ein wenig voran.

»Ich war vorhin in so einem kleinen Laden, und der Besitzer hat mir was über die Südwand erzählt. Gruseliger Berg. Der dürfte so etwas wie ein Magnet für Lebensmüde sein.«

»Ich weiß«, antwortet er mit vollem Mund, »aber du hörst ja nie zu, wenn ich dir davon erzähle.«

»Seit wann bitte reden wir zwei über Berge?«

Er schiebt die Brauen nach oben und funkelt mich herablassend an. »Äh, letzte Woche? Als ich dir den Berg auf dem beschissenen Atlas zeigen wollte und du urplötzlich aus dem Zimmer gestürmt bist?«

»Daran kann ich mich gar nicht erinnern«, entgegne ich würdevoll.

»Seit Alex tot ist, weichst du diesem Thema aus. Und dann willst du auf einmal hierher, wo du den Berg mitten vor deiner Nase hast. Das ergibt überhaupt keinen Sinn.« Kopfschüttelnd stochert er in seinem Kuchen. Es nervt mich, dass er so verständnislos tut, obwohl er am besten wissen sollte, was in meinem Inneren vorgeht.

»Also gut, du Bergexperte. Wenn du mir so gern etwas über die Schirauer Südwand erzählen willst, dann schieß mal los. Ich bin ganz Ohr.«

Überrascht stellt er den Teller weg, schiebt sich seine wirren Kraushaare aus dem Gesicht und donnert los wie ein Maschinengewehr. »Also hier nur mal die Eckdaten: 4187 Meter, besteht zum Großteil aus Granit, vierundfünfzig missglückte Erstbesteigungen. Die Felswand hat ein Gefälle von fünfundachtzig Grad – stell dir vor, du müsstest da mit den Skiern runterfahren! Das ist echt steil. Im ersten Drittel geht's angeblich noch recht easy dahin, aber je höher man kommt, umso kniffliger wird es, und wenn man erst mal den Himmelssprung erreicht hat –«

»Dann heißt es Endstation, ich weiß, ich weiß! Hab ich alles schon gehört.«

»Stimmt nicht ganz, man kommt schon auf die andere Seite. Man muss nur weit genug springen können.«

»Auch das hab ich schon gehört, aber das ist doch hirnrissig. So weit kann man gar nicht springen, nicht da oben.«

»Sicher kann man das. Wenn man fit und geübt genug ist.«

»Wer hat dieses dämliche Gerücht überhaupt in die Welt gesetzt?«

»Sag bloß, du hast noch nie von Samuel Winterscheidt gehört.«

»Wer?«

»Samuel Winterscheidt«, wiederholt er eindringlich, als sollte allein der Klang mich dazu bringen, vor Ehrfurcht auf die Knie zu gehen.

Ich gebe zu, bei dem Namen klingelt etwas, mehr aber auch nicht. Ratlos schüttle ich den Kopf.

»Oh Mann, Caro, echt jetzt? Noch nie von ihm gehört? Er ist ja nur der bekannteste und wahrscheinlich beste Extrembergsteiger der Welt! Der Typ ist gerade mal achtundzwanzig und hält bereits elf Rekorde! Der macht Free Solos, als wäre es nichts. Und nicht nur das, er hat auch den K2 in weniger als fünf Tagen geschafft. Und vor vier Jahren hat er die Südwand bestiegen, er ist da hochgeklettert und hat den Sprung bewältigt, einfach so! Er war dort, wo noch nie jemand zuvor gewesen ist. Das muss sein, als würde man den Mars betreten oder so!«

»Ich unterbreche deine Lobeshymnen ja nur ungern, aber: Woher weißt du das alles?«

»Ähm, ich lese? Ich informiere mich? Hättest du das besser auch getan, dann wüsstest du Bescheid und hättest Alex diese Schnapsidee vielleicht ausreden können!« Er holt tief Luft und wird rot wie eine Tomate. »Okay, sorry. Das war Bullshit. Ich wollte dir keinen Vorwurf machen.«

Ich bin verwirrt. Dass er sich so für Berge interessiert, wusste ich nicht. Es wäre die perfekte Möglichkeit gewesen, mit Alex ein Band zu knüpfen. Der klang genauso begeistert, wenn er davon sprach. Stundenlang konnte er reden, sich von einem Punkt zum nächsten hangeln, und nie habe ich zugehört, weil es mich langweilte, dieses öde Geschwätz über Höhenmeter, Gesteinsarten und Ausrüstung. Ben sagt, er wolle mir keinen Vorwurf machen, doch er hat genau ins Schwarze getroffen. Hätte ich nur einmal zugehört, ein einziges Mal Alex' Leidenschaft geteilt, dann hätte ich ihn davon abgehalten, und er wäre vielleicht noch am Leben.

»Ich werde duschen gehen«, sage ich und stehe auf.

Ben hebt eine Braue. »Bist du jetzt sauer?«

»Nein.«

»Oder traurig?«

»Es geht schon.«

»Google Samuel Winterscheidt, ich mein's ernst! Das ist echt 'ne Wissenslücke.«

Ich nicke müde und gehe nach oben. Manchmal wünsche ich mir, er wäre etwas mehr erwachsen und würde endlich begreifen, wieso ich mich so fühle, jeden Tag, und dass seine Sprüche es nicht besser machen. Andererseits bin ich froh, dass er noch so jung ist und es hoffentlich noch lange bleibt. Denn wer jung ist, wird nicht sterben. Alex hat das einmal gesagt, als ich nicht wollte, dass er loszog: »Ich bin doch viel zu jung zum Sterben, Caro. Mach dir keine Sorgen.«

Es war gar keine Sorge. Es war Eifersucht. Auf die Berge, die ihm so viel gaben, was ich nicht konnte.

JANA

Da funkelt etwas hinter dem Stein. Gleich dort drüben, wo das Licht reflektiert wird. Ich steige über den Bach, dessen kristallklares, leise sprudelndes Wasser sich in weiten Schlangenlinien durch den Schnee gräbt, und gehe im Schatten eines Felsens in die Hocke.

Matsch und Nadeln verkleben meine Stiefel und machen meine Schritte schwer. Seit zwei Stunden bin ich unterwegs. Ich bin erschöpft, die Füße schmerzen, und meine Augen spielen mir Streiche. Aber das da ist keine Halluzination. Direkt unter dem Felsen, in der Mulde, die das Tauwasser in die Erde gegraben hat, liegen zwei glitzernde Steine. Als hätte sie jemand für mich hierhingelegt. Mit den Fingerspitzen wische ich über ihre Oberfläche und merke erstaunt, wie glatt sie sich anfühlen. Glatt wie geschliffenes Glas. Ganz vorsichtig hebe ich sie hoch und betrachte sie im Sonnenlicht von allen Seiten.

»Wo kommt ihr zwei denn her?«, murmle ich.

Rasch sehe ich mich um, ob hier noch mehr solcher Schätze zu finden sind. Schnee rieselt von den Bäumen herab, als hoch im Geäst zwei Vögel miteinander tanzen. Es ist ein buntes Plätzchen trotz der eintönigen winterlichen Farbpalette. Die Sonnenstrahlen geben Licht und Schatten unterschiedliche Nuancen, sodass sich überall freche Farben tummeln. Hier das Blitzen eines goldenen Baumstamms in der Sonne, dort das weiche Lila eines Eiszapfens, der sich an den Felsen krallt … aber Schätze gibt es keine mehr. Ich habe alles geplündert, was es zu finden gab. Schade.

Ich wickle die beiden Steine in ein Tuch und verstaue sie in meiner alten ledernen Umhängetasche. Ich bücke mich nach dem langen Stock, den ich während des Aufstiegs gefunden und als Kletterhilfe benutzt habe, da erspähe ich plötzlich etwas zwischen den Bäumen und werde vor Schreck ganz starr.

Etwas Vierbeiniges bewegt sich durch das Unterholz. Lautlos, auf schleichenden, großen Pfoten. Aus der Entfernung ist es bloß ein schwarzer Schatten. Ich kneife konzentriert die Augen zusammen, und da erkenne ich, dass es ein Wolf ist.

Er bleibt stehen und macht dann einen Schritt auf mich zu. Meine Hand krallt sich um den Stock. Ich muss zuschlagen, falls er näher kommt, einfach zuschlagen, selbst wenn es mir nichts nützen wird. Zum ersten Mal taucht sein Kopf zwischen den Bäumen auf.

Es ist nicht der erste Wolf, der mir begegnet. Vor Jahren habe ich beobachtet, wie eine riesige graue Bestie einen kleinen Jungen vor sich hertrieb. Ich hatte fürchterliche Angst. Aber jetzt habe ich überhaupt keine Angst mehr. Denn dieser Wolf ist weder riesig, noch hat er blutrünstige Augen. Er sieht fast friedlich aus. Ich gehe vorsichtig in die Knie, um ihn nicht zu verschrecken, dann lege ich, ganz langsam, den Stock weg und strecke die Hand nach ihm aus.

»Hab keine Angst«, sage ich. »Komm her! Ich tu dir nichts.«

Er streckt die schwarze Schnauze in die Luft, schnüffelt. Reglos steht er da und beobachtet mich, sieht in mir womöglich überhaupt keine Bedrohung, weil ich der erste Mensch bin, dem er je begegnet ist. Als ein Windstoß Äste aneinanderschlägt, zieht er den Kopf ein und weicht in den Schatten zurück, der ihn verschlingt, als wären sie beide ein und dasselbe. Im nächsten Moment ist er verschwunden. Ich höre nichts mehr. Keinen Wind, kein Rauschen der Berge, das hier oben sonst so nahe ist.

Ist mir gerade tatsächlich ein Wolf über den Weg gelaufen?

Beim Abstieg habe ich es sehr eilig, stolpere mehrmals und verliere um ein Haar meine Tasche. Je tiefer ich komme, umso tiefer sinkt auch die Sonne. Als ich den Waldrand erreiche und zurück auf die verschneite Passstraße gelange, hat sich bereits die Abenddämmerung über das Tal gelegt. Schirau funkelt wie eine frisch entfachte Glut, umgeben von den engen Steinwänden des Gebirges, das das letzte Licht am Boden des Tals festhält. Hinter einem Waldstück taucht schließlich das Haus auf. Groß wie ein Schlachtschiff, mit hell erleuchteten Fenstern. »Villa Fürchterlich« wird es von den hiesigen Kindern genannt. Der spitze Turm, die schwarzen Fensterläden und das schwere, gigantische Eingangstor lehrten auch mich als Kind das Fürchten, denn man wusste nie, was in den dunklen Räumen alles vorging, wenn der Wind mal wieder um die Mauern pfiff und allerhand merkwürdige Geräusche im Haus zu hören waren.

Seit Samis Vater tot ist, hat dieser Spuk ein Ende. Fundament und Leitungen wurden saniert und alle morschen Holzbalken durch neue ersetzt, damit kein gruseliges Heulen und Knarren mir nachts den Schlaf raubt. Den Großteil hat Sami selbst erledigt, Wände, Böden, Möbel, alles flog raus und landete auf dem Sperrmüll. Sein Vater meinte immer, es sei unmöglich, ein so altes Haus von oben bis unten zu renovieren, aber es hat sehr gut funktioniert. Als Sami seinen ersten großen Werbevertrag an Land zog, investierte er eine gehörige Summe Geld in dieses Haus und lässt es seitdem von einer Schar Angestellter, deren Mitglieder von Quartal zu Quartal wechseln, hegen und pflegen.

Das Eisentor der Einfahrt steht offen, und frische Reifenspuren führen über den Parkplatz nach hinten zur Garage. Beim Anblick der vielen geöffneten Fenster wird mir flau im Magen. Er ist also wieder da. Der Eiskönig ist zurück in seinem Palast.

Ich betrete das Haus über den Hintereingang, da ich auf diesem Weg direkt in die Küche komme. Dort wird bereits auf Hochtouren gearbeitet. Anne, unsere Köchin, schwenkt ein herrlich duftendes Steak in der Pfanne, während Küchenhilfe Bea Teig für den Nachtisch rührt.

»Pass auf«, überfällt mich Anne, noch ehe ich mir die matschigen Stiefel ausgezogen habe, »er ist diesmal besonders schlecht gelaunt.«

»Wobei ich's ausnahmsweise sogar verstehen kann«, fügt Bea hinzu. »Die wollen mal wieder, dass er auf die Südwand steigt, um diesen vermissten Bergsteiger zurückzuholen. Das hat ihm nicht sonderlich gefallen.«

Ich befreie mich aus Jacke, Schal und Mütze und hänge alles an einen der Haken neben der Tür. »Und wennschon. Dann ist er wenigstens nicht da, und wir können die Fenster wieder zumachen.«

»Und, hast du wieder was Hübsches gefunden?« Anne hat beim Braten eine Pause eingelegt und wäscht sich an der Spüle die Hände. Ich schüttle den Kopf, damit sie mich in Ruhe lässt, da meint sie: »Ach, komm, lass mich mal sehen!«

»Nein, ich hab nichts!«

Ihre Mundwinkel wandern enttäuscht nach unten, genau wie ihre eben nach meiner Tasche ausgestreckten Arme. Sie wechselt mit Bea einen Blick und wendet sich ab. »Dann eben nicht.«

Ich drücke die Tasche fest an meine Brust und mache mich aus dem Staub. Sie hält mich vermutlich für unfreundlich oder eigenbrötlerisch, aber ich möchte nun einmal nicht, dass meine Schätze an Wert verlieren. Und das würden sie unweigerlich, sobald zu viele Augen darauf gerichtet sind. Sobald zu viele Hände daran herumreiben und all der Glanz verloren geht. Die anderen begreifen das nicht. Niemand hat Verständnis dafür, dass manche Dinge einfach *mir* gehören.

Durch die schwenkbare Tür gelange ich in den großen Eingangsbereich des Hauses, und es ist, als schütte man mir kaltes Wasser über den Kopf.

Wie in einer Gruft. Wie im Inneren eines Berges. So hat er es am liebsten, und ich hasse ihn dafür. Er ist zu einem Tyrannen geworden, dem das Erwachsenwerden mehr geschadet hat als genutzt. Denn je mehr Entscheidungsgewalt ihm zufiel, umso rücksichtsloser wurden seine Entscheidungen.

Eine ehemalige Gärtnerin hat mich einmal gefragt: »Ist er krank oder so? Ich meine, hat man bei ihm irgendetwas diagnostiziert?«

Nein, das glaube ich nicht. Manchmal frage ich mich bloß, ob der See daran schuld ist. Ob sein Herz einfach zu Eis erstarrt ist in diesen wenigen Minuten, die er unter Wasser war.

Ich eile die Treppe hinauf, um ihm nicht über den Weg zu laufen. Wobei die Chance tagsüber eher gering ist. Er hält sich oft im Schuppen auf und schraubt an irgendwelchen alten Geräten herum, die längst nicht mehr gebraucht werden, Generatoren, Schneefräsen, selbst einen in die Jahre gekommenen Traktor hat er auf Vordermann gebracht, der nun einsam in der Garage Staub ansetzt. Der Drang, Dinge zu reparieren, breitet sich manchmal sogar auf Gegenstände aus, die ihm überhaupt nicht gehören. Als er das letzte Mal zu Hause war, kam er auf mysteriöse Weise in den Besitz meiner steinalten Spieluhr, die schon seit Jahren nicht mehr trällerte. Kein Uhrmacher konnte sie zum Laufen bringen. Doch eine Stunde in Samis Gewalt und schon funktionierte sie wieder. Keine Ahnung, wie er das fertiggebracht hat.

Geduld und ein Gespür für zerbrechliche Dinge traut man dem sonst so passionierten Fan von allem, was groß und kalt ist und scharfe Kanten hat, gar nicht zu.

Ich hoffe, er wird sich nicht an der Wanduhr im ersten Stock zu schaffen machen. Jahrelang raubte mir dieses klobige, laute Ding den Verstand, wenn zu jeder Viertelstunde ein Gewitter aus Glockenschlägen losbrach. Während er in Südamerika war, hat sie zu schlagen aufgehört, einfach so. Ich dachte schon, das wäre ein Vorbote des Schicksals; dass Samis Herz in ebendiesem Moment ebenfalls aufgehört hat zu schlagen. Aber seinem Herz geht es prächtig. Langsam glaube ich, dass ihn nichts umbringen kann.

Mein Zimmer liegt im ersten Stock, direkt über der Küche. Ich habe mir das bewusst so ausgesucht, da über die Wände Wärme nach oben abgegeben wird. Es gibt keine Heizung in den Räumen, dafür Kachelöfen, die wir während Samis Abwesenheit bis zur Hirnschmelze befeuern. Ich habe stets ein Depot Brennholz unter dem Bett gebunkert. Schnell mache ich ein Feuer und sitze für zehn Minuten an den Kachelofen gedrückt, in eine Wolldecke eingehüllt und mit einem wärmenden Thermophor auf dem Schoß.

Es ist so still im Haus. Trotz der vielen Leute. Man spürt die Anspannung, die in der Luft hängt, jeder steht unter Strom, weil der Hausherr wieder da ist und von nun an nichts mehr schiefgehen darf. Konrad hält Sami über alles, was in diesem Haus vorgeht, auf dem Laufenden. Jede Kritik, jedes Vorkommnis wird von dem alten Kerl stur an Seine Lordschaft weitergeleitet. Selbst mich hat er einmal verpfiffen, als ich so dumm war, diesen ausgehungerten Streuner mit nach Hause zu bringen. Ich dachte, ich könne das arme Tierchen aufpäppeln und ins nächste Tierheim bringen, ehe Sami etwas merkt. Doch Sami ist nicht nur gut im Klettern und Reparieren, er kann auch schießen. Der Hund kam keine dreißig Meter weit.

Mein Handy klingelt. Da nur wenige im Besitz meiner Nummer sind, ist die Auswahl der Möglichkeiten frustrierend begrenzt. Nervös schaue ich aufs Display, und meine Anspannung verstärkt sich sogar noch. Es ist Samis Bruder Oliver.

Ich überlege, es einfach klingeln zu lassen. Oliver ist ein zweischneidiges Schwert. An guten Tagen verstehen wir uns prächtig, es ist dann ganz ungezwungen zwischen uns, er bringt mich zum Lachen, und ich genieße seine Gesellschaft. An schlechten Tagen hingegen …

Ich weiß nicht, ob heute ein guter oder ein schlechter Tag ist. Gleich werde ich es wissen.

»Hast du's gemerkt?«, begrüßt mich seine seidenweiche, etwas zu hohe Stimme. »Der eisige Hauch des Todes hängt wieder über dem Haus.«

»Allerdings. Die Fenster sind wieder offen. Und die ersten blassen Gesichter sind mir auch schon begegnet.«

»Ich hab ihn ja bereits gefragt, ob er diesmal noch ein bisschen warten wird, bis er die neuen Angestellten feuert. Aber einer steht schon auf seiner Abschussliste.«

»Wer ist denn diesmal in sein Fadenkreuz geraten?«

»Manfred.«

»Und ich bin mit dem Jungen neulich extra noch das Handbuch durchgegangen! Was hat er denn angestellt?«

»Angeblich hat er gestottert.«

»Er war sicher nur nervös, weiter nichts.«

»Willst du Sami das vielleicht selbst erklären?«

Ich pruste los.

»Und, hast du was Schönes gefunden?«, wechselt er das Thema.

»Ja, ein paar Sachen sind tatsächlich in meine Tasche gewandert.«

»Welche denn?«

»Warte.« Ich gehe zum Bett, wo ich die Tasche hingeworfen habe, und leere den Inhalt auf der Matratze aus. Steine, Glassplitter und eingefrorene Pflanzen kommen wie die Bruchstücke einer uralten Geschichte zum Vorschein. Lose ist es bloß hübscher Ramsch, doch setzt man die einzelnen Teile zusammen, lassen sich unendlich viele Dinge daraus bauen. Nicht nur Geschichten, auch Träume, die manchmal realer wirken als die Wirklichkeit. Ich träume vom Meer und von heißem Sand, wenn ich die Glassplitter im Licht drehe, und ich träume von einem Tag auf dem Eis, von Winterluft und von diesem Wolf. Ja. Der Wolf ist der größte Schatz, den ich heute mit nach Hause gebracht habe.

»Also, hier haben wir … eine Glasscherbe, die aussieht wie ein Pfeil. Zwei glatte Steine mit irgendetwas Glitzerndem in der Mitte. Noch eine Glasscherbe, diesmal in Form eines Herzens. Zwei gefrorene Blumen. Ich glaube, es sind Alpenröschen. Und zwei Kiesel mit Löchern drin, die sehen aus, als hätten sie Gesichter. Ein trauriges und ein fröhliches.«

»Und sonst?«

»Sonst nichts, das ist alles.«

»Wirklich?«

Ich antworte nicht. Der Wolf ist ein Geheimnis, das ich hüten werde. Oliver gefällt es nicht, dass ich ihm manches verschweige. Das gefällt mir wiederum nicht.

»Jana? Bist du noch dran?«

»Ja. Entschuldige.«

»Jetzt beginnt die Zeit der Entbehrung«, fängt er wieder zu witzeln an. »Wenn erst alle Lebensmittel zu Eis gefroren sind und Sami die Angestellten der Reihe nach in den Kerker geworfen hat.«

»Ich kann es kaum erwarten.«

»Treffen wir uns zu Mitternacht für einen Film? Na-

türlich nur ganz leise, damit Seine Hoheit nicht auf-
wacht.«

»Ein andermal. Irgendwie bin ich total erledigt.«

»Du kannst dich ja bei mir hinlegen. Mich stört das
nicht.«

»Trotzdem. Ein andermal.«

»Na gut. Aber probier diese Steaks! Die sind gött-
lich.«

»Mach ich. Gute Nacht.«

Ich lege auf. Dass ich unsere Gespräche oft so plötzlich beenden muss, ist allein seine Schuld. Er kennt die
Grenzen, ich habe sie ihm bereits mehrmals gezeigt.
Dennoch testet er sie immer wieder aufs Neue aus, lässt
nicht locker, versucht mich zu überreden. Heute nicht.

Ich gehe duschen, schlüpfe in meinen dicken Pyjama
und krieche in mein Bett. Im Haus wird es ruhiger, das
hektische Polieren und Aufräumen weicht erschöpftem
Geflüster und trägen Schritten in verschiedene Zimmer.
Nachts dürfen die Fenster geschlossen bleiben, daher
geht immer irgendjemand von uns durch die Gänge
und macht sie zu. Meistens ist es Konrad, der auch die
Haustüren absperrt und einen abschließenden Rundgang durch Küche und Keller macht. Er ist dann der
Letzte, der ins Bett geht.

Ich lausche seinen Schritten, als er die Treppe hochkommt und ins benachbarte Zimmer verschwindet. Ich
denke an den Wolf auf der Lichtung, an sein schwarzes
Fell und die ruhige, furchtlose Art, wie er mich angesehen hat.

Das Vermächtnis der Welt schien in seinen Augen zu
liegen. Etwas Uraltes, Reines, das von seinen Vorfahren
an ihn weitergegeben wurde und mit aller Kraft durch
ihn hindurch strahlte: Freiheit. Ich kenne dieses Wort
bloß aus den Geschichten, die ich sammle. Ein Hauch
davon schimmert manchmal in den Glasscherben, wenn

47

man sie im richtigen Licht betrachtet, wie der Blick in eine andere Welt. Beim Gedanken daran werde ich müde. Ich falle in den Schlaf wie in einen tiefen Abgrund, und dort unten liege ich, bis nichts mehr in mir friert.

Mitten in der Nacht wache ich auf. Ein kühler Luftzug streicht über mein Gesicht. Hat Konrad eines der Fenster offen gelassen? Ich könnte mir Gemütlicheres vorstellen, als um drei Uhr nachts im Pyjama durch das dunkle Haus zu streifen und nach einem einzigen offenen Fenster zu suchen, aber ich muss auch an morgen früh denken; je kälter es über Nacht wird, umso schwerer wird es für die Kachelöfen und Kamine, dem ständigen Durchzug zu trotzen. Ich muss dieses verdammte Fenster finden. Einschlafen werde ich bei dieser Kälte ohnehin nicht mehr.

Ich steige aus dem Bett und husche im Morgenmantel aus dem Zimmer. Der Luftzug kommt von unten. Vielleicht das Kippfenster in der Küche? Als ich die Treppe hinunterschleiche, fällt mir auf, dass im Wohnzimmer Licht brennt. Von dort scheint auch der Zug zu kommen. Ich lege ein Ohr an die Tür und horche, ob jemand im Zimmer ist. Nichts zu hören. Konrad wird diesen Raum wohl einfach vergessen haben. Ich mache die Tür einen Spalt auf und schiebe mich hindurch. Sofort entdecke ich das offene Fenster auf der anderen Seite des Raumes. Doch es zu schließen wird nicht einfach. Sami sitzt mit nichts weiter als einer Jogginghose am Fensterbrett und liest irgendwelche Briefe.

»Entschuldige«, sage ich, als er überrascht aufsieht. »Ich dachte, hier drin ist niemand.«

Er hat diese furchterregende Art, mich anzusehen – so als wäre ich ein Eindringling, ein weiterer Name auf seiner langen Abschussliste, den er möglichst bald durchzustreichen gedenkt. »Gibt's was?«, fragt er.

»Der Luftzug. Man spürt ihn im ganzen Haus.«

»Dann zieh dir mehr an.«

»Jetzt mach das Fenster zu, um Himmels willen!«

Er streckt sich nach dem Fenster und wirft es wütend zu. Der Lärm lässt mich zusammenfahren.

»Danke«, würge ich hervor.

Er steigt vom Fensterbrett und kommt zu mir. Seine blauen Augen fixieren mich, und ich frage mich, ob er überhaupt etwas fühlt oder ob sein Inneres so unempfindlich geworden ist wie sein Körper. Er legt die Briefe auf den Tisch neben der Couchlandschaft und lehnt sich an die Rückseite der Couch.

»Morgen muss ich wahrscheinlich wieder auf die Südwand«, sagt er.

»Ich hab's gehört.«

»Willst du zur Mittelstation mitkommen? Du kannst dort nach deinem Zeug suchen. Gibt sicher viele Steine dort oben.«

»Von mir aus.«

Wortlos sieht er mich an. In den Monaten, die er weg war, ist sein brünettes Haar etwas länger geworden, seine Haut ist gebräunt, Gesicht und Körper sind voller Schrammen. Verwüstet, das ist das richtige Wort. Ich gestehe es mir nur ungern ein, aber ich habe ein bisschen Angst vor ihm.

»Ich hab dir was mitgebracht«, sagt er lächelnd.

»Von wo?«, krächze ich. Wenn er lächelt, entspanne ich mich meistens, aber nicht dieses Mal.

»Aus den Anden. Was dachtest du denn, wo ich die letzten Monate war?«

Ich hebe abwehrend die Hände, aber zum Glück redet er einfach weiter.

»War gar nicht leicht durch den Zoll zu kriegen. Ich hab's gesehen und musste sofort an dich denken. Komm, ich zeig's dir.«

Widerstand ist zwecklos. Es ist auch nicht so, als würde er erwarten, dass ich widerspreche. Ich folge ihm in den obersten Stock, halte aber mehrere Meter Abstand. In seinem Schlafzimmer ist es noch viel kälter als im restlichen Haus, denn die Balkontür steht weit offen, und es gibt keinen Kamin. Vergeblich warte ich, dass er die Balkontür zumacht, weil ihm möglicherweise endlich auffällt, dass ich friere. Er geht stattdessen zu seinem Schreibtisch, auf dem sich noch mehr Briefe stapeln, und holt etwas aus der obersten Schublade.

»Hier.« Er hält es mir entgegen. Ich muss näher kommen, um zu erkennen, was es ist.

Es ist ein Stein. Schwarz wie Tinte, seltsam geformt, mit vielen Kanten. Etwa so groß wie meine Handfläche. Er sieht leicht aus, doch als ich ihn an mich nehme, überrascht mich sein beträchtliches Gewicht. So etwas habe ich noch nie gesehen. Es muss aus dem hintersten Winkel der Welt kommen, ein Relikt der Zeit oder ein Teil der Zeit selbst, zu Stein erstarrt, voller dunkler Jahrhunderte. Es ist wunder-, wunderschön.

»Der ist mir quasi vor die Füße gefallen. Was glaubst du, was das für ein Stein ist?«

»Keine Ahnung.« Ich will ihm den Stein zurückgeben. Als er ihn nicht nimmt, lege ich ihn neben uns auf den Tisch. »Ich bin müde. Ich werde wieder ins Bett gehen.«

»Warte. Gefällt dir der Stein nicht? Ich dachte, er passt gut in deine Sammlung.«

»Das macht nur Sinn, wenn ich den Stein selber finde. So ist es nicht dasselbe.«

Sein Gesicht verdüstert sich. Er nimmt den Stein vom Tisch und legt ihn zurück in die Schublade.

»Also dann … gute Nacht.« Ich möchte das Zimmer verlassen. Seine Stimme lässt mich auf halbem Weg erstarren.

50

»Hat Konrad dir von den Spuren im Wald erzählt?«

»Nein. Was für Spuren?«

»Pfotenabdrücke. Er meint, es könnte ein Wolf sein. Glaube ich nicht. Aber wir werden das im Auge behalten. Wölfe sind gefährlich.«

Ein Frösteln jagt mir bis in die Fingerspitzen. Ich sehe wieder den Jungen vor mir, der mit angsterfüllten Augen in der Mitte dieses Sees steht. Hätte ich die Steine nicht geworfen, wäre er vielleicht gar nicht eingebrochen. Aber ich musste doch versuchen, den Wolf zu vertreiben. Irgendwie! Welch verrückte Ironie, dass es ausgerechnet Steine waren. Ich glaube, Sami weiß das gar nicht mehr. Für ihn war immer bloß der Wolf schuld.

»Ja«, antworte ich. »Wölfe sind gefährlich.«

Er lässt mich gehen. Bis ich in meinem Zimmer bin, sind meine Zehen taub vor Kälte. Ich finde die restliche Nacht keinen Schlaf mehr. Weil ich Angst habe um meinen Schatz. Angst um meinen Wolf, der nicht ahnt, in welcher Gefahr er schwebt.

OLIVER

Vor zwanzig Jahren

Sie tragen Sami ans Ufer. Ich will zuschauen, aber Papa
schiebt mich zur Seite. Ich glaube, er ist böse auf mich.
Er ist auf jeden hier böse, denn er hört nicht auf zu
brüllen. Sie drücken mit den Händen auf Samis Brust-
korb, Herzmassage nennt man das, ich habe das schon
mal im Fernsehen gesehen. Aber im Fernsehen dauert
das nie so lange. Sami sieht komisch aus. Sein Gesicht
ist so weiß wie letzten Fasching, als er sich als Zombie
verkleidet und die ganze Schminke verwendet hat. Er
sieht aus, als wäre er tot. Aber ich bin mir nicht sicher.
»Ist er tot?«, frage ich.
Sie hören mich nicht. Papa wird immer wütender,
denn er brüllt immer lauter. »Tut doch was! Wieso wacht
er nicht auf?«
»Bitte treten Sie zurück«, sagt einer der Sanitäter.
Sie fangen an, Sami zu beatmen. Im Fernsehen finde
ich das immer extrem eklig. Papa steht da und reibt sich
über den Mund und die Wangen.
»Ist er tot?« Ich zupfe an Papas Ärmel. »Ist Sami tot,
Papa?«
»Halt den Mund, Oliver!«
Ich plumpse vor Schreck auf meinen Popo. So an-
geschrien hat er mich noch nie. Wieso schreit er mich
an? Ich will doch nur wissen, ob Sami tot ist. Er sieht
tot aus, also muss er es sein. Ein Zombie-Sami. Ich will
mir mit einem Zombie-Bruder keine Spielsachen teilen.
Ich will überhaupt nicht länger hier sein. Wo alle nur
schreien und brüllen und durcheinander sind. Ich stehe

auf und gehe auf den vereisten See hinaus. Das Loch, aus dem sie Sami gefischt haben, sieht man bereits von Weitem. Auf der anderen Seite schwimmen große und kleine Eisschollen auf dem Wasser. Ich wette, er ist da absichtlich reingefallen. Immer will er im Mittelpunkt stehen. Wer ist schon so blöd und bricht im Eis ein? Eis ist gefährlich, das weiß doch jedes Baby.

Ich habe die Stelle erreicht. Das Loch sieht eigentlich gar nicht so schlimm aus. Ein bisschen ausgefranst an den Kanten, aber sonst wirklich nicht arg. Ich frage mich, wie weit es da unten wohl in die Tiefe geht. Ich knie mich dicht an den Rand und beuge mich nahe ans Wasser. Es schimmert grün unter der Oberfläche. Das müssen Fische sein. Magische Fische – oder Nixen. Ganz bestimmt Nixen.

»Papa, da drin gibt's Nixen!«, rufe ich.

Er hört mich nicht. Er ruft die ganze Zeit nur: »Sami, Sami, Sami!«

»Papa!« Ich springe auf und hole meine Brüllstimme hervor. Ich benutze sie nicht oft, nur wenn ich wirklich, wirklich wütend bin. Papa mag es nicht, wenn Sami oder ich laut werden. Ist mir jetzt aber egal. »Paaaaaapaaaaaa! Komm her! Da schwimmen Nixen in dem See!«

Endlich schaut er her. Und er kommt auch sofort, nein, er rennt sogar.

»Oliver, bist du wahnsinnig! Komm da sofort weg! Das Eis ist doch überall gebrochen!«

»Ich hab Nixen gesehen!« Ich zeige auf das Loch im Eis. »Da drin, ganz viele, siehst du? Sie sind –«

Ich kriege eine Ohrfeige.

Dann hebt er mich hoch und rennt mit mir ans Ufer zurück.

Als er mich runterlässt, fange ich zu weinen an. Meine Wange brennt. Papa zerrt mich weg vom Ufer und sagt mir, ich soll mich in den Schnee setzen und gefälligst da bleiben oder er wird richtig sauer. Sonst tröstet er mich immer, wenn ich weine. Sonst gibt er mir auch keine Ohrfeigen. Sami kriegt die immer. Weil er auch viel öfter was ausfrisst als ich. Allein wegen dieser Sache da sollte er von Papa zehn Ohrfeigen kassieren. Daliegen und sich nicht rühren. Ich sage doch, er ist längst tot. Sami ist jetzt ein Zombie. Wieso tun alle so, als könnten sie daran was ändern?

Ich bekomme von Anne einen heißen Kakao. Ich mag unsere Köchin, und ich mag auch den Kakao, den sie macht. Aber heute schmeckt er nicht gut. Sie hat nicht den üblichen Löffel Liebe reingetan, ich hab's gesehen, sie hat ihn einfach vergessen. Jetzt schmeckt der Kakao nicht gut, und mein Bauch tut weh vor Hunger.

Das ist alles Samis Schuld. Seit sie ihn ins Krankenhaus gebracht haben, machen alle diese traurigen Gesichter. Dabei sollten sie fröhlich sein. Doch kein Zombie-Sami. Im letzten Moment ist er aufgewacht. Papa hat geweint vor Freude, und jetzt weint er wahrscheinlich wieder vor Kummer. Ich könnte auch weinen, weil dieser Kakao so grauslich schmeckt, aber mache ich das etwa? Nein, ich bin ein großer Junge. Sonst lobt Papa mich, wenn ich tapfer bin und nicht weine. Ganz ehrlich, ich glaube, er hat es nicht verstanden. Dass Sami kein Zombie wird, meine ich. Sein Gesicht war am Schluss ja auch gar nicht mehr weiß. Ich habe Papa das schon zweimal gesagt, aber er hat mir nicht mal zugehört. Seit Sami im Krankenhaus ist, ist auch er im Krankenhaus. Als wären wir anderen nicht mehr wichtig.

Mir ist langweilig. Ich frage Konrad, ob ich rausgehen darf.

»Aber nur in den Garten. Und bleib da, wo ich dich sehen kann!«

Alle sind so unfreundlich zu mir. Als wäre es meine

Schuld, was passiert ist. Das ist so unfair. Immer bricht Sami die Regeln. Wir sollen nicht allein in den Wald gehen, und in die Nähe des Sees dürfen wir schon gar nicht. Selber schuld, finde ich.

Ich ziehe meine Moonboots und meine dicke Jacke an und gehe raus in den Garten. Der Sandkasten ist im Winter abgedeckt. Die Schaukel ist voller Schnee. Ich könnte einen Schneemann bauen. Genau, das mache ich, ich baue einen ganz großen, damit Papa etwas zum Staunen hat, wenn er nach Hause kommt.

Hinter dem Haus ist der Schnee am tiefsten. Dort beginne ich die erste Kugel zu rollen. Konrad schaut immer wieder aus dem Fenster und fragt, ob alles in Ordnung ist. Ich hoffe, Sami kommt bald zurück. Dann ist diese komische Stimmung hoffentlich zu Ende, Papa ist wieder daheim, und Anne gibt endlich wieder Liebe in den Kakao.

»Psst, Oliver!« Ein Handschuh winkt hinter einem der Apfelbäume hervor.

»Hallo, Jana. Magst du mit mir den Schneemann fertig bauen?«

Sie kommt hinter dem Baumstamm hervor und glotzt mich blöde an. Ich weiß, dass sie sich öfter hier versteckt. Bei ihr zu Hause ist es einfach zu langweilig. Klar, sie hat ja auch kein großes Haus mit einem so tollen Garten. Sie stapft durch den Schnee und stellt sich neben mich.

»Was ist mit Sami?«, fragt sie.

»Liegt im Krankenhaus. Bauen wir zusammen die Arme?«

»Ist er ... Also geht es ihm gut? Lebt er noch?«

»Sicher, sonst würde er nicht im Krankenhaus liegen, sondern auf dem Friedhof.«

Sie zuckt zusammen, als hätte ich sie in den Magen geboxt. Dabei mache ich so was nie. Ich bin immer nett zu ihr.

»Oliver … kannst du ein Geheimnis bewahren?«

»Ja, kann ich! Was für ein Geheimnis?«

»Du musst aber schwören, es keinem zu verraten. Wirklich niemandem! Versprich es mir.«

»Ich schwöre es! Jetzt sag schon, worum geht es? Ich will es wissen, sag endlich!«

Sie kommt dicht an mich heran, umfasst meine Hand und flüstert: »Es ist meine Schuld, dass Sami im Eis eingebrochen ist.«

»Ist nicht wahr«, flüstere ich zurück.

»Doch. Ich bin dran schuld. Aber es war keine Absicht! Ich wollte doch nur den Wolf verscheuchen.«

»Was für einen Wolf? Da war ein Wolf?«

Jana schüttelt den Kopf. Sie ist blass geworden, und ihre Stimme wird schwach. »Ich wollte ihm nur helfen, wirklich! Und ich wusste nicht, was ich sonst tun soll. Also hab ich die Steine geworfen. So richtig große, schwere Steine. Das war dumm, ich weiß. Und dann ist das Eis auf einmal gebrochen, und Sami ist …«

Sie beginnt zu weinen.

»Wird er wieder gesund?«, schluchzt sie. »Er muss wieder gesund werden. Es war keine Absicht. Wirklich, ich wollte nicht, dass das passiert.«

Ich weiß nicht, was ich machen soll. Weinende Mädchen sind noch schlimmer als weinende Papas. Ich hebe eine Ladung Schnee auf und drücke sie ihr in die Hand.

»Hilf mir jetzt, den Schneemann fertig zu machen.«

Schniefend wischt sie sich die Tränen weg. »Hast du gar keine Angst um deinen Bruder?«

»Nein, warum?«

»Er könnte doch sterben!«

»Der stirbt nicht. Ich hab's heute mit meinen eigenen Augen gesehen. Sami kann gar nicht sterben. Er ist unsterblich, wie ein Vampir.«

Ich kann nicht schlafen. Sami röchelt. Oder wie man dieses gurgelnde Horror-Geräusch eben nennt, das da aus seiner Kehle kommt.

Seit heute ist er zurück zu Hause. Papa lacht wieder. Aber auch nur, wenn Sami ihm sagt, dass es ihm gut geht. Mir geht es gar nicht gut, aber das will Papa nicht wissen. Ich musste ganz früh ins Bett. Als hätte ich was ausgefressen. Samis Röcheln hört man im gesamten Haus. Er schläft viel und redet wenig. Als ich ihn heute gefragt habe, ob er was spielen will, hat er Nein gesagt. Da wäre ein Zombie-Bruder ja noch besser gewesen. Der macht wenigstens nicht solchen Lärm.

Ich habe es mit Comiclesen probiert. Hat nichts genützt. Fernsehen darf ich um diese Uhrzeit nicht mehr. Ich muss etwas anderes versuchen.

Auf Zehenspitzen schleiche ich auf den Flur und hinüber in Samis Zimmer. Das Licht an seinem Schreibtisch brennt, sonst ist es dunkel. Er liegt im Bett auf dem Rücken und gibt pausenlos dieses Geräusch von sich. Eine Mischung aus Schnarchen und Keuchen, irgendwie gruselig. Ich komme an sein Bett und tippe ihm auf die Schulter.

»He, Sami. Hör auf damit. Hör auf mit diesem Krach!«

Er wacht nicht auf, bloß seine Lider flattern ganz leicht. Schon merkwürdig, wie er jetzt aussieht. Seine Hautfarbe ist normal, aber irgendetwas ist anders. Ich beuge mich vor und zupfe an seinem Haar.

»Sami«, flüstere ich. »Kannst du mich hören? Bist du noch da drin?«

Und wenn es doch nicht Sami ist? Vielleicht haben die ihn im Krankenhaus ja vertauscht. Vielleicht ist das ein Roboter-Sami, weil der echte auf dem OP-Tisch gestorben ist und sie zu feige waren, uns das zu sagen. Das laute Schnarchen wäre ein Anhaltspunkt. Er hat früher nie geschnarcht.

Ich will keinen Roboter-Bruder.

Vorsichtig ziehe ich ihm das Kissen unter dem Kopf weg. Ich muss jetzt ganz, ganz leise sein. Auf gar keinen Fall darf er aufwachen. Ich knie mich auf die Matratze und lege das Kissen auf sein Gesicht. Auch das habe ich schon mal im Fernsehen gesehen. Es sollte eigentlich ganz leicht gehen. Ich weiß nicht, ob ein besonderer Trick dabei ist, also drücke ich einfach nur zu. So fest ich kann, drücke ich zu.

Das Schnarchen wird vom Kissen zu einem leisen Brummen gedämpft. Samis Arme beginnen zu zucken und dann zu rudern. Mit meinem ganzen Gewicht drücke ich dieses Kissen nach unten, er soll aufhören, so zu strampeln, still soll er sein, einfach nur still, so wie früher. Aber ich bin nicht stark genug. Als er sich aufbäumt, werde ich nach hinten über die Matratze geschleudert, und das Kissen kullert auf den Boden.

Keuchend schnappt Sami nach Luft. Er blinzelt und schaut sich verwundert um.

»Was ist los?«, fragt er. »Ist was passiert?«

»Du hast geschnarcht. Ich kann nicht schlafen.«

»Was?«

»Hör auf zu schnarchen, hast du kapiert?« Ich steige vom Bett runter und hebe das Kissen vom Boden auf.

Sami legt sich wieder hin. Er macht die Augen zu, und kurz darauf ist er eingeschlafen.

Soll ich es noch mal versuchen?

Vielleicht ist ein Kissen nicht gut. Es müsste schneller gehen. Da liegt eine Schere auf dem Schreibtisch …

Lieber nicht. Papa würde ausrasten.

Ich gehe zurück in mein Zimmer, krieche unter meine Bettdecke und halte mir die Ohren zu.

SAMUEL

»Gott, endlich geht die Sonne auf!« Jana stellt sich an
das Aussichtsfenster und hält ihr Gesicht in den grellen Streifen Tageslicht, der in diesem Moment über die
Berggipfel kriecht und in einer trägen Walze das Tal
erreicht.

Den ganzen Morgen schon zieht sie eine Grimasse,
weil es so dunkel war und sie es nicht gewohnt ist, zeitig auf den Beinen zu sein. Ich habe kein Problem mit
Dunkelheit oder mit frühem Aufstehen. Wer Berge
besteigen will, muss sich ohnehin mit dem Gedanken
anfreunden, Tageslicht und Schlaf nur in begrenzten
Mengen zu konsumieren, anders kommt man vielleicht
in Schwierigkeiten, aber bei Weitem nicht ans Ziel.

»Glauben Sie, Sie finden den Kerl?« Der Mann von
der Bergrettung, der mit uns in der Gondel fährt, mustert mich von Kopf bis Fuß. Ich kenne diesen Blick: Er
hat mich noch nie zuvor gesehen und fragt sich jetzt,
welcher Teufel mich geritten hat, ohne Jacke, Haube
und Handschuhe in dieser verflucht kalten Gondel zu
stehen, geschweige denn auf einen der gefährlichsten
Berge der Welt zu steigen.

»Das Wetter ist gut«, antworte ich schulterzuckend.
»Kein Wind, gute Sicht – optimale Voraussetzungen.«

»Sie sind also zuversichtlich.«

»Dass ich ihn finde, schon. Dass er noch lebt, eher
nicht.«

Der Mann sagt nichts mehr. War ohnehin ein reiz-
loses Gespräch. Ich lehne mich mit dem Rücken an die
Fensterscheibe und überlege. Ich bin gut ausgeruht,
und die Kraft, die ich in den Anden gesammelt habe,

ist noch lange nicht verbraucht. Im Prinzip hängt alles von der Bergrettung ab. Solange sie mir nicht wieder einen ihrer zahlreichen Dilettanten zur Seite stellen oder mir mit ihrem Helikopter am Arsch kleben, der unnötig Wind und Lärm erzeugt, habe ich ihren abgängigen Hobbyalpinisten schneller gefunden, als man »abgängiger Hobbyalpinist« sagen kann. Tot oder lebendig. Voraussichtlich tot.

Wir erreichen die Mittelstation auf 1632 Metern Höhe. Die Seilbahn geht auf insgesamt 2400 Meter, aber die Gipfelstation ist seit dem jüngsten Lawinenabgang gesperrt. Spielt sowieso keine Rolle, von wo aus ich aufbreche. Unwegsam und gefährlich ist es überall.

Eine Schwadron aus Helikoptern steht auf der Landeplattform neben dem Ausgang der Liftstation bereit. Ich schultere meinen Rucksack, in dem sich alles befindet, was ich für den Einsatz brauche, und marschiere in die klirrende Kälte.

Der über Nacht gefallene Neuschnee knirscht unter meinen Stiefeln. Jana stülpt sich hektisch die plüschige Kapuze ihrer Jacke über den Kopf und trippelt mir mit angezogenen Schultern hinterher. Auch der Typ von der Bergrettung hat sein Kinn tief in den Kragen gesteckt, als die Kälte ihn von allen Seiten trifft.

Neben den Helikoptern wartet bereits ein Empfangskomitee auf uns. Allerhand bekannte Gesichter, versteckt unter Mützen, Schals und Kapuzen, werden bei meinem Anblick überdeutlich von Erleichterung durchströmt – eine spannende Abwechslung zum panischen Auseinanderweichen, wenn ich zu Hause auf der Bildfläche erscheine. Überrascht ist hier niemand mehr, dass ich trotz bitterer minus zehn Grad bloß eine Trekkinghose und ein langärmliges Trainingsshirt trage, das ich am liebsten hochkrempeln oder gleich ganz weglassen würde, aber man will hier ja niemanden in Bedrängnis bringen. Dicke Kleidung behindert mich bloß, nimmt mir Bewegungsfreiheit und bringt mich unnötig zum Schwitzen. Wäre es keine Frage der Sicherheit, würde ich wahrscheinlich nackt klettern.

Der Chef der Truppe, Gerald Steiner, gibt mir erfreut die Hand. »Das Wetter ist perfekt, finden Sie nicht?«

»Erinnern Sie mich daran, dass ich in Zukunft Geld für solche Aktionen verlange.«

Er klopft mir auf die Schulter und reibt sich mit seinen dicken Handschuhen die Hände. Ich kenne sonst niemanden, dessen Nachname so perfekt zu seinem Gesicht passt. Die kantigen Wangenknochen und die breite Nase erinnern an einen Steinriesen aus irgendwelchen Märchen. Er klingt auch wie ein Steinriese, tiefe grummelnde Stimme, immer ein bisschen unterkühlt.

»Wir glauben, dass die vermisste Person ungefähr auf Höhe des Leopoldinerpasses verunglückt ist. Ab dort haben wir keine Meldung mehr von ihm erhalten.«

»Wieso ist er allein aufgebrochen?«

»Da wollte mal wieder jemand mit Ihnen konkurrieren, nehme ich an.«

»Idiot.«

»Bis zum Himmelssprung dürfte er es jedenfalls nicht geschafft haben, dort haben wir mit den Helikoptern alles abgesucht. Allerdings ist die Sicht dort oben sehr schlecht. Eine geringe Chance, dass er doch irgendwo dort oben ist, besteht also noch.«

Ich schnippe mit dem Finger, damit Jana an meine Seite kommt. Sie reicht mir einen Feldstecher.

In der Tat, über dem Leopoldinerpass hängen Wolken. Der Rest der Strecke wirkt gut passierbar, die senkrecht in die Höhe reichende Steilwand glänzt in der Morgensonne wie blankes Metall. Ein wunderschönes Monstrum von einem Berg. Schon spüre ich, wie mich Adrenalin durchströmt, mein Herzschlag beschleunigt sich, und in meinem Inneren steigt die Temperatur auf gefühlte hundert Grad Celsius. All meine Sinne und Gedanken konzentrieren sich auf dieses innere Feuer, auf den Motor, der mich zu Höchstleistungen antreibt und dem ich blind vertrauen kann, weil er mich, wenn es darauf ankommt, noch nie im Stich gelassen hat.

Ich gebe Jana den Feldstecher zurück und öffne meinen Rucksack. Eng anliegende Handschuhe zum Schutz vor Eis und scharfen Kanten. Eine Spezialanfertigung, genau wie die schmale Schutzbrille, die von allen Variationen mein Sichtfeld am wenigsten einschränkt. Natürlich brauche ich auch mein Messer, zum Durch- und Abschneiden verschiedenster Dinge, Seile, Textilien, Gliedmaßen … Gliedmaßen sind immer lustig. Dafür reicht kein herkömmliches Taschenmesser. Das heißt, im Grunde reicht es schon, aber es gibt Besseres für diesen Zweck.

Ich stecke es in meinen rechten Stiefel, dann drückt mir Steiner eine Ladung Seil in die Hand.

»Vorschrift, Samuel. Glauben Sie ja nicht, ich lasse Sie da ungesichert hochsteigen.«

»Darf ich's wenigstens allein machen?«

»Nein. Eggenhuber wird Sie begleiten.«

»Ist das der, der nicht die Klappe halten kann?«

»Wenn es Sie einmal da oben erwischt, werden Sie froh sein, dass zwei Leute zu Ihnen hochkommen und nicht bloß einer.«

Jedes Mal die gleiche ermüdende Diskussion. Ich hänge mir das Seil über den Rücken und ziehe mir die Handschuhe an.

Jana taucht vor mir auf. Sie scheint in ihrem dicken Parka beinahe zu verschwinden. Vor ihrem Gesicht tanzen Atemwölkchen, als sie zitternd von einem Bein aufs andere tritt und mir beim Anlegen der Schutzbrille zusieht.

»Sei vorsichtig«, sagt sie.

Ich grinse, und sie schaut mich an, als hätte ich endgültig den Verstand verloren. Gut so. Geistig gesunde Menschen können hier sowieso einpacken.

Steiner und sein Team begleiten mich den schmalen Pfad entlang, der von der Mittelstation zum Beginn der Route führt. Eggenhuber wartet dort bereits auf mich. Verschneites Geröll und vereinzelte Nadelbüsche ragen aus der Erde, und plötzlich fühle ich mich, als wäre ich auf einem fremden Planeten gelandet, einer unwirklichen, feindseligen Landschaft aus Eis und Gestein ausgesetzt, unter einem viel zu nahen Himmel, der kaum Sauerstoff bietet. Der Pfad führt zu einer Kante, die unmittelbar über den tiefen Abgrund ragt. Zu meiner Rechten befindet sich der Berg. Nur noch Berg, alles andere wird von ihm verschluckt.

»Also dann«, sagt Steiner. In seine Stimme hat sich Nervosität geschlichen, und er weicht ein gutes Stück vor dem Abgrund zurück. »Wir bleiben über Funk in Verbindung. Der Helikopter wird Sie die ganze Zeit überwachen – keine Sorge, diesmal mit genügend Abstand.« Er wartet, dann tippt er sich ans rechte Ohr. »Die Ohrenstöpsel, Samuel!«

Widerwillig stecke ich mir die Dinger ins Ohr und höre sogleich ein nerviges Rauschen. »Dafür schulden Sie mir was!«

»Das besprechen wir, wenn Sie wieder zurück sind. Viel Glück!«

Glück hat damit nichts zu tun. Das hier ist meine Stärke, meine Disziplin, in der mich niemand schlägt. Ich brenne darauf, meine Hände in den eiskalten Stein zu krallen, zu fühlen, wie der Berg sich gegen mich wehrt, Witterung und Höhe ausgesetzt zu sein, während meine ganze Kraft sich in meinen Armen und Beinen bündelt, losgelassen werden will, ehe sie mich von innen heraus auseinandersprengt. Ich kann nicht mehr aufhören zu grinsen. Ungestüm klettere ich los, während im Hintergrund das Starten der Rotorblätter die malerische Stille vertreibt. Ich bin ein vollgetankter Sportwagen, und das da ist meine Rennstrecke. Also ab ins Vergnügen.

CARO

»Und wann wird die Seilbahn wieder fahren?«, frage ich den Liftwart.

Er muss mich für eine Vollidiotin halten. Seit fünfzehn Minuten stehe ich hier, starre Löcher in den Fahrplan und nerve ihn mit Fragen, die er mir schon dreimal beantwortet hat. *Wie hoch liegt die Gipfelstation? Sind diese Seile sicher? Was meinen Sie mit »Lawinenunglück«? Gibt es einen anderen Weg auf den Berg?*

Auch diesmal ist seine Antwort frustrierend: »Kann ich leider nicht sagen. Die Bergrettung muss mir erst grünes Licht geben, dann kann der Betrieb wieder aufgenommen werden. Die suchen da oben immer noch nach dem vermissten Bergsteiger. Rechnen Sie nicht vor morgen oder übermorgen mit einer Fahrt.«

»Ich verstehe. Kann man nichts machen.«

»Tut mir sehr leid. Versuchen Sie es morgen noch einmal.«

»Okay. Morgen. Ist gut.«

Verzweifelt sehe ich ihn an. Erkennt er denn nicht, dass ich mit den Nerven am Ende bin? Es kostete mich alle Kraft, überhaupt hierherzukommen, so nahe an das Monster heran, das mir von Weitem bereits solche Angst einjagt, und dann abgewiesen zu werden, nachdem es so hart war, den Entschluss zu fassen, in eine dieser Gondeln zu steigen und sich dem Berg zu stellen, das ist hart. Ich könnte die Glasscheibe zwischen uns mit bloßen Händen zerschlagen, wenn ich nicht sicher wäre, dass dieser Tag dann bloß noch furchtbarer werden würde, als er es ohnehin schon ist.

Ich bedanke mich und gehe zurück zu Ben, der sich

auf eine der Sitzbänke neben dem Gebäude gesetzt und geduldig auf mich gewartet hat. Als ich mich unterwegs noch einmal nach dem Liftwart umdrehe, hat der eine Sichtblende vor das Fenster geschoben und sich in seinen Ticketschalter verkrochen. Das Kinn tief in den Stoff meines Wollschals gegraben, nehme ich Platz und stoße mit einem innigen Schmerzenslaut die Luft aus.

»Das ist so unnötig«, kommentiert Ben unsere Lage. »Wieso sperren die gleich die ganze Bahn nur wegen einer Lawine? Könnten sie uns nicht wenigstens bis zur Mittelstation bringen?«

»Dort oben findet gerade ein Einsatz der Bergrettung statt. Wir wären da wohl im Weg.«

Er schnaubt. Ich bin ihm ja dankbar, dass er mich diesmal nicht allein gelassen hat, aber eine besonders große Hilfe ist er nicht. Den Großteil des Morgens hat er sich bloß darüber beschwert, wie kalt es trotz des Sonnenscheins ist und dass man hier nirgendwo vernünftigen Handyempfang hat. Allein der Vorschlag, auf die Südwand zu fahren, erweckte in meinem Bruder etwas Ähnliches wie Begeisterung. Kaum auszudenken, wie er sich den restlichen Tag verhalten wird, nachdem die heiß ersehnte Abwechslung nun definitiv flachfällt.

»Gibt es keinen anderen Weg nach oben?« Ben ist aufgestanden und geht zur großen Karte, die unter einem Vordach an der Außenwand der Talstation hängt. »Da wird doch sicher noch eine andere Bahn raufführen. Da, was ist mit der? Großtundenfeld-Bergbahn. Tunden, haha. Ersetze das d durch ein t, und schon hast du –«

»Wenn du etwas Hilfreiches beitragen willst, komm her und iss mit mir die zwei Bananen, die ich eingepackt habe. Die werden sonst braun.«

Er ignoriert meinen Vorschlag und studiert weiter die Karte. Allein in der unmittelbaren Umgebung gibt es acht Seilbahnen, die auf fünf verschiedene Berge führen. Ganz zu schweigen von den unzähligen Schlepp- und Sesselliften, die die unterschiedlichen Pisten erschließen. Gesperrt ist von allen Bahnen nur diese, und genau die hätten wir gebraucht.

»Und wenn wir auf einen anderen Berg fahren?«, schlägt er vor. »Ist sicher schön da oben.«

»Nein«, antworte ich, während ich grimmig meine Banane schäle. »Ich möchte nicht so hoch hinauf.«

»Aber Hauptsache, du wolltest auf die Südwand.«

»Du weißt genau, warum!«

»He, he, ich kann doch auch nichts dafür, dass die uns nicht rauflassen.«

»Ich weiß, ich weiß. Tut mir leid.« Ich würde am liebsten auf irgendetwas einschlagen, den Liftwart oder diese verfluchte Bank, so geladen bin ich mittlerweile.

Ben kommt zurück und streckt seufzend die dünnen Beine aus. Seine Chucks sind vom Schnee völlig durchnässt. Mit einem versöhnlichen Lächeln halte ich ihm die zweite Banane hin, die er zwar annimmt, aber bloß gedankenlos zwischen den Händen dreht.

Vielleicht wollte ich erneut zu viel für den Anfang. Was hätte ich getan, wenn mich die Gondel auf diesen Berg gebracht hätte? Was hätte ich gefühlt? Erleichterung? Einen Hauch von Trost, weil es eben doch nur ein Berg ist? Ein Berg und kein Monster? Die gesamte Aktion war viel zu überstürzt. Einfach herzukommen, von einem Tag auf den anderen ins Auto zu steigen und auf die Jagd nach meinen Dämonen zu gehen, das kann doch nur schieflaufen. Hätte ich mich zuvor wenigstens informiert, dann würden wir jetzt nicht so planlos von einem Fehlschlag zum nächsten stolpern. Und wer weiß, wäre Ben nicht bei mir, hätte ich vielleicht längst den Schwanz eingezogen und wäre wieder nach Hause geflüchtet. In mein schützendes Nest, wo Alex' Tod bloß eine Erinnerung ist, ein abstrakter, manchmal surrealer Gedanke, während er sich hier mit jedem Atemzug ein Stück mehr zu der riesigen Wand manifestiert, die mich seit Monaten davon abhält, in meinem Leben voranzukommen.

Ein Ellenbogen trifft mich sanft an der Seite. »Willst du zurück?«

Er meint unsere Pension, aber ich überdenke seine Frage ganz allgemein. Es wäre wohl am besten. Er wäre wieder bei seinen Freunden, und ich stünde nicht länger vor der Entscheidung, ob ich stark sein will oder nicht. Aber dann muss ich an mein Spiegelbild denken, an die ernste Frau, die mir tagtäglich entgegenstarrt und die jede Hoffnung, je wieder glücklich zu werden, bereits aufgegeben hat. Ich will diese Frau nicht länger sein. Auch wenn es wehtut, so muss ich das hier abschließen und mich dem Berg stellen. Zu meinem Wohl und auch zu Bens.

»Nein«, antworte ich. »Ich würde gern noch ein wenig bleiben. Mir den Berg ein bisschen ansehen.«

Ben sagt nichts. Nach einer Weile stöpselt er sich wieder die Kopfhörer in die Ohren.

Wir sitzen auf dieser Bank, bis die Mittagssonne den gesamten Parkplatz sowie das Dach der Talstation in warmes Licht getaucht hat. Bis mein Hintern vom Sitzen brennt und mir unter der dicken Jacke der Schweiß ausbricht. Bis ich glaube, verrückt zu werden, und dennoch so klar bei Verstand bin wie schon lange nicht mehr: Ich. Gebe. Nicht. Auf!

Ben ist eben dabei, die Banane aus der Schale zu lösen. Da ertönt ein tiefes mechanisches Surren, und plötzlich setzt sich die Seilbahn in Bewegung.

Ben und ich springen gleichzeitig auf die Beine. »Geht's endlich weiter?«, fragt er aufgeregt.

Ich hechte die Metalltreppe hoch, die in den Bereich

mit dem Laufwerk führt, an dem die Tragseile befestigt sind. Der Lärm der Hydraulik macht es mir schwer, die Worte des Liftwarts zu verstehen. Er steht auf der anderen Seite und sagt wohl etwas wie »Falscher Alarm!«. Ich versuche ihm zu deuten, ob es erlaubt ist einzusteigen. Daraufhin kommt er aufgelöst zu uns herübergerannt und ruft: »Bitte gehen Sie wieder nach draußen. Die Bahn ist weiterhin gesperrt, wir bringen bloß einige Bergungskräfte nach unten.«

»Haben sie den Kerl gefunden?« Ben rüttelt an der Absperrung zu den Gondeln, was den Liftwart wohl etwas nervös macht.

»Bitte verlassen Sie die Station! Ich darf Sie hier nicht reinlassen.« Mit ausgebreiteten Armen lotst er uns zurück nach draußen, wo er ein Klebeband hervorzaubert und damit den Aufgang versperrt. »Ich kann nichts machen«, fügt er hinzu, nun deutlich unfreundlicher, da ihm mein finsterer Gesichtsausdruck offenbar missfällt.

Ben gibt erneut dieses Schnauben von sich und kickt frustriert einen Stein weg. »Scheißbergrettung!«

Wir setzen uns wieder auf die Bank. Wenn wir schon nicht da hoch dürfen, möchte ich wenigstens einen Blick auf die Leute werfen, die mich daran hindern, mich mit der Vergangenheit zu konfrontieren. Ben dürfte den gleichen Entschluss gefasst haben, denn er beobachtet die herunterkommenden Gondeln genauso gespannt wie ich.

Bei Nummer sechzehn ist es schließlich so weit. Der Reihe nach steigen die Leute aus der Gondel und verlassen das Liftgebäude. Es sind eine Frau und fünf Männer, vier von ihnen tragen Uniformen der Bergrettung, der fünfte trägt ... ein Sweatshirt?

Ben springt wie vom Blitz getroffen auf die Beine und reißt vor Staunen den Mund auf. »Caro, Caro! Das ist Samuel Winterscheidt! Heilige Scheiße, Caro, das ist Samuel fucking Winterscheidt!«

Der Mann sieht in unsere Richtung, und als unsere Blicke sich treffen, wird mir plötzlich eiskalt.

Samuel Winterscheidt. Endlich weiß ich, woher mir dieser Name bekannt vorkommt. Ich habe ihn schon einmal gelesen, im Bericht der Bergrettung vor sechs Monaten. Er war derjenige, der Alex damals gefunden hat. Er hat meinen Verlobten als Letzter gesehen. Und nun geht er an mir vorbei. Nur ein Schritt und ich könnte ihn berühren. Nur ein Schritt und ich könnte ihn umbringen.

Die Truppe steuert auf eine Kolonne Einsatzfahrzeuge zu, die ein Stück weiter am Straßenrand angehalten hat. Ben ist so überdreht, dass er um ein Haar hinterherläuft. Ich muss ihn am Zipfel seiner Kapuze festhalten und grob zu mir drehen.

»Lass den Scheiß!«, brülle ich.

Entsetzt starrt er mich an.

Ich muss weg von hier. Sonst drehe ich durch. Weg von diesem Mann, weg von dieser Kälte. Ich marschiere los, zurück zum Auto, das ich ganz hinten am Ende des Parkplatzes abgestellt habe. Ben kommt mir kaum hinterher. Ich reiße die Tür auf, starte den Motor und steige aufs Gas. Ein Glück, dass Ben schnell genug war, um ebenfalls einzusteigen, sonst wäre ich wohl ohne ihn gefahren.

Unsere Abzweigung versäume ich. Ich fahre einfach weiter, die Straße entlang, bis zu einer verbreiterten Ausweichstelle, wo ich schlussendlich anhalte. Alles wirkt trübe und weit entfernt – als wäre ich im Inneren eines fremden Verstandes. Ich kralle die Hände ums Lenkrad, als wäre es Samuel Winterscheidts Hals, fokussiere all mein Denken auf die schier unmögliche Aufgabe, jetzt nicht laut und verzweifelt loszuschreien, sondern zu atmen, einfach nur zu atmen. Mit geschlossenen Augen versuche ich, mich in den Griff zu kriegen, konzentriere mich auf den regelmäßigen Herzschlag in meiner Brust, der mich daran erinnert, dass das Leben weitergeht. Immer weiter und weiter. Egal, was passiert. Egal, wie weh es manchmal tut.

»Caro?« Ben klingt bestürzt. Er berührt meine Schulter, und ganz plötzlich lösen sich meine Hände, und ich sinke in mich zusammen und breche haltlos in Tränen aus.

»Shit, Caro, was ist denn los?« Ben weiß sich nicht zu helfen, ist genauso verzweifelt wie ich. Als ich bloß immer weiter heule, beugt er sich vor und schlingt beide Arme um mich. »Ist gut«, sagt er mit belegter Stimme.

In Wahrheit ist nichts gut. Ich bin ein Wrack. Wie soll ich einen Fuß auf diesen Berg setzen, wie soll ich den Verlust je überwinden, wenn eine einzige Begegnung, ein kurzer Augenkontakt mit einem völlig Fremden mich derart aus der Fassung bringt?

Ich wische mir über die Augen und putze mir die Nase, dann ist das Schlimmste überstanden. »Okay«, flüstere ich. »Es geht wieder. Du kannst mich loslassen, Benni.«

Er hasst es, wenn ich ihn so nenne. Er meint, Benni sei ein Name für einen fetten Stallochsen. Trotzdem lässt er mich nur widerstrebend los, als ich ein weiteres Mal darum bitte.

Wortlos wende ich den Wagen und nehme den Weg zurück, den wir gekommen sind. Ben sieht aus dem Fenster und schweigt.

»Du bist also wirklich Fan von diesem Winterscheidt?«

Ben schaut vorsichtig in meine Richtung.

»Ja?«, antwortet er, und es klingt, als frage er sich, ob das die richtige Antwort war.

»Er ist bei Alex gewesen, als es passiert ist.«

Erneut fällt ihm die Kinnlade runter. »Wie jetzt? Du meinst …?«

»Sie wussten ja, wo er war. Er saß an dieser verdammten Schlucht fest, wo es nicht weitergeht.«

»Am Himmelssprung?«

»Genau. Sie haben Samuel Winterscheidt losgeschickt, um ihm hinterherzuklettern. Er hat ihn auch erreicht, aber irgendetwas ist schiefgegangen. So hat man mir das zumindest erklärt.«

»Was soll denn das heißen? Samuel Winterscheidt macht keine Fehler.«

»Keine Ahnung«, antworte ich. Meine Stimme ist nun ganz ruhig. Zum ersten Mal seit Alex' Tod weiß ich genau, was zu tun ist. »Aber ich werde ihn fragen.«

JANA

»Hast du den Jungen gesehen?«, frage ich. »Vorhin, am Parkplatz?«

Sami hat kein Wort gesagt, seit wir aus der Gondel gestiegen sind. Das ist mein letzter Versuch, ihn zum Reden zu bringen. Überraschenderweise bin ich diesmal erfolgreich.

»Der war nervig«, antwortet er.

Wir sitzen im Auto und sind auf dem Weg nach Hause. Ich bin am Steuer, Sami starrt mit angelehntem Kopf nach draußen. Er wird müde sein nach dem gehetzten Auf- und Abstieg. Und ordentlich frustriert. Einen Handschuh und ein loses Stück Seil, das von der Witterung aus den Verankerungen gerissen worden war – mehr brachte er von dem Vermissten nicht zurück. Er mag sich gern gefühllos geben und hält sich innerlich für mindestens genauso hart wie die Felsklippen, die er in Rekordzeit bezwingt, doch es ist offensichtlich, dass solche Misserfolge auch ihm nahegehen. Und sei es nur, weil sein eigenes Ego unter dem Versagen leidet.

»Ich finde, du hättest ihm ein Autogramm geben können. Er hat sich kaum einkriegen können vor Freude, als du dich zu ihm umgedreht hast.«

»Hast du die Furie gesehen, die bei ihm war? Der wollte ich nicht zu nahe kommen.«

»Es fallen eben doch nicht alle Frauen in Ohnmacht, wenn sie dich sehen.«

Mein lahmer Scherz interessiert ihn nicht. Ich befürchte ohnehin, dass er mir nur halb zuhört. Bevor wir losgefahren sind, habe ich Konrad vorsorglich eine SMS geschrieben, um ihn auf die apokalyptische Stimmung des Hausherrn vorzubereiten. Denn wenn wir Pech haben, wird er vor Frust über die missglückte Rettungsaktion das halbe Haus auseinandernehmen, nur um etwas zum Zusammenflicken zu haben, das ihn auf andere Gedanken bringt. Ich lenke den geländetauglichen SUV um die letzte Kurve, dann taucht an der Kuppe des Hangs das Haus auf. Im Inneren ist es dunkel, sodass ich nicht erkenne, ob hinter den Fenstern bereits allerhand Gestalten auf und ab laufen, um die letzten Vorkehrungen zu treffen. Dafür entdecke ich Konrad, der mit dicken Schneestiefeln die Einfahrt entlangkommt und das Tor von innen öffnet.

Ich mache mir nicht die Mühe, den Wagen in die Garage zu fahren. Sami ist sowieso längst ausgestiegen. Das macht er gern, einfach die Tür öffnen und rausspringen, obwohl ich noch nicht mal richtig angehalten habe. Eine Kindersicherung wäre die Lösung. Wow, das würde ihn vielleicht sauer machen.

Ich lasse den Wagen in der Einfahrt stehen und drücke Konrad beim Aussteigen den Schlüssel in die Hand. Er wird den SUV später wegfahren, wenn keine Gefahr mehr besteht, dass Seine Lordschaft spontan in ein anderes Bundesland oder gleich zum nächsten Flughafen düst, weil er es für eine gute Idee hält, in seinem wütenden Zustand unüberlegte Entscheidungen zu treffen.

»Wie geht's ihm?«, fragt Konrad, nachdem Sami ins Haus verschwunden ist.

»Verglichen zu vorher etwas besser. Aber ich würde trotzdem einen Bogen um ihn machen.«

»Armer Teufel«, sagt Konrad kopfschüttelnd. Erst nach einem Moment begreife ich, dass er den verunglückten Kletterer meint.

Wir gehen ins Haus. Nachdem ich die dicke Schicht aus Jacke, Schal und Handschuhen losgeworden bin, schlüpfe ich in meine flauschigen Hausschuhe und eile nach oben, um mich umzuziehen. Ich fühle mich komplett verschwitzt. Trotz der Eiseskälte brach mit jeder Sekunde, die ich wie ein alleingelassener Schoßhund bei der Mittelstation auf Samis Rückkehr gewartet habe, die Hitze in mir aus. Geschlagene vier Stunden stand ich mit dem Fernglas in der prallen Höhensonne und überwachte jeden Klimmzug, den er an der Felswand tat. Als er ins Wolkenfeld kam, bekam ich Angst. Der Funk fiel für einige Zeit aus, und die Männer von der Bergrettung starteten einen zweiten Helikopter. Kurz darauf schlug Samis Kletterpartner Alarm, weil er ihn aus den Augen verloren hatte.

Inzwischen vermute ich ja, dass Sami den Funk absichtlich unterbrochen hat, sobald er sicher war, dass er sich nicht mehr in Sichtweite befand. Er tut so etwas nicht aus Ignoranz oder Bösartigkeit wie so viele andere Dinge, nein, beim Klettern will er einfach nur allein sein. So war es schon immer: er und der Berg, eine Liebe, der sich niemand entgegenstellen darf.

Im ersten Stock begegnen mir die üblichen Anzeichen der Verwüstung, die Sami bei der Heimkehr hinterlassen hat: eines der Hausmädchen ist fieberhaft dabei, den Teppichläufer auf der Treppe einzurollen, da er ihr offenbar befohlen hat, einen neuen auszubreiten. Dann treffe ich Manfred, der mit ratlosem Gesicht im Korridor steht und ein Blatt Papier anstarrt.

»Ich wollte ihm den Kostenvoranschlag für den kaputten Geschirrspüler zeigen. Er ist einfach weitergegangen und hat dann nur gebrüllt, dass ich mir einen neuen Job suchen soll! Was – was soll ich jetzt machen? Ich brauche diesen Job … Was soll ich jetzt –«

»Beruhige dich«, unterbreche ich sein hilfloses Gestammel. »Beruhige dich und denk scharf nach. Was war das Erste, was ich dir über Herrn Winterscheidt gesagt habe?«

Er holt tief Luft. Im nächsten Moment kullern die Worte wie Murmeln aus seinem Mund. »Dass ich ihn nicht ansprechen soll, wenn er so ein Gesicht macht!«

Er zieht eine scheußliche Grimasse, die zwar nichts mit Sami gemein hat, aber den Kern des Ganzen sehr gut trifft.

»Genau. Sprich ihn nicht an, wenn er so ein Gesicht macht. Und falls du es doch machst, dann nimm nichts ernst, was er sagt. Okay?«

Er schaut reumütig zu Boden, seine Finger zerknittern das Papier. »Okay.«

»Er meint so etwas nicht ernst. Er hatte einen harten Tag.«

»H-heißt das, ich bin nicht gefeuert?«

»Nein, du bist nicht gefeuert.« Ich schiebe den Jungen in Richtung Treppe, und er macht vorsichtig ein paar Schritte von mir weg. »Gib Konrad den Zettel. Der wird sich um das Problem kümmern.«

»Gut, mach ich!« Er bedankt sich mit einem scheuen Lächeln und macht brav, was ich gesagt habe.

Es bleibt spannend, wie lange der Junge sich halten wird.

Endlich habe ich mein Zimmer betreten und die Lichter aufgedreht, da läutet mein Handy Sturm.

»Heeey«, begrüßt mich Oliver gut gelaunt. »War es ein Hurrikan? Ein Flugzeugabsturz? Falsch, es war mein Bruder, der wieder mal nicht weiß, wie man mit Türen umgeht!«

»Was ist denn passiert?«

»Knallen hat er sie lassen. So ziemlich alle Türen, die es gibt.«

»Solange es nur das ist. Mir ist gerade Manfred begegnet – der Junge braucht dringend Urlaub.«

Er lacht und wechselt das Thema. »Wie war es am Berg?«

»Kalt. Ungemütlich. Und kalt.«

»Lust auf eine Runde Playstation mit heißem Kakao?«

»Lieber nicht«, antworte ich, während ich meine Schublade nach einem frischen Pullover durchstöbere. »Das letzte Mal fiel es mir ein bisschen schwer, den Becher und gleichzeitig den Controller zu halten. Die Flecken auf deiner Bettmatratze gehen vermutlich nie wieder raus.«

»Dann eben nur Kakao, und du erzählst mir, was du Schönes auf dem Berg gefunden hast.«

»Leider nichts.«

»Gar nichts?«

»Ich bin nicht auf die Suche gegangen. War zu nervös.«

»Ach, komm. Du willst es mir nur nicht sagen.«

Ich fische einen schwarzen, dicken Rollkragenpulli aus dem Schrank, gehe damit ins Badezimmer und stelle die Dusche an. Die ganze Zeit sage ich dabei kein Wort. Oliver ist unruhig geworden, fragt mich verwundert, was los sei.

»Ich muss jetzt auflegen«, sage ich.

»Was hast du denn noch vor?«

»Ich bin einfach müde.«

»Oh. Verstehe.« Er ist natürlich nicht dumm. Er erkennt meine Warnzeichen, manchmal reagiert er auch darauf, so wie jetzt, doch am Ende landen wir immer wieder am selben öden Punkt: Aug in Aug mit all dem Ungesagten, das nach jedem Treffen, nach jedem Gespräch zurückbleibt wie Asche nach einem Feuer. Ich will ihm nicht wehtun. Aber ich fürchte, das muss ich irgendwann.

»Dann sehen wir uns beim Essen«, sagt er nun sehr distanziert.

»Ja, spätestens.«

»Falls du doch noch Lust auf einen Kakao hast, komm einfach zu mir rauf.«

Ich verabschiede mich und lege auf. Einem verrückten Impuls folgend schleudere ich das Handy weg, sodass es auf dem Bett aufschlägt, von der Matratze hochfedert und hinter die Kommode fällt. Verdammt. Ich hole es wieder hervor und lege es griffbereit auf den Nachttisch.

Denn wahrscheinlich wird es heute noch einige Male klingeln.

Nach dem Abendessen helfe ich Anne beim Abwasch. Ohne Spülmaschine ist es eine Menge Arbeit, den Berg aus Geschirr zu spülen. Aber meine Hilfsbereitschaft ist nicht ganz uneigennützig: Zum einen ist es angenehm warm in der Küche, was man vom Rest des Hauses nicht behaupten kann. Zum anderen, und das ist der Hauptgrund, brauchte ich ein sicheres Versteck vor Oliver und seinem erschlagenden, ja fast manischen Interesse an allem, was ich sage, tue und denke, was mich oft wünschen lässt, ich würde überhaupt nichts mehr sagen, tun und denken. Es sind seine Augen. Sie können einfach nicht lügen, sprechen schamlos alles aus, was er sich nie zu sagen trauen würde. Manchmal möchte ich in einen anderen Raum, eine andere Stadt flüchten, weit weg von seinen Gefühlen, die so allgegenwärtig sind, dass sie mir jeden Platz zum Atmen nehmen, aber ich kann nicht. Ich habe ein Versprechen gegeben, damals vor so vielen Jahren; dass ich mich um ihn kümmere, dass ich ihn und Sami nicht im Stich lasse, und daran werde ich mich halten. Ich muss mich daran halten. Wo sollte ich sonst hin?

Beim Aufspringen des Hintereingangs, durch den man von draußen direkt in die Küche kommt, lasse ich fast einen Teller fallen.

»Meine Güte!«, stößt Anne aus und verpasst dem

eben hereingeschneiten Manfred einen Klaps mit dem Geschirrtuch. »Musst du uns so erschrecken? Und was soll das, ich habe eben erst den Boden geputzt! Zieh dir gefälligst die dreckigen Stiefel aus!«

Eilig tut der Junge, was sie sagt. Er hebt die Stiefel hoch und drückt sie sich an die Brust, weil er offenbar nicht weiß, wo er sie sonst hinstellen soll. Er ist blass trotz der Kälte, aus der er kommt, und seine Augen schauen nervös von einem Punkt zum anderen.

Ich lege das Geschirrtuch weg und berühre ihn an der Schulter. »Ist alles in Ordnung?«

Er schüttelt den Kopf. Ich nehme ihm die Stiefel ab, die die komplette Vorderseite seines Anoraks verdreckt haben, und streiche ihm beruhigend über den Rücken.

»Willst du einen heißen Kakao? Anne, mach dem Jungen doch bitte einen Kakao.«

Während Anne zum Kühlschrank geht und eine Packung Milch herausholt, setzt Manfred sich auf einen der Barhocker, die zum Küchentresen gehören, und verschnauft. Nach einem gierigen Schluck Kakao beginnt er endlich zu erzählen.

»Ich war im Wald … Konrad hat mich zu einem der Holzstöße geschickt, weil das Feuerholz langsam knapp wird … und als ich so dabei war, das Holz auf den Karren zu stapeln …« Er nimmt noch einen Schluck, während Anne und ich die Spannung kaum aushalten.

»Was denn, Kleiner«, zieht sie ihn auf, »hast du im Wald einen Geist gesehen?«

Ein ängstlicher Ausdruck huscht über sein Gesicht. Unruhig wetzt er auf dem Barhocker herum, beißt sich auf die Lippe, als versuche er sich daran zu hindern, die folgenden Worte laut auszusprechen. »Da … da war ein Wolf!«

Anne und ich sehen uns an. Sie bläht die Wangen auf und prustet hämisch los.

»So ein Unsinn! Das war sicher nur ein Dachs oder so. Hier gibt es keine Wölfe.«

»Nein, es – es war wirklich ein Wolf!« Plötzlich schleicht sich Wut in seine Stimme, die immer lauter wird, je mehr Anne lacht. »D-denkt ihr, ich lüge euch an? Das war kein Dachs! Ich weiß, wie ein Dachs aussieht, und das war keiner. Hört auf, euch über mich lustig zu machen!«

»Niemand macht sich über dich lustig«, beruhige ich ihn.

Annes Gelächter will einfach nicht aufhören.

»Also ehrlich, Kleiner, ein Wolf? So was Herrliches hab ich seit Jahren nicht mehr gehört. Ein Wolf in unserem Wald … Wahrscheinlich war es auch noch ein Werwolf, was? Du hast einen Werwolf gesehen!«

Kopfschüttelnd widmet Anne sich dem restlichen Geschirr. Manfred ist krebsrot angelaufen, lässt den Spott mit sichtlicher Mühe über sich ergehen. Ich warte, bis Anne ins Esszimmer gegangen ist, um das restliche Geschirr abzuräumen, dann setze ich mich zu Manfred an den Tresen.

»Also ich glaube dir«, flüstere ich.

Er hebt erleichtert den Kopf. Schon will er aufgeregt losquasseln, da lege ich ihm den Finger auf den Mund.

»Aber das muss unser Geheimnis bleiben. Niemand darf von dem Wolf erfahren, besonders nicht Herr Winterscheidt. Denn der kann Wölfe nicht leiden. Und du willst doch nicht, dass dem Wolf etwas zustößt, oder?«

Abermals will er antworten – abermals lasse ich ihn nicht.

»Denn weißt du, dieser Wolf … ich glaube, er ist der Letzte seiner Art. Er ist dort oben ganz allein und möchte einfach nur in Ruhe gelassen werden. Bestimmt ist er nicht gefährlich. Wir sollten ihn beschützen, du und ich.«

Manfred verengt die Augen. »Hast du ihn auch schon mal gesehen?« Ich nicke. »Wo?«

»Das möchte ich dir noch nicht sagen. Erst muss ich wissen, ob ich dir vertrauen kann.«

»Oh doch, du kannst mir vertrauen, ich schwöre es, du kannst mir vertrauen!« Er ist so aufgeregt, dass er beim Aufstehen fast den Becher Kakao umwirft. Ich ziehe ihn nah an mich heran, senke meine Stimme.

»Schwöre, dass du niemandem von diesem Wolf erzählst. Dann zeige ich dir die Stelle, wo ich ihn gesehen habe.«

Er nickt eifrig.

»Sag es«, fordere ich ihn auf.

»I-ich schwöre!«

Erleichtert lasse ich ihn los. Einer weniger, um den ich mir Sorgen machen muss. Manfred mag ein merkwürdiger dürrer Kauz sein, aber ich glaube, auf sein Wort ist Verlass. Bleibt zu hoffen, dass Anne nichts weitererzählt.

»Okay«, sage ich. »Dann haben wir eine Abmachung?«

»Ja! Haben wir!«

»Gut.« Ich greife nach dem Geschirrtuch und kümmere mich um die abgetropften Gläser. Kurz darauf kommt Anne zur Tür herein und balanciert einen Stapel Teller vor sich her.

»Der Chef will dich sehen«, teilt sie mir im Vorbeigehen mit.

»Konrad? Worum geht's denn?«

»Nicht dieser Chef. *Der* Chef.«

Ich schlucke. Weshalb will er mich sehen? Es kann sich nur um eine weitere sinnlose Aufgabenverteilung handeln, weil ihm langweilig ist und er sonst niemanden hat, der den Mut aufbringt, sich seinen Launen zu stellen. Ich verlasse die Küche und brauche ihn nicht lange zu suchen – er ist im Wohnzimmer, wo der offene Kamin hartnäckig gegen den Zug der Fenster ankämpft. Barfuß und in Jogginghose liegt er auf der Couch, ein Bein über der Kante baumelnd, und stiert mit angeödetem Gesicht an die Decke.

»Du wolltest mich sprechen?«

»Der Junge – was stimmt nicht mit ihm?«

»Ich weiß nicht, was du meinst.«

Er bemerkt das Küchentuch, das ich in der Eile mitgebracht habe. Sein rechter Mundwinkel wandert nach oben, genau wie seine Brauen. »Er war doch vorhin bei dir in der Küche, oder nicht?«

»Ja, und?«

»Der ist doch nicht umsonst aus dem Wald gestolpert gekommen wie ein Krüppel. Hat er da oben einen Geist gesehen?«

Wieder dieser Scherz und wieder lässt es mich innerlich frösteln. Ich knete das Küchentuch, um meine zitternden Hände zu beschäftigen. Sami setzt sich auf und wartet.

»Er ist hingefallen«, lüge ich. »Hat sich das halbe Knie aufgeschürft, der Tollpatsch.«

»Hingefallen?«

»Soll ich ihn herholen, damit du es dir selbst ansehen kannst? Vielleicht willst du ihm auch gleich ein Pflaster draufgeben. Und ein Küsschen dazu.«

Das war ein Fehler. Er steht auf und kommt im Stechschritt auf mich zu. Ich rühre mich nicht.

»So einen tollpatschigen Kerl beschäftigen wir also«, sagt er.

Er weiß es. Er weiß, dass ich lüge.

»Dann sollten wir Freddie besser nicht mehr in den Wald schicken«, fährt er fort. »Wenn er so ungeschickt ist. Sonst bricht er sich am Ende noch den Hals. Meinst du nicht?«

»Ja. Wird wohl besser sein, wenn er ab sofort im Haus bleibt.«

Er hebt mein Kinn an, sodass ich gezwungen bin, ihm direkt in die Augen zu sehen. Seine Hand ist eiskalt.

»Kein Wort von einem Wolf?«, fragt er.

»Kein Wort.«

»Sicher?«

»Sami, du tust mir weh.«

Er lässt mich los, genauso abrupt, wie er mich berührt hat. Er geht zu einem der Fenster, lehnt den Kopf nach draußen und sieht schweigsam in die Nacht.

Schon als wir Kinder waren, hat er das ständig gemacht. Mir wehgetan und hinterher so getan, als wäre nichts passiert. Manchmal würde ich gerne zurück in die Vergangenheit reisen, zurück zu diesem See, und diesmal würde ich die Steine nicht nach dem Wolf werfen, sondern warten, was passiert.

Ich glaube nicht, dass Sami etwas zugestoßen wäre. Er hätte sich dem Wolf gestellt, weil er schon damals furchtlos war, und womöglich wäre alles ganz anders gekommen. Er wäre niemals im Eis eingebrochen, mich hätten nie diese Schuldgefühle überrollt, seinetwegen und wegen des toten Wolfes, und wir beide wären völlig andere Menschen geworden. Er voller Wärme und Güte – ich mit dem nötigen Rückgrat, mich von ihm und seinem Bruder zu lösen.

Ein schönes Wunschdenken. Und totale Zeitverschwendung.

Ich bin hier, Villa Fürchterlich ist mein Zuhause. Und ich habe eine neue Aufgabe.

Er darf den Wolf im Wald niemals finden.

CARO

Das ist kein Haus, das ist eine ganze Gegend.

Am Ende der Passstraße, die in engen Kurven den Berg hinaufführt, taucht es plötzlich auf, von einem hohen Eisenzaun umgeben und abgeschottet vom Rest der Welt. Die Fassade ist dunkelgrau gestrichen, und der breite Turm verdunkelt die Sonne. Wer da drin wohnt, braucht entweder extrem viel Platz oder hat absolut kein Gespür für Dimensionen. Trotz der Kälte sind sämtliche Fenster geöffnet, sodass man einen Blick ins Innere werfen kann: dunkle Zimmer ohne Menschen. Seit Minuten starre ich auf die Türklingel, die im Vergleich zum Rest lächerlich winzig ist. Ist das hier wirklich eine gute Idee?

»Na los«, drängt Ben, »klingel endlich!«

»Wir sollten uns vorher lieber eine Strategie überlegen. Schließlich sind wir nicht eingeladen.«

»Das fällt dir jetzt ein? Ich hab dich hundertmal gefragt, was du sagen willst. Und du immer nur: *Mir fällt schon was ein!*«

Okay, ich gebe zu, es war dumm, einfach so hier aufzutauchen. Die Schnapsidee des Jahrhunderts. Leider ging es auch viel zu leicht. Ein paar nette Gespräche mit den Ortsansässigen, und schon hatte ich die Adresse in der Tasche. Von Schutz der Privatsphäre hält man in Schirau offenbar nicht viel, und nach allem, was ich über Samuel Winterscheidt in den letzten vierundzwanzig Stunden im Internet recherchiert habe, dürfte ihm die Redseligkeit seiner Nachbarn nicht so in den Kram passen wie mir.

Angeblich ist unser allseits beliebter Kletterstar dafür bekannt, Interviews abzubrechen, wenn ihm eine Frage nicht gefällt. Fans dürfen bei Treffen schon mal über zwei Stunden auf ihr Idol warten. Oh, und er soll ein knallharter Geschäftsmann sein. Irgendeine Sportfirma, die Kletterequipment herstellt, wurde von ihm in Grund und Boden verklagt, nachdem es ein paar Streitigkeiten wegen des Vertrages gegeben hatte. Ein unguter Zeitgenosse, so viel weiß ich schon jetzt.

Mein untätiges Herumstehen bringt Ben fast zur Verzweiflung. »Können wir endlich klingeln, klopfen oder einfach abhauen? Irgendwas, aber bitte schnell. Mir friert hier draußen der Arsch ab.«

»Okay, okay! Ich mach ja schon.« Ich atme tief durch und drücke die Klingel.

Aus den offenen Fenstern dringt Stimmengewirr. Hinter der Tür sind Schritte zu hören. Nervös drücke ich Bens Hand, der merkt davon gar nichts, bekommt bloß immer größere Augen, während im Inneren ein Schloss aufgesperrt und die Tür ein Stück geöffnet wird.

Ein alter Mann mit Brille und dicker Wollweste lugt durch den Spalt. »Ja bitte?«

»Ja, ähm, hallo. Bitte entschuldigen Sie, dass wir so unerwartet auftauchen. Wäre Herr Winterscheidt zu sprechen?«

»Wer sind Sie?«

»Ich bin Caroline Arendt, das ist mein Bruder Benjamin. Wir hätten ein paar Fragen an Herrn Winterscheidt.«

»Tut mir leid, er ist nicht da.« Er will die Tür wieder zumachen. Diesmal reagiere ich blitzschnell.

»Bitte, es ist sehr wichtig!« Ich bin einen Schritt nach vorne getreten, damit ich im Notfall den Fuß in die Tür klemmen kann. »Wir sind extra von Wien hierhergekommen.«

»Andere kommen sogar aus Sibirien. Bitte respektieren Sie Herrn Winterscheidts Privatsphäre, es gibt

85

genügend Gelegenheiten, ihn bei offiziellen Anlässen kennenzulernen. Im Mai ist wieder eine Convention in Deutschland, vielleicht gibt es noch Karten.«

»Nein, nein, wir sind keine Fans.«

»Also ich schon!«, sieht Ben sich gezwungen, mit erhobener Hand hinzuzufügen.

»Es geht um etwas anderes. Bitte, wenn ich nur kurz mit ihm sprechen könnte, dann –«

»Tut mir leid«, wiederholt der alte Mann gedehnt, »aber er ist nicht da. Wie ich bereits sagte.«

Allmählich geht mir die Luft aus. Den genauen Grund für mein Auftauchen will ich diesem alten Knacker nicht nennen. Ich versuche einen Blick ins Innere des Hauses zu werfen, worauf der Alte sich so breit macht, dass ich außer seinem strengen Gesicht und der Strickweste nichts mehr erkenne.

»Gibt es vielleicht jemand anderen, mit dem ich sprechen könnte? Ein Mitglied der Familie?«

Die Augen hinter den Brillengläsern werden schmal, und er betrachtet mich zum ersten Mal etwas genauer. »Worum genau geht es hier, haben Sie gesagt?«

»Ich habe noch gar nichts gesagt. Aber ich würde gerne mit einem Familienmitglied sprechen, wenn das möglich wäre.«

Er schweigt für einen Augenblick, dann lässt er die Tür los und tritt zurück. »Bitte warten Sie einen Moment.«

Seine geduckte Gestalt verschwindet im Dunkel des Hauses. Ben will einen Schritt ins Innere wagen, doch da bläst uns plötzlich ein Luftzug entgegen, und die Tür fällt knallend ins Schloss.

»So. Da stehen wir jetzt.« In Bens Stimme hat sich Ärger geschlichen, obwohl sein Gesicht immer noch vor Freude und Aufregung strahlt. »Glaubst du, der alte Sack kommt zurück?«

»Abwarten«, sage ich ruhig.

Es dauert ein paar Minuten. Dann höre ich wieder Schritte. Diesmal klingen sie schneller. Das hohe Geklapper von Stöckelschuhen lässt auf eine Frau schließen. Als die Tür sich öffnet, wappne ich mich für ein ähnlich unfreundliches Gesicht wie das des alten Mannes. Doch zu meiner Überraschung strahlt mir ein zahnpastaweißes Lächeln entgegen.

»Hallo, ich bin Jana. Was kann ich für Sie tun?«

Vor mir steht eine Frau in meinem Alter, mit langem, dunklem Haar und großen blauen Augen, die mich von Kopf bis Fuß mustern. Sie ist gertenschlank und mindestens zehn Zentimeter größer als ich, was von dem eng anliegenden schwarzen Rollkragenkleid, das sie trägt, noch hervorgehoben wird. Mit ihrem Mittelscheitel und der hellen Haut sieht sie aus wie eine Engelsstatue – aber diese blitzblauen Augen blicken streng und wachsam.

»Sehr erfreut«, schieße ich hervor und gebe ihr die Hand. »Ich bin Caro. Caroline Arendt. Und das ist mein Bruder Benjamin.«

Sie will auch ihm die Hand geben. Ben steht mit offener Kinnlade da und rührt sich nicht. Erst als ich ihm so dezent wie möglich einen Tritt an die Wade verpasse, zuckt er auf, als hätte ihn der Blitz getroffen, und nimmt mit knallroten Wangen und einem selten dämlichen Grinsen ihre Hand.

»Hi«, haucht er voller Ehrfurcht.

An ihrem freundlichen Ausdruck ändert sich nichts, aber sie bittet uns weder herein, noch fragt sie, was unser Anliegen sei. Sie steht nur da und wartet.

»Also wir … wir wollten eigentlich zu Ihrem … Verzeihung, sind Sie mit Samuel verwandt?«

»Nein, bin ich nicht. Aber ich spreche stellvertretend für seinen Bruder Oliver, der momentan leider verhindert ist.«

Na großartig, schon wieder an einen Lakaien abge-
wimmelt.

»Ich müsste etwas mit Herrn Winterscheidt besprechen«, erkläre ich. »Der ältere Herr vorhin meinte,
Samuel wäre nicht da. Können Sie mir sagen, wann er
wieder zurück sein wird?«

»Könnte noch dauern. Er ist joggen gegangen.«

Ich zaubere ein Lächeln auf meine Lippen und bemühe mich um meinen höflichsten Tonfall. »Wissen Sie
vielleicht, wohin er joggen gegangen ist?«

Sie schüttelt den Kopf, wirkt nun deutlich misstrau-
ischer. Hilfesuchend schaue ich zu Ben, doch der scheint
mehr damit beschäftigt zu sein, allein mit Kraft seiner
Gedanken durch dieses enge schwarze Kleid zu blicken, als auf den Gesprächsverlauf zu achten. In meiner
Ratlosigkeit greife ich nach Janas Händen und sage beschwörend: »Bitte. Es ist wirklich dringend. Ich muss
mit Samuel Winterscheidt reden.«

»Wieso sagen Sie mir nicht einfach, worum es geht?«

»Das kann ich nicht. Es ist privat.«

Plötzlich steigt Ärger in ihren Blick, und sie zieht
schlagartig die Hände zurück. »Geht es hier um einen
Vaterschaftsnachweis?«

»Was? Um Himmels willen, nein! Ich kenne Herrn
Winterscheidt nicht, wir haben uns noch nie zuvor gesehen!«

»Dann weiß ich nicht, was das hier soll. Sie tauchen
völlig unerwartet bei uns auf und möchten nicht einmal
sagen, was Sie wollen. Da kann ich Ihnen nicht helfen.«

Sie weicht zurück, greift nach der Tür. Aber noch wartet
sie, scheint mir eine letzte Chance geben zu wollen.

Ich sage nichts mehr. Mit einem Mal hat mich mein
ganzer Mut verlassen.

»Auf Wiedersehen, Frau Arendt. Bitte belästigen Sie
uns nicht weiter.«

Wumm.

Ein Schlag ins Gesicht könnte nicht schmerzhafter sein als diese zuknallende Tür.

Was habe ich erwartet? Trompeten und wehende Fahnen? Ich komme mir so dumm vor. Gefangen zwischen zwei Wänden, die immer näher rücken: Zu Hause ist es so schrecklich leer, dass ich wahnsinnig werde, und hier stapelt sich ein Misserfolg auf den nächsten. Was soll ich jetzt tun?

Ben, dem das Grinsen noch immer nicht ganz vergangen ist, führt mich zurück zu unserem Auto, das wir ein Stück vor der Einfahrt am Straßenrand geparkt haben. Im Gehen streichelt er tröstend über meinen Arm.

»Alles okay?«, fragt er.

»Nein. Nichts ist okay. Ich habe diesen Mist so satt …«

»Dann lass uns heimfahren! Wir packen unsere Sachen und –«

»Frau Arendt?«

Eilige Schritte knirschen auf der gestreuten Einfahrt. Als ich mich umdrehe, stöckelt Jana mit eng verschränkten Armen auf uns zu und kämpft zitternd gegen die Kälte an. In ihrer Eile hat sie sich nicht einmal eine Jacke übergezogen.

Sie drückt mir ein Kärtchen in die Hand. »Seine Handynummer.«

Ich starre auf das Kärtchen wie auf einen Schatz. Ben muss für mich antworten.

»Cool, wie nett! Wir können uns also bei ihm melden?« Er nimmt mir das Kärtchen weg und formt stumm die Worte: »Hell yeah!«

Jana nickt. »Mit besten Grüßen von Samuels Bruder.«

Meine Stimme ist belegt, die Antwort klingt schrecklich unbeholfen. »Das ist … Ich bin so … Vielen Dank!«

Jana kehrt ins Haus zurück. Bis die Tür hinter ihr zugefallen ist, kann ich nicht glauben, was soeben geschehen ist. Auf einmal scheint alles in den richtigen Bahnen zu verlaufen, der komplizierte Trümmerhaufen namens Leben gewinnt eine konfuse, aber stabile Form. Auf diesem Kärtchen stehen womöglich die Antworten. Alle Antworten, die ich seit sechs Monaten suche.

Ben hat sich auf die Motorhaube des Clio gesetzt, um die erfreuliche Wendung mit einem Schluck Red Bull zu feiern. Immer schmuggelt er seine Dosen mit. Ich setze mich zu ihm, mir ist nun angenehm warm. Die Sonne scheint so hell, es fühlt sich fast wie ein Stückchen Frühling an.

»Ich hab 'ne verrückte Idee«, sagt Ben. »Die scharfe Tante hat gesagt, er ist laufen gegangen. Sieh dich mal um! Wo kann man hier laufen?«

Interessante Frage. Ans Haus grenzt der Wald, gut möglich, dass er dort unterwegs ist.

»Wieso gehen wir nicht einfach eine Runde spazieren?« Ben trinkt seine Dose aus und springt vom Auto. »So rein zufällig treffen wir ihn vielleicht. Und dann kannst du sofort mit ihm reden.«

»Ich weiß nicht, Ben. Jetzt haben wir doch schon seine Nummer. Lassen wir es für heute gut sein.«

»Deine Entscheidung. Ich gehe jetzt aber in diesen Wald und suche nach Samuel fucking Winterscheidt!«

Ich lache, weil ich glaube, er macht nur Scherze. Aber als er mit riesigen Schritten die Straße überquert, wird mir anders zumute.

»Ben!«, zische ich und drehe mich unruhig nach dem Haus um. Niemand scheint uns aus den offenen Fenstern zu beobachten. Trotzdem, muss er denn wirklich …? »Verdammt, Ben! Komm zurück! Ach Gott!«

Er ist bereits im Wald verschwunden. Bevor er ganz verloren geht, sperre ich das Auto ab und gehe ihm hinterher.

SAMUEL

Vor ein paar Jahren war ich einmal höhlentauchen. In Mexiko gibt es riesige ineinander verschlungene Schachtsysteme, die von einem Hohlraum in den nächsten führen. Durch die verschiedenen Öffnungen im Fels dringt Sonnenlicht ins Erdinnere, sodass eigenwillige Farbspiele entstehen. Der Lichteinfall lässt das Blau des Wassers unterschiedliche Nuancen annehmen, manchmal schimmert es sogar grün, und so hat man das Gefühl, schwerelos durch einen verzauberten Wald zu treiben, in dem die Bäume in Stein verwandelt wurden und trostlos im blauen Mondlicht stehen.

Beim Joggen muss ich oft an dieses Erlebnis denken. Wenn der Kopf frei ist und all die Erinnerungen von früher aus den tiefsten Winkeln meines Verstandes an die Oberfläche steigen. Höhlentauchen und Laufen ist beinahe das Gleiche. Denn irgendwann, wenn all deine Kräfte verbraucht sind und du über den höchsten Punkt der Erschöpfung hinaus bist, fühlt es sich genauso an: wie Schwerelosigkeit an einem Ort, an dem die Zeit stillsteht.

Ich bleibe stehen und verschnaufe. Ich habe die Teufelsmauer erreicht. Zwei Stunden bin ich bereits unterwegs, zwei Stunden nichts als Frischluft, Kälte und das Ausschöpfen all dieser Kraft, die sich in den quälenden Tagen des Nichtstuns wie etwas Fauliges in meinem Körper aufgestaut hat und dringend ausgeschieden werden muss. Manchmal komme ich mir wie ein weit geöffnetes, tiefes Gefäß vor, das jeden Sonnenstrahl, jedes Molekül in sich auffängt und in pure elektrifizierende Energie verwandelt.

Etwas knackst im Unterholz. Ganz in meiner Nähe. Als ich mich umdrehe, ist er plötzlich da. Der Wolf. Riesig, schwarz wie die Nacht. Es ist kein Traum, keine Illusion. Er existiert. Ich kann nicht glauben, dass Konrad recht hatte.

Mit geducktem Kopf schleicht das Vieh gut fünfzehn Meter entfernt an mir vorbei. Schnuppernd reckt er die Schnauze in die Luft, und mein Puls beschleunigt sich. Er scheint mich nicht zu bemerken. Wahrscheinlich ist er schon sehr alt. Schritt für Schritt schiebt er seine breiten Pfoten durch den Schnee und gelangt immer weiter in den Schatten der Felswand. Ich drohe ihn aus den Augen zu verlieren. Ich taste nach meinem Messer in der rechten Hosentasche. Ich habe es immer dabei. Selbst zum Joggen. Der Wolf ist nicht mehr zu sehen, aber er hat Spuren hinterlassen. Sie führen bergauf. Nach wenigen Schritten sehe ich ihn wieder. Sein pechschwarzes Fell macht ihn in all dem glitzernden Weiß zu einem viel zu leichten Ziel.

Ich verfolge ihn zu einem aufgetauten Wasserlauf, wo er anhält, um zu trinken. Das ist meine Chance. Am besten, ich überwältige ihn aus der Höhe. Ein gezielter Sprung von dem Felsen aus, an dem sich der Bach vorbeischlängelt. Ein Kinderspiel. Vorsichtig bewege ich mich nach links, bis ich den kleinen Hang erklommen habe, aus dem der Fels wie ein Sprungbrett ragt. Ich gehe in die Hocke. Der Wolf trinkt immer noch. Durstiger Bursche. Das wird er noch bereuen.

Auf allen vieren erreiche ich die Kante des Felsens. Ich befinde mich nun direkt über ihm. Ich umklammere das Messer, mache mich zum Sprung bereit. Drei … zwei … eins …

Ein Klingeln. So eine Scheiße. Mit einem Wahnsinnstempo jagt der Wolf davon, gerade noch sehe ich seine schlanke Gestalt durch den Schnee huschen, ehe er in der eisigen Einöde mit den Schatten verschmilzt.

Das Handy klingelt und klingelt. Ich schiebe die Beine über die Felskante und sitze im Schnee wie der Verlierer des Tages. »Oliver«, blinkt es fröhlich auf dem Display. Ich ramme das Messer in den Schnee und brülle ins Handy: »Was ist?«

Eine kurze Stille. Dann: »Das hat aber lang gedauert.«

»Du Stück Scheiße!«

»He, he, he. Was ist denn mit dir schon wieder los?«

Mein Kiefer gibt ein besorgniserregendes Geräusch von sich, während meine Körpertemperatur rapide ansteigt. Schon okay. Ist okay, ist okay. Es war nur ein Wolf. Wenn nicht heute, dann ein andermal.

»Was willst du?«, frage ich.

»Vorhin standen zwei Fans vor unserer Tür, die wollten dich unbedingt sehen.«

»Abwimmeln.«

»Haben wir gemacht. Aber die Frau war ziemlich hartnäckig. Sie wollte nicht sagen, worum genau es geht, aber sie meinte, dass sie mit dir über etwas reden müsse. Es sei sehr dringend.«

»Hat sie gesagt, wie sie heißt?«

»Caroline Arendt.«

»Sagt mir nichts.«

»Ich habe ihr jedenfalls deine Nummer gegeben. Kann sein, dass sie sich demnächst bei dir meldet.«

»Du hast was?«

»Wäre es dir lieber gewesen, dass sie noch mal unerwartet vor unserer Tür steht? So kannst du die Sache wenigstens selbst erledigen. Du tust dich doch sonst so leicht, deine Mitmenschen zu verscheuchen.«

Bullshit. Er hat das mit Absicht eingefädelt. Ich atme tief durch und fahre mir durchs Haar, das mir verschwitzt ins Gesicht hängt. »Ich warne dich, wenn ich plötzlich lauter drittklassige Nacktfotos aufs Handy geschickt bekomme –«

»Wäre sicher nicht so schlimm«, unterbricht er mich lachend, »denn was ich so vom Fenster aus sehen konnte, sah die Dame gar nicht so schlecht aus.«

»Das macht die Sache auch nicht besser. War das jetzt alles?«

»Fast. Wann kommst du zurück?«

»Wenn ich fertig bin.«

»Wann bist du denn fertig?«

»Je länger das hier dauert, umso länger werde ich brauchen.«

»Was täte ich nur ohne deine blöden Antworten.«

»Wieso ist dieses Gespräch noch nicht zu Ende, kannst du mir das sagen?«

»Ich will nur sichergehen, dass hier nicht wieder alles zittert wie bei einem Erdbeben, wenn du nach Hause kommst.«

»Wenn es dich stört, wie ich mit Türen umgehe, dann sei am besten nicht da, wenn ich zurückkomme.«

»Du weißt, dass das nicht geht.«

»Alles geht. Nur du nicht. Haha, kapierst du den Witz?«

Stille am anderen Ende der Leitung. Dann ein leises, aber allzu leidenschaftliches »Du Arschloch«.

Ich lege auf.

Ein Knurren unmittelbar in meinem Rücken lässt mich hochfahren.

Ich wirble herum. Messerscharfe Zähne blitzen mir aus einem weit gefletschten Maul entgegen. Die schräg stehenden Augen sind meinen so nahe, dass ich ein verzerrtes Bild meines Gesichts darin erkenne; mein Mund ist vor Überraschung weit geöffnet, in meinem Blick steht der pure Schrecken. Ich greife nach dem Messer. Ich finde es nicht. Es liegt noch im Schnee.

Riesige Pfoten kollidieren mit meiner Brust, als das Vieh auf mich zuspringt. Die Wucht katapultiert mich nach hinten. Ich verliere den Halt und stürze rückwärts von der Kante. Der harte Aufprall auf dem Boden ist das Letzte, was ich wahrnehme.

Ein Klingeln irgendwo in der Ferne. Ist das schon wieder mein Handy? Oliver soll mich in Ruhe lassen ... Er soll mich einfach ...

Eine Hand berührt meine Schulter. Jemand schüttelt mich und zerrt mich in die Höhe. Wieso liege ich überhaupt am Boden? Ich kann nichts sehen. Meine Augen sind geschlossen. Ich muss sie aufmachen, ich muss ...

Licht strahlt von allen Seiten auf mich herab. Heißes, viel zu grelles Licht, das mir das Gehirn wegschmilzt. Stöhnend drehe ich den Kopf weg, währenddessen bauen sich Erinnerungen in meinem Kopf auf und fallen anschließend wieder in sich zusammen. Dumpf höre ich meine Stimme, als ich krächzend frage, was los ist. Zwei Gestalten treten ins Licht. Ihre Umrisse vertreiben die grauenvolle Helligkeit, sodass ich endlich die Augen vollständig öffnen kann.

Ein halbwüchsiger Junge kniet neben mir im Schnee. Sein Kopf ist voller Locken, die ihm wirr ins Gesicht hängen. Ihm gehört die Hand, die schon die ganze Zeit meine Schulter berührt. Etwas weiter abseits steht eine Frau, die genauso krauses Haar hat. Sie telefoniert aufgebracht mit ihrem Handy. Ich erkenne die beiden. Ich habe sie auf diesem Parkplatz gesehen, als ich mit der Bergrettung aus der Gondel gestiegen bin.

Ich muss einen sehr schwächlichen Eindruck machen – der Junge zieht sich einen seiner Handschuhe aus und fächert mir damit Luft zu.

»Lass den Scheiß«, knurre ich und nehme ihm das Ding weg.

Mir gelingt es, den Handschuh irgendwohin zu

95

schleudern, dann sackt mein Oberkörper urplötzlich zurück nach hinten, und ich sehe nur noch Sterne.

»Oh shit! Caro, pack hier mal mit an! Hilf mir, ihn wieder aufzurichten!«

Nicht nötig, das schaffe ich schon allein. Ruckartig schieße ich in die Höhe und spüre sogleich, wie sich ein beißender Schmerz von meinem Nacken über den gesamten rechten Arm bis in mein Handgelenk bohrt. Fuck. Da ist doch hoffentlich nichts gebrochen! Meine Hände sind Millionen wert. Drehen kann ich sie immerhin. Allerdings sollte ich das lieber lassen.

»Keine Sorge, Hilfe ist unterwegs.« Die Frau geht neben mir in die Hocke und fasst nun ebenfalls nach meiner Schulter. »Sie sollten sitzen bleiben.«

»Blödsinn.« Grob schüttle ich sie ab und versuche, im Alleingang auf die Beine zu kommen. Oh verdammt. Es geht nicht, auf einmal dreht sich alles.

»Schon gut, langsam«, sagt sie und wechselt die Seite. Sie stützt mich von hinten, während der Junge nach links ausweicht, um mir Platz zu machen. »Offenbar sind Sie von dem Felsen da gestürzt«, erklärt sie mir. »Sie haben Glück, dass Sie nicht auf dem Kopf gelandet sind.«

Der Sturz, jetzt erinnere ich mich. Üble Sache.

Mit vereinten Kräften schaffen wir es, mich auf die Beine zu kriegen. Der Wolf dürfte sich nicht mehr in der Nähe befinden. Er hätte mich töten können, während ich wie ein Vollpfosten auf dem Rücken lag und keinen Finger rührte. Aber er hat es nicht getan. Gott, das ist so demütigend. Begnadigt von einem Tier.

»Ist mit Ihrer Hand alles in Ordnung?«

Ich fahre herum, sehe alles doppelt. Die Frau und der Junge stehen mit ausgebreiteten Armen vor mir, als machten sie sich auf einen erneuten Rettungseinsatz gefasst. Ich schüttle den Kopf, um die Unordnung darin zu beseitigen. Ich schwanke wie ein verfluchter Baum im Wind. »Ich bin okay«, antworte ich dennoch.

Der Junge ruft begeistert: »Siehst du, Caro, ich hab's dir doch gesagt. Er ist unverwüstlich!«

Ich gehe ein paar Schritte, völlig orientierungslos. Ein Baumstamm bereitet meinem Ausflug ein jähes Ende. »Wo … wo bin ich?«, frage ich.

Und Feierabend.

Mit der Anmut eines kullernden Felsbrockens sinke ich in die Knie und ende in der gleichen entwürdigenden Position, in der ich erwacht bin: mit dröhnendem Schädel auf dem Rücken im Schnee.

Aus dem Hintergrund dringen dumpfe Stimmen zu mir vor, ehe die Welt ringsum völlig schwarz wird.

»Schöner Held, dein Samuel Winterscheidt.«

»Fall du mal von so einem Felsen, du arrogante Kuh!«

»Ich hoffe, er kommt bald wieder zu sich. Ich will nicht wieder nachhelfen müssen.«

»Verpass ihm bloß nicht wieder eine ins Gesicht, okay? Das nützt gar nichts.«

»Also aufgewacht ist er davon, das musst du zugeben.«

Ich versinke. Ob in Dunkelheit oder Scham, entzieht sich meiner Kenntnis.

JANA

»Ein paar Schrammen, ein verstauchtes Handgelenk und eine ziemlich fiese Gehirnerschütterung«, gibt Konrad via Telefon zu Protokoll. »Außerdem musste er am Hinterkopf genäht werden. Achtunddreißig Stiche. Er hat getobt wie ein Kleinkind, als die Krankenschwester mit dem Rasierapparat kam.«

»Warte. Hat er jetzt etwa kurze Haare?«

»Nein, nein, sie haben ihm nur eine kleine Stelle abrasiert.«

Puh, noch einmal Glück gehabt. Sami liebt sein Haar. Hätte er nicht bereits genügend Werbeverträge in der Tasche, die seinem eigentlichen Themengebiet entsprechen, würde er sich gut als Testimonial für L'Oréal eignen.

»Und, wie sieht es bei euch aus?«, fragt Konrad. »Ist das Geschwisterpaar noch da?«

Ich werfe einen verhaltenen Blick zu ihnen ins Wohnzimmer, aus dem ich mich kurz entfernt habe, um in Ruhe mit Konrad zu telefonieren. Caroline und Ben haben sich nicht vom Fleck gerührt, seit sie allein sind. Ich habe ihnen Tee und frisch gebackenen Kuchen vor die Nase gestellt, um ihnen trotz der brisanten Umstände einen netten Empfang zu bereiten, aber sie scheinen sich in Samis düsterer Brachlandschaft genauso unwohl zu fühlen wie wir alle. Lange möchte ich sie ohnehin nicht mehr hier festhalten. Ich dachte bloß, dass sie vielleicht warten wollen, bis Sami aus dem Krankenhaus zurück ist, damit er sich persönlich für ihre Hilfsbereitschaft bedanken kann. Das würde ich nämlich allzu gern mit eigenen Augen sehen – Sami, der sich bedankt. Doch wie es scheint, wird seine Rückkehr noch ein Weilchen auf sich warten lassen. Zum ersten Mal: schade.

»Sie sitzen im Wohnzimmer«, antworte ich. »Wie lange werdet ihr noch brauchen?«

»Die Ärzte wollen noch ein paar Untersuchungen machen. Rechne nicht vor achtzehn Uhr mit uns.«

»Es wäre schön, wenn Sami sich persönlich bedanken könnte.«

»Das sieht er sicher anders.«

»Was soll ich denn jetzt machen? Die beiden einfach so rausschmeißen?«

»Was wollten sie denn ursprünglich überhaupt, wissen wir das schon?«

»Ich glaube, die wissen selbst nicht, was sie wollen. Zuerst tauchen sie unangemeldet hier auf und machen diesen Zirkus, dann stolpern sie rein zufällig über Sami, der den ersten Unfall gebaut hat, seit ich ihn kenne … Also mir kommt das komisch vor.«

»Trotzdem können wir froh sein, dass sie ihn gefunden haben. Wer weiß, was sonst passiert wäre.«

Das bringt mich auf einen anderen Gedanken, der mir genauso komisch vorkommt. »Hat er dir eigentlich erzählt, was passiert ist?«

»Er hat gesagt, er sei ausgerutscht.«

Ich schnaube verächtlich. Sami rutscht nicht aus. »Caroline vermutet, dass er von einem Felsen gestürzt ist.«

Jetzt ist es Konrad, der schnaubt. »Nie im Leben.«

»Sehr mysteriöse Umstände, das muss ich schon sagen.«

Er macht eine Pause. Allerhand Hintergrundgeräusche vermischen sich mit dem Knacken der Leitung; er dürfte auf den Krankenhausflur gegangen sein. »Kannst du dieser Frau nicht ein bisschen auf den Zahn fühlen? Bei mir wollte sie nicht damit rausrücken.«

»Mir hat sie auch nichts gesagt. Bloß, dass es privat ist.«

»Wir sollten die beiden loswerden.«

»Das finde ich auch.« Erneut drehe ich mich nach dem Wohnzimmer um, das ich von meinem Platz neben dem Treppenaufgang gut im Blick habe. Bruder und Schwester unterhalten sich leise. »Kümmere du dich weiter um Sami. Bis ihr zurück seid, habe ich das Problem gelöst.«

Wir verabschieden uns, und ich begebe mich zurück zu unseren Gästen. Während Samis Abwesenheit haben wir sämtliche Fenster geschlossen, und das heimelige Feuer im Kamin verbreitet eine willkommene Wärme. Caroline und ihr Bruder stehen augenblicklich von ihren Plätzen auf, als sie mich kommen sehen. Offenbar können sie es selbst kaum erwarten, sich endlich zu verabschieden. Perfekt.

»Und, wie geht es ihm?«, erkundigt sich Caroline höflich.

»Er wird es überleben. Wir können Ihnen gar nicht genug für Ihre Hilfsbereitschaft danken. Ein Glück, dass Sie ihn gefunden haben.«

Als Caroline schweigt, drängt sich ihr Bruder in den Vordergrund. »Jetzt sagen Sie schon, wie geht es ihm genau? Hat er sich das Handgelenk gebrochen? Das wäre doch voll schlimm für ihn!«

»Ihm ist wirklich nichts Schlimmes passiert. Nur eine Gehirnerschütterung und eine Platzwunde am Hinterkopf.«

»Ich weiß, die habe ich als Erster entdeckt!« Stolz zeigt Ben ein vollgeblutetes Taschentuch, das er offenbar die ganze Zeit in der Hosentasche hatte. »Muss passiert sein, als er das zweite Mal umgeflogen ist. Ich habe das Taschentuch die ganze Zeit auf die Wunde gedrückt. Die ganze Zeit, bis die Rettung kam!«

»Gib das her«, zischt Caroline und möchte ihm das Taschentuch aus der Hand reißen. Er weicht aus und schüttelt entschieden den Kopf.

»Vergiss es, Caro. Das behalte ich, bis ich sterbe.«

Ich mache die beiden mit einer einladenden Geste auf die Tür aufmerksam. »Es wird bestimmt noch bis zum Abend dauern, bis Samuel zurück ist. Ich will Sie nicht länger aufhalten.«

»Natürlich. Komm, Ben, wir gehen.« Caroline stößt den Jungen mit dem Ellenbogen an, und gemeinsam folgen sie mir zum Ausgang. Gerade als ich ihnen die Hand zum Abschied reichen will, läutet mein Handy.

»Bitte entschuldigen Sie mich kurz«, murmle ich und drehe mich zur Seite. Es ist Oliver. »Brauchst du was?«, frage ich leise.

»Sind Samis Lebensretter noch da?«

»Sie wollten sich gerade verabschieden.«

»Gib mir bitte mal die Dame.«

»Du willst mit ihr sprechen?«

»Ja«, antwortet er, als hätte ich die dümmste Frage aller Zeiten gestellt. »Also sei so nett und gib sie mir.«

Verdutzt übergebe ich Caroline das Handy. »Samuels Bruder würde gerne mit Ihnen sprechen.«

Sie wirkt nicht weniger überrascht als ich. Sie legt sich das Handy ans Ohr und stammelt eine förmliche Begrüßung. Für ein paar Sekunden herrscht Stille. »Oh nein, das – das ist wirklich nicht nötig«, antwortet sie dann. »Wir wollen wirklich nicht … Es war reiner Zufall, dass wir … okay. Das machen wir natürlich gerne. Also bis dann.« Sie gibt mir das Handy zurück, aber er hat bereits aufgelegt.

»Und, was wollte er?«, platzt Ben heraus. Zugegeben, das interessiert mich ebenfalls brennend.

Über Carolines Gesicht legt sich ein Schatten, den sie hinter einem halbherzigen Lächeln zu verstecken versucht. »Wir sind zum Essen eingeladen. Morgen Abend.«

Ben reißt vor Staunen den Mund auf. Er scheint aus vollstem Herzen etwas erwidern zu wollen, doch die Worte schaffen es nicht heraus, und so grinst er einfach nur, schaut von einem Gesicht zum anderen und drückt das Taschentuch wie einen Teddy.

»Wie … nett«, sage ich.

Caroline scheint von der Einladung genauso wenig begeistert zu sein. In einer fahrigen, fast hilflosen Geste lässt sie die Arme fallen und meint: »Dann also bis morgen Abend.«

»Bis morgen Abend«, wiederhole ich, und ich bin erstaunt, wie freundlich ich klinge, obwohl ich innerlich brodle wie ein Vulkan.

Die beiden verlassen das Haus. Umgehend rufe ich Oliver zurück. Seine völlig gelassene Stimme bringt das Fass zum Überlaufen.

»Ein Abendessen?«, fahre ich ihn an. »Sami wird dich umbringen!«

»Jetzt krieg dich wieder ein. Es könnte unterhaltsam werden.«

»Du hast vielleicht Nerven«, schimpfe ich, während ich wütend die Treppe hochmarschiere. »Sami hasst Besuch. Er wird ohnehin schlecht gelaunt sein, wenn er zurückkommt, und jetzt das!«

»Dann soll er sich mal ein bisschen zusammenreißen. Die beiden haben immerhin sein Leben gerettet. Na gut, vielleicht nicht unbedingt sein Leben, aber ohne ihre Hilfe wäre er ganz schön aufgeschmissen gewesen. Da ist ein nettes Dankeschön in Form eines Dinners doch nicht zu viel verlangt, oder?«

»Wir reden hier von Sami. Erinnerst du dich, die wandelnde Naturgewalt? Außerdem ist mir diese Caroline nicht geheuer. Ich fürchte, sie führt etwas im Schilde.«

»Ach. Willst du jetzt uns vor ihm beschützen oder ihn vor ihr?«

»Ich will einfach keine Probleme im Haus!« Ich habe mein Zimmer erreicht, verschließe die Tür und setze mich aufgewühlt aufs Bett. In Gedanken bin ich bereits beim morgigen Abend, stelle mir Szenen vor, die allzu leicht Realität werden könnten: Sami, der sich nicht benehmen kann und alle mit seiner Taktlosigkeit irritiert, oder – noch schlimmer – Sami, der überhaupt nicht zum Essen erscheint und mich allein mit unseren dubiosen Gästen lässt, allein mit Oliver und diesem Telefon, das ständig klingelt.

»Jana? Bist du noch dran?« Olivers Stimme ist sanft geworden, ein süßliches Säuseln, das seine Wirkung nie verfehlt. »Vertrau mir. Es wird ein schöner Abend. Wir hatten so lange keine Gäste mehr im Haus.«

Und wieder bin ich zurück in seinem Netz. Er versteht es wie kein anderer, mich zu manipulieren, mit seiner seidenweichen Stimme auf mich einzureden, bis ich Wachs in seinen Händen bin und alles tue, was er möchte.

»Auf deine Verantwortung«, stelle ich klar. »Wenn Sami dir an die Kehle springt, erwarte von mir keine Unterstützung.«

Ein gerührtes Lachen. »Vertrau mir, Jana. Es wird alles gut gehen. Und jetzt, da wir das geklärt haben: Hast du Lust auf einen Film? Du darfst aussuchen.«

Ich lehne die Stirn gegen das kalte, harte Fensterglas und gebe mich geschlagen. Denn er wird nicht lockerlassen. Am Ende kriegt er immer seinen Willen.

»Aber nur, bis Sami wieder da ist«, antworte ich. »Dann bin ich eine Staubwolke.«

»Abgemacht. Dann also in fünfzehn Minuten bei mir. Ich freu mich schon!«

Ich lege auf.

SAMUEL

Einen Verband hatte ich das letzte Mal, da war ich vierzehn. Keine besonders glorreiche Geschichte. Die Straße führte bergab, und die Räder an meinem Skateboard waren locker. Den großen Kieselstein sah ich natürlich kommen. Ich wollte ausweichen, aber mein Board hatte seinen eigenen Willen. Und schon kullerte ich über das Feld, bis der Zusammenprall mit einer Vogelscheuche meinem unfreiwilligen Ausflug ein Ende bereitete.

Damals hatte ich doppelt so viele Schrammen wie jetzt, mein halber Körper war ein Schlachtfeld, über das sich die Ärzte noch heute schauerliche Legenden erzählen. Aber ich habe nicht gejammert, nicht ein bisschen. Irgendwie ahnte ich wohl, dass das nicht meine schlimmste Verletzung sein würde. Verletzt bin ich auch jetzt nicht wirklich, obwohl die Ärzte einen solchen Aufstand um mich gemacht haben, dass ich für mein Leben genug von ihnen habe. Bloß mein Stolz ist etwas angekratzt. Mit dem Rettungswagen abtransportiert wie ein Amateur. Gut, dass niemand von diesem Fiasko Wind bekommen hat. Nun ja, fast niemand.

»Und die beiden sind ganz sicher schon weg?«, frage ich Konrad, nachdem er den SUV in der Einfahrt geparkt und den Motor abgestellt hat.

»Ganz sicher. Jana hat mir versprochen, sich darum zu kümmern, bis wir zurück sind.«

Hervorragend. Ich habe keine Lust, freundliche Dankesworte zu heucheln. Dass alles so glimpflich ausgegangen ist, habe ich sowieso nur einem zu verdanken, und zwar mir selbst – wer sonst kommt aus einer Kollision mit einem Wolf und anschließendem Sturz von einem Felsen derart unbeschadet heraus? Andere hätten sich das Genick gebrochen oder wären schlicht und ergreifend von diesem Vieh gefressen worden. Dass dieses lockenköpfige Geschwisterpaar mich gefunden hat, ist zwar praktisch, doch Lieder werden zu ihren Ehren nicht gesungen werden, nur damit das klar ist.

Kaum bin ich ausgestiegen, werden ein paar Fenster im Haus aufgerissen. Die Haustür öffnet sich, und eine schlanke Silhouette erscheint im Licht des Vorzimmers.

»Ich muss mit dir reden«, überfällt mich Jana.

»Mir geht's schon viel besser, danke der Nachfrage.«

Sie folgt mir wortlos ins Haus. Ich schlüpfe aus meinen Laufschuhen, die seit Stunden an meinen Füßen kleben, und begebe mich ins Wohnzimmer auf die Couch. Bloß hier liegen, mehr will ich nicht. Und vielleicht etwas essen, damit ich irgendwann die Kraft habe, mich unter die hart verdiente Dusche zu schleppen.

Ein Motorbrummen verrät mir, dass Konrad den SUV in die Garage fährt. Abgesehen davon ist es verdächtig still im Haus. Jana steht im Türrahmen und fühlt sich sichtlich sehr unwohl in ihrer Haut.

»Okay, was ist los?«, frage ich.

»Wir veranstalten morgen ein kleines Dinner.«

»Und warum?«

»Als Dankeschön. Oliver meinte, es wäre eine gute Idee.«

»Moment. Wenn wir Dinner sagen, wovon reden wir da? Kommen noch andere Leute?«

Auf Janas Stirn glänzen die ersten Schweißperlen, und sie reibt nervös die Lippen aneinander. »Caroline und Benjamin«, antwortet sie.

»Wer?«

»Das Geschwisterpaar von heute Morgen. Oliver dachte … Warte, wo willst du hin? Sami!«

Lädt einfach fremde Leute ein – in mein Haus! Während ich blutend und unwissend in einem Krankenzimmer die Stunden zähle. Wenn Oliver Lust hat, sich mit mir anzulegen, kann er den Spaß haben. Ich bin ohnehin chronisch unterbeschäftigt, nachdem ich heute Vormittag nicht einmal diesen Wolf töten konnte, geschweige denn meine Laufrunde beenden durfte!

Olivers Zimmer liegt im zweiten Stock. Zeit genug, um mir unterwegs zu überlegen, auf welche Gesichtshälfte ich zuerst einschlage. Links zieht er manchmal den Mundwinkel nach oben, wenn er sich überlegen fühlt. Jana ist mir mit großem Sicherheitsabstand gefolgt, übernimmt nun aber die Führung, um mit zitternder Stimme auf mich einzureden.

»Bitte, kein Streit! Es ist doch nur ein Abendessen!«

»Steckst du in der Sache mit drin?«

Erbittert schüttelt sie den Kopf, breitet die Arme aus und wird unsanft von mir beiseitegeschoben. Olivers Zimmertür ist unübersehbar: Eine nagelneue Kamera blinkt in der rechten oberen Ecke auf mich herab. Ich rüttle an der Klinke. Abgeschlossen. Ich balle die Faust und hämmere so stark gegen das Holz, wie ich kann.

»Mach die Tür auf, du kleiner Intrigant! Ich hab ein Hühnchen mit dir zu rupfen!«

»Beruhige dich erst einmal«, kommt prompt die Antwort.

»Ich verprügle dich wie früher, wenn du nicht sofort aufmachst.«

»Drohst du mir damit nicht schon seit Ostern?«

»Dann wird's ja allerhöchste Zeit!«

»Wieso regst du dich so auf? Ist ja nicht so, als ob wir dauernd Besuch hätten.«

»Sehe ich aus wie ein verfluchter Hotelier? Das ist mein Haus! Ich entscheide, wer eingeladen wird und wer nicht.«

»Erstens ist es *unser* Haus. Zweitens: Diese Leute

haben dir eben erst das Leben gerettet! Da ist es doch das Mindeste, dass wir sie zum Dank zum Essen einladen, oder hast du dich in den Anden zu so einem Neandertaler entwickelt, dass du die simpelsten Benimmregeln nicht kennst?«

»Oliver ... du kannst froh sein, dass mir diese Tür bedeutend mehr wert ist als du, sonst hättest du jetzt meinen Fuß im Arsch!«

Jana schiebt sich in mein Blickfeld. »Es ist nur ein Abendessen«, wiederholt sie. »Ein paar Stunden und dann ist es vorbei. Bitte!«

»Du wusstest, wie ich reagieren würde. Du hast es gewusst und hast trotzdem nichts dagegen unternommen!«

»Um Himmels willen, mach doch mal eine Ausnahme! Ein einziges Mal! Nur für einen Abend.«

Sie ist gut im Flehen. Ob ihre feuchten Augen mich nun zu täuschen versuchen oder Ausdruck ehrlicher Verzweiflung sind, ich will sie nicht länger in diesem aufgelösten Zustand sehen. Ich trete von Olivers Tür zurück und senke meine Stimme.

»Kommt sonst noch wer?«, will ich von ihr wissen.

»Nein. Nur die beiden.«

Ich stoße frustriert die Luft aus. »Meinetwegen. Aber wehe, wenn so etwas noch einmal über meinen Kopf hinweg entschieden wird!«

»Wird es nicht«, verspricht sie mir.

Ich schaue in die Kamera rechts über Janas Kopf. »Wir beide sprechen uns noch!«

Ich rausche nach unten, lege mich zurück auf die Couch und massiere meine Schläfen.

Besuch. Abendessen. Eine verfickte Naht an meinem Hinterkopf!

Dieser Wolf kann sich warm anziehen.

CARO

Mit feuchten Kraushaaren taucht Ben in meinem Zimmer auf. »Sind wir dann endlich so weit?«

Ich stehe in Unterwäsche vor meinem Kleiderschrank und sehe mich mit der gefühlt schwersten Entscheidung meines Lebens konfrontiert: Was soll ich anziehen?

Als ich vor der Abreise meinen Koffer gepackt habe, ging ich nicht davon aus, etwas Dinnertaugliches zu benötigen. Meine beste Auswahl beschränkt sich auf eine simple Jeans-Pullover-Kombi, die zwar grundsätzlich in Ordnung, aber beim besten Willen nichts Aufregendes ist, und eine hellblaue Bluse, die ich eigentlich nur eingepackt habe, falls sich die kalten Temperaturen als Mythos erweisen und ich doch etwas Luftigeres brauche. Auffallen werde ich wohl in beiden Varianten nicht, denn gegen Bens ranzigen Fuck-you-all-Aufzug ist kein Kraut gewachsen.

»Bist du etwa schon fertig?«, kommentiere ich seine ausgewaschene Jeans, den Kapuzenpulli von gestern und die saudreckigen Chucks, mit denen er feuchtfröhlich Schmutz in Frau Grembergers Teppiche trampelt. »Kämm dir wenigstens die Haare«, bitte ich ihn, als er schulterzuckend an sich hinuntersieht und offenbar keinen Fehler entdecken kann. »Schau, da drüben liegt der Kamm. Tu mir den Gefallen und benutze ihn.«

»Reicht es nicht, dass ich mir die Haare einfach nur gewaschen habe?«

»Wir sind bei deinem Idol zum Essen eingeladen. Willst du da nicht einen guten Eindruck hinterlassen?«

»Wieso sollte ich so keinen guten Eindruck machen? Ich kann dir nicht folgen.«

»Bitte kämm dir die Haare!«

»Später.« Er macht kehrt und verschwindet in sein Zimmer, kurz darauf wird nebenan der Fernseher aufgedreht, und Bens Stimme poltert durch die Wand: »In zehn Minuten sollten wir los, nur zur Info!«

Das weiß ich doch, verdammt. Hätte ich bloß einen Rock und hohe Schuhe eingepackt. Ich mache es kurz und schmerzlos und entscheide mich für die Jeans-Pullover-Variante, schließlich ist das keine Audienz in einem Königshaus. Nachdem ich fertig angezogen bin, husche ich ins Bad und kümmere mich schnell um mein Gesicht, trage Make-up, Mascara und etwas Lipgloss auf und gebe am Ende einen gar nicht so schlechten Anblick ab. Ich schnappe mir meine Tasche und gebe Ben mit einem Klopfzeichen Bescheid, dass er den Fernseher ausschalten und sich fertig machen kann.

Fünf Minuten später stehen wir mit Frau Gremberger vor ihrem Haus und nehmen die wichtigsten Instruktionen entgegen.

»Es könnte sein, dass es später wird«, erkläre ich, während sie mir den Schlüssel für das Gartentor in die Hand drückt. Tagsüber steht es permanent offen, doch nach Einbruch der Dunkelheit wird es verriegelt.

»Das macht nichts, ich habe einen tiefen Schlaf. Vielleicht liegt Cicero bei der Tür, also passen Sie bitte auf, wo Sie hintreten.«

»In Ordnung.« Ich übergebe Ben den Gartenschlüssel, da ich in meiner Tasche nur selten etwas wiederfinde. »Kennen Sie die Winterscheidts?«, frage ich Frau Gremberger.

»Nicht gut. Die Familie lebt sehr zurückgezogen.«

»Wie groß ist denn die Familie?«

»Jetzt nicht mehr sehr groß. Eigentlich gibt es nur noch die beiden Söhne. Als Kinder hat man sie noch oft im Ort gesehen. Dann fing der Vater an, ihnen das

Klettern beizubringen, und weg waren sie auf einmal. Überall auf der Welt verstreut.«

»Und der Vater, was ist mit dem?«

»Armer Teufel«, sagt sie kopfschüttelnd. »Er hat den Burschen einfach zu viel zugemutet. Da musste ja irgendwann mal was passieren.«

»Wieso, was ist denn passiert?«

»Na ja, das Unglück damals. Haben Sie nicht davon gehört?«

Ich schüttle abwehrend den Kopf. Ich habe mein eigenes Unglück zu verarbeiten.

»Ist auch nicht so wichtig«, winkt Frau Gremberger ab und setzt ein Lächeln auf. »Ich wünsche Ihnen beiden viel Spaß! Und fahren Sie vorsichtig, die Straße nach oben ist bei Dunkelheit sehr gefährlich.«

»Machen wir. Dann bis morgen.«

Sie steht auf der Veranda und sieht uns nach, als wir ins Auto steigen und auf die verschneite Straße einbiegen. Ganz plötzlich habe ich ein mulmiges Gefühl im Magen, das über meine herkömmliche Nervosität hinausgeht.

»Von welchem Unglück hat sie gesprochen?«, frage ich Ben.

»Woher soll ich das wissen?«

»Du bist doch sein Überdrüber-Fan. Kennst du nicht jedes Detail seines Lebens?«

»Samuel Winterscheidt plaudert nicht aus dem Nähkästchen«, entgegnet er trotzig, als wäre »aus dem Nähkästchen plaudern« nur etwas für Schwächlinge.

»Das ist schlecht. Wie bekomme ich ihn dann dazu, mir etwas über Alex zu erzählen?«

»Weiß nicht, frag ihn einfach.«

»Das geht doch nicht.«

»Also ich würd's machen.«

»Du verstehst ja auch nichts von Feingefühl.«

110

»Pfff.« Ben hat die Knie gegen das Handschuhfach geklemmt und fummelt gedankenverloren an seinen Nägeln. Nicht mal angeschnallt hat er sich.

Für ihn ist das alles natürlich ganz einfach. Eine Frage und eine Antwort. Nie im Leben würde er daran denken, dass Fragen auch falsch verstanden werden können, und nie im Leben käme ihm in den Sinn, dass manche Fragen auch einfach schwer zu stellen sind. Er weiß nicht, wie hart das alles für mich ist. Welche Überwindung es mich kostet, überhaupt Alex' Namen in den Mund zu nehmen, geschweige denn mit jenem Menschen an einem Tisch zu sitzen, der ihn zuallerletzt gesehen hat. Oft hört man doch, Erinnerungen machen den Verlust leichter, aber es ist genau umgekehrt: Man droht darin zu ertrinken, wenn man sich zu sehr an Erinnerungen klammert, in den vielen Bildern und nicht umzubringenden Gefühlen, die das Leben ohne Alex so schmerzhaft machen. Ich wünschte, ich würde mich überhaupt nicht an ihn erinnern. Ich wünschte, wir wären uns nie begegnet. Nur so lernt man, einen Verlust zu ertragen. Indem man vergisst, wie schön es war.

Mein Schweigen macht Ben nervös. »Du machst doch jetzt keinen Rückzieher, oder?«

»Ich weiß nicht … Vielleicht war es doch keine so gute Idee, die Einladung anzunehmen.«

»Vor zwei Tagen konntest du es kaum erwarten, vor seiner Tür aufzutauchen!«

»Ich weiß, ich weiß! Das ist alles nicht so leicht, okay?« Fahrig schalte ich die Scheibenwischer ein, da das Schneegestöber immer stärker wird. Die Lichter an der Straße verwischen zu pudrigen hellen Punkten. Mir kommt es vor wie eine Fahrt ins Ungewisse.

»He, he, jetzt verliere mal nicht den Kopf.« Bens Stimme ist ernst und eindringlich geworden, und er dreht sich hastig in meine Richtung. »Endlich wird dieser Urlaub mal ein bisschen cool! Ich meine, hallo? Ein Abendessen mit Samuel fucking Winterscheidt! Das kannst du mir nicht versauen.«

»Es freut mich, dass du das alles so spannend findest, aber bleiben wir vernünftig. Ich bin hergekommen, um mit der ganzen Sache abzuschließen, und jetzt gerate ich immer tiefer hinein. Ich sollte nicht mit diesem Samuel darüber reden, das ist eine saudumme Idee!«

Richtig – eine saudumme Idee. Ich knalle meinen Fuß auf die Bremse, und wir kommen quietschend am Straßenrand zum Stillstand. Nur ein paar Meter weiter vorne liegt die Abzweigung zu Samuels Haus. Steil und verschlungen führt sie den Berg hinauf, verliert sich im Wald, der in der Dunkelheit undurchdringlich und endlos wirkt. Es schneit immer heftiger, die dicken Flocken wirbeln vor uns her wie die Gedanken in meinem Kopf.

»Ich finde aber, du solltest das durchziehen«, sagt Ben.

»Seit wann interessierst du dich für mein Problem? Du willst doch nur in dieses Haus!«

»Stimmt schon, ich will in dieses Haus, aber überleg doch mal! Wenn du jetzt diese Gelegenheit auslässt, wirst du das bereuen. Ich kenne dich, Caro, für dich muss immer alles einen Abschluss haben. Ich glaube, dir fehlt einfach noch das letzte Puzzlestück, und Samuel Winterscheidt kann es dir geben.«

Erstaunlich klug, was er da sagt. Hat er am Ende doch endlich begriffen, worum es geht?

»Fahren wir einfach hin«, redet er weiter. »Ist doch nichts verloren. Abhauen können wir immer noch. Also, was sagst du?«

»Schnall dich endlich an«, murmle ich und biege zurück auf die Straße.

Wir sind pünktlich. Einfahrt und Parkplatz sind jedoch kaum geräumt, sodass es schwierig ist, für meinen Clio ein geeignetes Plätzchen zu finden. Letztlich sind wir gezwungen, außerhalb des Gartenzauns am Straßenrand zu parken und die gesamte lange Einfahrt zu Fuß zu gehen.

Der Schneefall hat eine dicke weiße Haube auf das Dach und die Fenstergiebel gezaubert. Wir erreichen die Tür, und erneut weiß ich nicht, ob ich tatsächlich klingeln soll.

Ben kann kaum noch still stehen, pustet sich wärmenden Atem in die Hände und grinst wie irre. »Eines gleich mal vorweg: Ich sitze neben ihm! Und komm bloß nicht auf die Idee, mir durchs Haar zu streichen oder in die Wange zu kneifen oder was dir sonst für Mist einfallen könnte!«

»Und wie ist es mit Arschtritten und Kopfnüssen, du kleiner Trottel?«

Er hebt hoheitsvoll das Kinn. »Das bitte auch nicht.«

Im Inneren wird ein Schloss entriegelt, und die Tür öffnet sich. »Einen wunderschönen guten Abend«, begrüßt uns der alte Mann, der um keinen Deut freundlicher wirkt als bei unserer letzten Begegnung. »Bitte, nur hereinspaziert.«

Wir folgen dem Alten ins Haus, lassen uns die Jacken abnehmen und sehen uns um. Verglichen zu gestern herrscht regelrechte Festtagsbeleuchtung; sämtliche Lampen sowie der große Kristallluster über der Treppe brennen, und es duftet herrlich nach frisch gebratenem Fleisch.

Ich sehe Jana aus dem Wohnzimmer kommen und strecke unwillkürlich den Rücken durch. Sie sieht atemberaubend aus in der schwarzen Bluse, dem knielangen engen Rock und den hauchdünnen High Heels, die sie noch größer und schlanker wirken lassen, als sie ohnehin schon ist. Ihr prachtvolles Rosshaar ist in einer kunstvollen Hochsteckfrisur gebändigt, doch während meine wilden Locken bereits im Auto anfingen zu zicken, ist bei ihr keine einzige lose Strähne zu sehen.

Sie bleibt abwartend stehen, doch es ist nicht Samuel, der kurz darauf aus dem Wohnzimmer kommt, sondern ein blonder Mann im Rollstuhl. Es ist jene Art Rollstuhl, die von einem Motor betrieben und durch ein kleines Tastenfeld auf der rechten Armlehne gesteuert wird. Der blonde Mann trägt einen Anzug und wirft mir ein breites Grinsen zu. Es bleibt die einzige Bewegung an ihm. Querschnittsgelähmt?

»Unsere Gäste, wie schön!« Er rollt zielstrebig auf uns zu, mit ungefähr einem Meter Abstand hält er an. »Ich bin Oliver, Samis Bruder. Wir hatten leider noch nicht persönlich das Vergnügen.«

»Richtig, bisher noch nicht. Freut mich wirklich sehr.« Verhalten versetze ich Ben einen Stoß, als der nur dasteht und Oliver anstarrt wie eine Laune der Natur. Daraufhin würgt Ben ein gequältes »Hallo« hervor und streckt Oliver zur Begrüßung die Hand entgegen.

Oh gütiger Gott, das darf nicht wahr sein.

Zum Glück nimmt Oliver Bens Gedankenlosigkeit mit Humor. »Ich würde deine Hand ja gerne schütteln, Kleiner, aber ich bin ein bisschen ungelenk.«

»Oh. Oh Gott, sorry! Ich hab nicht nachgedacht.« Schnell nimmt Ben die Hand zurück und steht da wie ein begossener Pudel. Wie groß ist die Chance, dass das die einzige Peinlichkeit des Abends bleibt?

»Und, wie gefällt Ihnen unser Haus?«, möchte Oliver wissen.

»Viel habe ich bisher ja noch nicht gesehen«, antworte ich. »Aber dieser Kristallluster ist sehr schön.«

»Finden Sie? Mir kam er immer so protzig vor.«

Er hat eine angenehme Stimme, sanft und ruhig und

114

voller Eleganz, wie auch sein gesamtes Auftreten. Verstohlen betrachte ich sein Gesicht, das dem seines Bruders nicht sehr ähnlich sieht. Samuel habe ich als kantig und entschlossen in Erinnerung, mit harten Augen und noch härteren Methoden. Oliver hingegen wirkt fast ein wenig androgyn. Seine blassblauen Augen erwidern meinen neugierigen Blick, und im Nu zaubert er wieder dieses malerische Lächeln hervor, das meine Unruhe wie von selbst verschwinden lässt.

»Bitte, wollen wir nicht ins Wohnzimmer gehen, bis das Essen fertig ist?« Der Rollstuhl macht eine Hundertachtzig-Grad-Wende und bewegt sich geruhsam ins angrenzende Zimmer. Es macht in der Tat den Anschein, als wäre es der Rollstuhl, der die Richtung angibt, weil Oliver so reglos darinsitzt wie eine Puppe. Als wir ihm folgen, erhasche ich einen Blick auf seine rechte Hand, mit der er den Motor via Tastenfeld steuert. Die schwache, millimeterfeine Bewegung seiner Finger ist kaum sichtbar.

Oliver parkt auf einer freien Stelle neben dem Tisch. Wir nehmen auf der großen Couch gegenüber dem Kamin Platz. Mir fällt auf, dass sich Jana stets dicht an seiner Seite aufhält. Selbst jetzt bleibt sie schräg hinter ihm stehen wie eine Schildwache, anstatt sich zu uns auf die Couch zu setzen.

»Ich hoffe, ihr habt beide ordentlichen Hunger«, beginnt Oliver. »Unsere Köchin hat sich selbst übertroffen.«

»Sie haben eine eigene Köchin?« Ben hat Herzchen in den Augen.

»Nun ja«, antwortet Oliver, »streng genommen ist es die Köchin meines Bruders. Ich muss mich übrigens vorweg für ihn entschuldigen. Pünktlichkeit war noch nie seine Stärke, sofern nicht mindestens ein Leben davon abhängt.«

»Aber er kommt noch, oder?« Ben sieht sich bangend um.

»Ich hoffe es, Kleiner.«

Bens zuvor noch munteres Gesicht fällt enttäuscht in sich zusammen. Ein bisschen tut er mir ja leid. Er hat sich so auf diesen Abend gefreut. Dass sein Idol es womöglich nicht mal für nötig hält, seine eigenen Gäste zu begrüßen, hat er wirklich nicht verdient.

Jana tritt hinter Oliver hervor und wendet sich an Ben. »Wenn du möchtest, kann ich dich zu ihm bringen. Dann fragen wir ihn, was er so lange treibt in seinem Horrorkabinett da oben.«

»Gute Idee!« Er springt auf und folgt ihr aus dem Raum.

Olivers Lächeln hat nichts von seiner Strahlkraft verloren. »Was für ein netter Junge.«

»Lassen Sie sich nicht täuschen. Für gewöhnlich ist er halb so unterhaltsam.«

»So ist das mit Brüdern. Meiner wird uns entweder alle überstrahlen mit seiner Präsenz, oder er hüllt sich den ganzen Abend in Schweigen. Die Chancen stehen fifty-fifty.«

»Solange ich darauf vorbereitet bin, kann ich damit umgehen.«

Sein Kopf zuckt ein klein wenig – ist das seine Art des Nickens? Es ist irritierend, mit jemandem zu reden, dem jegliche Körpersprache fehlt. Jedes noch so winzige Detail müsste ich wohl aus seinen Augen ablesen, aber beim Gedanken, ihn so lange anzustarren, fühle ich mich unwohl.

»Sie meinten gestern, Sie hätten dringend etwas mit meinem Bruder zu besprechen. Darf ich fragen, worum es geht?«

»Darf ich fragen, warum Sie querschnittsgelähmt sind?«

In seinen Augen flackert es verwirrt auf. »Sie sind sehr direkt.«

»Ich wollte nur verdeutlichen, dass man auf gewisse Fragen keine Antwort erwarten darf.«

Die Verwirrung weicht Belustigung, falls man das winzige Kräuseln seiner Mundwinkel als solche bezeichnen kann. »Ich war zu neugierig. Das tut mir leid.«

»Schon in Ordnung.«

»Wollen wir uns schon mal ins Esszimmer begeben?«

Gerade hat er seinen Rollstuhl in Richtung Tür manövriert, da ist auch schon Bens aufgeregtes Gerede zu hören.

»Ist es wahr, dass du für den K2 nur fünf Tage gebraucht hast?«

»Wenn's alle sagen, wird es wohl auch stimmen.«

»Cool! Und wie geht das?«

»Was?«

»Was muss man tun, um so schnell auf den K2 zu kommen?«

»Auf jeden Fall redet man nicht so viel.«

»Puh, das wäre nichts für mich.«

Die Tür geht auf. Samuel Winterscheidt betritt den Raum, und das Feuer im Kamin wird von einem heftigen Luftstoß erschüttert.

»Wie schön, ihr habt einander also gefunden!«, ruft Oliver.

Ich schiebe mir meine losen Strähnen hinters Ohr und gehe auf Samuel zu. Ben wirkt winzig neben dieser Statue von einem Mann. Er hat sich nicht zurechtgemacht, ist barfuß, trägt eine bis zu den Knien hochgekrempelte schwarze Hose und ein simples weißes T-Shirt. Sein Haar ist an den Spitzen leicht feucht, und ein schwacher Seifengeruch strömt mit ihm ins Zimmer. Schonungslos sind seine blitzblauen Augen auf mich gerichtet und scheinen trotzdem durch mich hindurch-

117

zusehen. Da er keine Anstalten macht, mir die Hand zu geben oder mich sonst irgendwie zu begrüßen, rühre auch ich keinen Finger und sage einfach nur: »Hallo.«

Er zeigt auf meinen Bruder und fragt: »Kann man den irgendwie abstellen?«

Ich fühle mich wie dieses Feuer im Kamin: Sein rüder Tonfall versetzt mir einen Stoß, und gleichzeitig könnte ich explodieren vor Wut.

Jana kommt in den Raum und klatscht übertrieben fröhlich in die Hände. »Essen ist serviert!«

»Was gibt es denn?«, schießt Ben hervor.

»Hoffentlich Alkohol«, entgegnet Samuel.

Ohne uns weiter Beachtung zu schenken, dreht er sich um und marschiert in den Speiseraum schräg gegenüber. Auch Jana und Ben verschwinden in diese Richtung.

»Ich dachte, wir hätten eine Fifty-fifty-Chance«, sage ich zu Oliver. »Dass er einfach nur ein Arschloch ist, stand dabei nicht zur Auswahl.«

Ein leises Gurren, was, so glaube ich, ein Kichern ist. »Sehen Sie's positiv, Caroline. Immerhin ist er überhaupt heruntergekommen.«

JANA

Wir sitzen zu fünft am großen Esstisch. Oliver residiert am Kopf der Tafel, während unsere Gäste Sami und mir gegenübersitzen. Anfangs scheinen Caroline und Ben noch davon irritiert zu sein, dass Oliver bereits vor uns gegessen hat und uns anderen daher bloß zusieht. Doch als sie merken, dass dies für uns völlig normal ist, entspannen sie sich ein wenig.

Vor uns breitet sich eine solch üppige Speiseauswahl aus, dass mir fast die Schamesröte ins Gesicht steigt – die beiden müssen uns für den Inbegriff der Dekadenz halten. Dabei hat Anne lediglich Olivers Anweisung befolgt.

Was Sami angeht: Es ist wohl nur eine Frage der Zeit, bis er entweder das Weite sucht oder dem dauerquasselnden Bengel den Mund mit einer Serviette stopft. Ben bombardiert ihn mit so vielen Fragen, dass ich mich selbst schon ganz erschlagen fühle.

»Und muss man viel trainieren, also ich meine, rein körperlich? Wie oft gehst du in der Regel joggen? Ich hab's nicht so mit Ausdauer, aber geklettert bin ich schon mal! Leider nur indoor. Machst du das auch manchmal? Oder ist das für dich schon zu einfach? Wahrscheinlich zu einfach, stimmt's? Kann ich verstehen. Weißt du, was wir mal machen sollten? Ein Wettrennen! Ich bin der schnellste Läufer in meiner Klasse! Sechzig Meter in sieben Komma acht Sekunden! Wie schnell bist du?«

Sami hat die Wange in die verbundene Hand gestützt und stiert angestrengt in sein Weinglas. Es ist sein drittes, obwohl er sich eigentlich nichts aus Alkohol macht.

Trotz Bens nervenaufreibender Dauerbefeuerung bringt er irgendwie die Kraft auf, sich ein Lächeln abzuringen und erstaunlich geduldige Antworten zu geben, sofern der Junge ihn überhaupt zu Wort kommen lässt. Allein ihm dabei zuzuschauen, wie ihm vor Qual fast der Schädel platzt, treibt mich in den Wahnsinn. Ich konzentriere meine Aufmerksamkeit daher auf Caroline und Oliver, die sich bereits den ganzen Abend blendend unterhalten. Schon merkwürdig, dass sie es zunächst kaum erwarten konnte, mit Sami persönlich zu sprechen, und jetzt an seiner Gesellschaft solch ein Desinteresse zeigt. Dem würde ich nur allzu gern auf den Grund gehen. Ich schnappe ein paar Worthülsen auf und dränge mich unverhohlen ins Gespräch.

»Aha, Sie sind also in einer Goldschmiede tätig? Wie interessant. Erzählen Sie doch ein bisschen davon.«

»Ich glaube kaum, dass Sie das interessieren würde«, antwortet Caroline. »Ich bin keine Goldschmiedin, ich mache nur die Buchhaltung. Die Schmiede gehört den Eltern meines … meines ehemaligen Verlobten.«

»Und jetzt machen Sie Urlaub?«

»Sozusagen.«

»Wie lange bleiben Sie noch in Schirau?«

»Das weiß ich noch nicht.«

»Sie sollten mal im Sommer nach Schirau kommen«, schlägt Oliver vor. »Bei Schönwetter sieht man die Berge viel besser. Und die Gondelbahn auf die Südwand ist in der Regel auch nicht gesperrt.«

Caroline nimmt einen großzügigen Schluck aus ihrem Wasserglas. Ihr Gesicht hat sich ein wenig verkrampft, und abermals weicht ihr Blick mir aus. »Kennen Sie die ganzen Geschichten über die Südwand, Oliver?«

»Ich kenne vor allem eine, und die hat mit unserem Vollblutprofi dort drüben zu tun. Es ranken sich ja allerhand Mythen und Legenden um jenen ereignisreichen

Tag. Wie dumm, dass Sami keine Kamera dabeihatte, um es zu beweisen.«

Zum ersten Mal streifen ihre Augen Samis Gesicht, nachdem sie ihn die ganze Zeit ignoriert hat. Er ist zu sehr mit Ben beschäftigt, um es zu bemerken, selbst Olivers provokanten Kommentar überhört er getrost, aber mich kann diese Frau nicht täuschen. Irgendetwas ist hier faul. Samis unhöflicher Auftritt wird sie wütend gemacht haben, aber das allein kann nicht der Grund sein, weshalb sie jedes Mal, wenn sein Name fällt, ein Gesicht macht, als hätte man ihr einen Tritt in die Magengrube verpasst.

»Und Sie, Caroline, klettern Sie auch?«, frage ich.

»Nein.« Das Wort kommt wie aus der Pistole geschossen.

»Klares Statement«, sagt Oliver.

»Nun ja, ich … ich war schon auf dem einen oder anderen Gipfel, aber nichts Besonderes. Und ich beherrsche ein paar Griffe, das schon. Mein Verlobter hat mir die Basics gezeigt, aber ich konnte mich nie dafür erwärmen.«

»Und das neben einem Mann, der uns alle an den Teufel verkaufen würde für eine gelungene Erstbesteigung.« Oliver reckt das Kinn und pfeift in Samis Richtung. »Wir haben hier offenbar einen Anti-Kletterfan, Sami. Hilf mir mal auf die Sprünge, wie viele Bergtouren bestreitest du pro Jahr?«

»Solo oder in Seilschaften?«

»Sowohl als auch.«

»Keine Ahnung.«

Er scheint einem Gespräch mit Caroline um jeden Preis aus dem Weg gehen zu wollen. Man spürt das überdeutlich, wie ein elektrisches Spannungsfeld, das zwischen uns allen knistert.

»Aber jetzt müsst ihr uns mal erklären, was da genau

im Wald passiert ist.« Oliver hat ein Grinsen im Gesicht, das ich nur allzu gut kenne. Er beginnt wieder eines seiner Spielchen. Weder Sami noch Caroline haben zu diesem Thema etwas zu sagen.

»Also das war ziemlich verrückt!«, meldet Ben sich gut gelaunt zu Wort. »Wir sind so im Wald unterwegs, und auf einmal sehen wir jemanden im Schnee liegen. Wir sind natürlich sofort zur Stelle! Es war aber gar nicht so leicht, ihn wach zu kriegen. Caro musste ihm eine verpassen.«

Ich verschlucke mich an meinem Wein. So stark ist der Drang, brüllend loszulachen. Sami beobachtet meine qualvolle Hustenattacke, ohne eine Miene zu verziehen.

»Er übertreibt«, winkt Caroline ab. »Es war kein Schlag, nur so ein Klaps. Irgendwas musste ich doch tun.«

Konrad kommt an den Tisch, um mir auf den Rücken zu klopfen. Während ich keuchend um mein Leben lache, genießt der Junge das Rampenlicht des Alleinunterhalters in vollen Zügen.

Er wartet, bis ich mich beruhigt habe, und fährt dann fort: »Richtig übel wurde es aber erst, als er endlich aufrecht war. Weißt du noch, Sami? Du konntest kaum den Kopf gerade halten. Und der Baum! Du bist geradewegs hineingelaufen!«

»Ja«, knurrt Sami, »das weiß ich noch.«

»Was, du … du bist gegen einen Baum gelaufen? So richtig mit Kollision und allem?« Gott, ich sterbe gleich.

»Aber so was von! Und dann lag er schon wieder am Boden. Aber mal ehrlich, bei so einem Sturz?«

Ich fange Samis warnenden Blick auf und bemühe mich, meine Fassung zurückzuerlangen. Ein Themenwechsel wäre angebracht. Ich wende mich Oliver zu, doch von dem ist keine Hilfe zu erwarten. Ihm macht das alles viel zu sehr Spaß.

»Mich würde ja interessieren«, unterbreche ich Bens

passionierten Wortschwall, der sich immer noch um Samis Unfall dreht, »wie lange Sie beide noch bleiben möchten. Sind die Ferien nicht bald vorüber?«

Mit einem Mal verstummt der Junge, und sein Gesicht verzieht sich zu einer angewiderten Grimasse. »Ach ja, stimmt. So ein Mist. Caro, wann müssen wir denn eigentlich zurück?«

»Ich weiß nicht … So genau habe ich noch nicht darüber nachgedacht.«

»Willst du nicht lieber gleich fragen, was mit Alex war? Bevor wir am Ende nicht mehr dazu …« Er bricht ab.

Eine merkwürdige Wendung der Situation. Sami fixiert die beiden über den Tisch hinweg, mit eiskaltem Blick. Aus Carolines Gesicht ist jede Farbe gewichen. Mit beiden Händen umklammert sie ihr Wasserglas, während Ben die Tischplatte anstarrt, als würde er sich am liebsten darunter verkriechen.

»Alex Doppler?«, fragt Sami. »Ist das der Verlobte, von dem Sie gesprochen haben?«

Die Panik in Carolines Augen scheint sich zu verdreifachen. Sie öffnet den Mund, aber es kommt kein Laut heraus. Sami rückt in seinem Sessel ein Stück zurück, und alle sind auf einmal wie erstarrt, scheinen darauf zu warten, dass er aufspringt und losbrüllt. Aber er erhebt sich ganz langsam. Zeigt auf die Tür und sagt: »Raus hier.«

Was ist hier los? Hilfesuchend drehe ich mich zu Oliver um, der die Szene genauso erstaunt beobachtet. Caroline lässt das Glas los und hebt besänftigend die Hände.

»Ich weiß nicht, was Sie denken, aber ich wollte nicht –«

»Haben Sie eine Ahnung davon, wie viele Ihrer Sorte ich bereits kennenlernen musste? Aber die besaßen wenigstens den Anstand und sind gleich zur Sache gekommen, anstatt mich zu verarschen.«

»Niemand will Sie hier verarschen, ich möchte nur –«

»Ist mir egal, was Sie wollen! Ich bin Ihnen keinerlei Erklärungen schuldig! Und jetzt verschwinden Sie aus meinem Haus!«

Caroline sieht hilflos von einem Gesicht zum anderen. »Bitte, können wir kurz unter vier Augen –«

»Raus! Sofort!«

Er marschiert los, durchquert das Vorzimmer und reißt die Haustür auf. Kälte und Schneegestöber wirbeln aus der Nacht ins Innere. Caroline und Ben folgen ihm zögernd, sehen immer wieder beschwörend in meine Richtung, aber ich kann ihnen nicht helfen. Ich verstehe ja nicht mal, was hier gerade passiert. Als ich den dreien ins Vorzimmer folge, steht Sami bei der Tür und wartet. Mit großem Abstand wagt sich Caroline an ihm vorbei, blickt unsicher in die Nacht und versucht es ein allerletztes Mal.

»Bitte, ich möchte nur kurz mit Ihnen reden. Mehr nicht!«

»Verschwinden Sie endlich, oder Sie lernen mich richtig kennen.«

Konrad überreicht ihr ihre Jacke. In dem Moment drängt sich Ben dazwischen und stellt sich schützend vor seine Schwester.

»He, wo liegt denn eigentlich das Problem? Sie will nur kurz mit dir reden, das kann doch nicht so schlimm sein!«

»Ben, lass es …«

»Nein, ernsthaft.« Er baut sich mit feuerroten Wangen vor Sami auf – was, gemessen an ihrem Größenunterschied, fast ein bisschen komisch aussieht. »Das ist lächerlich, Mann! Ich dachte immer, du wärst cool!«

»Ben!« Sie bekommt ihn am Arm zu fassen und zieht ihn von Sami weg. Beide weichen zurück, bis sie draußen im Schneefall stehen. »Komm jetzt, wir gehen. Vielen Dank für das Abendessen.«

Sami wirft die Tür hinter ihnen zu, dass es knallt.

Ich stehe wie zu Eis erstarrt – was zum Teufel war das eben?

Sami macht sich ohne ein Wort in den ersten Stock auf. Im Hintergrund höre ich, dass Oliver aus dem Esszimmer gefahren kommt.

»Weißt du vielleicht, was hier gerade los war?«, frage ich ihn.

»Ich habe eine Vermutung. War Alex Doppler nicht dieser Verunglückte aus dem letzten Jahr?«

Aber natürlich! Jetzt erinnere ich mich.

»Ich muss mit ihm reden«, sage ich und gehe nach oben.

Durch die Tür dringt das Geräusch von Möbelrücken. Außerdem höre ich Papier flattern. Als ich ins Zimmer komme, steht die Balkontür offen, und sämtliche Fenster sind aufgerissen. Sami durchstöbert gerade die Laden seines Schreibtisches, die übrigen Schränke, Regale und Kästen hat er bereits durch. Haufenweise Papierkram bewegt sich im Wind.

»Willst du mir erklären, was da unten soeben passiert ist?«, biete ich ihm an.

Er hebt einen zusammengehefteten Stapel Papier hoch und lässt ihn schwungvoll auf den Boden fallen. »Ich weiß, ich hab den Bericht hier irgendwo. Ich hab ihn mir damals extra schicken lassen.«

»Welchen Bericht?«

»Den von der Bergrettung. Die dokumentieren doch jeden Furz, den ich während einer Rettungsaktion ablasse!« Er rauscht zu einer Kommode und reißt der Reihe nach die Schubladen auf.

Ich verstehe es nicht. Wieso hat Caroline nicht einfach gesagt, worum es geht? Ich hätte ihr helfen können, mit Sami zu reden. Doch so war klar, dass es in einer Auseinandersetzung endet. Und er. Einerseits kann ich nachempfinden, dass er so heftig reagiert hat, schließlich muss er irgendwo eine Grenze ziehen, um sich vor Anschuldigungen und Selbstzweifeln zu schützen. Aber er hätte diese Grenze auf andere Art ziehen müssen. Heute Abend hätte er das auf jeden Fall.

»Ich finde, du solltest dich mal beruhigen«, sage ich, als er abermals das Zimmer durchquert und sich nach dem obersten Fach eines Schrankes streckt, den er offenbar noch nicht durchsucht hat. »Jetzt komm, das bringt doch nichts. Was hoffst du zu finden?«

»Einen Beweis.«

»Wofür?«

»Dass ich nichts mit dem Tod von Alex Doppler zu tun habe! Verstehst du nicht, was solche Leute wollen? Die würden alles tun, um einen Schuldigen zu finden. Und dann verklagen sie dich bis auf den letzten Cent, wenn du nicht vorbereitet bist. Ohne mich, Jana.«

Ganz hinten im Schrank entdeckt er eine Kiste, die er hektisch herausfischt. Er setzt sich im Schneidersitz auf den Boden und beginnt die Kiste zu durchstöbern.

Hauptsächlich kommen Fotos zum Vorschein. Erinnerungen aus Kindertagen, die er einfach beiseiteschiebt. Glaubt er wirklich, da drin etwas zu finden?

»Kann sein, dass ich mich täusche, aber sie sah nicht so aus, als würde sie nach einem Schuldigen suchen. Vielleicht wollte sie bloß wissen, wie es passiert ist.«

»Und was hätte ich ihr sagen sollen? Keine Ahnung mehr, wie es passiert ist!«

Das glaube ich ihm nicht. Er mag in vielen Dingen ignorant sein, aber missglückte Rettungsaktionen haben ihn schon immer beschäftigt. Es muss mehr dahinterstecken.

Ich sehe ihm eine Weile beim Durchstöbern der Kiste zu, dann legt er erschöpft den Kopf in den Nacken und seufzt. Ich komme zu ihm.

»Vielleicht solltest du doch mit ihr reden. Dein Verhalten vorhin … tut mir leid, aber das war unter aller Sau.«

Er räumt die verstreuten Fotos zusammen und gibt sie zurück in die Kiste.

Ich setze mich zu ihm auf den Boden. »Stell dir vor, du würdest jemanden verlieren, den du liebst. Würdest du nicht auch versuchen, von irgendwoher Antworten zu bekommen? Auch wenn es unbequem ist?«

»Ich will mir nicht vorhalten lassen, ich hätte nicht alles versucht. Verstehst du das nicht?«

»Wahrscheinlich möchte sie einfach nur deine Variante der Geschehnisse hören. Ist das nicht ihr gutes Recht?«

Er steht auf und verfrachtet die Kiste zurück ins hinterste Eck des Schranks. »Du kapierst es nicht. Solche Menschen wollen keine Antworten oder Varianten. Die wollen bloß jemanden zur Rechenschaft ziehen, weil sie glauben, dass sie sich dann besser fühlen. Das ist feige und rücksichtslos.«

Ich lasse ihn allein. Auf einmal wirkt alles sinnlos, der heutige Abend, dieses Gespräch, selbst die Ruhe jetzt, die ihm womöglich Zeit gibt, es sich noch einmal zu überlegen. Aber im Grunde kann es mir egal sein, was er tut und was nicht. Nach seinem vorherigen Auftritt hat er Caroline garantiert für immer verscheucht, und das ist wahrscheinlich auch am besten so.

OLIVER

Vor zwölf Jahren

Es ist nicht die Hitze, die mich stört, eher diese süßliche, feuchte Luft. Im Sommer ist der Wald nicht zu ertragen. Wir haben aus Ästen Zelte gebaut und ein Lagerfeuer entzündet, aber gemütlich finde ich es nicht. Ich vermisse den Schnee und das Glitzern des Eises. Ich vermisse es, mich ganz warm anzuziehen und nach einem anstrengenden Tag die Füße auf der Couch auszustrecken. So was nenne ich Leben. Nicht das hier. Nicht dieses Zirpen und Surren, nicht das Rascheln des Laubes, mit dem der Waldboden bedeckt ist, und am allerwenigsten uns drei. Im Winter kann Sami seine abenteuerlichen Expeditionen wenigstens im Alleingang unternehmen. Im Winter ist Jana viel zu faul, um ihm hinterherzulaufen.

»Es ist langweilig«, maule ich in den Himmel.

Wir liegen zu dritt im Gras auf der Lichtung. Winzige Wolken ziehen vorbei, und Janas Halskette blitzt im Licht.

»Ich hab doch vorhin schon gesagt, dass wir klettern könnten«, antwortet Sami. »Zur Teufelsmauer ist es nur ein Katzensprung.«

»Damit du wieder mal angeben kannst?«, frage ich.

»Nicht nur, aber hauptsächlich.«

»Wir können schwimmen gehen«, schlägt Jana vor.

»Langweilig«, sagt Sami.

»Wieso gibst du eigentlich hier den Ton an?«, will ich wissen.

»Weil ich am ältesten bin, du kleiner Spinner.«

»Also mir ist alles recht«, sagt Jana, »solange wir hier nicht länger herumliegen wie Leichen.«

»Ich weiß was.« Sami springt auf und putzt sich Blätter von der Hose. »Das wird super, kommt mit.«

Wir haben uns eben auf die Beine gekämpft, da ist er bereits unterwegs und erwartet zweifellos, dass wir ihm folgen. Wenn Sami den Satz »Das wird super« verwendet, geht es meistens um Aktionen, die dich entweder in Schwierigkeiten bringen oder in Windeseile töten können. Wir lassen unser Lager am Waldrand hinter uns und nehmen den schmalen, ausgetretenen Pfad Richtung Teufelsmauer, den wir mittlerweile auswendig kennen. Bereits auf halber Strecke verliere ich jede Motivation, denn auf Klettern habe ich wirklich keine Lust. Das haben wir gestern den ganzen Tag gemacht, und meine Hände sind jetzt noch schmutzig und erschöpft davon. Während Sami zielstrebig vorausmarschiert, lassen Jana und ich uns ein Stück zurückfallen.

»Soll er doch allein auf seine blöde Felswand klettern«, flüstere ich. »Gehen wir schwimmen.«

»Einfach so, ohne ihn?«

»Wieso nicht?«

Sie schüttelt den Kopf und schließt wieder zu Sami auf.

Ob sie merkt, was sie da macht? Immer dieses Pendeln zwischen ihm und mir. Immer diese Überraschung, wenn ich sie von ihm weglocken will, weil ich es satthabe, im Ungewissen zu sein. Was macht es schon, dass sie um ein Jahr älter ist als ich? Soll das ihre Ausrede sein? Ich habe die Welt bereits verstanden, als Sami noch mit dem Einmaleins zu kämpfen hatte. Klettern und Muskeln sind nicht alles, das wird sie schon noch merken.

Wir erreichen die mächtige Felsformation der Teufelsmauer, die weit über die Baumwipfel hinausragt. Aber Sami marschiert weiter.

»Wohin denn jetzt?«, rufe ich verwundert. Wortlos winkt er uns hinter sich her. Auf der anderen Seite der Felsmauer flacht das Gelände ab, und ein uralter Baum schlingt seine Wurzeln über einen aus der Erde ragenden riesigen Wackelstein. Unter dem Stein, halb verborgen hinter dem Geflecht aus Wurzeln und Moos, führt der Eingang einer Höhle in ungewisse Dunkelheit.

Hier bleibt Sami stehen.

»Vergiss es«, sage ich.

»Da unten waren wir noch nie.«

»Das hat auch seine Gründe.«

»Wieso, was ist das für ein Loch?«, fragt Jana.

»Weiß nicht«, antwortet Sami grinsend. »Niemand weiß es.«

»Vergiss es, mich kriegst du da nicht rein.« Ich verschränke die Arme vor der Brust und schaue Jana abwartend an.

Jetzt muss sie eine Grenze ziehen. Bis hierhin und nicht weiter. Sie kann ihm nicht überallhin folgen. Nicht, wenn sie noch ein letztes bisschen Verstand übrig hat.

»Ich weiß nicht …«, murmelt sie. »Wie tief geht es denn da runter?«

»Sicher hundert Meter.«

»Was?«

»Ich kann auch allein gehen«, sagt Sami und krempelt sich seine Hosenbeine hoch.

»Das traust du dich nicht«, sagt Jana.

»Mit dem Seil geht das schon.«

»Wieso nicht ohne?«, frage ich.

Sami hält inne, ich schaue ihn herausfordernd an. Immer diese Heldentaten. Immer drängt er sich in den Mittelpunkt. Soll er doch runtersteigen, soll er nur. Und auch dort unten bleiben.

»Ohne Seil«, wiederholt er langsam. »Ist das eine Herausforderung?«

Ich sollte die Klappe halten. Ich sollte versuchen, ihn von diesem Blödsinn abzuhalten. Aber das Gegenteil ist verführerischer.

»Ohne Seil. Ohne irgendwas. Da rein in dieses Loch. Und wieder zurück. Schaffst du das?«

Wortlos schaut er mich an.

»Hast du Schiss?«, frage ich.

Er hockt sich auf den Boden, schiebt die Beine ins Loch und lässt sich nach unten fallen.

Wenige Sekunden später hören wir es platschen.

»Ist alles okay?«, ruft Jana, als wir zum Eingang hechten.

Ich sehe nichts, nur Schwärze. Kurz glaube ich, dass mein Plan aufgegangen ist – dass er sich den Kopf gestoßen hat und bewusstlos am Boden liegt. Dass ich zu ihm nach unten klettern und ihn retten muss, ganz der Held, den Jana sucht, oder aber, dass ich ihn einfach dort unten lasse, in dieser kalten, engen Höhle, wo niemand ihn findet, wo er für immer bleiben wird, bloß noch ein Skelett in der Erde, aber dann höre ich seine Stimme.

»Hier ist Wasser, aber nicht sehr tief. Ziemlich kalt hier!«

»Pass bloß auf dich auf, hörst du!«, ruft Jana. Sie klingt besorgt, aber ihre Augen leuchten. Da hat sich ihr Held offenbar mal wieder selbst übertroffen.

Sami watet durchs Wasser, dann hört das Platschen auf. Eine kurze Stille.

»Scheiße«, ruft er plötzlich.

»Was ist los?«, fragt Jana.

»Ich glaub's nicht … Hier unten ist jemand!«

Ein eisiger Schauer kriecht über meinen Rücken. Ich beuge mich weiter über den Abgrund, während Jana vor Schreck meine Hand nimmt.

Wieder herrscht Stille.

»Sami?«, rufe ich. »Sag doch was. Wer ist da unten bei dir?«

Er antwortet nicht. Ich höre es knacksen, kurz darauf platscht etwas scheinbar Großes ins Wasser. Jana springt erschrocken auf die Beine.

»Sami! Was ist los, sag endlich was! Sami!«

»Shit, der ist verdammt schwer …« Er keucht. Hände zerren an den Wurzeln über dem Eingang. Plötzlich taucht sein Kopf aus der Dunkelheit auf, und immer noch grinst er. »Ruft mal die Feuerwehr oder so. Ich glaub, da unten liegt 'ne Leiche.«

Ich schlürfe lustlos meinen Kakao. Im Wohnzimmer bei sengender Hitze. Papa sitzt in seinem Fernsehsessel und liest. Außer uns beiden ist niemand im Haus. Es ist Sonntag, die Angestellten haben frei. Jeder ist draußen und genießt den schönen Tag. Alle feiern sie den Helden des Tages. Mich wundert es, dass sie keine Raketen steigen lassen. Der alte Mann aus der Höhle war nämlich gar nicht tot. Um ein Haar wäre er es gewesen. Ist ausgerutscht, der arme Kerl, vor zwei Tagen bei einem Spaziergang. In ganz Schirau hat man sich davon erzählt. *Hast du's schon gehört? Der alte Brauneder ist verschwunden!*

Tja, jetzt ist er wieder da. Wartet im Krankenhaus auf seine Entlassung.

Ich fasse es nicht, dass Sami ihn gefunden hat. Selbst wenn er Dummheiten begeht, selbst wenn er dabei draufgehen sollte, macht er alles richtig.

»Ist alles okay?«, fragt Papa.

»Klar, wieso?«

»Wieso bist du nicht draußen bei deinen Freunden?«

»Hab keine Lust auf die alle.«

Er nickt und schaut wieder in sein Buch.

»Ich möchte mal mitkommen«, platze ich heraus. »Wenn ihr das nächste Mal klettern geht, kann ich da mitkommen?«

Er runzelt die Stirn, überlegt kurz und legt sein Buch weg. »Ich dachte, dich interessiert so was nicht.«

Und deshalb bin ich offenbar auch nur Sohn Nummer zwei. Ich meine, das bin ich sowieso, weil Sami nun einmal der ältere ist, aber gäbe es eine Rangliste, wäre klar, wer sie anführt. Dabei kann ich nichts dafür. Es ist nicht meine Schuld, dass mir Klettern keinen Spaß macht. Ich bin in anderen Dingen gut. Gerade fällt mir nichts ein, aber ich bin sicher, dass es so ist.

»Vielleicht wäre es ja ganz witzig«, antworte ich.

»Gut, dann nehmen wir dich das nächste Mal mit. Dein Bruder freut sich bestimmt.«

»Als ob ich's seinetwegen mache.«

»Was hast du gesagt?«

»Nichts.«

»Oliver ... nimm das alles bitte nicht so ernst. Er sonnt sich eben gern im Licht.«

»Kriegt er eigentlich gar keine Bestrafung?«

»Wofür?«

»Weil er in diese Höhle geklettert ist. Er hätte draufgehen können.«

Papa überlegt einen Moment und zuckt dann mit den Schultern. »Ist ja zum Glück nichts passiert.«

»Als ich damals unerlaubt auf den Heuschober der Nachbarn geklettert bin, musste es gleich mal vierzehntägiges Fernsehverbot hageln.«

»Weißt du, dein Ton gefällt mir gerade gar nicht.«

»Mir gefällt diese Scheiße hier nicht! Wieso behandelst du ihn anders als mich?«

»Oliver –«

Weiter kommt er nicht. Sami platzt mit strahlenden Augen herein und verkündet: »Lebenretten ist klasse!«

»Vielleicht solltest du dann Arzt werden«, antwortet Papa.

»Ich werde das ab jetzt beruflich machen. Leute von

Orten retten, wo niemand sonst hinkommt. Wisst ihr, wie man so jemanden nennt? Man nennt ihn Held!«

»Solange der Held vorher die Schule zu Ende macht, kann er danach so viele Leben retten, wie er will.«

»Das klingt fair.« Sami geht ans Fenster und reißt es sperrangelweit auf. »Ganz schön heiß hier drin.«

»Dein Bruder möchte uns nächstes Mal beim Klettern begleiten.«

»Was, echt?«

»Glaubst du, ich pack das nicht?«, schnauze ich.

»Wer Kakao aus einem Donald-Duck-Becher trinkt, packt so ziemlich gar nichts, wenn du mich fragst.«

Besagter Kakao kommt brühend heiß nach ihm geflogen.

Überrascht sieht er mich an, dann die Sauerei aus Flüssigkeit und Scherben, die sich auf dem Boden verteilt hat. Shit, nicht mal werfen kann ich. Papa hat die Brauen erhoben, sagt aber nichts.

»Mann«, sagt Sami kopfschüttelnd.

Ich trotte in die Küche, um ein Geschirrtuch für die Scherben und einen Schwamm für den Teppich zu holen. Als ich zurück ins Wohnzimmer komme, ist Sami verschwunden. Papa kniet am Boden und hebt die größeren Scherben auf.

»Entschuldige«, sage ich und komme ihm zu Hilfe.

»Ich wünschte, ihr beide würdet euch verstehen.«

»Wir verstehen uns. Es ist alles bestens.«

»Und was ist mit dieser Jana?«

Er muss merken, was ihr Name in mir auslöst. Er muss es einfach.

»Vergiss sie«, sagt er.

»Wieso? Wieso soll ich sie ihm überlassen?«

»Er will sie doch gar nicht. Außerdem ist sie zu alt für dich.«

»Ist sie nicht.«

Er seufzt. »So was ist es nicht wert, Oliver. Streite dich mit deinem Bruder nicht um ein Mädchen, ich beschwöre dich. Bevor ich das miterlebe, springe ich lieber von einer Klippe.«

CARO

Ich wünschte, ich könnte meine Erinnerungen verbrennen. Sie einfach auf ein Blatt Papier schreiben und anzünden. Sie soll verschwinden, die ganze verdammte Scheiße, die mein Leben seit sechs Monaten zu einem einzigen Scherbenhaufen macht. Es muss aufhören. Der Schmerz, die Hilflosigkeit, der Zorn. Hätte mich das alles nicht so im Griff, wäre ich jetzt ganz woanders. Ich wäre zu Hause in meinen eigenen vier Wänden, in Sicherheit und vielleicht auch voller Frieden. Stattdessen bin ich hier. In diesem Zimmer mit all den kitschigen Blümchen an der Wand. Ich möchte die Tapete herunterreißen und die nackte Mauer dahinter einschlagen, aber ich kann nicht, denn ich bin nicht allein. Ben sieht mir mit ratlosem Gesicht beim Packen meiner Reisetasche zu. Er ist schweigsam, seit wir in Frau Grembergers Pension zurückgekehrt sind. Zweifelsohne fühlt er sich für das Debakel im Hause Winterscheidt verantwortlich.

»Aber wir müssen doch nicht fahren«, sagt er, als ich ins Bad gehe und meine Kosmetiksachen einpacke. »Wieso bleiben wir nicht einfach noch ein paar Tage und schauen uns die Gegend an?«

»Jetzt auf einmal willst du dir die Gegend anschauen? Als wir angekommen sind, warst du kaum aus dem Zimmer zu kriegen.«

»Ja, stimmt schon«, murmelt er. Er sitzt auf dem Fensterbrett, sodass ich hinter ihm den Schnee durch die Luft wirbeln sehe. Sein schuldbewusstes Gesicht ist fast so finster wie der Tag draußen vor dem Haus. Seit wir gestern Abend zu den Winterscheidts aufgebrochen sind, hat es nicht mehr aufgehört zu schneien. »Aber so schlimm ist es hier eigentlich gar nicht. Wir könnten uns die Kirche anschauen, das wolltest du doch. Oder wir nehmen eine der Seilbahnen, die nicht gesperrt sind, und gönnen uns auf irgendeiner Berghütte einen Kakao.«

Ich finde es ja süß, dass er mich aufzumuntern versucht, aber mein Entschluss steht fest. Ich werde hier nicht finden, wonach ich suche. Spielt auch gar keine Rolle. Ich muss weitermachen, irgendwie, den Ballast abwerfen und wieder auf die Beine kommen, und das wird mir nicht gelingen, solange ich stur an Geschehnissen festhalte, die immer tiefer in der Vergangenheit versinken und mich irgendwann unweigerlich mit sich nach unten ziehen werden. Ich muss in meinen Alltag zurückfinden, mir endlich ein Leben aufbauen, in dem Alex keine Bedeutung mehr hat. Selbst wenn es nicht dasselbe Leben ist. Dieses hier macht schon lange keinen Spaß mehr.

Ich klappe den Kosmetikkoffer zu und stelle ihn neben der Reisetasche auf den Boden. »Fahren wir einfach heim. Dieser Aufenthalt war ein totaler Reinfall.«

»Das stimmt doch gar nicht.«

»Bitte, Ben, lass es einfach. Es war schon schwer genug, überhaupt herzukommen. Jetzt sollte zumindest die Abreise leicht sein.«

»Okay, dann pack ich mal meine Sachen.« Mit hängendem Kopf schlendert er aus dem Zimmer, dann höre ich, wie die Sohlen seiner Chucks über den Flurboden schlurfen. Er wird sich bestimmt noch von Cicero verabschieden wollen. Und Frau Gremberger muss ich natürlich auch Bescheid sagen. Gebucht habe ich die Zimmer bis Ende der Woche. Womöglich verlangt sie einen Zuschuss wegen der frühzeitigen Abreise. Daran soll es nicht scheitern.

Nachdem ich das Bett gemacht und das Fenster zum Lüften geöffnet habe, bringe ich meine Sachen nach unten in die Stube. Frau Gremberger ist in der Küche und wäscht ab. Als sie mich hereinkommen sieht, verliert sie das Lächeln, das sie eben noch im Gesicht hatte.

»Ich muss mit Ihnen reden«, sage ich.

Das Klingeln eines Festnetztelefons unterbricht mich. Frau Gremberger zieht sich die Putzhandschuhe aus und eilt ins Vorzimmer, um den Hörer abzunehmen. »Pension Gremberger«, dringt ihre Stimme um die Ecke. Ich bin verwundert, als sie kurz darauf meinen Namen ruft. »Es ist für Sie«, erklärt sie, übergibt mir den Hörer und macht sich wieder an die Küchenarbeit.

Das ist seltsam. Ich habe niemandem erzählt, in welcher Pension wir abgestiegen sind. Zumindest niemandem zu Hause.

»Hallo?«, frage ich in den Hörer.

»Caroline?«

Die Stimme kenne ich. Ich bin versucht, aufzulegen. Sein Glück, dass ich mich vor Überraschung nicht rühren kann.

»Ja«, krächze ich, muss mich räuspern und lehne mich gegen die Wand. »Was wollen Sie, Samuel?«

»Mich entschuldigen.«

Ich warte. »Und?«

»Und Ihnen anbieten, dass wir uns doch über Ihren Mann oder Verlobten, oder was auch immer er war, unterhalten können. Falls Sie noch wollen.«

»Ich warte immer noch auf die Entschuldigung.«

Eine Pause – vielleicht braucht er Zeit, um in seine Faust zu beißen. »Bitte verzeihen Sie mein Benehmen gestern Abend. Es war unangebracht, Sie einfach rauszuwerfen.«

»Ja, das war es. Aber ich gebe zu, dass ich vielleicht eher zur Sache hätte kommen sollen.« Da er nichts erwidert, rede ich weiter. »Ich finde es sehr nett, dass Sie sich melden. Aber es ist leider unnötig. Wir haben beschlossen, wieder nach Hause zu fahren.«

»Dann wollen Sie also nicht über den 9. August sprechen?«

Er nennt das Datum, nicht den Vorfall. Als wolle er sich von den Geschehnissen an jenem Tag distanzieren, als hätte er nicht das Geringste damit zu tun.

»Ganz recht, so ist es«, antworte ich. »Vielen Dank für Ihre Bemühungen, aber das ist alles nicht mehr nötig. Sie müssen sich meinetwegen keine Umstände machen.«

Ich will auflegen, da sehe ich durch das Fenster plötzlich die blank polierte Motorhaube eines schwarzen SUVs, der vor dem Haus geparkt hat. Die Scheiben sind getönt, sodass ich nicht erkenne, wer im Wageninneren sitzt. Aber ich habe bereits eine Vermutung.

Verdammter Mist.

»Die Umstände sind jetzt auch schon egal«, entgegnet er, die Fahrertür öffnet sich, und er steigt aus dem Wagen. »Ich bin längst da.«

»Das sehe ich, aber es ist wirklich nicht mehr nötig. Es war sowieso eine blöde Idee, Sie aufzusuchen. Ich glaube nicht, dass Sie mir helfen können.«

»Ist mir egal, ob ich Ihnen helfen kann. Jana hat gesagt, ich soll herkommen und Ihnen erzählen, was Sie wissen wollen, also tue ich das.« Er lässt mir einen Augenblick Zeit. »Kommen Sie, jetzt bin ich doch schon hier.«

Ich lege die Stirn an die Wand und schließe die Augen. Ist das Schicksal? Das Schicksal ist ein Arschloch.

»Einen Moment«, seufze ich ins Telefon. »Ich komme nach draußen.«

Er wartet an der monströsen Motorhaube auf mich. Während ich in drei dicke Schichten gehüllt bin, Mütze und Handschuhe trage und mit Winterstiefeln ausgerüstet bin, hat er bloß Trekkinghosen und ein langärmeliges schwarzes Shirt an. Er hat bestimmt zehn Minuten auf mich gewartet, doch die Kälte lässt ihn schlichtweg *kalt*.

»Sie haben nie viel an, was?«, bemerke ich verdutzt.

»Ich bin als Kind mal im Eis eingebrochen, seitdem ist mir nicht mehr kalt.«

War das ein Scherz oder sein Ernst?

»Können wir uns in Bewegung setzen?«, drängt er. »Der Hund dort macht mich nervös.«

Verwundert drehe ich mich nach Cicero um, der in seinem dicken Fell gemütlich auf der Veranda faulenzt und uns keines müden Blickes würdigt. »Meinen Sie den harmlosen Neufundländer dort drüben? Der tut doch nichts.«

Er marschiert einfach los, ich folge ihm widerwillig. Die Straße ist total verschneit, die wenigen Autos ziehen im Schneckentempo an uns vorbei. Auf der linken Seite verläuft ein weites Feld hinter einem Zaun. Samuel steigt über die morschen Holzlatten und setzt seinen Weg durch den Schnee fort. Ich bleibe auf der Straßenseite des Zauns, mit sicherem Abstand zu meinem Begleiter. Ich werde versuchen, das hier kurz zu halten. Das ist sicher auch in seinem Interesse.

»Also ... was wissen Sie denn noch über ... über den Vorfall?«

»Können Sie nicht etwas genauer fragen? Oder soll ich Ihnen die ganze Geschichte erzählen?«

»Gibt es denn eine Geschichte?«

Er macht eine arrogante Geste mit der Hand, die das ganze schreckliche Thema auf abscheuliche Art verharmlost. »Ich weiß nicht, was Sie sich erwarten. Es gibt nicht viel zu erzählen.«

»Sagen Sie mir einfach, woran Sie sich erinnern.«

»Wie Sie wollen. Es war am späten Vormittag. Mieses Wetter, Nebel und Nieselregen. Oben stürmisch. Nur ein Irrer wäre bei diesen Bedingungen geklettert. Wer schon unterwegs war, hätte biwakiert, bis sich das Wetter gebessert hat, aber Ihr ...«

»Verlobter.«

»… Verlobter hat nach dem Aufstehen entweder nicht aus dem Fenster geschaut, oder er hat die schlechten Bedingungen schlichtweg unterschätzt. Oder er wollte es unbedingt durchziehen, was ich persönlich am dämlichsten finde. Ich kann nicht sagen, was sein Antrieb war und was da oben passiert ist. Rückblickend muss es ein Fehler beim Sichern gewesen sein. Oder vielleicht hat sich seine Schuhsohle gelöst, ist mir mal passiert, üble Sache. Da fliegst du schneller, als dir lieb ist. Jedenfalls: Ungefähr zehn oder fünfzehn Meter nach dem Standplatzbau ist Ihr Verlobter aus mir unbekannten Gründen abgestürzt. Da er aber keine Zwischensicherungen gesetzt hatte, erfolgte der Sturz direkt in den Stand. Durch die Sturzenergie wurde die linke der beiden Schrauben aus dem Fels gerissen, anschließend wirkte die gesamte Sturzenergie über die Reepschnur auf die verbleibende rechte Schraube. Hängt man da länger so herum, reißt mit ziemlich hoher Wahrscheinlichkeit das Seil.«

»Das weiß ich alles. Bitte erzählen Sie mir, was Sie gesehen haben.«

»Per Funk setzte Ihr Verlobter einen Notruf ab. Das war ungefähr zu Mittag. Kurz darauf hat mich auch schon die Bergrettung angerufen. Nach einer Lagebesprechung waren wir alle sehr ernüchtert. Sie müssen verstehen, dass ein Rettungseinsatz bei diesen Wetterbedingungen nahezu unmöglich ist. Mit Helikoptern kommt man bei so einem Sturm nicht weit, und einen Rettungstrupp loszuschicken wäre viel zu riskant. Aber ich dachte mir, scheiß drauf. Wäre ich da oben und würde um mein Leben kämpfen, wäre ich heilfroh über einen Irren, der es trotzdem riskiert. Die Bergrettung war natürlich dagegen. Besteht auch zum größten Teil aus Feiglingen, wenn Sie mich fragen. Die haben alle gleichzeitig auf mich eingeredet, aber aufhalten konnten sie mich

141

nicht. Mein Einsatz war also nicht autorisiert, ich habe es auf eigene Faust getan, auf eigene Verantwortung. Nur damit Sie verstehen, worum es hier geht. Niemand hat mich dazu gezwungen, geschweige denn dafür bezahlt, dass ich mein Leben riskiere und im Sturm des Jahrhunderts Ihrem Verlobten hinterherklettere.«

»Ich verstehe«, raune ich. »Erzählen Sie weiter.«

»Sie müssen es sich vorstellen. Wirklich bildhaft, sonst werden Sie es nicht begreifen.«

»Glauben Sie mir, ich habe ein gutes Vorstellungsvermögen. Sagen Sie mir endlich, was mit Alex passiert ist.«

»Also schön. Es dauerte knappe zwei Stunden, dann war ich bei ihm. Allein, wohlgemerkt. Klettere niemals allein. Aber erzählen Sie das mal Ihrem Verlobten. Die Bergrettung hatte mir einen tapferen Freiwilligen zur Seite gestellt, der hat auf halber Strecke das Handtuch geworfen und ist wieder umgekehrt, hat auch versucht, mich ebenfalls zum Umkehren zu zwingen, das hat mich aber nicht gejuckt. Ich bin schon mal da oben gewesen. Ich kenne die Route, deswegen musste ich es einfach versuchen. Verstehen Sie? Ich wollte Ihrem Verlobten helfen. Als ich … Alles okay?«

»Ja.« Ich räuspere mich und bitte ihn, fortzufahren.

»Okay, hören Sie jetzt gut zu. Ich werde versuchen, es Ihnen bestmöglich zu erklären. Aber es ist kompliziert, wenn man nicht selbst dabei war. Wenn man nicht weiß, wie es war. Als ich bei ihm ankam, herrschte folgende Situation: Er hing an der letzten verbliebenen Schraube etwa drei Meter über einen Felsvorsprung hinweg. Er war unterkühlt und sehr geschwächt, außerdem dürfte er Steinschlag ins Gesicht bekommen haben. Der Mantel der Reepschnur war gerissen, und ich konnte sehen, dass das Seil bereits zu laufen begonnen hatte. Mir blieb also nicht viel Zeit. Der Felsvorsprung knapp über ihm hatte eine scharfe Abbruchkante, über die sich das Seil gespannt hatte, er hatte also keine Möglichkeit zu pendeln, ohne das Seil noch zusätzlich zu gefährden. Über die Abbruchkante klettern und zu ihm abseilen hätte viel zu lange gedauert mit Standplatzsicherung und so weiter, also blieb mir nur eine Möglichkeit: Wandlauf und pendeln.«

»Sie meinen, Anlauf nehmen und springen?«

»Wandlauf ist was anderes, aber egal. Es war die einzige Chance, die ich unter diesen Bedingungen gesehen habe. Ich musste schnell sein, denn wer konnte schon wissen, wie lange sein Seil noch halten würde. Bis man dort oben über dieser verdammten Abbruchkante ist, bis man den Karabiner in den Fels geschlagen hat, bis man wieder zurück ist, das dauert. Selbst ich kann das nicht in fünf Sekunden. Ich konnte auch nicht abschätzen, wie weit es wirklich zu ihm war, weil die Sicht so verdammt schlecht war. Ich brauchte mehrere Anläufe, jedes Mal verpasste ich ihn um ein lächerlich kleines Stück. Aber ich hab's weiter versucht. Und dann ist das passiert, was zugegeben nicht hätte passieren dürfen. Mein eigenes Seil – stellen Sie sich die Bewegung vor, es pendelt von links nach rechts, während man den Wandlauf macht, von links nach rechts, von links nach rechts, mit mir unten dran, und dann zack! Es springt über diese verfluchte Kante da oben am Überhang und reißt. Ist mir schon mal passiert, aber nicht in so einer Situation. Das wäre es eigentlich für mich gewesen. Aber genau bei diesem letzten Schwung, als das Seil gerissen ist, hab ich ihn erwischt. Nützte mir nur nicht viel, denn mein Seil und meine Sicherungen waren ja weg. Da hing ich also jetzt an ihm dran. Beschissene Situation. Was hab ich gemacht – Karabiner rein und dran an sein marodes Seil. Es blieb mir ja auch nichts anderes übrig. Jetzt herrschte doppelte Gewichtsbelastung. Seine Schraube konnte uns nicht beide halten. Das war mir klar, nur wollte ich trotzdem nicht aufgeben. Ich hab versucht, uns wieder ins Pendeln zu bringen, wollte irgendwie die Wand erreichen, bevor entweder das Seil endgültig riss oder diese Schraube da oben k.o. ging, aber Ihr Verlobter … er war verwirrt, verstehen Sie? Oder vielleicht hat er für diesen kurzen Moment auch völlig klar gesehen. Als er merkte, dass ich bei ihm war, begann er an seinem Karabiner, mit dem er am Seil gesichert war, herumzufummeln. Ich ahnte, was er vorhatte, und hab versucht, ihn davon abzuhalten. Was nicht leicht ist, wenn man gerade um sein Leben kämpft. Dann hatte er plötzlich ein Messer in der Hand. Ich hab ihm gesagt, ich kann uns beide retten. Keine Ahnung, ob das die Wahrheit war. Keine Ahnung, wie lange das Seil uns zwei noch gehalten hätte. Lange nicht mehr. Er hat sich losgeschnitten. Das ist es, was passiert ist. Er hat sich losgeschnitten und ist abgestürzt. Damit es uns nicht beide erwischt. Es war die einzige Entscheidung, die er noch treffen konnte.«

Er bückt sich nach dem Schnee, formt einen Ball und schleudert ihn ins Feld. Ich gehe wortlos neben ihm her.

»Ich sehe, Sie sind nicht sehr zufrieden«, stellt er fest.

»Das ist nichts anderes, als ich im Bericht gelesen habe.«

»Dachten Sie, ich lüfte jetzt ein großes Geheimnis?«

»Sie verstehen nicht. Alex war Profi, so wie Sie. Nie ist ihm etwas passiert. Ich bin mir sicher, dass … Wenn es noch eine kleine Chance gegeben hätte, dann … dann hätte er niemals …«

»Ich verstehe, dass diese Vorstellung Ihnen schwerfällt, aber in jenem Moment hat er getan, was er tun musste. Es war die einzige Chance, dass es uns nicht beide erwischt. Jeder Bergsteiger kennt dieses Risiko. Wir alle müssen lernen, damit umzugehen. Und Sie müssen lernen, es zu akzeptieren. Akzeptieren Sie, dass es ein Unfall war. Und dass er gewissermaßen ein Held ist. Falls Sie an dieses Wort glauben.«

»Nein, das … das kann nicht alles sein. Es ergibt keinen Sinn.« In meinem Kopf beginnt es wie wild zu rauschen. Mit jeder Faser wehrt sich mein Verstand gegen dieses Wort – akzeptieren. Manches lässt sich nicht akzeptieren. Weil es jeder Logik entbehrt, von jedem Plan abweicht, den ein Mensch sich zurechtlegen könnte. Ich schüttle energisch den Kopf, möchte noch mehr sagen, aber Samuel fährt mir ungnädig dazwischen.

»Sie brauchen also einen Sinn dahinter? Vielleicht hilft Ihnen ja das: Er war unvorsichtig. Bei diesem Wetter zu klettern, noch dazu solo, da war ein Unglück vorprogrammiert. Glauben Sie es oder nicht, aber dass Ihr Verlobter gestorben ist, war Physik. Unvermeidbar.«

»Aber … das glaube ich nicht, er …«

»Allein dass ich ihn in dem Sturm gefunden habe, grenzt an ein Wunder. Ich bin da hoch, als niemand sonst sich getraut hat, ich bin bei diesem Scheißsturm auf diesen Scheißberg geklettert, hab für diesen Mann mein Leben riskiert, und Sie stehen da und behaupten, das alles ergibt keinen Sinn? Sind Sie gegen eine Wand gerannt, oder was ist hier los?«

Mit voller Wucht knallen mir die Worte entgegen, nehmen mir jeden Spielraum. Samuel ist stehen geblieben und hat sich gegen den Zaun gelehnt. Er wirkt nicht länger wütend, nur etwas verwundert.

»Okay. Tut mir leid, das war vielleicht etwas drastisch ausgedrückt. Aber Sie wollten doch meine Meinung zu dem Ganzen hören.«

»Ja«, sage ich leise, spüre Tränen in mir hochsteigen und dränge sie mit aller Gewalt zurück. »Danke. Danke, dass Sie es mir noch mal erklärt haben. Und dass Sie versucht haben, ihn zu retten.«

145

Ich kann die Tränen nicht mehr aufhalten. Schluchzend wende ich mich ab.

Es wird still. Im Augenwinkel bemerke ich, wie er mich ansieht. Rührt es ihn überhaupt, dass er mich zum Weinen gebracht hat? Oder hält er mich für einen Schwächling? Bevor er eine herablassende Bemerkung dazu macht, ziehe ich ein Taschentuch aus meiner Jackentasche und tupfe mir schnell die Augen trocken. Immer noch sieht er mich an, mit diesem merkwürdigen Ausdruck im Gesicht, als würde er auf etwas warten.

»Möchten Sie mal nach oben?«, fragt er plötzlich.

Hoffnungslos schüttle ich den Kopf. »Die Bahn ist doch gesperrt.«

»Nicht jetzt sofort. Erst wenn das Wetter besser ist. Und dann wird sicher auch die Bahn wieder fahren.«

Worauf ist er aus? Allein die wenigen Minuten, die er schon mit mir verbringen musste, scheinen ihm doch alles an Selbstbeherrschung abzuverlangen, was er aufbringen kann. Und jetzt will er mit mir auf den Berg?

Ich drehe mich nach Frau Grembergers Haus um, das im dichten Schneefall fast nicht mehr zu erkennen ist. Es wirkt wahnsinnig weit weg. Als wäre ich für immer mit diesem hartherzigen Menschen im Nichts gestrandet.

»Wie gesagt, eigentlich wollten wir abreisen«, erwidere ich.

»Ich hab Sie doch neulich gesehen, oder nicht? Sie und die kleine Nervensäge haben bei der Liftstation gewartet. Sie wollen da rauf, geben Sie's zu.«

Als ich nicht antworte, winkt er mich zu sich an den Zaun. Er dreht sich um und deutet in den tiefgrauen Himmel.

»Sehen Sie das dunkle Fleckchen dort oben? Mehr sieht man von der Südwand heute nicht. Als Ihr Freund beschlossen hat, in die Geschichte einzugehen, herrschte kaum bessere Sicht. Man unterschätzt einen Berg sehr leicht, wenn man ihn nicht sehen kann. Das ist wie mit Eisbergen auf offener See. Auch wenn man ihn hundertmal auf Karten studiert hat, entscheidend ist, was du schlussendlich vor dir hast. Vielleicht müssten Sie den Berg nur mal von der Nähe aus sehen. Dann wird sich vieles klären.«

»Genau das wollte ich ursprünglich ja auch, aber …« Nein, ich werde ihm nicht zustimmen. Jedes seiner Worte hat mich bisher nur noch trauriger gemacht. Wieso sollte ich ihm vertrauen, wo er doch offenbar bloß hier ist, um sein eigenes Gewissen zu erleichtern?

»Also, was sagen Sie? Wollen Sie wissen, wo genau Ihr Verlobter ums Leben gekommen ist?«

»Ich … ich weiß nicht …«

»Noch mal biete ich es Ihnen nicht an. Ich habe andere Dinge zu tun.«

Diese unbeschreibliche Arroganz. Er hält sich wahrscheinlich für den Größten, dass er seine wertvolle Zeit opfert, um mir bei der Vergangenheitsbewältigung zu helfen. Er, der tapfere Held. Selbstlos und unschuldig. Eine Sache brennt mir schon die ganze Zeit auf den Lippen.

»Wieso nur Sie?«, frage ich, und er sieht mich überrascht an. »Sie haben es geschafft. Sie haben diesen Berg bezwungen. Und Sie haben keine Angst. Wie ist Ihnen das gelungen?«

»Mit Talent?«

»Und außerdem?«

»Was wollen Sie hören?«

Eben. Was möchte ich hören?

»Alex ist also den Heldentod gestorben«, fasse ich zusammen. »Er hat sich selbst geopfert, um Sie zu retten.«

»Wenn Sie die Tatsache, dass er uns mit seiner Dummheit beinahe beide umgebracht hätte und am Schluss die nötigen Konsequenzen gezogen hat, so ausdrücken wollen, dann ja.«

»Reizend, wie Sie das sagen.«

»Ich habe nur erzählt, woran ich mich erinnere.«

»Und gibt es etwas, woran Sie sich nicht erinnern?«

Er tritt vom Zaun zurück und atmet grimmig durch. Ich habe keinen Zweifel, dass er genau verstanden hat, wie meine Frage gemeint war: Irgendetwas verschweigt er. Sein Gesicht ist gerötet von der Kälte – aber ich glaube, darunter ist er blass geworden.

»Vielleicht sollten Sie wirklich nach Hause fahren. Ich weiß nicht, wie ich Ihnen noch helfen könnte.«

»Nein. Nein, machen Sie jetzt keinen Rückzieher. Sie haben gesagt, Sie fahren mit mir auf diesen Berg!«

Ein müdes Lächeln huscht über sein Gesicht. »Ernsthaft, Caro, entscheiden Sie sich mal.«

»Nennen Sie mich nicht so!«

Er presst die Lippen zusammen und schweigt. Ich dränge mich dicht an den Zaun, als ein Schneepflug die Straße entlangkommt. Kaum vorstellbar, dass es je wieder sonnig wird. Dennoch schweift mein Blick zurück in den Himmel, zu diesem winzigen Stück Berg, das durch das graue, feuchte Nichts schimmert und auf magische Weise nach mir zu rufen scheint.

Und wenn das meine einzige Chance ist?

»Überlegen Sie sich's«, sagt Samuel und dreht um. Offenbar ist die Sache für ihn erledigt. Er hat einen schmalen Pfad in den Schnee getrampelt, auf dem er viel schneller vorwärtskommt als bisher. Ich habe Mühe, mit ihm Schritt zu halten, als ich mit aufgeplusterter Kapuze gegen den Wind ankämpfe und erneut diesem verdammten Schneepflug ausweichen muss, der gemächlich seine Runden dreht.

Auf dem Dach des schwarzen SUVs hat sich eine Schneeschicht gebildet. Samuel öffnet die Fahrertür und dreht sich vor dem Einsteigen noch einmal zu mir um. »Falls wir uns nicht mehr sehen – war nett, Sie kennengelernt zu haben.«

Dass ich nicht lache. Jedes Wort aus seinem Mund, jeder Blick aus seinen Augen ist wie ein in grellen Leuchtfarben geschriebenes »Nein«. Er möchte genauso wenig mit mir auf diesen Berg, wie ich es will. Doch vielleicht ist das die Zauberformel: Er bringt mich nach oben, und ich bringe ihn dazu, mir noch mehr zu erzählen. Dieses kleine, verschüttete Häufchen »Ach, übrigens …«.

Wir schütteln uns die Hände. Dann eile ich zurück in die Pension, wo ich sofort über Ben stolpere, der im Vorzimmer auf den Stufen sitzt. Bei meinem Anblick lässt er beinahe den Teller mit dem Kuchen fallen, in dem er eben noch lustlos gestochert hat.

»War das Samuel Winterscheidt, mit dem du lockerflockig durch den Schnee spaziert bist?«

Ich lasse ihn ein Weilchen schmoren, schlüpfe in aller Ruhe aus meiner Winterkluft und setze mich zu Cicero auf die Couch.

»Er hat sich entschuldigt«, erkläre ich schließlich.

Ben setzt sich neben mich und reißt in einer Mischung aus Staunen und Freude die Augen auf. »Na also! Ich wusste doch, dass er unmöglich so ein Wichser sein kann. Hast du endlich mit ihm über Alex geredet?«

»Ja, aber er hat nicht viel erzählt. Eigentlich nur die Fakten, die ich sowieso schon kannte.« Auf Bens enttäuschtes Murren füge ich hinzu: »Aber er hat angeboten, mit mir auf den Berg zu fahren.«

»Was?« Seine Stimme überschlägt sich fast. Er fischt sein Handy aus der Hosentasche und fängt an, aufgeregt darauf herumzutippen. »›Fahre mit Samuel Winterscheidt auf die Südwand‹«, kommentiert er konzentriert sein Geschreibe. »›Hashtag FresstdasihrSäcke‹ … Und gepostet! Jetzt müssen wir es machen, Caro, es ist amtlich. Wow, schon drei Likes!«

»Freu dich nicht zu früh. Ich wäre nicht überrascht, wenn er seine Meinung wieder ändert.«

»Ach was, das wird schon! Ich vertraue ihm! Also bleiben wir noch? Kann ich meinen Koffer wieder auspacken? Ich pack ihn einfach mal aus, okay?«

Er springt auf und nimmt bei seinem Weg nach oben mehrere Stufen auf einmal.

Frau Gremberger steckt zögernd den Kopf aus der angrenzenden Küche. »Sie sind also mit Samuel Winterscheidt verabredet?«

»Zwangsläufig. Hatten Sie schon mal mit ihm persönlich zu tun?«

»Oft genug, um es zu bereuen.«

»Das klingt ja vielversprechend.«

»Verstehen Sie mich nicht falsch«, sagt sie rasch und kommt zu mir ins Zimmer. »Ich habe nichts gegen die Winterscheidts. Sein Vater war ein toller Mann. Gott hab ihn selig! Aber der junge Samuel ist doch etwas mit Vorsicht zu genießen.«

»Das ist mir bereits aufgefallen.«

»Schon als Kind war der Junge anders. Für ihn gab's nur das Abenteuer. Und sein Vater hat das natürlich unterstützt. Es ist nicht gut, wenn man den Ehrgeiz eines Kindes zu sehr fördert. Das verdirbt den Charakter.«

Ich weiß nicht, was genau sie damit sagen will, also nicke ich bloß. Da kehrt plötzlich wieder ihr herzliches Lächeln zurück, und meine Anspannung löst sich.

»Aber treffen Sie sich ruhig mit ihm, meine Liebe. Vielleicht ist es Schicksal! Man hört ja so im Ort, dass Sie im Wald buchstäblich über ihn gestolpert sind.«

»Wirklich, das wissen alle?«

»Hier machen Geschichten schnell die Runde.«

Ben kommt die Treppe heruntergepoltert und landet

überdreht auf dem Platz neben mir. »Und, wann geht's los?«

»Nur die Ruhe, wir haben noch überhaupt nichts fixiert. Es war ja nur ein Vorschlag.«

»Na dann.« Er drückt mir sein Handy in die Hand und wartet.

Ich stelle mich blöd. »Ohne Nummer?«

»Welch Zufall!« Er zaubert eine Karte aus seiner Hosentasche. Der Zettel, den Jana mir gegeben hat. »Du weißt doch noch, wie man wählt? Oder soll ich das übernehmen?«

Also schön. Ich wollte Samuel auf den Zahn fühlen, und ich wollte auf diesen Berg. Kein Grund, nicht beides miteinander zu verbinden.

Ich wähle die Nummer.

Der Butler hebt ab. »Anschluss von Herrn Winterscheidt.«

»Äh, ja, hallo. Hier spricht Caroline Arendt. Ist Samuel zu sprechen?«

»Herr Winterscheidt ist laufen gegangen.«

»Sollte er das nicht lieber lassen nach dem, was neulich passiert ist?« Eisiges Schweigen auf diesen unnötigen Kommentar. »Könnten Sie ihm ausrichten, dass ich sein Angebot gerne annehmen würde?«

»Welches Angebot?«

»Ihn zu heiraten. Zum Teufel, was geht Sie das an?«

Er brummt etwas vor sich hin, dann höre ich das Rascheln von Papier. »Ihre Nummer darf ich notieren?«

»Ich bitte darum.«

»Herr Winterscheidt wird sich melden, sobald er zurück ist.« Er legt auf.

»Und?« Ben ist ganz aus dem Häuschen.

»Herr Winterscheidt wird sich melden, sobald er zurück ist«, äffe ich den Alten nach.

Das klingt wenig verbindlich, weshalb Ben sein irres

151

Strahlen gleich wieder verliert. »Wetten, der meldet sich nie wieder?« Er sinkt seufzend in die Rückenlehne.

Ich will ihm schon zustimmen, als das Handy wieder losklingelt. Auf dem Display leuchtet dieselbe Nummer auf, die ich eben gewählt habe. »Ja, hallo?«

»Hat Konrad Sie vorhin angeschnauzt?« Samuels Stimme klingt leicht belustigt.

»Samuel, na so was«, antworte ich, und Ben spitzt augenblicklich die Ohren. »Sie sind aber schnell vom Laufen zurück.«

Er übergeht das komplett. »Sie haben mich angerufen.«

»Richtig. Ich möchte doch auf den Berg. Würden Sie mich begleiten?«

»Ich hätte es nicht vorgeschlagen, wenn es nicht so wäre.«

»Perfekt. Und mein Bruder wäre auch dabei. Ist das ein Problem?«

»Solange er keins draus macht?«

Das übergehe ich komplett. »Wann wäre es Ihnen recht?«

»Sobald das Wetter wieder stabil ist. Übermorgen.«

Ein Blick aus dem Fenster lässt mich das bezweifeln. »Wie Sie meinen. Wo sollen wir uns treffen?«

»Zur Seilbahn finden Sie hin?«

»Ja, das schaffe ich noch.«

»Dann um acht Uhr.«

»Morgens?«

»Wollen Sie über die ganzen Skifahrer stolpern?«

»Dann um acht Uhr morgens.« Im Augenwinkel sehe ich, wie Ben fast in Ohnmacht fällt. Die folgenden Worte rutschen mir in meiner Erleichterung ungewollt heraus. »Ich freu mich schon!«

Er legt einfach auf.

152

JANA

Wir erreichen den Kamm des Hangs. Aus der Schneedecke erhebt sich ein Fels, fast so hoch wie ein Baum.
Sonnenstrahlen brechen sich an seinen schroffen Kanten, sodass das Licht in alle Richtungen zerstreut wird.
Ein riesiger, grotesk geformter Kristall scheint sich über
Nacht in einer Ritze im Fels geformt zu haben, doch
es ist nur Wasser, gefrorenes Wasser aus dem Inneren
des Berges.

Mein Blick fällt auf einen verschneiten Abhang, jenseits davon liegt, friedvoll und still, das Tal. Im Sommer
kann man hier oft Wildtiere beobachten, Rehe, Füchse.
Eine Futterkrippe droht im Schatten der Nadelbäume
zu verschwinden.

Unzählige Schätze warten darauf, von mir gefunden
zu werden. Aber nicht heute.

Vor Manfreds Gesicht tanzen Atemwölkchen, als er
sich die Wollmütze vom Kopf reißt und sich schnaufend
durchs Haar fährt. Wir tragen beide feste Winterstiefel
und dicke, hochgeschlossene Jacken, die uns nicht viel
Bewegungsfreiheit bieten. Der Aufstieg war kräfte-
raubend, und mehrmals fürchtete ich, Manfred würde
noch vor Erreichen unseres Ziels k.o. gehen, als er ohne
Unterlass vor sich hin keuchte und immer mehr den
Anschluss verlor. Aber nun ist es geschafft. Beim Anblick des funkelnden Eiswasserfalls taucht ein Grinsen
auf Manfreds Gesicht auf, und er setzt sich in seiner
Skihose in den Schnee.

»Puh«, stößt er aus.

Es ist eiskalt heute Morgen. Doch immerhin hat es
aufgehört zu schneien.

»Wir müssen jetzt ganz leise sein«, flüstere ich und stapfe noch ein paar Schritte voran. »Wahrscheinlich weiß er bereits, dass wir hier sind.«

Der Junge nickt und folgt mir. Wir passieren den Felsen und erreichen dessen Schattenseite, wo die Schneedecke von einer hauchzarten Eisschicht überzogen ist. Ich sehe mich um.

Der Wald gibt keinen Mucks von sich. Vögel gibt es hier oben kaum noch, und falls doch, so hat irgendetwas sie verschreckt. Vergeblich suche ich Spuren im Schnee. Er muss hier irgendwo stecken. Das schwarze Gespenst des Waldes. Vielleicht will er sich nicht zeigen, solange Manfred bei mir ist.

»Dort drüben, schau!« Er deutet aufgeregt auf eine Stelle, wo eben Schnee von den Ästen eines Baumes gerieselt ist. »Ich glaube, ich hab da was gesehen.«

»War vermutlich nur ein Windstoß.«

»Und das da, was ist damit?« Der Finger flitzt in eine andere Richtung.

»Das war ein Eichhörnchen. Siehst du? Dort vorne sitzt es im Geäst.«

»Oh. Schade.« Er zieht sich die Mütze ins Gesicht, als wolle er darunter verschwinden.

»Sei nicht traurig«, sage ich. »Vielleicht sehen wir den Wolf ja ein anderes Mal.«

»Ich bin nicht traurig«, wehrt er trotzig ab. »Ich will nur sichergehen, dass ich mich nicht getäuscht habe. Zu Hause lachen ja schon alle über mich.«

»Hast du die Sache mit dem Wolf etwa herumerzählt?«

»Ähm …«

Na wunderbar. War es nicht Teil unserer Abmachung, dass er den Mund hält, damit unserem einsamen schwarzen Freund nichts geschieht? Jetzt hat er es doch ausgeplaudert. Warum wundere ich mich? Er ist bloß ein

Junge. Ein dummer, tollpatschiger Junge, auf dessen Wort kein Verlass ist.

»Wem hast du es denn erzählt?«

»Ich – ich hab es niemandem –«

»Lüg nicht. Wem hast du es erzählt? Weiß Konrad Bescheid? Oliver, Beatrix? Bitte nicht Bea, die erzählt doch alles herum!«

Er nuschelt etwas in seinen Schal. Als ich ungnädig an seinem Kragen reiße, hebt er den Kopf und wiederholt lauthals: »Nein, ich glaube nicht, dass die es weiß!«

»Du hast es doch nicht Samuel erzählt, oder?«

»Nein!« Er macht einen großen Schritt zurück, als jage allein Samis Name ihm Angst ein. »Mit Herrn Winterscheidt rede ich nicht. Er läuft mir sowieso fast nie über den Weg. Zum Glück«, setzt er nach und gräbt die Hände tief in die Jackentaschen.

Sonderlich zufrieden bin ich nicht. Falls Konrad oder Oliver das Gerücht aufgeschnappt haben sollten, ist es nur eine Frage der Zeit, bis auch Seine unkönigliche Hoheit davon erfährt. Und was dann mit dieser Lichtung passiert, daran wage ich kaum zu denken. Sami macht kurzen Prozess mit allem, was einem Wolf auch nur ähnlich sieht. Und vermutlich auch mit jenen, die das Geheimnis vor ihm zu verbergen versucht haben.

»Komm, gehen wir zurück«, sage ich. »Heute werden wir keinen Wolf mehr finden.«

Und das ist vielleicht auch besser so.

Ich gehe duschen, ziehe mir etwas Frisches an und suche anschließend Sami auf, um herauszufinden, wie das Gespräch mit Caroline gelaufen ist. Dass er sich tatsächlich dazu bereit erklärt hat, sich mit ihr über Alex Doppler zu unterhalten, hat mich überrascht, dementsprechend neugierig bin ich auf das Ergebnis. Seinem finsteren Gesicht ist anzusehen, dass ihm die Entschuldigung noch schwer in den Knochen steckt. Er hat die Beine auf seinem riesengroßen Bett ausgestreckt und kommentiert mein Erscheinen mit einem leidenschaftlichen »Verschwinde!«.

»Ich wollte nur –«

»Das hab ich alles dir zu verdanken. Jetzt muss ich mit den beiden auf den Berg fahren.«

»Haben sie dich etwa darum gebeten?«

»Schlimmer. Ich hab's selbst vorgeschlagen.«

Ich lächle in meine Handfläche. »Das war sehr löblich von dir.«

»Ich bin ein Idiot. Ich werde dort oben krepieren. Dieser Bengel macht mich fertig.«

»Also ich fand ihn sehr nett«, sage ich und überlege, ihm den Vorschlag zu machen, ihn einfach auf den Berg zu begleiten, damit er mit den beiden nicht allein ist. Doch offenbar möchte er mich nicht dabeihaben, sonst hätte er mich längst dazu abkommandiert wie sonst auch. Wieso eigentlich? Wieso hat er mich noch nicht gefragt?

Er steht auf und rauscht auf den Balkon. »Wo warst du eigentlich?«, bellt er von draußen ins Zimmer.

»Nur ein bisschen spazieren.«

»Und wo?«

»Einfach irgendwo im Wald«, weiche ich aus. »Wieso fragst du?«

»Du solltest aufpassen, wo du spazieren gehst. Man weiß nie, was sich da draußen so alles herumtreibt.«

»Da hast du natürlich recht.« Ich kenne diesen lauernden Unterton. Er weiß etwas. Vielleicht hat Konrad ihm etwas erzählt, oder der Junge konnte den Mund doch nicht halten.

Er erwischt mich gerade dabei, wie ich durch die Tür auf den Korridor schlüpfen möchte. »Ich will nicht, dass du noch mal allein in den Wald gehst. Ich meine das ernst. Keine Exkursionen mehr! Such dein Zeug woanders.«

»Mein Zeug«, wiederhole ich gereizt.

»Deine Steine. Oder Glasscherben. Oder was auch immer. Ganz ehrlich, bist du nicht langsam zu alt für so was?«

Hört, hört. Mit zehn hat er mich um meine Sammelleidenschaft beneidet. Mit fünfzehn fand er es so süß, dass er mir eine wunderschöne Schatztruhe für meine Fundstücke gebaut hat. Mit zwanzig fing er an, mir Steine aus aller Welt mitzubringen. Und jetzt bin ich plötzlich zu alt dafür?

»Viel Spaß bei deiner Führung«, schnauze ich und mache mich aus dem Staub.

Auf dem Weg nach unten läutet mein Handy. Mist, ich habe Oliver vergessen. Wir wollten doch gemeinsam essen, gleich wenn ich zurück bin.

Anstatt den Anruf anzunehmen, eile ich umgehend ans andere Ende des Flurs und klopfe an seine Zimmertür. Dank der Kamera weiß er natürlich, dass ich es bin. Die Tür entriegelt sich, und ich trete mit einem hilflosen Lächeln ein.

»Tut mir leid, dass ich zu spät bin! Ich musste noch duschen und mich umziehen.«

»Ist kein Problem.« Er sitzt in seinem Elektrorollstuhl am Fenster. Ein Tablett mit leerem Geschirr steht auf dem Tisch auf der rechten Seite. Vermutlich hat Anne ihm das Essen gebracht. Sie springt meistens für mich ein, wenn ich aus irgendwelchen Gründen verhindert bin.

»Du warst spazieren, habe ich gehört?«

Ich räume das Tablett aus dem Weg und rücke einen Stuhl ans Fenster, sodass wir uns gegenübersitzen. Er sieht blendend aus, an seinem weißen Hemd knittert keine einzige Falte, sein blondes Haar ist gekämmt, und seine Wangen sind frisch rasiert. Natürlich sind sie das, ich achte stets darauf, dass er einen adretten Eindruck macht.

»Ja, Manfred und ich waren ein bisschen im Wald«, antworte ich.

»Ein paar Schätze gefunden?«

»Leider nicht den, nach dem wir gesucht haben.«

»Wie schade.«

Sein angerührter Unterton gefällt mir nicht. Verstohlen huscht mein Blick durchs Zimmer, ob es irgendwo unerledigte Arbeit gibt. Das Bett ist gemacht, das Badezimmer geputzt. Selbst den Mülleimer habe ich noch schnell ausgeleert, ehe ich zu meinem Ausflug aufgebrochen bin. Man kann mir nichts vorwerfen.

»Du warst bei meinem Bruder, oder? Vorhin. Kurz bevor ich dich angerufen habe.«

»Ich wollte nur wissen, wie sein Gespräch mit Caroline gelaufen ist.«

»Er hat sie wirklich aufgesucht?«

»Endlich hat er mal auf mich gehört.«

Oliver lässt mich nicht aus den blassblauen Augen. Er mag friedlich wirken, wie er so dasitzt, die Ruhe in Person, aber ich kenne ihn gut genug, um nicht den Fehler zu begehen, mich von seiner Reglosigkeit täuschen zu lassen. Hinter dem gepflegten Äußeren, dem stillen Gesicht und der sanften Stimme verbirgt sich etwas, das man nur erkennt, wenn man genau hinsieht, und selbst dann bloß in Momenten, wenn er innerlich bereits brodelt.

»Du hast ihn ziemlich gut im Griff«, fährt er fort. »Nur ein Wort aus deinem Mund, und schon geht Seine Lordschaft in die Knie.«

»So würde ich es nicht ausdrücken«, erwidere ich, obwohl es in diesem Fall sogar stimmt. »Ich denke, er weiß selbst, dass sein Verhalten falsch war.«

In seinen Mundwinkeln zuckt ein Lächeln, eines von der Sorte, die ich nicht mag. Schief und klein und einen Deut zu offensiv. Eine plötzliche Unruhe treibt mich auf die Beine, und ich beginne schnell damit, die Teller und Gläser auf dem Tablett zu ordnen.

»Weißt du, Jana, ich habe mir überlegt … wir könnten doch einfach mal wegfahren. Nur wir beide. Ich halte dieses Kaff nicht mehr aus. Ich würde so gerne ans Meer! Wäre das nicht was für uns?«

»Weiß nicht … Waren wir letzten Sommer nicht in den USA?«

»Da waren wir doch bloß Samis Anhängsel, als er … Keine Ahnung, wo er damals raufgeklettert ist. Ich möchte einen richtigen Urlaub. Nur wir beide.«

Schon wieder diese Worte – nur wir beide. Aus seinem Mund klingt es wie eine schnalzende Peitsche, wie das Rattern eines Eisenkäfigs, der von oben auf mich herabfällt. Ich höre, dass sich sein Rollstuhl ein Stückchen auf mich zubewegt. Immer noch drehe ich mich nicht um.

»Du … du weißt doch, wie gern ich dich hab.«

»Oliver, bitte …«

»Ich möchte einfach mal allein mit dir sein. Ist das so schlimm?«

»Aber das sind wir doch oft genug.«

»Nein, nicht so. Richtig allein. Weit weg von allen anderen. Dann hätten wir endlich Zeit füreinander.«

Zeit füreinander? Als wäre es nicht genug, dass ich mich nach seinem Unfall dazu bereit erklärt habe, mich um ihn zu kümmern. Als wäre es nicht genug, dass ich meine eigene Wohnung aufgegeben habe und in dieses Haus gezogen bin, nur um immer bei ihm zu sein. Als wäre es nicht genug, dass ich ihn bade, anziehe, füttere, meine wenige Freizeit mit ihm verbringe, obwohl allein der Gedanke, bis an mein Lebensende bloß noch sein Gesicht zu sehen, mich schier verzweifeln lässt. Ich tue

159

alles, um ihm seine Wünsche zu erfüllen, und bekomme dafür nichts als Zuneigung, die ich nicht erwidern kann.

»Was sagst du jetzt zu meiner Idee? Wir könnten ans Meer fahren. Sami zahlt uns sicher einen Urlaub. Und falls nicht, dann klimperst du einfach ein paarmal mit den Wimpern.«

Ich lasse das Tablett auf den Tisch knallen. Olivers Gesicht zeigt keine Regung, als ich mich mit zusammengepressten Lippen zu ihm umdrehe. Sein Blick ist furchtlos. Er weiß, dass er zu weit gegangen ist, und er würde noch weiter gehen, mich immer näher an den Abgrund drängen, bis ich irgendwann keine andere Wahl habe, als entweder abzustürzen oder nach seiner Hand zu greifen, die mich nie wieder loslassen würde.

»Oder willst du lieber in den Norden?«, fragt er. »Skandinavien soll sehr schön sein.«

Ich zeige auf den Tisch, mein Herz schlägt mir bis zum Hals. »Wieso steht dieses Tablett da?«

»Was?«

»Hast du es absichtlich stehen lassen, damit ich es sofort sehe, wenn ich hereinkomme? Damit ich mich schuldig fühle und alles mache, was du willst?«

Seine Augenbrauen schießen in die Höhe, aber in seiner Stimme schwingt ein höhnischer Ton mit. »Ich schätze, Anne hat es wohl einfach hier vergessen. Sie ist es nicht gewohnt, deine Aufgaben zu übernehmen.«

Ich balle die Fäuste und weiche zurück. »Ich weiß, was du vorhast. Hör auf damit, Oliver. Hör auf.«

»Womit denn?« Er rollt weiter auf mich zu, drängt mich gegen die Wand. »Womit soll ich aufhören? Soll ich aufhören, dir deine ständige Schlamperei nachzusehen? Dass du öfter bei meinem Bruder bist als bei mir? Soll ich aufhören, dich vor ihm in Schutz zu nehmen, wenn er wieder mal der Meinung ist, du seiest nutzlos? Sag es ruhig, wenn ich mit irgendetwas davon aufhören soll!«

Ich habe die Arme an die Wand gelegt, spüre den Druck seines Rollstuhls, als er ihn direkt gegen meine Beine lenkt. Ich wollte ihn abschütteln, ein einziges Mal eine unmissverständliche Grenze ziehen. Stattdessen ist mir das gelungen, was überhaupt nicht geplant war – ich habe ihn wütend gemacht.

»Ich will doch nur ein bisschen Urlaub, Jana! Mehr nicht! Mit meiner Pflegerin ein bisschen ausspannen. Weit weg von diesem Ort und weit weg von meinem Bruder. Ist das zu viel verlangt? Bin ich deswegen ein schlechter Mensch?«

»Oliver, du tust mir weh! Lenk den Rollstuhl weg!«

»Das ist es, oder? Das war es schon immer. Ich bin ein schlechter Mensch. Der schlechteste von allen!«

»Was ist auf einmal los mit dir? Was –«

Er ist wie rasend. Seine Augen brennen vor Zorn. Er manövriert den Rollstuhl immer wieder gegen meine Beine, als wolle er mich überfahren, mich niederwalzen oder gleich durch die Wand katapultieren. Es tut weh, ich schließe die Augen und presse den Mund zusammen, aber dann hört er plötzlich auf. Lenkt den Rollstuhl zurück und gibt ein Seufzen von sich, als wäre dieser ganze Zwischenfall meine Schuld.

»Also kein Urlaub«, sagt er voller Enttäuschung.

Reglos an die Wand gepresst stehe ich da. Ich greife eine Serviette vom Tablett und wische damit über meine Wangen. Dann richte ich meinen Rock und begebe mich zur Tür. Das Tablett nehme ich mit.

»Jana«, dringt Olivers Stimme aus dem Hintergrund. »Jana, es tut mir leid. Bitte komm zurück. Es tut mir lcid! Jana!«

Ich schleudere das Tablett von mir und marschiere los. Die Tränen rinnen über mein Gesicht, aber niemand kommt mir zu Hilfe. Ich bin ganz allein in meinem Käfig.

SAMUEL

Schneefelder durchziehen die steil abfallenden Berg-
hänge wie Kreidelinien auf einer Tafel. Wäre ich der
Berg, würde ich mich fragen, warum die zwei so blöd
glotzen. Seit zehn Minuten drückt Caroline sich das
Fernglas ans Gesicht, um jeden Millimeter der Umgebung unter die Lupe zu nehmen, obwohl ich ihr bereits
mehrmals gesagt habe, dass man die beste Sicht erst oben
hat. Sie ist kaum von der Stelle zu kriegen, und wenn,
dann nur sehr langsam, während ihr Bruder meint, er
müsse die Führung übernehmen, und vor mir herläuft
wie ein überdrehter Köter. Er ist einfach nicht zu brem-
sen, quasselt in einer Tour von seinem Abenteuergeist
und wird gleich über diesen Stein da stolpern.

»Aua! Verdammte Scheiße. Können wir kurz anhal-
ten? Ich hab mir wehgetan.«

Wir müssen ohnehin auf Caroline warten, die erneut
den Anschluss verloren hat. Während Ben sich in den
Schnee setzt, um sich unter sichtlicher Anstrengung den
Stiefel vom Fuß zu zerren, kehre ich zu ihr zurück und
nehme ihr das Fernglas weg.

»Wir müssen weiter.«

»Aber ich wollte mir das noch ansehen!«

»Von weiter oben sehen wir die Steilwand viel besser.
Komm schon, es ist nicht mehr weit.«

Sie hat mir angeboten, sie zu duzen, gleich nachdem
wir in die Gondel gestiegen sind. Ich glaube, sie wollte
bloß das Schweigen brechen, das sich sonst bis zur Mittelstation gezogen hätte. Ist mir auch egal. Ich bin bloß froh,
wenn wir das alles schnell hinter uns bringen, dann kann
jeder seiner Wege gehen, und der ganze Spuk ist vorbei.

Wir nehmen das letzte Stück in Angriff, das von der Gipfelstation auf ein höhergelegenes Gletscherkar führt. Die Strecke über zerklüftetes Geröll und Eisfelder ist nicht weit, aber steil. Ben beeilt sich, in seinen Stiefel zu schlüpfen, als er merkt, dass wir uns wieder in Bewegung gesetzt haben.

Bis wir oben sind, dauert es eine Weile. Die beiden sind auf so traurige Weise untrainiert, dass mir beim Anblick ihrer keuchenden, ausgelaugten Gesichter fast die Tränen kommen. Eine aus dem Fels ragende Dachkante markiert die letzte Hürde bis zum Kar, die ich mit einem simplen Klimmzug bewältige, Caroline und Ben muss ich allerdings nach mehreren missglückten Versuchen zu mir hochziehen, was vor allem Ben schwer in seinem Stolz verletzt.

Ab jetzt herrscht leichtes Gelände. Ein zugefrorener See breitet sich auf der Hochebene aus, die genug Platz bietet, um eine eigene kleine Rundwanderung zu unternehmen. Im Sommer sprießen hier die unterschiedlichsten Pflanzen, jetzt ist es eine einzige Schneelandschaft. An der Abbruchkante der Karschwelle hört der See schließlich auf, und es beginnt der zweihundert Meter tiefe Abgrund, auf dessen anderer Seite der steile Hang der Südwand in der Vormittagssonne glänzt.

Mit einem Wahnsinnstempo hechtet Ben durch den Schnee und kommt dem Abgrund dabei gefährlich nahe. Knapp bevor es abwärtsgeht, bremst er ab und deutet uns mit fliegender Kapuze, ihm zu folgen.

»Caro, komm hier rüber! Da hat man eine Megaaussicht!«

Caroline putzt sich den Schnee von der Jacke, den sie abbekommen hat, als ich sie über die Kante gezogen habe. Der Wind treibt ihr das lockige Haar ins Gesicht, und sie dreht sich mehrmals im Kreis, um einen Überblick über das Gelände zu bekommen. Ich möchte ihr das Fernglas zurückgeben, damit sie weitere zehn Minuten auf ein und dieselbe Stelle starren kann, doch sie konzentriert sich auf den See, auf dessen vereister Oberfläche sich die Bergkämme und der glasklare Himmel spiegeln.

»Du hattest recht«, sagt sie lächelnd. »Das Wetter hier oben ist phantastisch.«

»Die Südwand ist übrigens dort drüben. Da, wo dein Bruder steht. Von dort aus kann man die Route fast mit einem Stift nachziehen.«

Ich schnappe sie am Arm und bugsiere sie näher an die Kante. Die ersten Skitouristen sind bereits auf der Piste. Wenn wir uns nicht beeilen, kommen wir mitten in den Vormittagsverkehr.

Die frisch aufgegangene Sonne bescheint die Südwand wie ein Scheinwerfer, lässt all die scharfen Gratpassagen und Türme, die sonst vom Nebel verhangen sind, überdeutlich sichtbar werden. Bei so tollem Wetter wird einem erst bewusst, welch gefährliches Pflaster dieser Berg ist. Vielleicht versuchen deshalb so viele ihr Glück bei bedecktem Himmel, obwohl ihre Erfahrung und Instinkte es besser wissen – der dichte Vorhang dämpft die Gefahr, die von diesem stillen Monstrum ausgeht, macht die schroffen Kanten und Steilwände zu einer vagen Vorstellung, einem Gerücht, das unmöglich wahr sein kann.

»Sieh mal, Caro, da oben!« Ben zeigt auf den Gipfelgrat, an dem wegen seiner kantigen Form und Höhe stets ein paar Wolken hängen bleiben. »Ich glaube, das dort ist der Himmelssprung.«

»Richtig«, sage ich.

»Wow … Ich glaub, ich könnte rüberspucken! Soll ich's mal versuchen? Lieber nicht, was?«

Während Ben sich sein Fernglas an die Augen hält, geht Caroline nahe am Abgrund entlang. Das sollte sie lieber nicht tun. Nur ein Windstoß oder ein falscher Schritt, und sie ist früher mit ihrem Verlobten vereint, als ihr lieb ist.

»Kommt man von hier aus auch auf den Gipfel?«, fragt sie gegen den Wind an.

»Nein. Der Beginn der Route liegt viel tiefer. Von hier aus hat man nur die beste Sicht.«

»Verstehe.« Sie bleibt stehen und sieht eine Weile nach unten.

»Vorsichtig«, sage ich, als sie sich eine Spur zu weit über die Kante beugt.

Sie nimmt ihre Sonnenbrille ab und kneift die Augen gegen das Licht zusammen. Ihre Stimme wird vom Wind verweht, aber ich glaube, sie sagt: »Es ist schön hier.«

Wir bleiben noch eine Weile auf dem Kar, und Ben findet eine Stelle, wo man sich hinsetzen kann. Es ist ein breiter, flacher Stein, der sich leicht von Schnee und Eis befreien lässt. Caroline holt einen Plastikbehälter aus ihrem Rucksack und teilt sich mit Ben einen aufgeschnittenen Apfel. Ich setze mich in die Sonne und nehme einen Schluck aus meiner Thermosflasche.

»Stimmt es, dass du als Kind mal im Eis eingebrochen bist?«

Nicht mal eine Minute kann der Junge still sein. Ich schaue in sein frech grinsendes Gesicht und verziehe den Mund. »Wer hat dir das erzählt?«

»Na, sie da!«

Caroline will eben von ihrem Apfelstück abbeißen und erstarrt mitten in der Bewegung.

»Schon okay«, seufze ich, »ist auch kein großes Geheimnis.«

»Also ist es wahr?«, bohrt der Junge nach.

»Wenn ich Ja sage, hältst du dann den Mund?«

»Vermutlich nicht«, sagt er mampfend und zeigt mir ein noch viel breiteres Grinsen.

Er erinnert mich an Oliver, der konnte mich ebenfalls so leicht zur Weißglut bringen. Zwar gelingt ihm das heute noch genauso gut, aber seine Methoden haben sich verglichen zu früher doch sehr verändert.

»Ich war acht«, erzähle ich. »Den See gibt es heute nicht mehr. Auf Druck meines Vaters ließ die Gemeinde ihn zuschütten, nachdem es passiert war. Ich war nicht lange unter Wasser. Vielleicht ein paar Minuten. Aber es kam mir verdammt lange vor. Und soweit ich weiß, musste man mich wiederbeleben.«

»Was, echt? Ist ja arg! Und wie ist das so? Ich meine … tut das nicht höllisch weh? In so kaltem Wasser zu schwimmen?«

»Doch, sicher«, antworte ich lachend. »Ist wie zu verbrennen, nur ohne Feuer.« Wieso finde ich das lustig? Gespannt wartet der Junge, dass ich weitererzähle, aber ich schiebe das Thema mit einer fahrigen Handbewegung beiseite. »Ist auch egal. Das ist ewig her.«

»Wie bist du denn aus dem See rausgekommen? Hat dich jemand gerettet?«

»Keine Ahnung mehr.«

»Es muss doch irgendwer dabei gewesen sein, sonst wärst du jetzt ganz sicher nicht mehr am –«

»Weißt du eigentlich nie, wann du die Klappe halten sollst?«

Er schweigt überrumpelt. Ganze drei Sekunden lang. »Aber du bist dadurch irgendwie unverwundbar geworden, kann das sein?«

»Was?«

»Na ja, es hat hier oben minus zehn Grad, und du bist ohne Jacke unterwegs. Das ist schon krass.«

»Wenn du meinst.«

»Ehrlich, du solltest das irgendwie vermarkten! Einen Energydrink herausbringen oder eine Sonnencreme: Schützt nicht nur vor UV-Strahlung, sondern auch vor Minustemperaturen! Na?« Zweifelsohne erwartet er, dass ich mich an seinem Dauergrinsen beteilige. »Also ich finde das saugeil. Was würde ich tun, wenn ich keine Kälte mehr spüren würde? Ich glaube, ich würde tiefseetauchen. Ganz viel tiefseetauchen. Oder auf die höchsten Berge steigen, die es gibt. Haha, genau das machst du ja! Du hast es voll durchschaut.«

Ich schiele rüber zu Caroline in der Hoffnung, dass sie meinen Blick versteht und dem Bengel das Maul mit ein paar Apfelscheiben stopft. Sie hat sich die Sonnenbrille wieder aufgesetzt und sieht gedankenverloren an mir vorbei. Als es einen Moment lang still ist, stupst ihr Bruder sie mit dem Ellenbogen an, und sie sagt wie auf Knopfdruck: »Eine wirklich spannende Geschichte.«

Ben rollt mit den Augen. »Mann, Caro, hast du überhaupt zugehört?«

»Vielleicht sollten wir uns auf den Rückweg machen«, schlage ich vor.

»Nein, bitte bleiben wir noch ein bisschen! Ich will noch ein paar Selfies mit dir machen.«

Gott stehe mir bei. »Nichts für ungut, Kleiner, aber du hast schon einen ziemlichen Sonnenbrand auf der Nase.«

»Egal! Mir gefällt's hier. Caro, sag ihm, dass wir noch bleiben wollen.«

Caroline hat das Gesicht in den Wind gestreckt. Keine Ahnung, was ihre Augen hinter der Sonnenbrille alles sehen, aber es scheint sich tief in ihrem Kopf abzuspielen, fernab des Sonnenscheins und des glasklaren Himmels.

Weil ich so gütig bin, bekommt der Junge seine Selfies, dann ist aber endgültig Schluss. Wir machen uns auf den Weg zurück zur Liftstation. Die Pisten ringsum haben längst geöffnet, und haufenweise Touristen zerfurchten den Schnee mit ihren Skiern. Ben möchte sich in der hoffnungslos überlaufenen Hütte neben der Sta-

167

tion einen Kakao kaufen, seine Schwester gibt ihm das Geld und setzt sich auf eine Holzbank.

»Du fühlst dich nicht sonderlich wohl unter Menschen, was?«, sagt sie.

»Ich hasse Skifahrer einfach.«

»Wieso?«

»Alles Snobs.«

Sie lächelt. »Vielleicht solltest du mehr anziehen. Dann würden dich nicht alle so anstarren.«

»Hab ich schon versucht, daran liegt es nicht.«

Sie schweigt für einen Moment. Die Kälte muss ihr das Lächeln im Gesicht festgefroren haben, denn sie hört einfach nicht damit auf. »Darf ich dich was fragen?«

»Habe ich nicht schon alles beantwortet?«

»Es geht nicht darum. Wobei … doch, eigentlich schon.« Sie beugt sich leicht nach vorne, starrt auf ihre Füße, als müsse sie sich stark konzentrieren. Ihre Stimme ist leise geworden, oder ich kann sie im Lärm der Menschen bloß nicht mehr so gut verstehen. »Mich würde interessieren … Was macht dir am Klettern am meisten Spaß? Ich meine, was gibt es dir?«

»Freiheit, Erlösung, Frieden?«

Sie sieht spöttisch auf. »Sind das die Schlagwörter für besagten Energydrink?«

»Du kannst mit diesen Begriffen nichts anfangen, schon klar. Die wenigsten können das. Man hört die Wörter ja auch ständig irgendwo, und dabei hat niemand eine Ahnung, was sie bedeuten. Aber sie sind verdammt real. Man kann all das finden, wenn man an den richtigen Orten sucht. Freiheit hat kein Gewicht, deswegen schwebt sie ja auch hier oben.«

Sie sagt nichts mehr. Selten habe ich mich so gefragt, was im Kopf eines anderen wohl gerade vorgeht.

Ben kommt mit einem Becher und viel zu guter Laune zurück. »Da drin gibt's Apfelstrudel! *So* groß!«

»Den gibt's bei Frau Gremberger auch«, antwortet Caroline. »Komm, sehen wir zu, dass wir nach unten kommen. Samuel hat nicht den ganzen Tag für uns Zeit.«

»Echt nicht?« Verwirrt starrt mir der Junge ins Gesicht.

»Sehe ich aus wie ein verfluchter Entertainer, den man buchen kann?«

Seine Schwester ist so freundlich, diese Farce zu beenden. »Na, komm schon, Ben, ab in die Gondel.«

»Ach Mann!«

»Jetzt hör auf mit dem Mist und beweg dich!«

Auf der Fahrt nach unten redet der Junge kein Wort mit mir.

CARO

Es ist Freitag. Nächsten Montag muss Ben zurück in der Schule sein. Und auch ich sollte zur Arbeit erscheinen, zumindest war das der Plan. Und ich halte mich an meine Pläne. Für gewöhnlich.

Vor einer Stunde, gleich nachdem wir in unsere Pension zurückgekommen waren, habe ich mit Alex' Vater Erich telefoniert. Er hatte mich gebeten, ihn über die Dauer meines Aufenthaltes auf dem Laufenden zu halten, falls es nötig sein sollte, für längere Zeit einen Ersatz für mich zu finden. Einstweilen übernimmt seine Frau Isabella die Buchhaltung. Natürlich weiß er, warum ich nach Schirau gefahren bin und warum es so wichtig ist, sich nicht einzumischen und mich einfach gehen zu lassen. Schon auf dem Begräbnis sagte er mir, ich solle mir eine Auszeit nehmen, um das alles zu verarbeiten. Doch ich kam weiterhin zur Arbeit und tat meine Pflicht, funktionierte, weil es keine andere Möglichkeit gab und weil die Aufgaben mich auf absurde Weise aufrecht hielten. Jetzt hat sich etwas verändert. Die bloße Vorstellung, in meinen Alltag zurückzukehren, fühlt sich an, als würde jemand eine Wagenladung Geröll auf mich abladen. Dort oben herrschte Frieden. Jener Frieden, den ich hier unten nicht finde, der hier unten gar nicht möglich ist. Ich darf das nicht loslassen, nicht so schnell. Also bat ich um eine Verlängerung meines Urlaubs auf mindestens vier Wochen.

»Um Himmels willen, bleib«, sagte Erich. »Bleib, so lange es nötig ist. Wir kommen hier schon zurecht.«

Ich schätze, er hatte sich bereits darauf eingestellt.

Ben ist gerade dabei, in seine Schuhe zu schlüpfen, da er mit Cicero noch ein bisschen rausgehen möchte, solange es hell ist. Ich setze mich auf die Treppe und sage: »Also, Ben.«

»Also, Caro.« Endlich grinst er wieder, nachdem er die ganze Gondelfahrt und erhebliche Teile des Heimweges nur geschmollt hat. »Kommst du mit nach draußen? Cicero braucht Bewegung.«

Er streichelt dem alten Hund über Ohren und Kopf, nimmt die Leine und einen zerzausten Tennisball und zieht sich den Reißverschluss seiner Jacke hoch.

»Ben, ich habe einen Entschluss gefasst.«

»Und zwar?«

»Ich glaube, es ist am besten, wenn ich noch etwas länger hierbleibe. Der Ausflug heute … Ich habe das Gefühl, es hat mich ein Stück weitergebracht. Ich kann es nicht genau erklären. Aber da oben, da … Plötzlich habe ich es verstanden. Warum er so oft auf Berge gestiegen ist. Denn das ist es ja, ich konnte nie begreifen, warum das passieren musste, weil ich nicht verstand, was er dort oben überhaupt gesucht hat. Aber vielleicht muss ich einfach nur seine Begeisterung kennenlernen, damit der Unfall … keine Ahnung. Damit es leichter wird.«

Ben hat sich zu mir auf die Treppe gesetzt. Er knetet die Leine zwischen den Fingern, während Cicero vor der Tür sitzt und auf ihn wartet. »Ich verstehe, was du meinst.«

»Wirklich? Das klingt nicht völlig verrückt?«

»Hör mal, jeder kommt doch auf seine Art mit solchen Dingen klar. Wenn du einfach ein paar Berge sehen musst, um dich besser zu fühlen, dann schau dir ein paar Berge an. Schau dir alle Berge an, die es gibt.«

»Es geht ja nicht nur ums Anschauen. Ich fürchte, ich muss –«

»Dann klettere eben auf die Berge. Klettere auf so viele Berge, wie es geht. Würde ich auch machen.«

Lächelnd streiche ich ihm über den Kopf. Er rümpft die Nase und wischt meine Hand mit einem Murren weg, doch er lässt es immerhin zu, dass ich den Arm um ihn lege und ihn kurz an mich drücke.

»Da wäre nur ein Problem«, fahre ich fort. »Die Schule fängt ja am Montag wieder an. So gern ich dich dabeihätte, aber ich muss dich allein zurück nach Hause schicken. Erich und Isabella würden natürlich nach dir sehen.«

Er zuckt mit den Schultern. »Sofern du mir die Zugfahrt zahlst?«

»Natürlich zahle ich dir die verdammte Zugfahrt!« Ich verpasse ihm einen leichten Schubs, er steht auf und legt Cicero die Leine an.

»Aber ganz ehrlich, Caro, es ist voll okay. Mir macht das nichts aus. Ist ja nicht so, als ob ich nichts von diesem Urlaub gehabt hätte. Ich meine, hallo? Samuel fucking Winterscheidt!«

»Davon wirst du noch deinen Enkelkindern erzählen, was?«

»Und ob! Weißt du, was? Du solltest herausfinden, ob er Single ist. Vielleicht kannst du ihn heiraten.«

»Hau ab, du Idiot«, sage ich lachend und bewerfe ihn mit dem Ball, den er lässig mit einer Hand auffängt und nach dem Rausgehen für Cicero ins weiße Feld schleudert.

Als ich ihn mit dem Hund so durch den Schnee tollen sehe, kommt mir zum ersten Mal der Gedanke, dass ich nicht zwingend allein nach meiner Freiheit, der Erlösung und dem Frieden suchen muss. Womöglich kenne ich nun jemanden, der Alex so ähnlich ist, dass er mir mehr über ihn erzählen kann, als ich all die Jahre wusste. Auch wenn unser Start holprig war und ich immer noch nicht weiß, was ich von ihm halten soll, so denke ich, dass die Begegnung mit Samuel fucking Winterscheidt das Beste ist, was mir seit Alex' Tod passiert ist.

JANA

Ich habe mich in mein Zimmer zurückgezogen. Diverse Entschuldigungsnachrichten lassen mein Handy alle paar Minuten losbimmeln. Ich reagiere nicht darauf. Er ist zu weit gegangen, einfach zu weit. Aber wer steht denn schon auf meiner Seite? *Sei nicht so hart zu ihm. Er hat es doch so schwer. Wir alle müssen Verständnis für ihn aufbringen.*

Jeder denkt so, und das macht mich krank. Dass er aufgrund seines Zustandes Narrenfreiheit hat. Jeder bis auf Sami.

Beim Klang eines brummenden Motors in der Einfahrt verlasse ich das Zimmer und suche ihn auf. Er hat sich ins Wohnzimmer verzogen und öffnet gerade eines der Fenster. In seiner Hand liegt ein Stein, den er konzentriert im Licht des Sonnenscheins dreht.

»Sieh mal, den hab ich gefunden. Gefällt der dir diesmal besser?« Er wirft mir den Stein zu, ich fange ihn und halte ihn wortlos in der Hand.

Jedes Mal bringt er mir einen Stein mit, obwohl ich sie nie haben will. Jetzt hätte ich sie am liebsten alle – eine Reihe Steine, um mir ein Fort daraus zu bauen, das sich nur von denjenigen überwinden lässt, denen ich vertrauen kann.

»Danke«, murmle ich und gebe den Stein in die Tasche meiner Jeans.

Sami wirkt überrascht darüber, dass ich sein Mitbringsel diesmal nicht verschmähe, beginnt dann aber unbedacht draufloszuerzählen, von Bens nervigem Redeschwall und dem traumhaften Wetter, das am Gipfel auf ihn und seine Schutzbefohlenen gewartet hat. Er redet und redet, während ich mich auf die Couch setze und überlege, wie ich das Oliver-Thema am besten ansprechen könnte.

Irgendwann merke ich, dass er still geworden ist und mich aufmerksam betrachtet. »Hörst du mir eigentlich zu?«, fragt er.

»Entschuldige … da ist nur etwas, das ich …«

Sein Handy läutet. Er nimmt den Anruf an und hebt verdutzt die Brauen.

»Tatsächlich?«, fragt er und muss dann grinsen. »Das hätte ich nicht gedacht. Ja, ich hab Zeit. Aber bitte ohne den Kleinen. Sehr gut. Das überlege ich mir noch. Ich melde mich.«

Er legt auf.

»Wer war das?«, frage ich.

»Wie es aussieht, hat unsere trauernde Beinahe-Witwe ihre Begeisterung für die Bergwelt entdeckt. Sie hat mich gefragt, ob ich ihr ein bisschen das Klettern beibringe.«

»Und du hast Ja gesagt?«

Er zuckt mit den Schultern. »Wieso nicht?«

»Vor ein paar Tagen wolltest du nicht mal, dass sie und ihr Bruder zum Essen kommen. Und jetzt erklärst du dich bereit, ihr ein paar Gratiskletterstunden zu geben? Einfach so?« Bin ich die Einzige, die das in Rage versetzt?

»Ich hatte noch nie was dagegen, anderen das Klettern näherzubringen«, erklärt er mit dem gleichen unschuldigen Schulterzucken wie zuvor. »Das Problem ist, dass die meisten nicht mit mir mithalten können. Da verliert man schnell die Lust dran.«

»Und du glaubst, Fräulein Ich-bin-keine-Goldschmiedin kann mit dir mithalten, oder wie?«

Mein giftiger Tonfall lässt ihn völlig kalt. Er steckt das Handy ein und stolziert an mir vorbei aus dem Raum.

»Du kannst ja mitkommen«, meint er über die Schulter zurück.

»Nein danke!«

Er geht nach oben. Ich springe von der Couch auf und schleudere den verdammten Stein ins Kaminfeuer. Funken und Asche wirbeln mir ins Gesicht, und für einen kurzen, irren Moment fühlt sich der Klang des Knisterns wie ein Sieg an. Doch so schnell, wie ich die Beherrschung verloren habe, so schnell sehe ich wieder klar: Oh Gott, was habe ich getan? Ich stürze zum Kamin, greife den Schürhaken und versuche den Stein aus der Glut zu fischen. Es will mir nicht gelingen. Ich werde warten müssen, bis das Feuer ausgegangen ist.

SAMUEL

Es grenzt an einen schlechten Scherz, welche Herausforderung es ist, in dieser Gegend einen Klettersteig zu finden, der leicht genug für einen Anfänger ist und trotzdem genügend Abwechslung bietet, um mir nach zehn Minuten nicht die Lust zu verderben. Eine Halle wäre zum Üben ja am besten, aber in der Nähe gibt es so etwas nicht. Die vergangenen Stunden habe ich hauptsächlich Karten gewälzt und Routen studiert, zugegeben, die Beschäftigung tut gut, aber sollte sich nicht bald etwas Geeignetes finden, lohnt es sich kaum noch, die Suche fortzusetzen.

Eben kam mir die Idee, es einfach mit der Teufelsmauer zu versuchen. Sie sagte doch, sie wolle nichts Leichtes, oder etwa nicht? Und angeblich hat sie ja auch schon ein gewisses Basiswissen. Dann soll sie mal zeigen, was sie draufhat. Bei klarem Himmel kann die dreißig Meter hohe Felswand durchaus angsteinflößend sein, und dabei spreche ich noch nicht einmal von der Phase, wenn man bereits auf halber Höhe hängt und plötzlich merkt, dass einem die Kraft ausgeht. Ist mir selbst schon sehr lange nicht mehr passiert, aber Anfänger müssen damit rechnen. Ein kompletter Aufstieg wäre ohnehin Wahnsinn, das schafft sie nie. Doch im unteren Bereich gibt es einige leichte Trittfeldrouten, die sich gut zum Üben eignen.

Zuvor werde ich das Ganze aber noch einmal testen. Ich bin ja kein Idiot.

Ausgerüstet mit Seil, Gurt und einer Ladung Sicherungshaken breche ich in den Wald auf. Konrad staunt nicht schlecht, als er mich mit dem ganzen Equipment sieht. »Gehen wir neuerdings auf Nummer sicher?«, fragt er.

»Muss die Wand unter Anfängerbedingungen testen.«

»Das klingt ja schrecklich.«

Da liegt er verdammt noch mal richtig.

Mit all dem Gepäck zieht sich der Marsch ungewohnt in die Länge. Auf halber Strecke entdecke ich den Verlauf frischer Stiefelabdrücke im Schnee. Es ist selten, dass sich außer mir jemand in diese Wildnis verirrt. Vielleicht einer der Förster. Ich nehme den Weg über die Ostseite des Hanges, um der fremden Route auszuweichen. Nichts hasse ich mehr als gezwungene Pläuschchen mit Ortsansässigen. Nun ja, vielleicht Wölfe. Übrigens – verdächtig, wie still es plötzlich ist. Keine Vögel, kein Wind … Ich bleibe stehen und lasse den Blick konzentriert über die glitzernde Schneedecke schweifen. Dieser Wolf ist schlau. Er könnte überall sein, lauernd, und den nächsten Hinterhalt planen.

Nach einem letzten steilen Aufstieg habe ich die Teufelsmauer erreicht. Ich lasse das Seilbündel und den Rucksack in den Schnee fallen und taste den nackten Fels ab. An manchen Stellen ist die Oberfläche zerfurcht und rau, an anderen so glatt wie Glas. Es ist wichtig, den Fels genau zu kennen, nur so weiß man, wo der Stein die Haken aushält und wo er spröde ist und bei Schlägen womöglich bricht. Punkt für Punkt arbeite ich mich voran, bis ich ausreichend Fläche überprüft habe, um eine hübsche kleine Anfängerroute zu planen.

Etwas knackst im Geäst. Sofort ziehe ich mein Messer. Dort drüben, hinter dem Baum. Da hat sich etwas bewegt. Zu groß für einen Nager oder Vogel. Viel zu groß. Plötzlich sehe ich den Bommel einer Wollmütze hinter dem Stamm hervorlugen.

Ein paar Schritte, dann bin ich schon dort. Ich bekomme den Kragen einer Jacke zu fassen und höre sogleich ein erschrockenes Keuchen. Ungnädig zerre ich den Bengel aus seinem Versteck und drücke ihn gegen den Baum.

»Was zur Hölle machst du hier? Solltest du nicht arbeiten?«

»E-es tut mir leid, Herr Winterscheidt! Ehrlich, ich – ich wollte nur … I-ich wusste nicht, dass …«

»Ich hab dir doch verboten, in den Wald zu gehen. Jedes Mal, wenn du allein unterwegs bist, baust du irgendeinen Unfall. Ich habe keine Lust, für dich Tollpatsch zu haften!«

Freddie glotzt auf das Messer, das ich erst jetzt zurück in den Stiefel stecke. Als die scharfe Schneide endlich außer Reichweite ist, sackt er in sich zusammen und stöhnt auf.

»Was machst du hier?«, wiederhole ich.

»N-nichts!«

»Nichts?«

»I-ich w-wollte nur spazieren gehen, Herr Winterscheidt. Nur spazieren gehen.«

»Und was ist das?« Ich packe seine rechte Hand, in der er schon die ganze Zeit etwas versteckt. »Eine Steinschleuder?«, kommentiere ich das ulkige hölzerne Ding, das er umklammert, als wäre es sein kostbarster Besitz. »Was willst du denn damit, ein paar Eichhörnchen abknallen?«

»Geht Sie gar nichts an!«, faucht er und reißt die Hand zurück. Dann steht er auf einmal ganz still da, starrt mich an und wimmert: »B-bitte entschuldigen Sie, Herr Winterscheidt! I-ich wollte nicht …«

»Ach, hau schon ab«, sage ich.

Er dreht sich um und stolpert den Hang hinunter. Unterwegs verliert er seine Mütze und lässt sie einfach liegen.

Eine Steinschleuder. Wo gibt es denn so etwas? Das Ding sah selbst gemacht aus, mit Gummibändern, die er vermutlich aus der Garage hat. Wollte er damit auf die Jagd gehen? Was gibt es denn hier zu –

Der Wolf. Der Kleine hat den Wolf gesehen.

Das Vieh muss hier irgendwo stecken.

Wenn der Bengel das Vieh vor mir erwischt, mache ich ihn kalt.

Am Abend überrasche ich Freddie in der Küche. Den ganzen Tag schon hat er sich vor mir versteckt gehalten. Als ich hereinkomme, sitzt er mit Jana am Tisch und verspeist eine Portion Nachtisch, während Anne den neuen Geschirrspüler einräumt.

»Hast du verloren, du Taugenichts.« Ich werfe ihm die Wollmütze mit dem Bommel in den Schoß und warte gespannt, was er tut.

Wie vermutet tut er gar nichts. Zumindest nichts, was über ein total verängstigtes Erstarren hinausgeht. Mir kommt das Grauen bei seinem jämmerlichen Anblick.

»Ich verstehe nicht«, sagt Jana.

»Unser kleiner Freund hier ist am Nachmittag stiften gegangen. Oder gibt es einen anderen Grund, warum du allein im Wald warst?«

Der Junge wird blass um die Nase und sinkt tief in seinen Sessel. Jana räumt Freddies halb leeren Teller weg und sagt: »Wir gehen eben alle gern in den Wald. Nicht nur du. Braucht jeder deine Erlaubnis?«

»Sofern man für mich arbeitet und ich ihm ein vierzehnmonatliches Gehalt zahle, ja.«

Sie presst ein Lächeln hervor, das man leicht mit einem »Leck mich« verwechseln könnte.

Ich schaue von einem Gesicht zum anderen. »Ihr zwei, ihr steckt doch unter einer Decke. Ich finde schon noch raus, was ihr aussheckt.«

Kaum bin ich aus der Küche, höre ich das Klappern hoher Stöckelschuhe, die mir hinterherlaufen.

»Sami, warte!«

»Sag dem Jungen, er soll sich einkriegen. War doch nur Spaß.«

»Darum geht es nicht.« Sie hat mich am Fuß der Treppe eingeholt und hält mich auf. »Ich ... ich wollte ... Ich habe mich gefragt, ob wir kurz –«

»Ob wir kurz so tun, als wäre Stottern eine olympische Disziplin? Das wird sicher lustig.« Erstaunt halte ich inne. »Komm, das war ein Scherz. Was ist denn heute mit euch allen los?«

»Es ist nichts, ich ... Es ist nur ... der Stein von neulich. Ich hab ihn verloren.«

»Ich bring dir einen anderen mit.« Aber das scheint noch nicht alles gewesen zu sein. Sie streicht sich über die schlanken Oberarme und sieht mich unschlüssig an.

»Was willst du?«, frage ich nun ganz deutlich.

Sie weicht einen Schritt zurück. »Ein andermal«, antwortet sie.

»Geht es um Oliver?«

Erraten. Wahrscheinlich hat er ihr wieder irgendeinen Blödsinn eingeredet – dass ich sie feuern will oder was ihm sonst einfällt. In seinem ereignislosen Leben ist das getroste Erzählen von Lügen sein einziges Highlight. Irgendwann wird sie dahinterkommen, dass das alles nur Schall und Rauch ist. Bis dahin ...

»Geh ins Bett, Jana, hm? Du siehst komplett erledigt aus.«

»Ja ... du hast recht.« Sie wendet sich ab und geht die Treppe hoch wie in Trance.

»Sag mal«, rufe ich ihr nach, »kommt es dir hier auch so still vor in letzter Zeit?«

»Was meinst du?«

»Jetzt weiß ich's, die Uhr.«

»Die Uhr?«

»Sollte die nicht jede halbe Stunde schlagen?«

Sie schüttelt träge den Kopf. »Jede Viertelstunde.«

»Wusste ich's doch. Wieso hat niemand … Gott, alles muss man selber machen.«

Ich drehe um und mache mich zum Geräteschuppen auf, um mein umfangreiches Repertoire an Werkzeugen zu holen. Danach geht es dem stillschweigenden Übeltäter im ersten Stock umgehend an den Kragen.

Ich bin effizient wie nie. Nach zwei Stunden ist die Uhr wie neu. Alle fünfzehn Minuten geht ein Donnerschlag los, und erst dadurch wird mir klar, wie schlauchend die bisherige Stille war, wie viel Zeit ich fürs Denken verschwendet habe. Neuer oberster Punkt auf der To-do-Liste: Scheiß auf Freddie. Mit einer Steinschleuder kommt er sowieso nicht weit.

CARO

Es gab eine Zeit, da schleppte Alex mich regelmäßig zum Indoor-Klettern. Trotz meiner energischen Einwände war er einfach nicht von der Idee abzubringen, aus mir einen waschechten Profi zu machen. Er nahm sich sehr viel Zeit, erklärte mir alles doppelt und dreifach, und obwohl ich mich absichtlich dumm anstellte, weil mich Klettern einfach nicht interessierte, verlor er kein einziges Mal die Geduld. Auf diese Weise lernte ich zwar die Basics, aber der Ehrgeiz und das Feuer, das für einen derart anspruchsvollen Sport wichtig ist, erfassten mich nie.

Ich denke, es hat ihn immer etwas gekränkt, dass ich für seine Leidenschaft so wenig übrighatte. Manchmal, wenn ich die Augen schließe und ganz tief in mich hineinhorche, um all die verschütteten Erinnerungen freizuschaufeln, die meinen Kopf verstopfen, da sehe ich plötzlich sein enttäuschtes Gesicht vor mir. Er hat der Kletterei sein Leben geopfert. Wortwörtlich. Ich begreife nun, dass ich es ihm schuldig bin, mir endlich die Zeit für all das zu nehmen, was ein solch erheblicher Teil von ihm war und was er mir so gerne nähergebracht hätte, wäre ich nur dazu bereit gewesen.

»Und jetzt, wie geht es weiter?«, rufe ich gequält nach unten.

Ich hänge in gut acht Metern Höhe, festgeschnallt an einem Sicherungsseil, mit einem Gurt so eng, dass mir bei jeder Bewegung die Riemen in die Oberschenkel schneiden. Ich habe die Hände in den Fels gekrallt und kämpfe verbissen gegen den Erschöpfungsschmerz in meinen Fingern. Zu allem Überfluss ist es kalt und windig. Zu Hause werde ich mich für drei Tage in die heiße Wanne legen – sofern ich das hier überlebe.

Samuel zieht ungnädig an meinem Seil. »Nach rechts. Da ist doch gleich eine Trittstelle. Streck das Bein hoch!«

Streck das Bein hoch, streck das Bein hoch! Er hat leicht reden. Er steht ja auch am sicheren Erdboden, geschützt vor Wind und Höhe, und hat nichts weiter zu tun, als zu beobachten und blöde Kommentare abzugeben. Den Teufel werde ich tun und mich vor ihm blamieren.

Vorsichtig löse ich die rechte Hand aus der Gesteinsritze, an der ich mich festhalte, und taste mich stückchenweise voran. Ich schwitze trotz der Kälte in meinem schwarzen Thermo-Overall. Bloß nicht nach unten sehen.

»Etwas höher. Nicht so hoch! Meine Güte.«

»Also erstens«, keuche ich, »ist es verdammt schwer, hier oben die Balance zu halten. Und zweitens! Sei froh, dass ich überhaupt so weit gekommen bin, ich hab das ewig nicht gemacht!«

Ich ertaste eine kleine Einbuchtung, gut eine Armlänge schräg über meinem Kopf. Darunter erspähe ich eine Art Sockel, auf der ich mein rechtes Bein abstellen kann. Geschätzte Entfernung: dreihundert Kilometer, vielleicht mehr. Bin ich eine verdammte Zirkusakrobatin?

»Okay, ganz langsam. Wie ich's dir gezeigt habe. Einen weiten Schritt nach rechts … das Knie etwas höher. Und jetzt hochziehen … hochziehen! Ach Scheiße.«

Meine Kraft verlässt mich, und ich rutsche ab. Das Sicherungsseil tut ergeben seine Pflicht, aber Glück fühlt sich anders an. Drei Versuche, drei Misserfolge.

Während Samuel mich kommentarlos hinunterlässt, reiße ich mir den Helm und die Handschuhe vom Körper und schleudere alles in weitem Bogen in den Wald.

Äste knacksen – aber es könnte auch Samuels Kiefer gewesen sein.

»Was sollte das denn?«, fragt er, als ich unten ankomme und er mich abschnallt.

»Entschuldige. Ich geh das Zeug zurückholen.«

Ich verschwinde absichtlich ein Stück den Hang runter, weil ich nach dieser Anstrengung ein wenig Abstand brauche. Die Fluggeschosse haben sich überraschend weit verteilt. Werfen kann ich, aber klettern nicht? Mein Kopf fühlt sich schwer und überlastet an, ist bis zum Rand vollgefüllt mit Gesteinslagen, Windrichtungen und Grifftechniken. Zum Teufel, so schwer kann das doch nicht sein! Jeder kann klettern, wenn er sich bemüht und das Grundwissen verinnerlicht hat, das hat Alex immer gesagt. Er hat sich so bemüht. Nein, ich gebe nicht auf. Mit Helm und Handschuhen komme ich zurück und sage: »Also schön, nächster Versuch!«

Meine hart erkämpfte Motivation trifft auf Gegenwehr. Samuel hat sich mit dem Rücken gegen den Fels gelehnt und ein dickes, zerfleddertes Buch aus dem Rucksack geholt. Konzentriert fliegt sein Blick über die vielen Seiten, bis er bei einer Stelle schließlich hängen bleibt.

»Hier, was ist damit?« Er dreht das Buch um und zeigt mir ein Foto von einem steinigen Steilhang, an dem ein paar wagemutige Kletterer an Seilen hängen und in die Kamera grinsen. »Da gibt's auch einen leichteren Klettersteig. Zu dieser Jahreszeit ist dort kein Schwein, es sieht also niemand, wie du dich blamierst.«

»Aber wieso versuchen wir es nicht weiterhin hier?«

»Ich glaube, das ist zu schwer.«

»Das auf dem Bild sieht schwerer aus.«

Er blättert weiter und zeigt mir kurz darauf ein anderes Bild.

»Na ja …«, murmle ich.

»Das ist ganz einfach, glaub mir. Hab ich mit vierzehn zum ersten Mal gemacht. Hat man die Zickzack-Querung im ersten Drittel erst hinter sich, geht es bis zum Gipfelgrat nur noch eben dahin.«

»Gibt es nichts mit weniger … nun ja, Steigung?«

»Berge haben es so an sich, dass sie steil sind.«

»Schon klar, aber die ganzen Touren da in dem Buch, die dauern doch Stunden! Gibt es keinen Berg, auf den man schneller raufkommt? Einen Express-Berg sozusagen?«

Er schlägt das Buch zu und steckt es mit finsterer Miene in den Rucksack. »Dann eben nicht.«

Verwirrt beobachte ich, wie er alles zusammenpackt und seinen Rucksack schultert. Um ein Haar hätte ich ihn einfach gehen lassen. Es ist vermutlich ohnehin Zeitverschwendung, was wir hier machen. Er trainiert das sein ganzes Leben lang, da kann ich nicht mithalten. Doch bevor er mich allein hier stehen lässt, reiße ich mich am Riemen und rufe: »Okay, schon gut, schon gut! Machen wir diesen Klettersteig! Den auf Seite 345.«

Er lässt den Rucksack fallen und funkelt mich herausfordernd an. »Das dauert drei Stunden. Fünf mit dir. Ich will dann kein Gejammer hören.«

»Kommt man über diesen Klettersteig hoch hinauf?«

»Auf knappe zweitausend Meter.«

Zweitausend Meter. Das ist so hoch, dort *muss* ich meinen Frieden einfach finden. »In Ordnung. Wann und wo?«

Er grinst – das gefällt mir gar nicht.

»Vergiss es. Ganz sicher nicht jetzt und sofort!«

»Wieso nicht?«, fragt er leichthin, hebt den Rucksack auf und setzt sich in Bewegung.

Alarmiert folge ich ihm. »Ich bin jetzt schon k.o.! Und ist es nicht viel zu spät für so eine Tour?«

»Es ist noch nicht mal Mittag.«

»Aber bald! Hast du gar keinen Hunger?«

»Essen gibt's, wenn man was geleistet hat.«

Das klingt furchtbar nach Alex. Kurz bin ich still, weil mich diese Ähnlichkeit verblüfft, und auch, weil ich zu sehr damit beschäftigt bin, bei diesem Wahnsinnstempo nicht mit der Nase im Schnee zu landen. Da dreht Samuel sich im Gehen zu mir um, grinst erneut und wirft mir den scheißschweren Rucksack zu.

»Wenn wir uns beeilen, sind wir zum Abendessen wieder zurück, also Tempo.«

Es wird eine Katastrophe. Während ich mich anfangs noch verhältnismäßig tapfer schlage, falls man das bloße Aufrechtbleiben trotz völliger Überlastung als Erfolg bezeichnen kann, geht mir in der zweiten Hälfte endgültig die Luft aus. Wir sind gezwungen, bei der nächstbesten Möglichkeit haltzumachen und eine Pause von unbestimmter Dauer einzulegen. Samuel findet das natürlich gar nicht witzig. Für ihn war die nicht enden wollende Aneinanderreihung von Steilpassagen wahrscheinlich erst die Aufwärmphase. Auf mein allzu heftiges Drängen sucht er eine ausgesetzte Nische im Fels, die genug Platz bietet, um sich hinzusetzen, und kommentiert meinen Misserfolg mit eisigem, äußerst vielsagendem Schweigen.

Ich fühle mich beschissen. Wollte ich erneut zu viel? Dabei habe ich bereits so viel geschafft. Die Hälfte liegt doch schon hinter uns. Es wäre nicht das erste Mal, dass ich eine derart lange Tour bewältige, mit Alex habe ich deutlich Anstrengenderes geschafft. Aber eben das ist der Unterschied – Alex war bei mir. Ohne ihn fühlt sich jeder Schritt so furchtbar schwer an, und auch wenn Samuel noch so oft betont, dass wir das Schlimmste längst überstanden haben … heute werde ich diesen Gipfel nicht bezwingen. Ich bin eine erbärmliche Kletterin.

Eine volle Thermosflasche trifft mich an der Seite.
»Trink was.«

Endlich mal ein guter Vorschlag. Ich leere die Flasche
in nur wenigen Zügen, ohne zu bedenken, dass er vielleicht ebenfalls durstig ist. Doch er zaubert eine zweite
Flasche aus dem Rucksack und gibt mir auch die.

»Schon okay«, sage ich erschöpft. »Ich brauch nichts
mehr.«

Schweigsam blicken wir ins verschneite Tal. Es ist
kalt, aber friedlich hier oben. So still. Als gäbe es auf dem
gesamten Planeten nur uns und diese Ruhe, die das komplette Gegenteil von allem ist, was mich hergetrieben
hat, was jede Minute in mir brennt. Warum ist das so?
Warum muss man immer nach dem Höchsten streben,
immer nach dem entferntesten Punkt, obwohl man auch
auf halber Höhe etwas Schönes finden kann? War es
bloß die Möglichkeit, die Alex reizte? Als er noch lebte,
habe ich mir nie diese Fragen gestellt. Ich akzeptierte
seine Leidenschaft einfach als das, was sie war, ohne sie
genauer zu hinterfragen. Ich werde so wütend, wenn
ich daran denke. Wütend auf mich und wütend auf ihn.
Weil er es zugelassen hat, mein Desinteresse und meine
Ignoranz einfach hinunterschluckte.

Samuels Stimme holt mich zurück ins Hier und Jetzt.
»Und wo ist die kleine Nervensäge?«

»Hab ihn gestern in den Zug zurück nach Wien gesetzt. Die Schule fängt ja heute wieder an.«

»Kommt er denn allein zurecht?«

»Sicher, er ist ja kein Kind mehr. Außerdem gibt es
noch meine Schwiegereltern. Sie werden nach ihm sehen.«

Er antwortet nicht mehr. Für ihn muss unser Ausflug der pure Reinfall sein. Er hat diese Unruhe in den
Augen, die Rastlosigkeit eines Wanderers, die ich auch
bei Alex so oft gesehen habe. Er hätte bei alldem nicht

mitmachen müssen, aber nun sind wir hier, zwar nicht am Ziel, aber wir sind hier. Gemeinsam.

»Darf ich dich was fragen?«, beginne ich.

»Klar.«

»Wieso hast du zu dem hier Ja gesagt?«

»Mir war langweilig.«

»Nur deshalb?«

»Und ich klettere einfach gern.«

Ein schweres Gewicht sackt mir bis tief in die Magengrube – was wollte ich hören? Dass er gerne Zeit mit mir verbringt? Wie erbärmlich und wie einsam muss man sein, um sich an die Nähe eines völlig Fremden zu klammern?

»Was ist mit Oliver passiert?«, wechsle ich das Thema.

»Wird das jetzt ein Frage-Antwort-Spiel?«

»Es interessiert mich bloß. War es ein Autounfall?«

Er schüttelt den Kopf.

»Entschuldige, das geht mich nichts an.«

»Schon gut. Es war ein Kletterunfall. Vor acht Jahren.«

»Oh.« War das das Unglück, von dem Frau Gremberger gesprochen hat? »Warst du dabei?«

Er nickt. »Mein Vater ist dabei gestorben. Und Oliver hat es die Wirbelsäule zerfetzt.« Er bemerkt meinen entsetzten Blick und fügt hinzu: »Es war ein ziemlich tiefer Sturz. Das Seil ist gerissen.«

»Mein Gott. Das ist ja furchtbar!«

»Unfälle passieren«, ist seine abgebrühte Antwort.

Aber stimmt das auch? Passieren Unfälle, oder fordern wir sie heraus? Alex hätte es besser wissen müssen, als im Alleingang und bei schlechten Bedingungen auf die Südwand zu steigen, das hat Samuel doch selbst gesagt. Bedeutet das, dass Leidenschaft unausweichlich eine hoffnungslose Blindheit auslöst, wenn es um die eigenen Fähigkeiten geht? Samuel kommt mir nicht blind vor, nur verbissen. Denn wenn ich ihn so anschaue, mit dieser Ungeduld in den Augen und der permanenten Anspannung, unter der er steht, dann bin ich mir nicht sicher, wer von uns beiden wirklich frei ist. Ja, ich suche keinen Nervenkitzel, weil ich verdammt viel Angst vor der weiten Welt habe, aber dafür bleibe ich am Leben. Das ist es, was immer zwischen Alex und mir stand: dieses verdammte normale Leben, das ich um jeden Preis behalten wollte und das ihm offenbar nicht genug war. Und was ist aus diesem Leben geworden? Ein Trümmerhaufen, trotz all meiner Vorsicht.

»Ist alles okay?« Samuel muss bemerkt haben, wie meine Gedanken sich im Kreis drehen. Ich strecke das Gesicht in den Himmel, wo irgendwo der Gipfel dieses Berges liegt, den wir nie erreichen werden, und plötzlich kommen die Worte wie von selbst.

»Es kotzt mich an«, sage ich leise, dann lauter, mit all meiner Kraft: »Dieser Scheißberg! Ich fasse es nicht, dass ich nicht auf diesen Berg raufkomme! Was ist das denn schon alles? Steine, ein bisschen Eis, mehr nicht! Und ich sitze hier und gebe mich geschlagen!«

Ich trete einen Stein los und befördere ihn fluchend über die Kante. Mit einem Mal hat mich die Wut völlig im Griff. Samuel muss denken, ich hätte den Verstand verloren. Aber als ich mich zu ihm umdrehe, sind die sonst so kalten blauen Augen auf einmal richtig ruhig. Er hat sich zurückgelehnt und lächelt mich zustimmend an.

»Willkommen in der Welt des Kletterns. Lektion Nummer eins: Der Berg hat immer unrecht.«

JANA

Ich habe ihn geschnitten. Verdammt.

Ich zupfe ein Taschentuch aus dem Pappspender und tupfe über die klitzekleine, aber penetrant weiterblutende Wunde knapp oberhalb des Kinns. Oliver sagt nichts. Aber seine Augen verfolgen über den Spiegel hinweg jede einzelne meiner Bewegungen. Wir wären längst fertig mit der Rasur, wäre meine Hand nicht so verkrampft.

»Tut mir leid«, murmle ich und greife wieder zum Rasierer. »Das nächste Mal nehmen wir den elektrischen.«

Zug um Zug arbeite ich mich voran. Ich habe Oliver bereits angezogen und seine Haare geföhnt und gekämmt. Nach der Rasur werden wir zu Mittag essen, weil er so lang geschlafen hat. Ich habe keinen Appetit. Der aufdringliche Geruch des Rasierschaums hängt wie eine alles erstickende Wolke in der Luft, von der mir beinahe schlecht wird. Jeder Atemzug lässt den schweren Klumpen in meiner Brust um weitere Zentimeter nach unten rutschen. Ich wünschte, er würde aufhören, mich so anzusehen. Ich wünschte, er würde aufhören zu existieren.

»So, fertig.« Ich nehme ein Handtuch und wische den letzten Rest Rasierschaum von seinen Wangen. Danach reinige ich den Nassrasierer unter dem Wasserstrahl. Ich mache das alles so oft, ich könnte es mit geschlossenen Augen erledigen. Doch plötzlich rutscht mir der Rasierer aus der Hand, als ich ihn zurück in die Halterung stecken will. Oliver sagt immer noch nichts.

Ich drücke mich an ihm vorbei, will Abstand, aber

er folgt mir ins Schlafzimmer. Ich beginne damit, seine frisch gebügelten Anzüge in den Schrank zu hängen. Das Aneinanderklirren der Kleiderbügel ist minutenlang das einzige Geräusch.

»Jana«, sagt er. »Es tut mir leid wegen neulich. Bitte dreh dich um.«

Denkt er tatsächlich, es gehe so leicht? Das ist sein größtes Problem: Er nimmt an, ich würde ihn selbst bei solchen Dingen unterstützen, würde ihm blind alles verzeihen, bloß damit sein Leben einfacher ist.

»Jana«, wiederholt er. »Jetzt sag doch was.«

»Komm, es gibt Essen.« Ich mache mich daran, das Mittagessen anzurichten. Es gibt gebratenes Hühnerfilet mit Gemüse. Anne hat eine reichliche Menge unter der Wärmeglocke versteckt, da sie wohl annimmt, ich wolle ebenfalls eine Portion. Allein beim Anblick krampft sich mein Magen zusammen. Aber lieber stopfe ich mich voll, bis ich platze, bevor ich gezwungen bin, mich mit Oliver zu unterhalten, als wäre nichts geschehen.

Während ich wortlos zwei Teller vollmache, bewegt sich der Rollstuhl in Richtung Fenster.

»Willst du nicht bei Tisch essen?«, frage ich.

»Ich habe keinen Hunger.«

»Das ist aber schade. Anne hat sich wirklich Mühe gegeben.«

Er hat sich ans Fenster gestellt und sieht in den Garten. Bald wird der Frühling da sein und alle Obstbäume zur Blüte bringen, doch noch stehen da draußen bloß verschneite Skelette, genauso leblos wie dieses Gespräch.

Als ich ungeduldig mit dem Geschirr klirre, macht der Rollstuhl eine Drehung, und Oliver brüllt: »Wieso machst du es mir so schwer?«

Ich platziere die Teller auf dem Tisch und setze mich. »Du musst ja nicht. Dann esse ich eben allein.«

»Was willst du, soll ich vor dir auf die Knie gehen? Dafür bräuchte ich ein bisschen Hilfe!«

»Verdammt noch mal, Oliver, jetzt komm endlich her und iss dein Essen!«

Sein Oberkörper spannt sich unter dem Hemd, als versuche er sämtliche Luft aus dem Raum zu saugen. Ich wende mich ab und spieße mit der Gabel ein Stück Fleisch auf. Es schmeckt bitter, obwohl es mit Sicherheit zart und köstlich ist. Olivers zornentbrannter Blick beobachtet mich die ganze Zeit, während ich stur meinen Teller leere.

»Möchtest du weg?«, fragt er plötzlich. »Soll ich Sami bitten, eine neue Betreuerin für mich zu suchen?«

»Ach, Oliver … nein. Nein, das möchte ich nicht.«

Er kommt ein Stück auf mich zu und hält abrupt an, als er sieht, dass ich zurückweiche. »Bitte, Jana … Es tut mir so leid. Ich war wütend, ich … ich bin so oft wütend. Auf alles und jeden auf der Welt. Aber du bist die Letzte, die das zu spüren bekommen sollte. Du tust alles für mich. Ich verspreche dir, so etwas wird nie wieder passieren, ich verspreche es!«

Tränen sammeln sich in meinen Augen. Denn ich weiß, dass ich nur deswegen bleibe, weil ich mein Versprechen von damals nicht brechen will. Nur das ist der Grund. Nicht er, nicht unsere lange Freundschaft oder all die gemeinsamen Erlebnisse aus Kindertagen, sondern allein Mitleid und wohl auch eine kranke Form von Gewohnheit. Denn warum gehe ich nicht einfach? Sami würde mich nicht aufhalten. Ich könnte mir eine neue Wohnung suchen, vielleicht in einer großen Stadt, weit weg von den Bergen und dieser ewigen Kälte, weit weg von Oliver, aber die Wahrheit ist, das hier ist mein Leben. Wobei Oliver es mir manchmal wahrlich zur Hölle macht.

Ich beuge mich zu ihm hinab und lege die Arme um

seinen Hals. »Ich will nicht weg«, sage ich noch einmal. »Wie kannst du nur so was denken.«

Schon spüre ich, wie sein Körper sich entspannt. Ganz leise höre ich ihn sagen: »Ich liebe dich so.«

Ich richte mich auf und hole den Teller und die Gabel. »Iss jetzt bitte dein Mittagessen.«

Über Nacht kommt Tauwetter, und die langen, spitzen Eiszapfen unter dem Dach beginnen zu tropfen. Ich stehe sehr früh auf, um vor dem Frühstück noch auf einen Sprung in den Wald zu gehen. All die kleinen Schätze, die der Winter unter sich begraben hat, werden schon bald zurück an die Oberfläche kommen. Ausgerüstet mit meiner großen Umhängetasche marschiere ich los und komme mit einem halben Kilo Steine zurück. Viele davon wurden vom Tauwasser den Berg hinuntergespült und landeten buchstäblich vor meinen Füßen.

Zufrieden trage ich meinen Fund über den Hintereingang in die Küche, wo gerade das benutzte Frühstücksgeschirr hereingetragen wird. Bei insgesamt acht Angestellten kommt da eine beträchtliche Menge zusammen. Ich frage Anne nach dem Frühstückstablett für Oliver, aber sie sagt: »Der hat schon gefrühstückt.«

Mir wird flau im Magen. Ich stelle mich an die Spüle und lasse nacheinander die schmutzigen Steine ins Waschbecken kullern. »Musstest du ihn wieder füttern?«

»Nein, sein Bruder hat das gemacht.«

»Okay, da bin ich beruhigt.« Ich halte inne. »Moment mal. Sami hat *was* gemacht?«

»Hab mich auch gewundert. Aber du weißt ja, lieber nicht zu viele Fragen stellen, wenn der Chef gute Laune hat.«

»Lass die Steine bitte kurz da drin«, ersuche ich Anne und eile aus dem Raum.

Ich brauche nicht lange zu suchen. Aus dem Wohnzimmer höre ich Gelächter. Als ich hereinkomme, sitzen sie gemeinsam vor dem Fernseher und zocken irgendeinen Hau-drauf-Shooter auf der Konsole. Oliver spielt via Tastenfeld auf seinem Rollstuhl, eine Hightech-Spezialanfertigung, die Sami eine beträchtliche Menge Geld gekostet hat. Alle Fenster sind geschlossen, und der Kamin sendet eine geradezu höllisch starke Wärme aus. Dennoch läuft mir bei diesem friedvollen Anblick ein Schauer über den Rücken.

»Du hast schon gefrühstückt, habe ich gehört?«, frage ich Oliver, da beide mich komplett ignorieren.

Oliver betätigt ein Tastenfeld, wodurch er sich aus dem Spiel ausloggt. »Ich dachte mir schon, dass du bei diesem Wetter gleich mal auf Schatzsuche gehst.«

»Und, was gefunden?«, fragt Sami, während er haufenweise Patronen in einen Gegenspieler ballert.

Hier ist doch was faul.

»Pass auf, links!«, ruft Oliver.

»Hab's gesehen, hab's gesehen.«

»Da, geh da rauf! Links, die Rampe!«

»Hältst du mal die Klappe? Ich weiß schon, was ich tue.« Im nächsten Moment blinkt ein riesiges »GAME OVER« auf, und Sami schleudert den Controller weg. »Drecksspiel.«

»Fangen wir von vorne an?«

»Hab keine Lust mehr.«

»Typisch.«

Ich beobachte die beiden aus sicherer Entfernung. Dieses verdächtig reibungslose Miteinander hat zweifelsohne etwas zu bedeuten; entweder ist Sami betrunken und endet in Kürze schnarchend auf der Couch … oder hier bricht jeden Moment die Hölle los, weil das ausnahmslos immer passiert, sobald die beiden länger zusammen sind.

Sami ist aufgestanden und begibt sich an eines der Fenster, um es einen Spaltbreit aufzumachen. Nur einen Spalt.

»Wie war dein Ausflug gestern?«, erkundige ich mich vorsichtig.

»Witziger als gedacht. Caroline hat zwar kein Talent, aber immerhin versucht sie es. Es macht irgendwie Spaß, sie zu trainieren. Das ist ein bisschen so, als würde man aus einer undefinierbaren Masse ein kleines Kunstwerk formen.«

»Verstehe. Und wollt ihr das wiederholen?«

»Keine Ahnung. Vielleicht.«

Vielleicht?

Ich verlasse den Raum und stampfe mit brennenden Wangen die Treppe hoch. In meinem Zimmer steht das Fenster offen. Gleich nach dem Aufstehen habe ich es seinetwegen aufgerissen, wie er es sonst doch immer will. Weiß er eigentlich davon? Sieht er all die Fenster, die ich öffne und wieder schließe, öffne und wieder schließe, damit er zufrieden ist?

Mit einem heftigen Schlag werfe ich es zu, die Scheibe bekommt einen Sprung, ein paar kleine Splitter lösen sich und fallen zu Boden. Durch das Haus dröhnt ein Glockenschlagen. Diese verdammte Uhr. Jede Viertelstunde bringt sie meinen Schädel zum Platzen. Wieso musste er sie reparieren? Dieser Krach soll aufhören!

Eine Erinnerung schießt mir durch den Kopf, wie polternder Steinschlag, der von diesem Uhrengewitter aus meinem Gedächtnis losgerissen wurde: Sami und ich sitzen nebeneinander im Gras. Es ist Sommer, und die Insekten zirpen in der Wiese. Er ist total betrunken. Weil eben erst sein Vater gestorben ist. Weil Oliver nicht mehr laufen kann. Weil alles binnen weniger Sekunden auseinandergebrochen ist und nie wieder heilen wird.

»Was soll jetzt aus ihm werden?«, fragt er. »Ich kann mich nicht um ihn kümmern … nicht rund um die Uhr.«

»Ich kann das doch machen.«

»Wie denn? Du bist ja auch nicht immer hier.«

»Dann ziehe ich eben zu euch ins Haus.«

»Das ist ein Scherz, oder?«

Ich rücke näher. Nur ein ganz kleines Stück rücke ich näher und habe dennoch Angst, dass es zu viel war. »Mir macht das nichts. Wirklich nicht. Ich will …« *Bei dir sein.* »… euch helfen. Bitte lass mich euch helfen.«

Frustriert hole ich ein Tuch aus dem Badezimmer, um die Glassplitter aufzusammeln. Ich schleudere sie in das Waschbecken, beuge mich darüber und zähle laut die einzelnen Schläge mit. Die darauffolgende Stille bringt mich zum Weinen. Das war er – der eine Moment, der mein Schicksal besiegelt hat, auf dieser Wiese, in dem Glauben, es würde mich ihm näherbringen. Ich habe es seinetwegen getan. Und nichts habe ich seither von ihm dafür zurückbekommen. Nichts außer einem Gehalt, das er mir zahlt, als wäre ich eine der Angestellten. Im Grunde bin ich das auch, aber irgendwie dachte ich, ich sei mehr. Zumindest mehr als diese dahergelaufene Buchhalterin, die ganz plötzlich einen größeren Anteil an seinem Leben hat als wir alle zusammen.

SAMUEL

In meinem Bücherschrank lassen sich die aberwitzigsten Dinge finden. Ja, auch ich habe einen Bücherschrank. Aber er sieht nicht so aus, wie man vielleicht denkt. Kletterführer und Wanderkarten, so weit das Auge reicht. Wild übereinandergestapelt, ohne jede Struktur und Ordnung. Es hat ein bisschen was von moderner Kunst. Das Zeug ist so schwer, dass sich die Balken biegen, im obersten Regal ist es am schlimmsten; ein gezackter Riss frisst sich genüsslich durch das Holz und wird bald den gesamten Balken durchbohrt haben, wenn sich das Gewicht nicht reduziert. Wichtige Notiz: Konrad auftragen, einen neuen Bücherschrank zu kaufen, bevor der hier sich in die ewigen Jagdgründe verabschiedet. Aber zuvor – aussortieren.

Seit einer Stunde durchforste ich das Angebot nach einem passenden Exemplar für unterwegs. Das meiste ist in extrem schlechtem Zustand, weil es noch von meinem Vater stammt, und überall ist Staub – ehrlich, wofür bezahle ich die Zimmermädchen? Mir war gar nicht bewusst, dass ich so viel von diesem Mist habe. Offenbar dachte ich früher, je mehr Kletterführer und Wanderkarten ich besitze, umso glaubhafter klingt der Satz »Ich verdiene mein Geld mit Bergsteigen«. Das glaubt mir sowieso keiner.

Nach einer weiteren halben Stunde habe ich die Auswahl auf drei Exemplare begrenzt, die, was Inhalt und Gewicht betrifft, jedem Brockhaus Konkurrenz machen könnten.

Ich lasse das Los entscheiden und muss schnell feststellen, dass ich auf das zusätzliche Gewicht absolut

keinen Bock habe. Tja. Was tut man nicht alles für ...
nun ja, für fremde Frauen.

Ich treffe sie bei der Liftstation. Wie immer ist sie viel zu
dick angezogen. »Du solltest dich ausziehen«, sage ich.
»Ist aber arschkalt hier!«
»Unterwegs wird dir schon warm.«
»Aber ... ach Gott, von mir aus.« Sie entledigt sich
ihres dicken, unhandlichen Parkas und verfrachtet das
Ding auf die Rückbank ihres Autos. Darunter trägt sie
das schwarze Thermo-Teil von neulich. Besser, wenn
auch bei Weitem nicht optimal.

Auf der Karte zeige ich ihr die geplante Route. Allein
die unterschiedlich gefärbten Linien der verschiedenen
Klettersteige scheinen sie bereits zu überfordern. Nach
dem missglückten Aufstieg vor zwei Tagen möchte ich
ihr natürlich nicht zu viel zumuten, allerdings ist mir
auch wichtig, dass wir mit dieser Aktion nicht meine
Zeit verschwenden. Deshalb habe ich mich für den Kob-
lauer Kogel entschieden: 2487 Meter, langer Zustieg,
alpines Flair, dazu sehr viele ausgehauene Tritte und
Seilhilfen. Ich denke, das ist ein guter Kompromiss. Auf
den Gipfel werden wir es nicht schaffen, aber knapp
unterhalb der Bergstation gibt es ein Hochkar, das dem
Erlebnis einer Gipfelbesteigung erfreulich nahekommt.
Das werden wir doch wohl hinkriegen.
»Und wie lange wird das dauern?«, lautet ihre erste
Frage.
»Vier oder fünf Stunden.«
»Mit oder ohne Pause?«
»Bitte was?«
Sie winkt ab. »Dann auf ins Vergnügen.«
Vergnügen wird es keines. Bereits nach einer halben
Stunde Fußmarsch rutscht sie aus und knickt mit dem
Knöchel um. Ich biete ihr nicht an, sie zurück ins Tal zu

tragen, obwohl sie das mit ihrem leidenden Gesichtsausdruck und nervigem Gejammer zweifelsohne zu bezwe-
cken versucht. Wir erreichen einen ausgetretenen Pfad,
der zunächst durch den Wald und dann seitwärts an
den Felsen entlangführt, ehe er sich bei einem vereisten
Wasserfall verliert. Ab jetzt geht es steil bergauf. Über
Geröll und Eis, an Schluchten entlang und über schroffe,
heimtückische Kanten. Carolines ungeschicktes Gestol-
per und ihr keuchender Atem sind ungewohnte Stör-
faktoren in der sonst so friedvollen Geräuschkulisse aus
Windrauschen, Steinschlag und meinem eigenen eupho-
rischen Herzklopfen. Immer wieder muss ich mich nach
ihr umdrehen, weil ich befürchte, sie hat den Anschluss
verloren oder ist abgerutscht. Das und ihre nervige An-
gewohnheit, alle zehn Minuten stehen zu bleiben und
Fotos zu schießen, rufen mir auf schmerzliche Weise in
Erinnerung zurück, warum ich Solos bevorzuge. Jede
Kindergartengruppe hätte mehr Tempo drauf als wir.
Aber zu Carolines Verteidigung muss ich gestehen, dass
auch ich langsamer unterwegs bin als sonst. Ich bin es
nicht gewohnt, mit so viel Gepäck zu klettern, aber ich
musste doch vorsorgen. Proviant, Erste-Hilfe-Zeug und
so weiter. Man weiß nie, was passiert, wenn man mit
Amateuren unterwegs ist. Selbst wenn man noch so gut
auf sie aufpasst.

Trotz unseres lahmen Tempos spüre ich mit jedem
Schritt die Freude in mir wachsen. Es erstaunt mich
immer wieder aufs Neue – dieser magische Prozess
tief in mir drin, der sich ganz von allein in Gang setzt,
sobald ich losmarschiere. Das Ergebnis kann man nie
vorausahnen. Es ist ein bisschen so, als würde man
unterschiedliche Chemikalien zusammenmischen und
abwarten, was dabei herauskommt. Wenn man Pech
hat, nehmen Euphorie und Ehrgeiz überhand, und die
ganze Mixtur schäumt über. Aber meistens schillert

bloß alles in bunten Farben und macht Lust auf das nächste Experiment.

Knapp vor dem Ziel zwingt uns eine knifflige Rechtsquerung zu einer Pause. Es is Fingerspitzengefühl und viel überflüssiges Gerede nötig, um Caroline davon zu überzeugen, dass es *sehr wohl* Sinn macht, einfach das zu tun, was ich sage. Mit den Trittfeldern hat sie zu Beginn noch Probleme, aber als es flacher wird, reißt sie sich zusammen und findet endlich den Mut, zu lernen. So kämpfen wir uns Meter für Meter dem Ziel entgegen, und als wir nachmittags schnaufend und verschwitzt auf der weißen Ebene des Hochkars ankommen, wirft sie sich in voller Montur in den Schnee und streckt Arme und Beine von sich.

»Oh Gott … Ich bin – ich bin völlig erledigt!« Sie greift sich an die Stirn, als wäre sie von den Gedanken und Gefühlen in ihrem Kopf restlos überfordert. Ich lasse den Rucksack fallen, setze mich zu ihr und gebe ihr die Thermosflasche, aus der sie sofort einen riesengroßen Schluck nimmt. »Wow. Also das … das ist wahnsinnig. Wer macht so etwas freiwillig? Ich werde nie wieder meine Beine spüren!«

»Erst dann weißt du, dass du's richtig gemacht hast.«

»Nach dieser Tour brauche ich für einen Monat keine Bewegung mehr! Großer Gott, ich bin so k.o. …«

Wir sind im Schatten der monströsen Gipfelstation der Gondelbahn, die schräg über uns thront. Während Caroline daliegt und ihre müden Knochen ausruht, lasse ich den Blick über das traumhafte Panorama schweifen. Wo man auch hinsieht, nichts als Berge und entfernte Täler unter einem endlos weiten hellblauen Himmel. Es ist furchterregend und wunderschön zugleich. Eine fremde, wilde Welt, die dich genauso schnell begeistert, wie sie dich umbringt.

Es klingelt.

»Wow, hier oben gibt's Empfang?« Caroline kramt ihr Smartphone aus dem Rucksack und lächelt aufs Display. »Hallo, Ben!«

Ein Videoanruf. Das hat mir noch gefehlt.

»Hey, was machst du grad?«, dröhnt Bens Stimme aus dem Handy.

»Du wirst nie raten, wo ich gerade bin!« Sie richtet sich auf und schwenkt das Handy in alle Richtungen. »Das ist der Koblauer Kogel! 2437 Meter.«

»2487«, verbessert er sie.

Vielleicht ist der Bengel ja doch ganz in Ordnung.

»Was auch immer. Es ist schweinekalt, aber die Aussicht ist der Wahnsinn. Und sieh mal, wer da ist!« Eine schnelle Bewegung plus Überraschungsmoment, und schon habe ich Bens grinsendes Gesicht vor der Nase.

»Wow«, begrüßt er mich und macht Augen wie ein Kleinkind. Die Verbindung ist schlecht und bricht hoffentlich bald komplett ab. »He, Leute, kommt mal her! Das ist Samuel Winterscheidt!«

Aus allen Ecken und Winkeln kommen plötzlich Teenies gelaufen, die bei meinem Anblick ehrfürchtig auf die Knie gehen – oder vielleicht setzen sie sich bloß alle zu Ben auf den Boden, um mich besser sehen zu können.

Ich gebe ein sparsames »Hallo« von mir und drehe mich von der Kamera weg. Den erwünschten Effekt hat das aber nicht. Obwohl Caroline das Handy wieder an sich nimmt und fragt, was der Teenie-Auflauf soll, hagelt es im Handumdrehen Spekulationen, warum ich hier bin.

»Holy shit, deine Schwester datet Samuel Winterscheidt?«

»Hol ihn mal her, ich will ihn was fragen!«

»Nix da, Leute, sie datet ihn nicht, sie kennt ihn nur.«

»Woher kennt sie ihn?«

»Du Spinner, er wohnt doch dort in der Gegend!«

Caroline dürfte dieses unqualifizierte Rätselraten ziemlich peinlich sein. Sie sucht Schutz in ihrer Kapuze und unterbricht das Gerede mit ein paar geflüsterten, aber sehr eindringlichen Worten. Danach herrscht für kurze Zeit Ruhe. Sie murmelt etwas von Mikrowelle und Bankomat-Karte und beendet rasch den Anruf.

»Sorry dafür«, sagt sie und steckt das Handy weg. »Er weiß einfach nicht, wann es genug ist.«

»Schon okay. Ich bin so was gewohnt.«

»Wusstest du schon immer, dass du gern im Rampenlicht stehst?«

»Ich mache das nicht, um im Rampenlicht zu stehen.«

»Sondern für Freiheit, Erlösung und Frieden.«

»Du hast es dir also gemerkt.«

Sie nimmt die Sonnenbrille ab und malt mit den Bügeln Linien in den Schnee. Morgen wird sie einen furchtbaren Sonnenbrand im Gesicht haben. Bereits jetzt ist der Abdruck der Brille deutlich zu erkennen.

»Und wie lebt es sich so als Star-Kletterer?«, redet sie weiter.

»Ganz gut.«

»Bei den ganzen Angestellten kann ich mir das vorstellen. Wohnen die alle in deinem Haus?«

»Wo sollten sie sonst wohnen?«

»Sieben Tage die Woche?«

»Sonntags haben sie meistens frei.«

Sie blinzelt verdutzt. »Und wofür brauchst du die alle?«

»Für alles Mögliche. Fünfzig Prozent des Jahres bin ich irgendwo in der Weltgeschichte unterwegs, wer kümmert sich sonst um mein Haus?«

»Fünfzig Prozent des Jahres? Also sechs Monate?« Auf mein Nicken reißt sie die Augen auf. »Wer bezahlt das alles?«

»Meine Sponsoren. Oder die Kletterverbände. Und manchmal bezahle ich es sogar selbst.«

»Meine Güte …« Sie lässt den Nacken kreisen, setzt die Brille wieder auf und sieht in die Ferne. Immer wenn ich mich frage, was sie gerade denkt, versteckt sie ihre Augen hinter diesem riesigen schwarzen Ding.

»Das ist sicher kein besonders beziehungsfreundlicher Lebensstil«, sagt sie schließlich.

»Sag du's mir. War dein Freund nicht Profikletterer?«

»Nicht so wie du. Also er hat kein Geld damit verdient, aber er war erfahren und ehrgeizig, und ich habe es nie verstanden. Das alles …«

»Ich will dir ja nicht zu nahe treten, aber das klingt nach einer beschissenen Beziehung.«

»Es war keine beschissene Beziehung, es … Ich hatte meine Hobbys, er hatte seine.«

»Das klingt sogar nach einer verdammt beschissenen Beziehung.«

Sie schweigt, und ich überlege, ob ich zu weit gegangen bin.

»Gibt es Berge, die noch höher sind als dieser?«, fragt sie plötzlich.

»Nein.«

»Nein?«

»Na gut, vielleicht zwei oder drei.« Sie ist wohl nicht in Stimmung für Witze. »Warum fragst du?«, seufze ich.

Sie dreht sich nach dem Gipfel um, der unerreichbar scheint, obwohl er gar nicht so weit weg ist. »Ich möchte mehr davon. Mehr Berge, mehr Gipfel. Ich will auf diesen Gipfel dort steigen.« Sie zeigt auf die gegenüberliegende Schirauer Sonnwende. Ein unguter Zeitgenosse. Ziemlich anspruchsvoll, zumindest für ihre Verhältnisse. »Kannst du mir das beibringen?«

In meiner Brust explodiert es. Brennend heiß und in tausend Farben, sodass ich plötzlich nur noch Funken sehe. Himmel, so lange und laut habe ich ewig nicht gelacht.

»Was denn?« Sie setzt ein verwirrtes Gesicht auf, wartet ungeduldig, dass ich aufhöre. Ich kann nicht. Das Kribbeln in mir wird sogar noch stärker, sprengt mich von innen auseinander. »Ich weiß nicht, was daran so witzig ist. Hallo? Verflucht, was soll das?«

»Tut mir leid«, stöhne ich. Ich muss mich hinlegen. Mit geschlossenen Augen liege ich da und genieße den Sonnenschein auf meiner Haut, während ich mich vor Lachen schier ausschütte. Mein Respekt. Ich hatte ja eher vermutet, sie würde mich bestenfalls zum Weinen bringen.

Ein Fingernagel pikt mich unsanft in den Oberarm. Als ich die Augen öffne, verdunkelt Carolines üppiger Lockenkopf fast den gesamten Himmel. Sie beugt sich über mich und sagt: »Das war mein Ernst!«

»Genau darum ist es ja so lustig.« Ich setze mich auf und sehe in ihr schmollendes Gesicht. »Ja, ich kann dir das beibringen«, versichere ich ihr.

Die Sonnenbrille wandert erstaunt nach oben, sodass ich endlich ihre Augen sehe, die heller strahlen als die verfluchte Sonne da oben am Himmel. »Auf den Berg dort«, wiederholt sie.

»Auf den Berg dort.«

Wir lächeln uns an. Ich glaube, in diesem Moment beginnen wir uns zu mögen.

JANA

»Okay, er kommt. Denk daran, was ich dir gesagt habe. Du schaffst das schon.«

Manfred ist ein einziges Nervenbündel. Beim Knall der zufallenden Autotür möchte er auf dem Absatz kehrtmachen und sich zurück in die Küche verdrücken, aus der ich ihn erst vor wenigen Sekunden herausgezerrt habe. Er muss lernen, sich zu behaupten, nur so wird Sami Respekt vor ihm bekommen. Ich packe ihn an den Schultern und drehe ihn unsanft zurück in Richtung Eingangstür.

»Konzentration. Es ist halb so schwer, wie du denkst. Du gehst zu ihm und überbringst ihm die Nachricht. Mehr nicht.«

»O-okay!«

Die Haustür geht auf, und Sami kommt mit einem großen Sportrucksack herein. Ich gebe dem Jungen einen Schubs, sodass er ungeschickt auf Sami zustolpert. Sami bleibt verwundert stehen, wartet einen Moment und fragt dann stirnrunzelnd: »Ist was, Freddie?«

»Ja, also … e-es gibt schlechte Nachrichten.«

Was tut er da? Diese Formulierung sollte er doch vermeiden.

»Inwiefern?«, will Sami wissen.

»D-der Fahrstuhl! Er dürfte defekt sein. Ihr Bruder kommt nicht mehr ins Erdgeschoss.«

Sami lässt den Rucksack los und schaut nach oben. Oliver parkt am Geländer und macht ein ratloses Gesicht. »Wie geht's dir da oben?«, ruft Sami ihm zu. »Genießt du die luftige Höhe?«

»Du kannst mich mal!«

Sami lacht. »Okay«, sagt er an den Jungen gerichtet, »habt ihr schon jemanden gerufen, der das repariert?«

»Äh, ja! Konrad hat gleich einen Techniker bestellt, der kommt morgen. Ich wollte es Ihnen nur sagen, damit Sie … Bescheid wissen.«

»Schön. Gibt es sonst noch was?«

Unsicher dreht Manfred sich zu mir um. Ich bin genauso überrascht wie er. Defekte Geräte sind normalerweise Anlass genug, um in einen Krieg zu ziehen.

»Gut, dann verzieh dich, bevor mir eine Aufgabe für dich einfällt.«

Manfred zieht den Kopf ein und verschwindet auf Nimmerwiedersehen in der Küche.

Sami hebt den Rucksack auf und möchte schon die Treppe hochsteigen, da dreht er noch mal um und kommt auf mich zu. Er sieht gut aus. Erfrischt und strahlend.

»Wie geht's dir in letzter Zeit so?«, fragt er.

»Kann mich nicht beklagen.«

»Du bist so blass. Möchtest du nicht mal raus aus dem Haus? Immer bist du hier.« Er gibt mir keine Chance, zu antworten. Er redet einfach weiter. »Du hast dringend mal Urlaub nötig. Wie wär's, willst du mit Oliver nicht irgendwohin fliegen? In die Karibik oder sonst wohin, wo es warm ist?«

Wieso sagt er das? Wieso ist ihm alles, was ich tue, so gleichgültig? Der See, der Wolf, meine Worte damals auf der Wiese. Ich will bei ihm sein, und er stößt mich weg. Das stimmt nicht, er geleitet mich bloß freundlich zur Tür hinaus.

»Überleg's dir«, sagt er, als ich ihm keine Antwort gebe. »Ich finde, das wäre genau das Richtige für euch zwei.«

Für euch zwei.

Als wäre es bereits besiegelt. Jana und Oliver für immer.

Er geht nach oben, und ich sehe Oliver, der immer noch am Galeriegeländer steht und mich ansieht. Er hat alles gehört. Jedes einzelne Wort. Seine Mundwinkel zucken triumphierend, und mir wird mit einem Schlag klar: Jetzt *ist* es besiegelt.

OLIVER

Vor zehn Jahren

Ich sehe sie die Einfahrt entlangkommen. Sie steigt vom Sattel und schiebt das Rad bis zu unserer Haustür. An der Hausmauer lässt sie es stehen und klingelt. Sie trägt ein hellblaues Sommerkleid, ihr Haar ist offen. Ich kann hören, wie sie kurz mit Konrad spricht, der ihr die Tür geöffnet hat. Seit Beginn der Sommerferien habe ich sie nicht mehr gesehen. Sie kommt nur, wenn sie einen Grund dazu hat. Ich bin nicht dieser Grund.

»Ist Sami da?«, fragt sie Konrad.

»Gerade nicht. Aber Oliver ist da.«

Natürlich, ich bin da. Ich bin immer da. Ich hocke in den Ferien zu Hause und starre sehnsüchtig aus dem Fenster. Es ist besser so, sage ich mir. Besser als noch vor ein paar Jahren, als unsere Unternehmungen zu dritt mich regelrecht fertiggemacht haben. Als ich ihn mutwillig zu Dummheiten angestachelt habe, damit er Probleme kriegt oder sich verletzt. So wütend war ich damals. Ich wollte ihn bluten sehen.

Seit er eine Freundin hat, ist er nur noch selten zu Hause. Er kommt und geht, wie es ihm gefällt, und eigentlich sollte ich froh darüber sein, denn so habe ich Jana wenigstens für mich allein. Aber sie bleibt ja nie lange. Sobald sie merkt, dass er nicht da ist, setzt sie sich auf ihr Rad und fährt davon.

»Oliver!« Sie steht unter meinem Fenster und winkt mir zu. »Magst du was unternehmen? Ist so schönes Wetter heute!«

»Was willst du denn machen?«, rufe ich zurück.

»Weiß nicht, irgendwas. Wo ist denn Sami?«

»Weg.«

»Weißt du, wann er zurückkommt?«

Manchmal fordert sie es echt heraus – einen fiesen Seitenhieb oder gleich einen Tritt in den Hintern. Als ob es eine Rolle spielt, wann er zurückkommt.

Ich zucke mit den Schultern, und das Strahlen verschwindet aus ihrem Gesicht.

»Magst du trotzdem was machen?«, ruft sie gütigerweise.

Und ich lasse es mit mir machen. Wie ein Hund, der zu lange im Käfig eingesperrt war, renne ich aus dem Zimmer und gehe zu ihr in den Garten.

Es ist Nachmittag, wolkenlos, irre heiß und schwül. Mein Vater ist unterwegs. Das ganze Haus gehört uns. Wir setzen uns auf die Schaukeln und reden. Das konnten wir immer gut, reden, lachen, ganz normale Dinge, wenn Sami uns nicht das Gefühl gab, normale Dinge seien langweilig. Ich beobachte, wie sich ihr Haar im leichten Wind bewegt. Sie riecht nach Rosen.

»Was ist das für ein Anhänger?«, frage ich und deute auf ihre Halskette. »Ist der neu?«

»Das ist ein Stein aus dem Wald, den hab ich neulich gefunden. Hübsch, oder?«

»Was, den hast du gefunden? Sieht wie gekauft aus. Also im positiven Sinne. Nicht billig oder so.« *Gott, halt die Klappe.*

»Ich weiß, er ist echt hübsch. Ich finde immer wieder schöne Dinge in der Natur. Ich hab da offenbar ein Händchen dafür.«

»Wollen wir mal zusammen auf Schatzsuche gehen?«

Sie lächelt. »Klar, können wir.«

»Cool.«

Dann fällt mir nichts mehr ein. Ich möchte sie eigentlich nur fragen, ob sie mich heiraten will. Alles andere ist oberflächlicher Mist, Zeitverschwendung. Wieso muss es so schwer sein?

»Weißt du, Jana … wir könnten doch auch mal … also nur, wenn du Zeit hast … und Lust …« Wie sollte dieser Satz noch gleich enden?

»Schau mal, Sami ist zurück!«

Das. War. So. Klar.

Jana steht von der Schaukel auf und geht meinem Bruder, der eben durch den Garten spaziert kommt, entgegen. Er hat seine Freundin im Schlepptau, eine zierliche, bildhübsche Blondine, die sich einfach nicht meinen Namen merken kann, also weigere ich mich, mir ihren Namen zu merken. Die beiden begrüßen uns kurz und gehen dann weiter ins Haus, und Jana bleibt stehen, als wäre sie gegen eine Wand gelaufen.

»Ich dachte, er ist nicht mehr mit ihr zusammen«, murmelt sie.

»Das war vor einer Woche. Da haben sie irgendwie Schluss gemacht, aber jetzt scheint wieder alles okay zu sein.«

Aus den offenen Fenstern dringt Lärm, als würden Türen zugeknallt werden. Ich höre auch Blondie lachen. Jana sieht mit einem Mal um zehn Zentimeter geschrumpft aus. Sie eilt zu ihrem Fahrrad und schwingt sich in den Sattel.

»Aber wollten wir nicht Steine suchen gehen?«, rufe ich.

»Ein anderes Mal. Mir ist grad eingefallen, dass ich noch was zu tun habe. Bis dann.«

»Okay, bis dann!«

Ich hasse meinen Bruder.

Am Abend geht das Gekicher wieder los. Samis Zimmertür wird aufgerissen, und die beiden trampeln über die Treppe nach unten. Es wäre mir ja egal, würde ich in diesem Moment nicht etwas hören, was meine Alarm-glocken losläuten lässt: Papas Motorrad springt an.

»Sag mal, bist du bescheuert?« Ich komme in die Garage gestürmt und packe Sami, der sich eben den Helm aufgesetzt hat, am Arm. »Du darfst damit nicht fahren! Papa bringt dich um, wenn er das mitkriegt!«

»Dann wird er es eben nicht erfahren.«

»Du bist ja irre. Du kannst doch gar nicht Motorrad fahren!«

»Sicher kann ich es, Papa hat mich schon oft genug damit üben lassen.«

»Aber nur, wenn er dabei war. Willst du euch zwei umbringen?«

»Sami, was ist denn jetzt?«, ruft Blondie hinter ihm hervor. »Ich dachte, wir wollten eine Spritztour ma-chen.«

»Machen wir auch. Ich muss nur noch überlegen, ob ich diesen kleinen Trottel vorher über den Haufen fahre oder erst nachher.«

Er will mich mit einem Arm zur Seite schieben. Ich stelle mich vor die Garagenausfahrt und zeige ihm den Mittelfinger.

»Jetzt geh mir schon aus dem Weg, Oliver.«

»Nein.«

»Ich werd's nicht noch einmal sagen.«

»Leck mich.«

Wütend klappt er das Visier wieder hoch. Er dreht den Motor ab, steigt von der Maschine und kommt auf mich zumarschiert. Ich rüste mich innerlich für einen Hieb gegen den Kiefer, doch zu meiner Überraschung nimmt er mich bloß ein Stück zur Seite und sagt leise: »Jetzt komm schon, in einer Stunde sind wir wieder da. Ich pass auf, okay? Ich weiß, wie man dieses Ding fährt.«

»Papa wird ausflippen, wenn er es herauskriegt«, flüstere ich zurück.

»Dann sag's ihm nicht.«

»Und Konrad?«

»Der hat hier überhaupt nichts zu melden.«

»Ich meine, was wenn Konrad euch zwei sieht? Er wird euch hundertpro verpfeifen.«

»Glaub ich nicht, er hält sich aus solchen Sachen raus. Ist auch nicht sein Problem. Jetzt geh zur Seite, ich weiß schon, was ich tue.«

Widerwillig trete ich zurück. Es ist dieses ganz besondere Talent, das er besitzt – ein Blick, und du vertraust ihm blind. Ein Lächeln, und du möchtest alles für ihn tun.

»Bin dir was schuldig«, sagt er und steigt wieder auf die Maschine.

Der Motor brummt auf, und das Garagentor öffnet sich. Sonnenuntergang. Dieser Drecksack darf auf einem Motorrad mit seiner Freundin in den Sonnenuntergang düsen.

»Der Helm steht dir nicht«, rufe ich ihm zu.

Ein wütender Blick über die Schulter zurück. »Was?«

»Seit wann brauchst du den überhaupt? Hast du Angst, dass du einen Unfall baust?«

Ich bin gut darin. Ihn zu Dummheiten zu verleiten, fast schon zu gut.

Er nimmt den Helm ab und wirft ihn mir zu. »Sauber bleiben, du kleiner Pisser«, sagt er und fährt davon.

Aufgeregt umklammere ich den Helm. Jetzt fehlt nur noch ein kleines, böses Wunder.

Die beiden sind pünktlich zurück. Unversehrt. Vom Personal kümmert sich niemand um Samis kleine Spritztour. Er und Blondie verziehen sich in sein Zimmer.

Kurz darauf kommt Papa nach Hause.

Als er mich fragt, ob er etwas verpasst habe, passiert etwas Seltsames: Ich bin plötzlich wieder sechs Jahre alt, ich stehe in diesem dunklen Zimmer und halte ein Kopfkissen in der Hand. Sami liegt schlafend im Bett. Erschöpft und schwach, weil er eben erst von den Toten auferstanden ist. Es war ein Blackout, das ich damals hatte. Ich verstand gar nicht, was ich da eigentlich vorhatte. Ich wollte bloß, dass er still ist. In diesem Moment bin ich wieder dieser schlaflose sechsjährige Junge, der einfach nur Ruhe möchte. Der Dinge tut, die er sich nicht überlegt hat, weil ihm ganz plötzlich der Kragen platzt.

»Sami ist heute mit deinem Motorrad herumgefahren«, sage ich. »Ohne Helm.«

Folgende Punkte lassen sich innerhalb der nächsten dreißig Minuten abhaken:

Papa schmiert Sami eine.

Sami schlägt zurück.

Blondie beginnt zu heulen und wird von Papa aus dem Haus geworfen.

Sami sagt: »Wenn sie geht, dann gehe ich auch!«

Papa antwortet: »Du gehst für die nächsten zwei Monate gerade mal aufs Klo und sonst *nirgendwohin*!«

Ich bekomme Zweifel, ob mein Verpfeifen eine gute Idee war.

Papa rutscht heraus, wer Sami bei ihm verpetzt hat.

Sami verspricht, mir in näherer Zukunft die Wirbelsäule zu brechen.

CARO

Ich träume jetzt öfter vom Fliegen. Ein schneebedecktes, grenzenloses Gebirge breitet sich unter mir aus, dessen Bergspitzen wie Inseln aus dem Wolkenmeer emporragen. Problemlos segle ich darüber hinweg, immer weiter auf den Horizont zu, den ich um jeden Preis erreichen will. Trotz der friedvollen Stimmung sind es gehetzte Träume, voller Angst, dass ich mein Ziel nie erreiche. Dass ich scheitere, wie Alex gescheitert ist. Doch nach dem Aufwachen fühle ich mich so stark und entschlossen wie nie. Als müsste ich nur die Arme ausstrecken und schon würde ich abheben.

Diese Träume werden vergehen, das weiß ich natürlich. Vermutlich sogar schon bald, wenn ich erst in mein altes Leben zurückgekehrt bin und die erfrischenden Tage an der Höhenluft bloß ein weiteres Kapitel sind, das ich aufgeschlagen und nicht zu Ende gebracht habe. Aber bevor das passiert, möchte ich noch einmal alles geben, was ich habe, möchte an meine Grenzen gehen und darüber hinaus, damit ich Gewissheit habe, dass es außerhalb dieser Grenzen noch lange nicht zu Ende ist.

Samuel und ich treffen uns alle zwei Tage. Manchmal auch jeden Tag, wenn er mich dazu überredet, mir ein neues Kletteroutfit zuzulegen oder mit ihm eine Runde laufen zu gehen, obwohl er mich ohnehin nach wenigen Minuten abgehängt hat und ich den Rest der Strecke allein bewältigen muss. Aber das ist schon okay. Er zwingt mich, in Bewegung zu bleiben, und das ist genau das, was ich brauche.

Nach zwei Wochen intensiver körperlicher Betätigung bemerke ich zum ersten Mal, dass ich nicht von Mal zu Mal erschöpfter, sondern stärker werde. Dass die Beine nicht vor Ermüdung schmerzen, sondern vor Vorfreude jucken. Die Morgenmüdigkeit wird zu Ungeduld, die Kopflosigkeit zu Konzentration. Selbst die aggressive Höhensonne verbrennt nicht länger meine Haut. Jeden Tag spüre ich, wie alles in mir *mehr* wird, mehr Kraft, mehr Mut, mehr Wille zur Veränderung. Mit diesem raschen Fortschritt habe ich nicht gerechnet, und es gibt Momente, da scheint selbst Samuel von mir beeindruckt zu sein.

Was musste ich nicht alles planen und organisieren, strukturieren und kalkulieren, nur um mich als Mensch zu fühlen. Seit Samuel die Tagesgestaltung übernimmt und ich nichts weiter tun muss, als mich zu bewegen, fühle ich mich nicht länger wie die hilflose Feder im Wind, sondern wie ein rollender Stein: immer schneller, immer stärker und definitiv nicht aufzuhalten.

Einen Teil meiner Kontrollsucht behalte ich allerdings bei. Jeden Tag wird Ben mit einem Anruf beehrt. Dabei kommt er ohne mich überraschend gut zurecht. Er ernährt sich zwar hauptsächlich von Fast Food und Energydrinks, doch weder ist die Wohnung bisher in Flammen aufgegangen, noch erreichte mich ein stinksaurer Anruf aus dem Sekretariat, dass er wegen Dauerabwesenheit von der Schule geflogen sei. Womöglich brauchen wir beide einfach diese Auszeit, die wenigen Wochen für uns allein. Alex' Tod hat natürlich auch Bens Leben total durcheinandergebracht. Sechs Monate lang war dieses Thema allgegenwärtig. Nachdem wir endlich gelernt hatten, den Tod unserer Eltern zu akzeptieren, war da plötzlich dieses neue tiefe Loch, das täglich zwischen uns klaffte.

Jetzt reden wir kaum noch darüber: als hätten wir stillschweigend eine neue Seite aufgeschlagen und die dunklen Kapitel abgeschlossen. Stattdessen erzählt er mir von der Schule und seinen Freunden, ich berichte von meinen Abenteuern und zeige voller Stolz meine unzähligen Kriegsnarben. Mit dem Knöchel bin ich mittlerweile so oft umgeknickt, dass ich den Schmerz kaum noch wahrnehme. Und all die Schrammen und Prellungen. Aber zur Hölle, es fühlt sich gut an. Zum ersten Mal weiß ich, was mein Körper alles aushält, und das ist so einiges.

Ende des Monats beginnt es wieder zu schneien. Heftige Stürme machen Klettertouren unmöglich, und im tiefen Schnee wird jeder Lauf zu einem kräfteraubenden Martyrium. Aber Samuel hat einen Ersatzplan.

»Auf die Teufelsmauer, jetzt?«, frage ich.

»Im Wald ist es windstill.«

»Aber genauso kalt.«

In voller Montur stehen wir vor der Motorhaube seines SUVs, der Frau Grembergers Parkplatz fast komplett in Beschlag nimmt. Die eingeschalteten Scheinwerfer schaffen es kaum durch den dichten Schneefall. Eigentlich war der Plan, eine anspruchsvollere Unternehmung in Angriff zu nehmen, aber der abrupte Wetterumschwung machte uns einen Strich durch die Rechnung.

»Vielleicht sollten wir das auf morgen verschieben«, schlage ich vor.

»Morgen ist das Wetter auch nicht besser. Was sollen wir sonst machen? Mir ist langweilig.« Er öffnet die Beifahrertür und erwartet zweifelsohne, dass ich spure.

Ich drehe mich nach Frau Grembergers Haus um. »Ich würde im Moment eigentlich viel lieber im Warmen sitzen und Tee trinken. Wäre zumindest mal eine Abwechslung. Frau Gremberger macht einen super Schokokuchen!«

Er wartet nach wie vor bei der Beifahrertür.

»Oder wir klettern einfach eine Runde«, sage ich seufzend und steige ein.

Während der Fahrt über die verschneite, unwegsame Passstraße sagt er kein Wort. Als er den Wagen am Straßenrand abstellt, sehe ich zwar das eiserne Eingangstor seiner Einfahrt, das gigantische Haus wird jedoch vollkommen vom Schneefall verschluckt. Bloß das Licht einer einzelnen Laterne nahe der Einfahrt verrät, dass das unheimliche Gebäude hier irgendwo steckt.

Samuel steigt aus und holt die Ausrüstung aus dem Kofferraum: Klettergurte, je ein Satz Friends und Keile sowie jede Menge Seil. Nachdem er sich das Seilbündel über die Schulter gehievt hat, drückt er mir den Rest in die Hand und beordert mich mit einer sparsamen Kopfbewegung hinter sich her. Wow, das Wetter ist heute offenbar nicht die einzige frostige Angelegenheit. Er kann froh sein, dass ich mit seinen Launen so gut zurechtkomme.

Im Wald ist es tatsächlich nahezu windstill. Die Schneeflocken scheinen in der Luft zu schweben wie feine Kristalle in Schwerelosigkeit. Da ich den Weg zur Teufelsmauer inzwischen auswendig kenne, gehe ich voran und lasse mich von der schlechten Sicht und Samuels noch schlechterer Laune nicht stören. Nach einer längeren Strecke über die Ebene beginnt die letzte Steigung, hinter der die schroffen Türme der gewaltigen Felsformation hochragen. Vielleicht gelingt mir ja diesmal der Weg bis zur Spitze. Es wäre an der Zeit.

Ich drehe mich nach Samuel um, da bemerke ich, dass er stehen geblieben ist. Schon vor einer Weile. Seine Gestalt droht im Schneefall zu verschwinden. Ich mache kehrt und stapfe zu ihm zurück, bevor wir uns aus den Augen verlieren.

»Was ist denn?«, frage ich.

Er steht völlig reglos da, sein Blick ist in den Wald gerichtet. Auf einen schwarzen, vierbeinigen Schatten, den ich erst jetzt zwischen den Bäumen entdecke.

Großer Gott. Das ist ein Wolf. Unscharf wie ein verwackeltes Foto, aber verdammt real. Ganz vorsichtig mache ich einen Schritt zurück. Ich greife nach Samuels Hand, die schon die ganze Zeit ein riesiges Jagdmesser umklammert. »Komm weiter«, flüstere ich.

»Nein. Ich suche dieses Vieh schon seit Wochen. Lass mich los.«

Ich schaue rasch zurück zur Mauer. Das schaffen wir nicht, Wölfe sind schnell. Aber will dieser Wolf uns überhaupt etwas tun? Er bewegt sich keinen Zentimeter. Ein riesiges Tier. Er sieht uns an, womöglich mit dem gleichen Schrecken, den auch wir empfinden, und plötzlich rufe ich: »Kusch! Na los, lauf! Verschwinde!«

»Bist du wahnsinnig?«, knurrt Samuel und möchte mich zurückhalten.

Ich mache mich von ihm los und wage ein paar vorsichtige Schritte nach vorn. Der Wolf neigt den Kopf, sodass seine dunklen Augen aus dem Schneefall hervorblitzen. Er ist schön, auf eine wilde, zerstörerische Weise, wie eine unzähmbare Seite der Natur oder die Natur selbst.

Ich gehe in die Hocke und fuchtle mit dem Arm ein paarmal in seine Richtung. »Kusch!«, sage ich noch einmal. »Jetzt lauf schon! Versteck dich, schnell! Lauf weg!«

Er spitzt alarmiert die Ohren, als Samuel ein Stück auf mich zukommt. Sein schwarzer Körper bewegt sich rasch rückwärts. Er läuft los und taucht ins Schneegestöber ein, bis bloß noch mein klopfendes Herz verrät, dass er jemals da war.

Samuel stellt sich neben mich und betrachtet mich mit einer Mischung aus Wut und schierer Fassungslosigkeit. Immer noch hat er das Messer in der Hand.

»Was ist in dich gefahren?«, fragt er, aber es klingt längst nicht mehr so zornig wie zuvor. Eher überrascht, und ja, auch ein wenig beeindruckt. »Das Vieh hätte dich umbringen können. Wölfe sind gefährlich, weiß man das in der Großstadt etwa nicht?«

»Nie im Leben hätte dieser Wolf mich attackiert.«

»Sind wir jetzt Expertin auf dem Gebiet?«

»Hast du nicht gesehen, wie verängstigt er war?«

»Tut mir leid, war zu sehr damit beschäftigt, seine gefletschten Zähne im Auge zu behalten!«

»Die waren doch gar nicht gefletscht«, entgegne ich kopfschüttelnd.

Meine Gelassenheit scheint ihn endgültig aus dem Konzept zu bringen. Er sieht sich um, ob hier sonst noch irgendwelche Wildtiere lauern, dann schaut er zurück in mein Gesicht und steckt endlich dieses Messer weg.

»Für eine, die diese Wand nicht raufkommt, bist du ganz schön tough«, sagt er.

»Jetzt tu nicht so. Wölfe sind scheu, das weiß doch jedes Kind. Kein Grund, Angst zu haben.«

Er greift sich an den Kopf, wie um einen plötzlichen Schmerz zu vertreiben. Die Absurdität der Situation erreicht ihren Höhepunkt, als er sich umdreht und den Weg zurückgeht, den wir gekommen sind.

Verwirrt laufe ich ihm hinterher. »Aber zur Teufelsmauer geht's da lang!«

»Bitte halt einfach die Klappe, bis wir im Warmen sind. Ich brauch jetzt einen Tee.«

SAMUEL

Blumen. Selbst auf der Alm gibt es nicht so viele davon.

Caro ist die geschmacklose Wandverzierung ihrer Vermieterin sichtlich unangenehm, sonst wäre sie nicht so versessen darauf, mich mit allen Mitteln aus dem Zimmer zu kriegen.

»Ich setze mich aber nicht ins Wohnzimmer«, stelle ich zum wiederholten Male klar, als sie beinhart versucht, mich auf den Flur zu *schieben*. »Da unten ist es viel zu heiß. Und dem Köter komme ich sowieso nicht zu nahe.«

»Was hast du nur immer … mit all den armen … Vierbeinern!« Sie gibt auf und schüttelt stöhnend die Arme aus. »Wir sollten aber trotzdem runtergehen. Frau Gremberger fragt sich sonst bestimmt, was wir hier oben machen, zu zweit, in meinem Schlafzimmer.«

»Was sollten wir schon machen? Ein bisschen hiervon …« Ich wippe auf den Holzbodendielen, sodass ein widerliches Knarren entsteht. »Und ein bisschen davon …« Dasselbe mache ich mit dem Bett, das sogar noch lauter quietscht und knarrt als der Boden.

Caro findet das gar nicht lustig. Verständlich. Ich bin nicht so der Entertainer. Sie drängt mich, mit dem Quatsch aufzuhören, und horcht anschließend nervös in die Stille.

»Kommt sie rauf?«, flüstert sie.

»Nach dem Quietschen kommt sie garantiert nicht rauf, das verspreche ich dir.«

Überzeugt wirkt sie nicht, aber immerhin lässt sie das Gerede vom ach so gemütlichen Wohnzimmer endlich bleiben. Sie geht nach unten, um Tee oder Kaffee oder weiß Gott was zu holen. Meinetwegen braucht sie mir gar nichts aufzutischen. Das mit dem Tee war sowieso nur ein Vorwand, leider kein besonders kluger. Die Sache mit dem Wolf hat mir den Rest gegeben. Da stand er, eine Zielscheibe hätte nicht leichter zu erwischen sein können, und sie fuchtelt ein paarmal mit der Hand, und die wohl beste Chance ist dahin. Kein bisschen Angst hatte sie. Sie wollte ihn sogar beschützen. Was hat das zu bedeuten? Dass der Wolf hier der Gute ist? Darüber werde ich noch nachdenken müssen.

Während sie weg ist, sehe ich mich in ihrem Zimmer um. Die Reisetasche steht offen neben dem Schrank auf dem Boden. Eine ziemliche Unordnung herrscht darin, als wäre sie kopfüber hineingesprungen und hätte sich in ihrer Kleidung gewälzt. Im Bad erwartet mich ein ähnliches Durcheinander, Handtücher liegen zerknüllt am Boden, und offene Tuben und Cremeschälchen kugeln wahllos neben dem Waschbecken herum. Und sie wundert sich, warum ihr Freund so gern unterwegs war? In diesem Chaos hält es doch keiner lange aus.

Ich frage mich, ob sie ein Foto von ihm mit sich herumträgt. Auf dem Nachttisch liegt ihr Portemonnaie. Ich nehme es an mich, und schon beim Aufklappen springt es mir entgegen: ein Bild von Alex und ihr. Sie hat von hinten die Arme um seinen Hals geschlungen und drückt ihm einen Kuss auf die Wange, während er lauthals in die Kamera lacht, als wäre er der glücklichste Kerl auf der Welt. Kein Wunder, dass sie mit dem Verlust nicht fertigwird. Sie hatte ein niedliches, kleines perfektes Leben, von dem mit einem Schlag bloß noch ein zerknittertes Foto übrig war. Das ist nicht traurig, das ist zum Lachen.

Caro kommt wieder die Treppe hoch. Ich lege die Brieftasche zurück und setze mich aufs Bett.

»Also sie hat nicht gefragt, was wir machen«, teilt

sie mir beim Hereinkommen mit. »Aber sie hat sich ungewohnt widerwillig beim Zubereiten des Tees angestellt. Ich fürchte, das Bettquietschen hat ihr nicht so gefallen.«

Sie überreicht mir eine der beiden Tassen, die ich neben dem Bett auf den Boden stelle. »Können wir das Fenster aufmachen?«, frage ich, kaum dass sie sich neben mich gesetzt hat.

»Spinnst du? Es ist eiskalt da draußen.«

»Auslegungssache.«

Sie verengt die Augen, schlürft ihren Tee und lächelt. »Mein Haus, meine Regeln.«

Fein, dann schmoren wir eben in dieser Hitze. Ich sollte sowieso nicht lange bleiben. Ich hole den Klettersteigführer aus meinem Rucksack und begebe mich auf die Suche nach unserem nächsten Ziel, ehe die stickige Luft mein Gehirn zu Brei schmilzt.

»Was ist damit, dem Höllensteinpass? Mittlerer Schwierigkeitsgrad, der Aufstieg dauert knappe drei Stunden, exklusive Pausen. Den hab ich seit Jahren nicht gemacht, wäre sogar spannend.«

»Ich weiß nicht. Was gibt es denn sonst noch?«

»Irgendwelche Sonderwünsche?«

»Was mit etwas mehr Power wäre cool.«

»Erst weniger Steigung, jetzt mehr Power?«

»Man wächst eben mit seinen Aufgaben.«

Ich blättere weiter. »Da. Ein Profi-Steig, verläuft fast immer über einen zackigen Grat. Keine Tritthilfen und keine Klammern. Im Winter nicht zu empfehlen. Steht da ganz groß, falls du's mir nicht glaubst.«

»Na ja«, sagt sie gedehnt, »das sieht alles so gleich aus. Was ist mit der Schirauer Sonnwende, wollten wir die nicht ursprünglich machen?«

»Schon«, antworte ich und schlage das Buch zu. »Aber das kannst du noch nicht.«

»Blödsinn.«

»Solange du auf die Teufelsmauer nicht raufkommst, brauchen wir von der Sonnwende erst gar nicht zu reden.«

Sie steckt ihr Gesicht in die Tasse, aber ihre Enttäuschung sehe ich trotzdem.

»Man kann nicht alles auf einmal schaffen«, sage ich. »Manchmal ist es besser, sich Zeit zu lassen.«

»Verflucht, ich habe aber keine Zeit!« Sie springt auf und schüttet sich Tee auf den Pulli. Sie beachtet es gar nicht, flucht nur kurz und redet wütend weiter. »Nicht alle haben den Luxus, das ganze Jahr nur auf Berge zu klettern und auch noch Geld dafür zu bekommen! Ich habe einen Job, und ich muss sehr bald wieder dahin zurück! Kapierst du nicht, dass mir allmählich die Zeit abläuft?«

»Um was zu tun?«, frage ich. Und dabei weiß ich, worum es ihr geht. Ich wusste es von Anfang an.

»Ich weiß es doch auch nicht!«, ruft sie. »Ich … ich muss es einfach *verstehen*! All das, was ihn umgebracht hat, ich muss es verstehen. Und das werde ich nicht mit einer der Routen da aus diesem Buch. Ich muss dorthin, wo auch er gewesen ist, oder zumindest ähnlich weit rauf, ein einziges Mal! Damit ich mit eigenen Augen sehen kann, wonach er dort oben gesucht hat.«

Sie reißt das Fenster auf und steckt den Kopf nach draußen. Einige Minuten bleibt sie so, völlig reglos, nur der Wind spielt mit ihrem Haar. Dann macht sie das Fenster wieder zu und atmet tief durch.

»Tut mir leid.« Sie setzt sich zurück aufs Bett. »Du denkst dir jetzt bestimmt: Ein Wolf juckt sie nicht, aber bei ein paar Bergen verliert sie gleich die Nerven?«

»Ja, so ähnlich.«

Sie versucht zu lächeln und sieht dabei noch trauriger aus. »Du verstehst das alles vermutlich nicht. Wie könntest du auch … Oder verstehst du es doch?« Plötzlich greift sie nach meiner Hand. »Du hast erzählt, dein Vater wäre bei einem ähnlichen Unfall gestorben. Wie lange hast du gebraucht, um damit fertigzuwerden?«

»Das kann man nicht vergleichen.« Ich versuche, mich aus ihrem Griff zu befreien, aber sie hält mich viel zu fest. Ich müsste ihr wehtun, um Abstand zu bekommen. Das will ich nicht. »Bitte, Caro, jetzt beruhige dich.«

»Ich will nur eine Antwort. Wie lange hat es gedauert?«

»Weiß nicht. Jahre.«

»So lang?«

Ich zucke mit den Schultern. Ich habe so viele Erinnerungen an meinen Vater, dass ich sie oft gar nicht ordnen kann. Etliches wirkt so lebendig, als hätte es sich eben erst ereignet. Sein Tod und der Tag, an dem es geschah, sind hingegen nichts als ein schwarzes Flimmern. Als hätte sich die Erinnerung von selbst aus meinem Kopf gelöscht wie eine fehlerhafte Datei. Doch es waren keine Fehler im Spiel. Denn ich mache nie welche.

Caro umklammert immer noch meine Hand. Tränen schimmern in ihren Augen. Oh Gott, bitte nicht. Ich kann mit weinenden Frauen nicht umgehen. Es gelingt mir, meine Hand aus ihrem Griff zu befreien, und ich rücke ein Stück von ihr weg.

»Ich will nicht, dass es so lange dauert … Ich habe diese ständige Traurigkeit so satt! Erst meine Eltern, dann Alex. Irgendwann geht es einfach nicht mehr. Man hält die Traurigkeit nicht mehr aus!«

»Das glaube ich dir.« Mehr fällt mir nicht ein. Aber ich hoffe, sie sieht, dass ich es ernst meine.

Sie zieht die Nase hoch und verschwindet ins angrenzende Badezimmer. Wenig später kommt sie mit frischem Pulli und beherrschtem Gesicht wieder heraus. Sie beginnt zu lächeln, und diesmal gelingt es ihr auch.

»Also, wohin als Nächstes? Ich meine, sofern das Wetter sich bald bessert.«

»Wahre Bergsteiger klettern bei jedem Wetter.«

»Hast du nicht gemeint, genau das wäre der Fehler? Mangelnde Vorsicht, wenn es um die Bedingungen geht?«

Diese Frau hört viel zu gut zu. Ich gebe ihr das Buch und sage: »Such einfach was aus.«

Sie blättert sehr lange und sehr konzentriert. Schließlich zeigt sie mir eine Doppelseite mit vielen Bildern und noch viel mehr Text. Schirauer Sonnwende.

Sie wird es sich nicht ausreden lassen. Um jeden Preis möchte sie auf diesen Berg. Vielleicht, um sich selbst etwas zu beweisen, und vielleicht auch, weil sie hofft, dort oben etwas zu finden, das es in Wahrheit gar nicht gibt; das man nirgendwo finden wird, selbst wenn man sein ganzes Leben danach auf der Suche ist. Welch absurdes Glück, dass sie den weltweit Einzigen getroffen hat, der das versteht. Der das immer verstehen wird, weil es im Grunde vollkommen logisch ist.

»Morgen um halb sieben bist du startklar«, sage ich. »Oder unsere Bekanntschaft hat ein Ende.«

JANA

Er kommt sehr spät nach Hause. Alle schlafen bereits. Bloß ich liege wach, in meinem großen, kalten Bett, in meiner großen, kalten Einsamkeit, und lausche gespannt, wie er die Treppe hochkommt.

Ich werfe mir den Morgenmantel über und schleiche barfuß in den obersten Stock. Am Ende des Ganges erspähe ich seine halb offene Tür. Ich gehe näher, obwohl ich weiß, dass ich es lassen sollte. Durch den Spalt kann ich sehen, wie er die Balkontür öffnet und zu seinem Bett geht. Er zieht sich aus.

Der Türspalt ist schmal, und der Flur liegt im Dunkeln. Unmöglich kann er wissen, dass ich ihn beobachte.

Ich stehe da und atme, atme um jeden Preis, während er Stück für Stück seine Kleidung loswird. Die Kletterstiefel, das Shirt, die Hose. Alles. Jeder Millimeter seines Körpers ist perfekt. Kurz verschwindet er, als er in den hinteren Bereich des Zimmers geht, um seine Jogginghose aus dem Schrank zu holen. Dann kommt er zurück, immer noch nackt, aber mit Blick in meine Richtung.

Mein Herz pocht wie wild. Sekundenlang scheinen seine Augen genau in meine zu sehen, und ich höre den Sturmwind um das Haus brausen, ohrenbetäubend, doch lange nicht so laut wie mein Atem.

Sami schlüpft in seine Jogginghose und schaltet das Licht aus. Seine Schritte bewegen sich von mir fort. Eine Matratze quietscht, Bettzeug raschelt.

Ich stehe in der Dunkelheit. Mir ist, als würde das für immer so bleiben.

CARO

Frühmorgens brechen wir auf. Ich habe das Gefühl, als liege uns die Welt zu Füßen. Was macht es schon, dass sich andere auf diese Tour wochenlang vorbereiten? Ich will das so sehr, dass ein Scheitern unmöglich ist. Noch nie habe ich etwas so gewollt wie diesen Marsch ins Ungewisse.

Alles beginnt mit einem Schritt. Und dann noch einer und noch einer. Irgendwann hast du so viele davon getan, dass du gar nicht mehr weißt, wie man stehen bleibt und wohin du eigentlich unterwegs bist. Und so ist es bloß die Bewegung, die dich aufrecht hält, das Brennen deiner Muskeln, die Luft in deinen Lungen und der klebrige Schweiß in deinem Gesicht.

Ich weiß nicht, wie lange es dauert. Wie unendlich lange wir in dieser kalten, kargen Steinwüste unterwegs sind. Wie viel Seil wir verbrauchen, wie viel Iso-Zeug wir trinken, wie oft wir umkehren wollen und wie oft wir dennoch weitergehen. Es ist, als hätte sich ein Mechanismus in mir in Gang gesetzt, derselbe Mechanismus, der mich jahrelang auf Stillstand hielt und der nun unkontrolliert voranwälzt. Das Seil, das Eis, der Fels, der Berg – eine endlose Aneinanderreihung auf dem Weg ins Nichts.

Und dann sind wir plötzlich da. Nicht am höchsten Punkt der Erde, aber am höchsten Punkt des kleinen, verarmten Fleckchens, das sich meine Welt nennt. Dieses Fleckchen nimmt nun völlig neue Formen an, nachdem sich die Ängste, auf denen es aufgebaut war, hilflos im grellen Licht zerstreuen.

Auf den Knien umarme ich das Gipfelkreuz. Auf

einmal habe ich Angst, hinunterzufallen, zurück in die leere Hölle, aus der ich so erbittert zu fliehen versuche. Was sich so fest und stark anfühlt, ist in Wahrheit ganz furchtbar zerbrechlich. Denn nur ein falscher Schritt, ein einziger Windstoß, und ich könnte alles, was ich erreicht habe, verlieren.

Samuel schießt ein Foto von mir in dieser jämmerlichen Pose und zeigt es mir voller Stolz.

»So, meine Liebe, sehen Sieger aus.«

Schulter an Schulter sitzen wir da. Über uns der Himmel, unter uns der Rest. Die Welt scheint aus einem einzigen großen Gebirge zu bestehen, einem endlosen Feld aus Gletschern, Kämmen und sonnengeküssten Gipfeln. Ein steinernes Meer – sagt man das nicht so? Es ist wie im Traum, denke ich. Ich müsste nur springen, und schon würde ich über all das hinweggleiten.

»Und, hast du es dir so vorgestellt?«, fragt er.

Er hat die Augen gegen die Sonne verengt, seine Lippen sind rissig von der Kälte, aber genau wie ich kann er nicht aufhören zu grinsen.

»Es ist unglaublich. Ehrlich, ich kann es einfach nicht glauben!«

»Ich war schon dreimal hier oben und glaube es immer noch nicht.«

»Versprich mir, nicht zu lachen, aber ... ich fühle mich gerade wie Gott.«

Er lacht nicht. Nicht eine Sekunde. »Das ist gut, Caro. Das ist sehr gut.«

Wind kommt auf und schlägt an den Gipfel wie eine reißerische Gischt. Gleichzeitig steht alles still, wie erstarrt im Auge eines Sturms. Und mittendrin wir zwei. Winzig, zwei Staubkörner, hilflos der Gnade der Natur ausgesetzt. Und doch fühle ich mich sicher. Hier, an diesem fremden, wilden Ort, in meinem ausgelaugten Körper. Und selbst die Trauer ist plötzlich nicht mehr da. Stattdessen dehnt sich in mir eine Weite aus, die jeden dunklen Fleck mit Licht ausfüllt, als versuche meine Seele den Anblick des Himmels innerlich zu spiegeln. Während das arme Fähnchen auf dem Kreuz im Sturm um sein Leben kämpft, während der Abgrund heult und der Wind dem Berg die weiße Haut vom Körper peitscht, spüre ich, dass ich am Leben bin und dass nichts je wieder schiefgehen kann, solange ich dieses Gefühl tief in mir bewahre.

Ich drehe mich zu Samuel. »Ist Jana deine Freundin?«

Er könnte fragen, was mich das angeht. Er könnte fragen, wieso mich das überhaupt interessiert, hier, am Ende der Welt. Aber er antwortet: »Nein, nein. Sie ist nur Olivers Pflegerin. Wir kennen uns, seit wir Kinder waren.«

»Da läuft also gar nichts zwischen euch?«

»Nein, gar nichts.«

Er stützt den Kopf in die Hand und lächelt mich an. Viel zu lange und sehr direkt. Als seine Augen so auf mich gerichtet sind, überrollt es mich ganz plötzlich: *Er will es auch.* Ich beginne zu lachen. Es gibt hier oben keinen Ausweg. Ich könnte springen, aber dann wäre ich fort. Dabei bin ich zum ersten Mal genau dort, wo ich wirklich sein möchte.

Ich beuge mich zu ihm, und er kommt mir entgegen, und schon küssen wir uns, als wäre es das Normalste auf der Welt, als hätte alles, was wir bisher gemeinsam erlebt haben, nur einem einzigen Zweck gedient: uns hierherzuführen, an diesen weit entfernten, wunderschönen Ort, zusammen.

Und so sitzen wir da und schmelzen den Schnee weg. Mitten im Sturm des Jahrhunderts.

Es ist stockdunkel, und die Straße ins Tal ist verschneit. Sami meint, das würde der SUV schon schaffen.

»Nein, das ist doch Blödsinn«, entgegne ich. »Ich bleibe einfach hier. Wenn es dir nichts ausmacht.«

Es macht ihm nichts aus. Aber er bittet mich, ganz, ganz leise zu sein.

Das Haus ist in tiefem Schlaf versunken. In keinem Fenster brennt mehr Licht. Jeder Schritt scheint bis ins hinterste Eck vorzudringen. Bei Nacht wirken die langen Gänge wie das Innere eines Bergwerks. In alle Richtungen breiten sie sich aus, führen in Zimmer, die niemand nutzt, in denen womöglich seit Jahren keiner mehr gewesen ist. Es ist fast ein wenig unheimlich, dieses Haus.

Auf Zehenspitzen tappe ich Sami hinterher auf dem Weg in den zweiten Stock. Am Ende eines Korridors liegt sein Schlafzimmer.

»Du kannst eines der benachbarten Zimmer haben«, sagt er, während er die Tür aufschließt. Er stößt sie mit seiner Schulter auf, weil er die Hände mit der Kletterausrüstung voll hat, und wirft sogleich den schweren, vom Schnee durchfeuchteten Rucksack in eine Ecke. Da er die Tür offen lässt, komme ich ihm nach.

Ein riesiges Zimmer mit einem noch riesigeren Bett, das auf einer kleinen Erhöhung im hinteren Bereich des Raumes steht. Ansonsten ist alles sehr spartanisch gehalten: Kleiderschrank, Kommoden, ein Schreibtisch mit haufenweise ungeöffneten Briefen. Das war es auch schon. Ich hätte Bilder erwartet, ganze Wände volltapeziert mit Fotos seiner Abenteuer, so war es bei Alex, aber hier ist nichts davon zu sehen. Bloß die Briefe auf dem Schreibtisch erinnern daran, wie oft er weg ist und wie wenig Zeit ihm für das Versäumte bleibt. Ich nehme den Stapel neugierig in Augenschein, während Sami eine Tür neben dem Bett öffnet und das Licht im dahinterliegenden Raum einschaltet. Ein großes, blank poliertes Badezimmer kommt zum Vorschein.

»Du kannst hier duschen, ich geh runter.«

Er holt ein Handtuch aus dem Schrank und gibt es mir, dann geht er zum Bett und fischt eine Jogginghose zwischen den Laken hervor. Auf dem Weg zur Zimmertür schlüpft er aus seinen Schuhen und zieht sich das vollgeschwitzte Sportshirt über den Kopf. Als er schon rausgehen möchte, bemerkt er mein Starren und hebt eine Braue.

»Gar keine Fotos deiner Heldentaten?«, frage ich.

»Das spielt sich alles hier oben ab.« Er tippt sich an die Schläfe. »Fotos sind für Leute, die zu Hause bleiben.«

Er verschwindet nach unten, und ich betrete das atemberaubende Badezimmer. Hier drin könnte man eine Party feiern. Es ist alles da, was das Herz begehrt, Dusche, Whirlpool, ein überdimensionaler Spiegel und herrlich weiche Teppiche, in die ich genüsslich meine Füße vergrabe. Ich dusche rasch und wickle mich in das flauschige Handtuch, währenddessen lausche ich, ob er bereits zurück ist. Nein, noch bin ich allein. Ich husche aus dem Bad und durchstöbere die Schränke nach irgendetwas, das mir passt. Am Schluss wird es ein T-Shirt, das genauso gut riecht wie das Handtuch.

Erneut schaue ich zu dem Briefstapel auf dem Schreibtisch. Es handelt sich tatsächlich um einen *Stapel*. Sami hat die Briefe der Größe nach geordnet übereinandergeschichtet, sodass ein hoher, nach oben hin immer schmaler werdender Turm entstanden ist. Schon seltsam, dass er sich Zeit für dieses Kunstwerk nimmt, aber nicht dafür, die Briefe zu lesen.

Ich umrunde den Schreibtisch und öffne ein paar Schubladen. Sollte ich nicht, ich weiß. Aber ich finde ohnehin nichts Großartiges darin, bloß einen handgroßen schwarzen Stein, der auf den ersten Blick noch unscheinbar, aber auf den zweiten bereits sehr wertvoll aussieht. Als ich ihn hochhebe, bin ich überrascht, wie schwer und robust er sich anfühlt. Woher mag dieser Stein kommen?

Sami kommt zurück, in Jogginghose und sonst nichts. Sein Haar ist feucht vom Duschen und kringelt sich um sein Gesicht. Dass ich eines seiner T-Shirts trage, interessiert ihn nicht. Der Stein hingegen erweckt sofort seine Aufmerksamkeit.

»Der ist aus den Anden«, sagt er. »Von einem Vulkan in Argentinien.«

»Er ist wirklich hübsch. So schwarz.«

»Willst du ihn haben?«

»Wie meinst du das? Würdest du ihn mir schenken?«

»Wie gesagt, willst du ihn haben?«

»Ja!« Ich flitze an Sami vorbei zur Tür, wo ich meinen Rucksack gebunkert habe, und mache eine der Seitentaschen frei, um den Stein darin zu verstauen. Davor sehe ich ihn mir noch einmal an, drehe ihn im Licht und bin faszinierter als zuvor.

»Hat Alex dir nie so etwas mitgebracht?«

»Alex war ein Sprinter. Er hatte wenig Zeit für Mitbringsel.«

»Das ist aber schade.«

Finde ich gar nicht. Ich könnte nicht froher sein, dass ich nie etwas so Kostbares in Händen hielt, denn jetzt wird dieser Tag endgültig perfekt. Ein bewältigter Marsch, gekrönt von einem kleinen, magischen Schatz.

Ich packe den Stein in die Außentasche. Im Hintergrund höre ich, dass Sami näher kommt. Ich stehe auf und drehe mich um, er bleibt wie angewurzelt stehen, sieht mich aber weiterhin an.

Ich habe das Gefühl, als hätte ich plötzlich viel zu wenig Sauerstoff zur Verfügung. Er möchte noch ein Stückchen näher kommen, ist sich aber nicht sicher, ob das vernünftig ist.

»Also«, sage ich und komme mir wie eine Vollidiotin vor. »Was machen wir jetzt? Soll ich rübergehen? Oder soll ich hierbleiben?«

Er kommt her und küsst mich – das heißt wohl »hierbleiben«. Die Nervosität verschwindet, und eine warme, tief verankerte Sicherheit breitet sich aus. Was macht es schon, dass wir aus zwei verschiedenen Welten kommen? Dass ich eher von hier abreisen werde, als er sich meinen Nachnamen gemerkt hat? Ich brauche das, und er braucht es auch. Also lassen wir uns fallen.

Ich sitze im Wohnzimmer auf der Couch. Die Sonne ist noch nicht aufgegangen, und im großen, warmen Raum ist es dunkel. Das Öffnen der Tür ist in der Stille allzu deutlich zu hören.

»Ich dachte, du wärst …« Jana verstummt mitten im Satz. Sie wirkt überrascht, mich hier zu sehen, zu Tode erschrocken, könnte man meinen.

»Sami hat mir erlaubt, heute hier zu übernachten«, erkläre ich. »Wir sind ziemlich spät zurückgekommen, und die Straße war verschneit.«

Mehr braucht sie nicht zu wissen. Selbst wenn sie ahnt, was wir bis vor Kurzem in seinem Zimmer getan haben, was macht das schon? Sie ist nur Olivers Pflegerin.

»Können Sie nicht schlafen?«, frage ich, als sie bloß dasteht und mich anschaut.

»Ich … genau. Ich konnte nicht schlafen.«

Sie entdeckt den schwarzen Stein, den Sami mir geschenkt hat. Ich habe ihn mit nach unten genommen und hebe ihn ein Stück hoch.

»Hübsch, nicht wahr? Der kommt aus den Anden, hat er mir erzählt.«

Sie sagt nichts, starrt auf den Stein wie in die Augen eines Monsters.

»Ist alles in Ordnung?«, frage ich.

»Ja. Entschuldigen Sie, dass ich Sie gestört habe. Gute Nacht.«

Sie lässt mich wieder allein.

Ich bleibe hier sitzen, bis die Sonne aufgeht, in einem wohligen, tiefgehenden Zustand innerer Ruhe. Die Lösung meiner Probleme war die ganze Zeit so nahe, so simpel. Gefühle sind schon etwas Merkwürdiges: So leicht können sie aus dem Gleichgewicht gebracht werden, lassen sich herumwirbeln und zerschmettern, doch finden sie erst etwas, woran sie sich festkrallen können, kommt das Chaos, das sie angerichtet haben, wie durch Zauberhand zum Stillstand. Und die Welt wirkt auf einmal so ruhig und friedlich, als könne nichts sie je wieder erschüttern.

SAMUEL

Ich schlage ihr vor, bei uns zu wohnen, solange sie in Schirau ist. Schließlich haben wir genug leere Zimmer, und so oft, wie wir uns sehen, wäre die geringe Distanz eine willkommene Erleichterung, oder etwa nicht? Aber sie besteht darauf, weiterhin in ihrem geblümten Zimmerchen mit dem knarrenden Boden und dem zwielichtigen Wachhund zu wohnen und dafür auch noch fleißig Tagespauschale zu bezahlen. Wie sie möchte. Es wäre ohnehin komisch geworden. Unter ein und demselben Dach zu wohnen, nach so kurzer Zeit – dafür läuft es zwischen uns viel zu gut, um es wegen eines unüberlegten Vorschlags aufs Spiel zu setzen.

Die Besteigung der Sonnwende hat nicht nur viel Kraft, sondern auch das eine oder andere Equipment gekostet. Unterwegs gingen zwei Karabiner und meine heißgeliebten Steigeisen drauf, die genauso weit gereist sind wie ich selbst. Zugegeben, dass das Zeug so plötzlich eingegangen ist, ist peinlich. Aber die Steigeisen waren Maßanfertigungen, verflucht. Ich liebte diese Dinger! Scheißberg.

Jedenfalls ist das ein guter Grund, um ein wenig shoppen zu gehen. Im Ortskern gibt es ein kleines, aber feines Geschäft, in dem bereits mein Vater seine Ausrüstung gekauft hat. Wann immer ich Zeit und Lust habe, ein wenig Geld zu verschleudern, quartiere ich mich für eine Stunde dort ein und trage ein schmuckes Klettergoodie nach dem anderen zur Kasse. Anfangs war ich skeptisch, ob es eine gute Idee ist, Caro mitzunehmen; in der Regel bin ich in solchen Läden nicht ansprechbar, versinke völlig in der Materie und stehe zu

Geschäftsschluss immer noch bei irgendeinem Regal, weil ich mich nicht entscheiden kann, welches Teil wohl besser in meine Geile-Teile-Sammlung passt und ob ich nicht gleich mehrere davon kaufen sollte. Als Zuschauer ist man davon sehr schnell gelangweilt. Doch zu meiner Überraschung weiß Caro sich gut allein zu beschäftigen. Zu gut.

»Und das, wozu braucht man das?« Sie zeigt mir eine Stirnlampe, die auf Knopfdruck die Farbe des Lichts verändert.

»Eher fürs Höhlenklettern. Ist auch bloß eine nette Spielerei, für den Alltag völlig untauglich. Komm weiter.«

»Warte, ich will das noch ausprobieren!« Sie setzt die Lampe auf und schaltet das Licht ein. »Na? Wie sieht das aus?«

»Dämlich, und jetzt komm endlich! Ich will mein Zeug bezahlen.«

Sie spielt die Lichtfolge dreimal hintereinander durch, legt die Lampe zurück ins Regal und schnappt sich eine andere, größere von der Sorte. Irgendwas läuft hier gerade falsch. Das hier sollte *mir* Spaß machen und nicht umgekehrt. Da sie bei den Lampen wohl noch eine Weile hängen bleiben wird, gehe ich schon mal voraus, bezahle meine neuen Steigeisen und stelle mich raus in die Sonne.

Endlich ist es schöner geworden, nachdem während der gesamten letzten Woche ein arktischer Winter über dem Tal hing. Die Plustemperaturen treiben die Schneeschmelze voran, und der halbe Ort steht unter Wasser. Es fließt durch die Straßen, über die Gehwege und wahrscheinlich auch durch den Keller von Frau Grembergers Haus, sodass sich die kitschigen Blumentapeten bald vor Nässe von der Wand lösen werden. Da lobe ich mir doch ein Haus oben am Berg, wo die Luft noch so kalt ist, dass die Sonne dem Schnee nichts anhaben kann. Keine Ahnung, warum sie so versessen darauf ist, in diesem geblümten Alptraum zu bleiben. Und keine Ahnung, warum mich das überhaupt interessiert.

Das Türglöckchen klingelt, und ein lachender Mund küsst mich auf die Wange. »Ich hab mir eine von diesen Lampen gekauft. Es musste sein.«

»Und du trägst sie auch, wie ich sehe.«

»Natürlich. Ich muss dir doch den Weg leuchten.« Sie geht auf die andere Straßenseite, wo wir geparkt haben, und ständig sind ihre Hände mit dem Schalter der Stirnlampe beschäftigt, weil sie von rot zu blau und dann zu grün wechselt.

Bei meinem Wagen wartet sie auf mich. Ich verfrachte meinen Einkauf auf die Rückbank und werfe einen unzufriedenen Blick in den Himmel. Nichts lässt sich bei diesem Tauwetter unternehmen. »So. Und was machen wir jetzt?«

»Wir könnten zur Teufelsmauer rauffahren. Vielleicht schaff ich's ja endlich bis zur Spitze.«

»Glaub ich nicht.«

»Äh, hallo? Ich war auf der Sonnwende, schon vergessen?«

»Eben, und du warst ziemlich k.o. am Schluss. Hast du letzte Nacht überhaupt geschlafen?«

Das Grinsen wird schmutzig. »Das weißt du wohl am besten, was?«

Haha. So unterhaltsam ihre gute Laune auch ist, ich frage mich, wohin das alles führen soll. Schließlich wird sie nicht ewig in Schirau bleiben. Sie hat selbst gesagt, dass ihre Zeit abläuft. Aber vielleicht unterschätze ich sie ja, vielleicht unterschätze ich uns beide. Ich habe mir nie viel aus Beziehungen gemacht, weil ich einfach keine Zeit dafür habe, und Spaß machen sie in der Regel auch nicht. Eine Bekanntschaft hier und da, wo auch immer mein Fernweh mich hinführt, aber etwas Längerfristiges? Allein das Wort strotzt doch nur so vor Langeweile und Stillstand. Län-ger-fris-tig. Ich habe Angst vor Stillstand. Ich steige nicht auf Berge, weil ich den Kick suche, ich steige auf Berge, um in Bewegung zu bleiben. Denn wenn von der einen Seite der Sturm braust und von der anderen das ewige Eis drückt, wenn deine Kräfte dich verlassen und du mit einer Sicherheit, die fast an Schmerz erinnert, weißt, dass du sterben wirst, falls du dich jetzt nicht zusammenreißt, dann bleibst du verflucht noch mal in Bewegung. Kein besonders beziehungsfreundlicher Lebensstil, das waren ihre Worte.

Und jetzt kauft sie sich diese Stirnlampe. War das wirklich nötig? Wir hätten einfach so unserer Wege gehen können. Niemand hätte dem anderen einen Vorwurf gemacht. Aber nur ein dämlich blinkendes Spielzeug später, und ich beginne zu überlegen. Ob sie nicht doch gut in mein Leben passen würde. Mit ihrer bescheuerten Stirnlampe.

»Wieso kaufen wir nicht weiter sinnloses Zeug?« Sie hat sich gegen die Motorhaube gelehnt, nimmt die Lampe ab und lacht. »Das macht nämlich echt Spaß! Oh Gott, dort drüben gibt es Plüsch-Murmeltiere zu kaufen! So eines wollte ich schon immer mal haben. Schauen wir dorthin?«

»Kannst du dir das überhaupt leisten, wenn du erst die Hotelrechnung bekommen hast?«

»So teuer ist Frau Gremberger nicht. Ein paar Nächte sind schon noch drin.«

»Bei mir wäre es gratis.«

Gibt es einen Grund, warum ich das schon wieder erwähne? Oder will ich mich einfach nur lächerlich machen?

Caro wird ernst. »Ich weiß nicht, ob das so eine gute Idee wäre.«

»Ich spreche hier rein von den praktischen Gründen. Wozu sinnlos Geld ausgeben, wenn man ganz leicht …« Ach Scheiße. Lass es bleiben, Mann, lass es einfach bleiben.

»Hey, was soll denn das eigentlich?«, fragt sie. »Das klingt ja fast so, als könntest du dich nicht mehr von mir trennen.«

Gut zusammengefasst, aber leider komplett falsch. Ich könnte, aber ich will nicht. Wir haben hier also ein riesengroßes Problem.

»Wie auch immer«, winke ich ab, reiße die Wagentür auf und setze mich hinters Steuer.

»Aber wollten wir nicht noch etwas unternehmen?«

»Hab keine Lust mehr.«

Wortlos steigt sie ein.

Ich bringe sie zurück zu ihrer Unterkunft. Während der Fahrt haben wir geschwiegen. Als sie sich nach dem Aussteigen noch einmal ins Wageninnere beugt, bete ich, dass sie irgendetwas sagt, womit ich arbeiten kann. Und wenn sie mich nur fragt, was verflucht noch mal mein Problem ist. Dann könnte ich es ihr wenigstens erklären, sie wäre von meiner Ehrlichkeit total überfordert, und wir würden uns verabschieden, ohne je wieder etwas voneinander zu hören. So sollte es sein, und es wäre gar nicht so schwer. Aber sie sagt nichts.

»Wir sehen uns«, sage ich und wende den Wagen.

Sie fällt im Rückspiegel hinter mir zurück.

CARO

Frau Gremberger fragt, was ich zum Abendessen will. Ich erkläre ihr, dass ich keinen großen Hunger habe, und bitte sie auch um Nachsicht, falls ich für den restlichen Tag nicht mehr aus meinem Zimmer komme.

»Oh, aber das ist doch kein Problem«, versichert sie mir. »Sie müssen todmüde sein. Die Sonnwende … da hat der Herrgott aber gut über Sie gewacht, meine Liebe!«

Und wennschon. Ich will bloß ins Bett, die Augen schließen und mich fragen, was zur Hölle nur mein Problem ist. Hat er mich eben auf dem Parkplatz stehen lassen. Na und? Er hat sich schon dreistere Dinge geleistet, seit wir uns kennen. Was ich nicht verstehe, ist, wieso er so sehr auf meinem Umzug beharrt. Befürchtet er, dass ich es ihm übel nehme, wenn er nach letzter Nacht Abstand sucht? Wir sind doch beide erwachsen, Herrgott noch mal. Wir waren aufgeputscht, und es war gut. Punkt. Weder muss ich bei ihm einziehen, noch sind wir gezwungen, uns von nun an jeden Tag zu sehen. Ich will doch bloß ein wenig Spaß haben, meine Zeit mit ihm genießen, so lange es eben dauert. Ich dachte, ihm ginge es ums Gleiche, aber anscheinend habe ich mich getäuscht.

Vielleicht ist es an der Zeit, nach Hause zu fahren. Zurück in die Welt, in die ich gehöre. Der Berg ist bezwungen, die Schlacht ist geschlagen. Ich habe meine Freiheit und meinen Frieden, und warum zum Teufel bin ich dann nicht zufrieden?

Eine heiße Dusche hilft mir, den Kopf frei zu kriegen. Als ich im Handtuch aus dem Badezimmer komme und meine Reisetasche sehe, jenes vollgepackte Mahnmal, das seit Wochen darauf wartet, ins Auto verfrachtet zu werden, setze ich mich aufs Bett und starre auf mein Handy. Ich könnte Ben anrufen. *Ben, was hältst du davon, wenn ich wieder nach Hause komme? – Nichts! – Gib doch zu, dass du mich vermisst. – Niemals! – Na schön. Aber ich komme trotzdem heim. – Bäh!*

Schon sehe ich uns beide als gelangweilte Akteure in der altbekannten Szene: Er vor dem Fernseher, ich am Esstisch, wo ich die überschüssige Buchhaltung der letzten Wochen abarbeite. Wir reden nicht viel, nur ab und zu ein »Wann gibt's Essen?« oder »Bitte nimm deine Füße vom Tisch«. Es ist ein eintöniges Leben, das ich führe, das war es bereits, als Alex noch in der Szene mitgespielt hat, am Hometrainer oder beim Kochen seiner langweiligen Low-Carb-Gerichte, mit denen er uns zwangsernährte. Rücksichtslos lebte er seinen Traum im Alleingang, die wenigen Versuche, mich einzubeziehen, ließ er scheitern – vielleicht auch, weil er in Wahrheit doch nicht mit mir teilen wollte, zumindest nicht ganz. Er wollte mich dabeihaben, wenn er seine großen Erfolge feierte, im Schlepptau oder als jubelnder Fan nahe der Rennstrecke, aber dort, wo Sami mich hingebracht hat, wo das wahre Leben stattfindet, an der Spitze des Berges und direkt im Sonnenlicht, dort hätte er mich nie haben wollen. Und ich weiß nun auch, warum: Wir wären uns im Weg gewesen auf diesem winzigen Gipfel, in dem tosenden Sturm, weil niemand dem anderen den Platz an der Sonne lassen wollte.

Will ich wirklich dorthin zurück? In ein Leben, das nur daraus besteht, es ohne ihn zu führen?

Ich scrolle mit dem Daumen durch mein Adressbuch. Samis und Bens Nummern sind die einzigen, die ich regelmäßig verwende.

Ich sollte Ben anrufen.

Mein Handy klingelt.

»Hallo?« Ich klinge ein wenig heiser.

Sami schweigt überrumpelt; offenbar hat er nicht erwartet, dass ich rangehe. »Caro, bist du noch da?«, fragt er dann.

»Wenn du mein blumiges Zimmer meinst, dann ja. Ich bin noch da.«

»Gut. Ich wollte nämlich … Okay, warte.«

Er legt auf, kurz darauf höre ich die Türglocke läuten. Cicero beginnt zu bellen, Frau Gremberger versucht ihn ruhig zu halten. Sie öffnet die Tür und sagt ein paar Worte, dann trampeln bereits Schritte über die Treppe nach oben. Mist. Er darf sich nicht entschuldigen. Das wäre definitiv das Ende meines Plans, nach Hause zurückzukehren.

Es klopft, aber er wartet nicht, bis ich die Tür aufmache. Er kommt einfach ins Zimmer.

»Hast du dich beruhigt?«, fragt er als Erstes.

Ich nicke geduldig. Sein nächster Satz kann eigentlich nur besser werden.

»Ich … ich wollte dich vorhin nicht … Das war scheiße«, beendet er ungewohnt unbeholfen seinen Satz. »Ich hoffe, du hast es dir nicht überlegt. Ich meine … hast du vor, wieder nach Hause zu fahren?«

»Ich weiß es nicht. Ehrlich, ich habe keine Ahnung, was ich tun soll.«

Ihm scheint es ähnlich zu gehen. Er wollte nur klettern, vielleicht fand er mich anfangs ja interessant genug für ein Abenteuer, und dann kommen plötzlich diese ganzen verdammten Gefühle ins Spiel. Das Schlimme ist ja: Es müssen gar keine großen Gefühle sein. Meistens reicht schon ein Kribbeln im Bauch, ein paar heimliche Gedanken in der Nacht oder ein Blick, der viel mehr sagt, als er sollte. Ich wünschte, er würde mich küssen, bloß damit wir wissen, dass es okay ist; es ist okay, diese

Gefühle zu haben, denn wir sind beide sehr einsam und können uns geben, was wir brauchen. Aber das würde unsere Situation nicht leichter machen.

»Du hast übrigens deine Stirnlampe in meinem Auto vergessen.«

Ich lache hilflos drauflos. »Sag doch einfach was Gemeines. Damit kann ich besser umgehen, ehrlich. Sag was Gemeines, und wir sind diesen ganzen Schlamassel los.«

»Bleib hier.«

Mir vergeht das Lachen. »Das ist nicht komisch.«

»Ich mein's auch ernst. Bleib einfach hier.«

Es ist zum Heulen, was hier passiert. Der größte Witz aller Zeiten.

»Das geht nicht.«

»Alles geht.«

»Du bist doch selbst nie hier.«

»Dann nehme ich dich eben mit.«

Ich küsse ihn, damit er still ist. Ist doch ganz gleich, was er sagt. Das zwischen uns wird nicht von Dauer sein. Doch es gibt keinen Grund, das jetzt schon zu besprechen.

SAMUEL

Ich bin auf dem Weg zur Teufelsmauer. Ich bin allein. Caro wollte mitkommen, aber ich habe ihr gesagt, dass ich ein wenig Ruhe brauche. Sie hat es verstanden. Möglicherweise braucht sie ja selbst Zeit zum Nachdenken.

Es ist angenehm, ohne die ganze schwere Ausrüstung unterwegs zu sein. Fast ein bisschen wie früher. Mein Gott, was rede ich da? Es hat sich doch nichts verändert. Falsch, alles hat sich verändert. Die Farben, die Luft, die Erde und der Himmel. Ging ich bisher blind durchs Leben, dass mir so vieles entgangen ist? Ich bin so einsam – ich war immer einsam, aber erst jetzt fällt es mir auf. Jahrelang bin ich meinem Weg gefolgt, der sich nie mit dem eines anderen gekreuzt hat, und ich liebte es, ich liebte die Unabhängigkeit und den vielen freien Platz zur Entfaltung. Nun ist da jemand in meine Spur eingebogen. Ich hätte ausweichen sollen, aber wir sind mitten auf der Straße kollidiert. Jetzt weiß ich nicht mehr, in welche Richtung ich unterwegs war, und drehe mich hilflos im Kreis.

Ein kräfteraubender Sprint nach oben wird mich beruhigen. Die Höhe hat schon immer diese Wirkung auf mich gehabt. Ich lasse dann alles in mir los, meine Gedanken, meine Sorgen, ja selbst meinen eigenen Namen. Wenn ich klettere, gibt es mich nicht mehr. Ich bin dann bloß der Staub, den der Wind verträgt, das Eis zwischen den Felsen, die Entfernung zwischen hier und dort. Erst auf dem Gipfel werde ich wieder ich selbst, und ich bin dann mehr als zuvor, mehr Mensch mit weniger Problemen.

Die Felswand wartet bereits auf mich. Steilgerade

und glitzernd in der Sonne. Unwillkürlich tauchen in meinem Kopf all die Routen auf, die ich für Caro gesteckt habe, kreuz und quer laufen die Linien vor meinem inneren Auge durch den Stein und rauben mir jede Phantasie. Doch heute muss ich keine Rücksicht nehmen. Ich kann auf die Spitze springen, wenn ich es will.

Ein Heulen lässt mich innehalten, knapp vor dem ersten Klimmzug.

Auf dem Hügel hinter der Felswand steht der Wolf. Regungslos, ohne Furcht. Als würde er es darauf anlegen. Ich ziehe das Messer, ducke mich, um mich im Schatten der Bäume an ihn heranzuschleichen. Diesmal kriege ich ihn. Und wenn es bis morgen dauert.

Er hat den Blick in meine Richtung gewandt, dennoch ergreift er nicht die Flucht. Viel zu schnell habe ich ihn erreicht, nur wenige Schritte sind wir voneinander entfernt. Ich sehe seinen großen Schädel, die müden Pfoten, sein ausgedünntes Fell. Ein merkwürdiges Gefühl breitet sich in mir aus – etwas wie Mitleid, doch das ist unmöglich. Mit Raubtieren hat man kein Mitleid, denn sie haben auch keines mit dir.

Ich mache noch einen Schritt auf ihn zu, das Messer fest in der Hand. Er duckt sich und weicht zurück, als hätte ich einen Stein nach ihm geworfen. Und dann bemerke ich auf einmal, wie ausgehungert er ist. Unter dem Fell ist sein Körper nur noch Haut und Knochen. Er zittert in der Kälte oder aber auch vor Schwäche, und die dunklen Augen liegen tief in den Höhlen, als würden sie sich bereits darauf vorbereiten, sich bald für immer zu schließen. Das Gefühl in mir wird stärker, ich kämpfe dagegen an, will so etwas nicht empfinden, nicht für dieses Monstrum, zumindest nicht so stark. Ich trete ein bisschen Schnee nach ihm, um ihn zu irgendeiner Reaktion zu bringen, zu einem Angriff womöglich,

246

damit ich endlich einen Grund habe, dieses verfluchte Messer in ihn reinzustoßen und es zu Ende zu bringen. Aber er duckt sich bloß wieder und steht dann da wie zuvor, mit diesem stillen Ausdruck, der ein bisschen wie die Natur selbst ist: etwas Unberührtes, das man beschützen sollte.

Etwas Seltsames passiert: All die Wut in meinem Inneren ist mit einem Schlag wie weggeblasen. Vergessen sind die Bilder in meinem Kopf, die Erinnerungen an den See und die qualvollen Minuten unter Wasser. Stattdessen denke ich an Caro. An ihre energischen Versuche, das Tier zu verscheuchen. Damit ihm nichts passiert.

Ganz langsam stecke ich das Messer weg.

»Es ist gut«, sage ich leise. »Es ist gut, es ist gut …«

Ich gehe in die Hocke. Er beobachtet jede meiner Bewegungen. Auf unsicheren, dürren Beinen wagt er einen Schritt auf mich zu. Seine Schnauze nähert sich meiner Hand, die ich nach ihm ausgestreckt habe. Plötzlich scheint es nur noch ihn und mich zu geben. Ein Moment der Stille und vielleicht auch ein Moment des Vertrauens, ehe er sich umdreht und in den Nebel trottet.

Eine Weile bleibe ich hier sitzen. Völlig leer, gewichtlos. Es ist wie damals im See. Als hätte mich etwas losgelassen und ich würde nun hilflos im leeren Raum treiben, ohne Verstand, umgeben von Schwärze. Damals war mir zum letzten Mal so richtig kalt. Ich dachte, ich würde sterben. Doch es war der Wolf, der gestorben ist. Er hat das Eis nicht überlebt.

So viele Jahre hat es gedauert, bis mir das endlich klar wird. Den Wolf von damals gibt es nicht mehr. Kein Gespenst, das ich jagen muss. Ich kann ihn am Leben, mehr noch, in Ruhe lassen. So wie er mich.

JANA

Der Bach läuft schräg hinter dem Haus vorbei. Ein schmales Band mitten im Feld, das ich als Kind im Sommer oft entlangspaziert bin. Im Winter habe ich dann das Eis zertrampelt, bis sich große Schollen aus der Oberfläche gelöst haben und ich die Teile herausnehmen konnte wie Scherben aus einem Spiegel. Wunderschön fand ich das, und keinen Schimmer hatte ich, dass die Eisschollen geschmolzen sein würden, ehe ich sie nach Hause gebracht hatte.

Das ist so lange her. Unser Haus auf der anderen Seite des Tals gibt es nicht mehr. Wir mussten es verkaufen, nachdem mein Vater die besser bezahlte Stelle in der Stadt angenommen hatte, und der Landwirt, dem es jetzt gehört, hat daraus eine kleine Gästepension gemacht. Meine Eltern kümmerte das nicht. Sie fanden in der Stadt ihr neues Zuhause, genau wie meine beiden älteren Brüder, die mittlerweile längst verheiratet sind und eine Karriere im Ausland begonnen haben. Nur mich trieb es immer wieder hierher zurück. Zu all den Schätzen, die ich als Kind hier vergraben hatte, weil ich hoffte, sie würden eines Tages zu etwas Großem, Funkelndem heranwachsen, einem Schloss womöglich, einem Schloss aus Silber und Glas, das nur mir allein gehört.

Wie merkwürdig, dass ich gerade jetzt daran denken muss. Beim Anblick dieses schmalen, unscheinbaren Baches erinnere ich mich wieder daran, dass aus meinen Träumen nichts geworden ist. Manchmal, wenn es im Sommer besonders heiß war, kam Frau Gremberger zu mir nach draußen und brachte mir selbst gemachten Eistee und etwas zu naschen. Mittlerweile sehen Frau

Gremberger und ich uns nur noch gelegentlich, beim Einkaufen oder zufällig auf der Straße. Es macht mich so traurig, dass ich kein Kind mehr bin; dass ich mein silbernes Schloss nie gefunden habe, nur eine eiskalte Gruft, in der ich mehr Feinde als Freunde habe.

»Sollen wir umdrehen?« Oliver rollt neben mir den Weg entlang. Wir haben das Auto bei der Kirche stehen lassen und schlendern durch den warmen, wohltuenden Sonnenschein. Dabei sind wir immer weiter von der Hauptstraße abgekommen und stehen nun am Rand des schmalen Feldweges, der zu Frau Grembergers Pension führt.

»Nein«, antworte ich. »Gehen wir einfach weiter in diese Richtung.«

»Bist du sicher? Wir könnten Caroline über den Weg laufen.«

Stimmt. Vielleicht ist es ja gar nicht die Vergangenheit, die mich so traurig macht, sondern das verfluchte Hier und Jetzt, das sehr bald zu einer finsteren Zukunft werden könnte: Caro und Sami. Ob sie gerade zusammen sind? Aus der Entfernung sind alle Fenster dunkel.

»Na, komm schon«, sagt Oliver. »Lass uns zurückgehen. In der Richtung gibt es nichts mehr. Außerdem bin ich langsam müde.«

»Du meinst, dein Rollstuhl ist müde? Braucht er Wasser? Oder eine Massage?«

Er verzieht den Mund, was wohl bedeuten soll, dass ich mir mein passiv-aggressives Gelaber sonst wohin stecken kann. Ist schon gut. Ich sollte ihm wohl dankbar sein, dass er es zumindest versucht hat. Außerdem hat er recht – in dieser Richtung gibt es nichts mehr. Nur Wildnis. Wir drehen um und gehen den Weg zurück, den wir gekommen sind.

Die Glocken läuten drei Uhr nachmittags. Auf den Straßen ist irre viel los, das Kaiserwetter lockt zusätzliche Touristen an, und selbst die Einheimischen trauen sich plötzlich aus ihren Häusern.

Wir trinken Kaffee in einem Gasthaus. Oliver redet, ich höre zu. Die Stimmung zwischen uns ist deutlich friedlicher geworden, und wir geben uns größte Mühe, dass es so bleibt. Er sucht etwas Abstand, und ich gebe mich kontaktfreudiger, wodurch wir endlich in Balance sind. Ich sollte entspannt sein, aber meine Gedanken sind zerstreut, finden immer wieder zu diesem Bach zurück, der sich um meinen Verstand schlingt wie ein eiskaltes Band. Plötzlich frage ich mich, was passiert wäre, wenn ich bei meiner Schatzsuche einmal im Eis eingebrochen wäre. Wäre ich dann genauso unempfindlich gegen Kälte geworden? Hätte ich ebenfalls vor nichts Angst?

Er hat sich nie bei mir bedankt. Dass ich schneller gelaufen bin, als ich konnte. Dass ich so laut um Hilfe gerufen habe, dass das ganze Tal mich gehört hat. »Wozu hast du ihn jetzt schon wieder gebracht!«, rief sein Vater, als ich ihn zu dem See führte, in dem Sami eingebrochen war. Dabei war es gar nicht meine Schuld gewesen. Sami behauptet, der Wolf wäre grundlos auf ihn losgegangen, aber ich weiß es besser. Er wollte mutig sein, es wie immer allen beweisen. Schon als Kind setzte er sich unnötig allerhand Gefahren aus, nur um besser zu sein als die anderen. Gereizt hat er das Tier, mit Stöcken beworfen, immer wieder. »Komm, den holen wir uns!«, hat er gesagt.

Dass er noch lebt, hat er mir zu verdanken. Ich lief los und holte Hilfe, ganz allein. Ich war mutig, obwohl ich noch so jung war. So mutig muss er erst einmal werden.

Wir bezahlen und kehren zum Wagen zurück. Ein paar Wolken haben sich vor die Sonne geschoben, es sieht nach Regen aus. Während Oliver darauf wartet, dass ich die extra für ihn eingebaute Rampe herunterlasse, entdecke ich Caroline mitten im Getümmel. Sie beeilt sich, im dichten Gedränge der Fußgänger voranzukommen, in der rechten Hand trägt sie eine Plastiktasche. Als sie mich entdeckt, überquert sie die Straße und kommt geradewegs auf uns zu. Sie setzt ein Lächeln auf, noch bevor sie vor mir steht.

Sie ist um fast einen Kopf kleiner als ich. Ungeschminkt, gewöhnlich. Und trotzdem steigt er mit ihr ins Bett.

»Na, ihr zwei, ein bisschen shoppen gewesen?«, sagt sie fröhlich.

Oliver zaubert sein herzlichstes Gesicht hervor. »Bei diesem Wetter muss selbst ich aus meinem Schneckenhaus kommen.«

»Ich musste auch raus. Endlich ist es mal ein bisschen wärmer!«

Ich lächle steif. *Was willst du von ihm, sein Geld? Frauen wie du kommen und gehen. Aber ich werde immer da sein. Ich bin da, und du wirst verschwinden.*

»Und, ähm ... wo ist Sami?« Neugierig blickt sie sich um.

Oliver stößt ein Lachen aus. »Das sollten Sie doch besser wissen als wir. Wann ist denn der Hochzeitstermin?«

Ihr schießt das Blut in die Wangen, und sie weiß nicht, was sie sagen soll.

»Er ist zur Teufelsmauer gegangen«, unterrichte ich sie.

»Ja, das weiß ich. Aber ist er noch nicht wieder zurück?«

»Haben Sie Angst, dass er wieder stürzt?«

»Er kann schon auf sich aufpassen, denke ich.«

Wenn sie wüsste, dass sie ohne meine Hilfe nicht mal in seine Nähe gekommen wäre. Ich gab ihr seine Nummer, ich überredete ihn, sich bei ihr zu entschuldigen!

Niemals hätte ich geahnt, wohin das führen würde. Ich möchte meine Hände um ihren Hals legen und zudrücken. Sie soll winseln wie ein Hund.

»Also dann, war nett, Sie beide wiederzusehen. Bis irgendwann mal.«

»Auf Wiedersehen, Caroline!«, ruft Oliver ihr hinterher.

Ich lasse die Rampe herunter, damit er einsteigen kann.

Auf dem Heimweg reden wir nicht viel. Er versucht mich aufzumuntern, indem er ein paar Witze über Carolines unbändiges Haar reißt. Dann gibt er auf und schaut nachdenklich aus dem Fenster. Ich bin froh darüber. So kann er nicht sehen, wie ich immer fester und fester die Lippen aufeinanderpresse.

Ich warte im Wohnzimmer auf ihn. Er hat versprochen, gleich herunterzukommen, nachdem er mit dem Duschen fertig ist. Auf dem Gang höre ich Schritte. Er scheint gut gelaunt zu sein. Ich schieße vom Sofa hoch und warte.

»Also, was gibt's?« Er kommt herein und geht schnurstracks zum Fenster, das ich bereits für ihn geöffnet habe.

Er ist barfuß, ohne T-Shirt, nur mit Hose und seiner sonnengebräunten Haut. Allein sein Anblick reicht aus, um die vielen zurechtgelegten Worte aus meinem Verstand zu radieren. Ich habe es verloren, wird mir klar. Ich habe alles verloren, was mich früher vor ihm beschützt hat. Mein Panzer ist zerbrochen, in Stücke geschlagen von einem handgroßen schwarzen Stein, der einmal mir gehört hat.

Ich weiß jetzt wieder, was ich sagen will.

»Hast du mir etwas mitgebracht?«

Er hat seinen üblichen Platz am Fensterbrett eingenommen und blickt in die Nacht. »Was meinst du?«

»Einen Stein. Hast du mir einen neuen mitgebracht?«

»Wozu? Du willst sie ja nie haben.«

»Das stimmt nicht, ich ...«

»Was ist jetzt, brauchst du etwas von mir?«, fährt er mich an. »Oder willst du mir nur auf die Nerven gehen?« Er senkt seine Stimme, fährt sanft fort: »Tut mir leid, Jana. Ich bin nur etwas müde. Übrigens, hast du schon über meinen Vorschlag nachgedacht? Ein netter Urlaub für Oliver und dich?«

Die Worte rauschen in meinen Ohren, Vorschlag, Urlaub, Oliver. Wieso sieht er nicht, dass ich etwas anderes will? Schon immer wollte ich etwas anderes, nur deshalb weiche ich ihm aus, nur deshalb habe ich diese entsetzlich große Angst vor ihm – weil er mir sehr wehtun könnte, wenn er es will. Er tut mir jetzt schon weh.

Ich trete ein Stück zurück. »Also kein Stein für mich?«

Sein Gesicht verfinstert sich. »Nein, Jana. Ich habe dir keinen Stein mitgebracht.« Als ob er mit einer Schwachsinnigen redet. Vielleicht bin ich das ja. Schwachsinnig, verrückt, auf jemanden wie ihn hereinzufallen. Caroline wird gar keine Chance haben, ihm das Herz zu brechen, denn lange zuvor wird er bereits ihres gebrochen haben, so wie er das mit allen Dingen tut: Er zerbricht sie, zermalmt sie, weil er nicht weiß, dass Zerbrechen Schmerz bedeutet.

Genauso wird es sein. Ich kenne ihn.

Und falls nicht, werde ich nachhelfen.

CARO

Wir laufen, bei Tauwetter ein bisschen schwierig. Dieser Wald ist so groß, dass man sich leicht darin verirren kann. Der Untergrund ist rutschig, und im Schlamm ist jeder Schritt eine Qual. Überall verstecken sich Wurzeln, Steine und Kriechtiere. Mehrmals stolpere ich und falle auf die Nase. Sami bleibt stehen und hilft mir hoch, und schon geht es weiter, über Hänge und an steinigen Schluchten entlang, vorbei an Wasserfällen und umgestürzten Bäumen, deren herausgerissene Wurzeln wie versteinerte Flammen in die Höhe ragen.

Es ist herrlich, wie sich die Dinge entwickeln. Wie simpel alles geworden ist binnen weniger Wochen. Bloß wir beide und die Bewegung – mehr ist nicht nötig, um den Stillstand zu durchbrechen, der mein Leben sechs Monate lang bestimmt hat. Zum ersten Mal fühle ich mich nicht länger wie eine Ansammlung von Scherben, in denen sich das Licht anderer bricht, sondern komplett und auf dem richtigen Weg.

Verschwitzt und voller Dreck kommen wir nach Hause. Wir rennen hoch in sein Zimmer und zerren uns gegenseitig die Klamotten vom Körper. Natürlich wird zuerst geduscht. Nackt und überdreht springen wir ins Bett, es dauert Stunden, bis wir endlich müde sind, und der verrückte Moment wird zu einer verrückten bunten Ewigkeit.

Als im Haus bereits kein Licht mehr brennt, sind wir immer noch wach und reden, über so viele Dinge. Ich frage ihn, was es mit all den ungeöffneten Briefen auf sich hat.

»Fanpost«, antwortet er.

»Wieso liest du sie nicht?«

»Keine Ahnung.«

Ich steige aus dem Bett und hebe den gesamten Stapel vom Tisch auf den Boden. Sami fragt verwundert, was das werden soll. Ich winke ihn mit einem der Briefe zu mir herüber, und gemeinsam beginnen wir mit dem Durchforsten.

Anfangs stellt er sich sehr unwillig an, wirft nahezu jeden Brief auf den »Hat Nachrang«-Haufen, der mit besorgniserregender Geschwindigkeit wächst. Aber dann scheint er endlich zu begreifen, dass ich ihn nicht in Ruhe lasse, bis er sich dem Thema mit etwas mehr Ernsthaftigkeit widmet.

Wir gehen systematisch vor, zuerst die Briefe aus Übersee, dann jene mit Absendern aus Europa. Viele sind mit Hand und in einer fremden Sprache verfasst. Rührt es ihn gar nicht, dass er für all diese Menschen ein so wichtiger Teil ihres Lebens ist? Ein Held sozusagen? Als wir nach über einer Stunde endlich fertig sind und ich mich schon voller Stolz zurückgelehnt habe, steht er auf und öffnet einen der Schränke. Aus dem obersten Regal, von ganz weit hinten, holt er der Reihe nach ein paar Kartons hervor. Insgesamt sind es sechs. Beim Lüften des ersten Deckels wird mir klar, was seine zerknirschte Miene zu bedeuten hat.

»Das darf nicht wahr sein. Wie viele sind das?«

»Weiß nicht. Einige davon habe ich sicher schon Jahre.«

»Und du hast keinen davon gelesen?«

Er schüttelt den Kopf. Ich glaube, er schämt sich für seine Nachlässigkeit, wobei es wahrscheinlich gar keine Nachlässigkeit, sondern schlicht und ergreifend fehlende Zeit ist. Wie auch sollte er das alles lesen, wenn er nie zu Hause ist? Dennoch, all die Menschen, die sich die Mühe gemacht haben, ihm zu schreiben ... diese

Menschen haben mehr verdient, als in Kisten in irgendeinem dunklen Schrank zu vergammeln.

»Okay«, sage ich, »dann also weiter.«

Wir verlieren schnell die Übersicht. Es sind einfach
zu viele Briefe. Die Kuverts vermischen sich mit ande-
rem Papierkram, der ebenfalls in den Kartons lagert.
Während ich noch halbwegs Ordnung zu halten versuche, indem ich mich auf die Fanpost konzentriere,
hat Sami damit begonnen, den restlichen Kisteninhalt
zu durchstöbern. Im Nu sind wir von Kuverthaufen
und losen Zetteln umringt.

»Was ist das alles?«, murmelt er vor sich hin. Er hat
noch mehr Kisten herangekarrt, aus allen Ecken und
Winkeln des Zimmers. Dabei kommen Unterlagen zum
Vorschein, die er offenbar für lange verloren gehalten
hat. »Sieh mal«, er zeigt mir ein sehr alt aussehendes
Dokument, »das ist die Besitzurkunde für das Haus.
Ist sogar noch in Fraktur geschrieben.«

»Und ich hab hier einen Brief aus Timbuktu. Woher
kennen dich die Leute dort?«

»Das frag ich mich auch manchmal.«

Wir verbringen eine weitere Stunde im Schneidersitz auf dem Boden, die Luft ist voller Staub, und
unsere schmutzigen Finger hinterlassen Spuren auf
dem Papier. Beim Herausnehmen eines mit Schnur
zusammengebundenen Kuvertpakets fällt Sami der
Karton aus der Hand. Papierkram ergießt sich in meine
Richtung wie eine flatternde graue Flutwelle. Ich mache mich daran, die verstreuten Briefe zusammenzu-
klauben. Da fällt mein Blick auf ein mehrere Seiten
umfassendes Dokument. »Bericht der österreichischen
Bergrettung Schirau«, steht auf dem Deckblatt. Und
darunter: »Zu den Ereignissen am 9. August 2020«.

Alex.

Ich möchte den Bericht vom Boden aufheben. Da

256

nimmt Sami die zusammengeklammerten Blätter rasch
an sich und legt sie neben sich auf einen Karton. Außerhalb meiner Reichweite.

»War das nicht …?«, beginne ich.

»Das willst du doch jetzt bestimmt nicht lesen.«

»Wieso? Steht da was drin, was ich noch nicht weiß?«

Meine Stimme klingt schärfer als gewollt, weil ich
wütend geworden bin. Ganz plötzlich ist das alte Miss-
trauen wieder da. Wenn man darüber nachdenkt, grenzt
es an Wahnsinn, mit welcher Leichtigkeit es ihm gelungen ist, mein Vertrauen zu gewinnen. Bloß ein paar
Stunden auf dem Berg, und schon war ich ihm verfallen,
ohne es zu merken. Ihm und all dem, was er mir geben
konnte: Freiheit, Erlösung und der Frieden, nach dem
ich so erbittert gesucht habe.

»Nein«, antwortet er. »Ist derselbe Bericht, den auch
du bekommen hast.«

»Dann lass mich ihn kurz anschauen.«

»Warum?«

»Warum nicht?«

Wortlos sieht er mich an. Je länger er das tut, umso
unsicherer werde ich. Schließlich holt er den Bericht
hervor und hält ihn mir entgegen.

»Bitte, nur zu.«

Reglos betrachte ich die Mappe. Was tue ich hier? Bis
eben hatten wir solchen Spaß miteinander, und dann
genügt der Anblick weniger Seiten Papier, um mich um
Wochen zurückzuschleudern?

»Schon gut«, sage ich und wende mich ab. Ich
schlinge die Arme um meinen Körper, weil mir plötzlich furchtbar kalt ist. »Sorry, ich wollte die Stimmung
nicht versauen. Lass den Bericht einfach, wo er ist.«

»Hey. Ist alles okay?«

Ich nicke. Wovor habe ich Angst? Alex ist tot – das
ist die einzige Wahrheit, die von Bedeutung ist.

»Und was ist in der Kiste dort drüben?« Ich deute auf den einzigen Karton, der bisher verschlossen blieb.

»Nur Fotos.«

»Oha!« Ehe er protestieren kann, ziehe ich den Karton in meine Richtung und hebe vorfreudig den Deckel ab. »Wow, das nenne ich mal einen *Haufen* Fotos.«

Das meiste scheint uralt zu sein. Fotos seiner Vorfahren, noch in Schwarz-Weiß und schlechtem Zustand. Doch ich entdecke auch einiges aus seiner Kindheit.

»Da konnte er noch laufen, oder?«, frage ich und zeige ihm ein Bild von Oliver, als er ein Teenie war. Auf dem Bild sitzt er in einem Gartenstuhl, deshalb bin ich mir nicht sicher.

»Ja. Den Unfall hatte er erst im Jahr darauf, mit achtzehn.«

Das war vor acht Jahren. Also ist er jetzt sechsundzwanzig, genauso alt wie ich. Wie verrückt. Ich hätte Oliver weit älter geschätzt.

Ich krame weiter, bis mir ein neues Schmuckstück in die Hände fällt: Sami steht am Klippenrand vor einer untergehenden Sonne und lässt sich von einem Mädchen einen Kuss auf die Wange drücken. Er dürfte nicht älter als zwanzig sein, wobei man das weniger an seinem Gesicht als an seinem Körperbau erkennt. Er war damals schlaksiger als jetzt, noch nicht so trainiert.

»Ich dachte, du schießt keine Fotos von deinen Reisen«, sage ich.

»Das war am Nordkap. Meine damalige Freundin hat mich dazu gezwungen. Sie stand auf diesen Kitsch.«

»Ist wohl nicht gut ausgegangen, was?«

»Sie stand mir im Weg.«

»Wobei?«

»Einfach allem.«

Ich sehe ihm zu, wie er das Foto demonstrativ zurück

in die Kiste steckt. »Und hast du auch ein Foto von deinem Vater?«

Er zuckt mit den Schultern, holt sich dann aber die Kiste auf den Schoß und wühlt darin herum. Schließlich hat er ein Foto gefunden. Er betrachtet es einen Moment lang, dann erst gibt er es mir.

Ich muss unwillkürlich lächeln, als ich das stolze Grinsen sehe, mit dem sich der etwa zehnjährige Sami im Klettergurt an eine Felsmauer klammert, die nahezu die Hälfte des ganzen Bildes einnimmt. Ein Stück darunter hält sein Vater das Sicherungsseil fest und gibt dem Sohnemann offenbar ein paar Ratschläge. Ein stattlicher Mann mit strahlend blauen Augen voller Freude und Tatendrang.

»Er sah gut aus«, sage ich und gebe ihm das Foto zurück. »Du siehst ihm sehr ähnlich.«

»Das finden viele.«

»Fehlt er dir?«

Er betrachtet das Foto, ohne etwas zu sagen.

Ein Handy läutet.

Verwundert sehen wir beide auf den Wecker neben dem Bett. Es ist kurz vor dreiundzwanzig Uhr. Das Handy bimmelt weiter. Mit einem widerwilligen Stöhnen steht Sami auf und fischt das nervende Ding vom Nachttisch.

»Winterscheidt«, sagt er unfreundlich.

Bruchstücke einer Männerstimme dringen zu mir vor. Die Person am anderen Ende redet und redet, während Sami aufmerksam zuhört. Mit jedem Wort, das an sein Ohr dringt, wird sein Gesicht ernster.

»Was ist denn?«, flüstere ich dazwischen, aber er deutet mir, still zu sein.

Er setzt sich aufs Bett. Nach einer Ewigkeit antwortet er: »Das kann nicht sein.«

Der Mann am Telefon hat wieder zu reden begonnen.

Die Worte stürzen aus dem Handy wie schwere Steine, jedes scheint Sami härter zu treffen. Er ist aufgestanden und beginnt noch mit dem Handy am Ohr, sich anzuziehen.

»Aha«, sagt er. »Aber wie … Ich verstehe das nicht, da war doch … Ja, ich komme. Bis gleich.«

Er legt auf. Schleudert das Handy aufs Bett und steigt in seine Hose.

»Wer war das?«, frage ich.

»Steiner.«

Das hält er offenbar für eine ausreichende Antwort. Ich muss ihm hilflos beim Suchen der Autoschlüssel zusehen, ehe ich rufe: »Und wer ist das?«

»Er ist von der Bergrettung. Ich muss kurz weg.«

»Jetzt noch? Was ist denn passiert?«

Aber er sagt nichts mehr, greift sich das Handy und den Schlüssel, der auf dem Schreibtisch liegt, und geht.

Ich bleibe verwirrt im Briefechaos zurück.

SAMUEL

In Steiners kleinem Büro in der Basisstation ist es heiß. Manchmal zündet er Räucherstäbchen oder Duftkerzen an, was die Luft noch stickiger und klebriger macht. Ist doch ein schlechter Scherz, Steiner und Duftkerzen. Doch heute ist ihm nicht danach zumute. Er zeigt mir das Foto der Leiche aus dem Eis. Dann sieht er mich an und wartet.

»Da war aber niemand«, sage ich. Meine Stimme kratzt in meinem Hals. Ich schaffe nichts außer diesen einen Satz. Und dann noch: »Ich bin die Strecke zweimal abgegangen, einmal hin und einmal retour. Und da war niemand.«

»Wo war Eggenhuber zu diesem Zeitpunkt?«

»Zurückgefallen.«

»Er hat ausgesagt, Sie hätten den Abstand absichtlich vergrößert. Sein genauer Wortlaut war: ›Der Scheißkerl ist mir davongeklettert.‹«

»Nette Wortwahl für Inkompetenz.«

»Wieso haben Sie nicht auf Eggenhuber gewartet, Samuel?«

»Weil es hier um Menschenleben ging, und bei dem Tempo, das Ihr tapferer Recke an den Tag gelegt hat, wären wir jetzt noch unterwegs! Außerdem war er dafür, umzudrehen, das stand erst recht nicht zur Debatte.«

»Wären Sie zu zweit gewesen, hätte sich der Tod dieses Mannes vielleicht verhindern lassen. Denn offenbar haben Sie ihn übersehen.«

Pause.

»Soll das ein Witz sein?«, frage ich.

Sein Gesicht bleibt ungerührt. Er zieht das Foto

über den Tisch zurück und gibt es in eine mit vielen Blättern gefüllte Mappe. Das Licht der Glühlampe lässt ihn grimmig und uralt aussehen. »Wie lautet denn Ihre Erklärung?«

Ich habe keine. Jeden Zentimeter dieses beschissenen Berges habe ich abgesucht, und nirgends eine Spur. Ja, der Wind heulte, und ja, die Sicht war schlecht – aber einen Menschen, der in voller Montur in einer Fels-nische hockt, der mit verzweifelten Rufen auf sich auf-merksam macht und mir anscheinend so nahe war, dass man mein Gesicht auf dem verfluchten Film erkennt, den seine Helmkamera gemacht hat, den kann man nicht übersehen.

»Soll ich Ihnen den Film noch mal zeigen?«

»Nein.«

»Aber es wäre gut, wenn Sie ihn sich noch mal an-sehen. Dann kommen wir vielleicht dahinter, was schief-gelaufen ist.«

»Ich kann Ihnen sagen, was schiefgelaufen ist! Diese ganzen Leute steigen völlig unvorbereitet da hoch, einer unfähiger als der andere, und sie filmen auch noch fleißig mit, um später ein paar Klicks auf YouTube zu kassieren, und ich soll dann die Verantwortung dafür tragen, wenn ihre eigene Dummheit sie ins Grab bringt?«

Ich bin nahe dran, über diesen Tisch zu springen und irgendetwas kurz und klein zu schlagen. Vorzüglich den Monitor. Steiner hingegen bleibt ruhig und gefasst, be-tont mit klarer Stimme: »Niemand will Ihnen hier die Verantwortung zuschieben.«

»Wieso bin ich dann hier?«

»Sie sind hier, um uns bei den Ermittlungen zu helfen. Laut dem Videomaterial war der Mann noch volle drei Tage am Leben, nachdem Sie – wie wir alle auf dem Band gesehen haben – keine zehn Meter unter ihm vorbeige-klettert sind. Niemand zieht Sie hier zur Verantwortung, schließlich waren Sie freiwillig dabei. Wir wollen nur wissen, was der Grund dafür war. Das ist alles.«

»Der Grund? Ich sage Ihnen den verfickten Grund! Da oben hat es minus zwanzig Grad, die Sicht ist gleich null, und wenn einer um sein Leben schreit, macht das den Wind auch nicht leiser!«

»Das ist mir vollkommen klar, Samuel. Bitte beruhigen Sie sich.«

Ich kann mich aber nicht beruhigen. Nicht in diesem winzigen, viel zu heißen Raum, in dem ich nicht denken kann, festgenagelt von Wänden, die jeden Moment auf mich einstürzen können. Ich halte es nicht länger auf diesem Stuhl aus. Mit rasendem Puls stehe ich auf und beginne auf und ab zu marschieren, in meinem Kopf kreischen die Gedanken.

Drei Tage. Drei lange Tage im Eis, ehe die Kälte, der Hunger und der Wahnsinn ihm den Rest gaben. Ich habe genug solcher Leichen gesehen, um zu wissen, dass dies kein Tod ist, den ein Mensch verdient hat. Die Frage ist nicht, wieso ich ihn übersehen habe, die Frage ist, was nun mit mir passieren wird. Die Medien werden sich auf mich stürzen, sobald das publik wird. Sie werden mich fertigmachen, mich in der Luft zerfetzen, bis nichts mehr von meinem guten Ruf übrig ist. Womöglich kündigen sogar einige Sponsoren meine Verträge. Das war's. Ich bin erledigt. Wer den Helden spielt, muss damit rechnen, irgendwann zum Bösewicht gemacht zu werden.

»Okay, Sie sind eindeutig zu aufgebracht. Belassen wir es fürs Erste dabei.« Steiner hat sich in seinem Drehsessel zurückgelehnt und sieht mir aus nachdenklichen Augen beim Verrücktwerden zu. Ihm muss klar sein, dass hier auch sein Posten auf dem Spiel steht – schließlich ist er derjenige, der mich da raufgeschickt hat. Sollte dem Tod des Mannes ein Prozess wegen Fahrlässigkeit folgen, werden bei der Bergrettung Köpfe rollen.

»Gehen Sie nach Hause und versuchen Sie zu schlafen«, schlägt er vor. »Und wenn Sie ausgeruht sind und sich der erste Schock gelegt hat, werden wir versuchen, die Geschehnisse zu rekonstruieren.«

Er steht auf und klopft mir auf die Schulter. Ich sacke ein wie ein Kissen unter der Berührung, fühle mich auseinandergenommen und völlig falsch zusammengesetzt.

Bei stockdunkler Nacht fahre ich zurück nach Hause. Hundertmal gehe ich die Szene in Gedanken durch, vergleiche die Bilder aus meiner Erinnerung mit der absurden Realität auf dem Video. Steiner hat recht, ich hätte ihn sehen müssen. Sein Rufen will mir nicht mehr aus dem Kopf. Er hat nach mir geschrien, mit aller Kraft hat er geschrien und seinen kraftlosen Körper gebeutelt, sodass das Bild verwackelt ist. Vielleicht dachte er, ich käme mit Verstärkung zurück. Drei Tage.

Als ich ankomme, brennt noch Licht in meinem Schlafzimmerfenster. Verflucht, Caro. Sie habe ich völlig vergessen. Sie wird wissen wollen, wo ich war, und ich bin nicht sicher, ob ich es ihr sagen kann. Ob ich es überhaupt irgendjemandem erzählen kann. Mein Kopf ist so überfüllt, dass ich es kaum fertigbringe auszusteigen. Minutenlang sitze ich im Auto und würde am liebsten verschwinden, zum nächsten Flughafen und ab auf einen anderen Kontinent. Aber das würde mich aus dieser Scheiße auch nicht rausholen. Ich steige aus und schleiche mich ins Haus. Außer Caro dürfte niemand bemerkt haben, dass ich weg war; überall sonst sind die Fenster dunkel.

Das Treppensteigen dauert nicht lang genug. Viel zu schnell stehe ich im Schlafzimmer und ringe um Fassung. Caro hat das Briefechaos während meiner Abwesenheit beseitigt. Sie sitzt auf dem Bett. Bei meinem Auftauchen springt sie auf und fragt nervös, wie es mir geht.

Da ich keine Diskussion will, antworte ich mit »Mach

dir keine Sorgen um mich« und verziehe mich für zehn Minuten ins Bad. Dort schütte ich mir kaltes Wasser ins Gesicht, danach geht es mir etwas besser. Ich lege mir Ausreden zurecht, falls sie nochmals nachbohrt, komme heraus und finde sie in derselben Pose wie zuvor: auf dem Bett sitzend, mit ratlosem Gesicht.

»Gibt es wieder einen Verunglückten?«, fragt sie.

»Nein, nein. Es ist alles in Ordnung.«

Sie beobachtet mich, wie ich mich ausziehe und zu ihr ins Bett steige. Sie legt sich dicht neben mich und fragt nicht weiter nach.

»Sie haben den Verunglückten von letztem Monat gefunden.« So, jetzt ist es raus. Und ich bin froh darüber, denn die Anspannung löst sich dadurch, wenn auch nicht komplett. »Das Tauwetter hat seine Leiche wortwörtlich den Berg hinuntergespült. Angeblich war er noch drei Tage lang am Leben, nachdem ich an ihm vorbeispaziert bin.«

»Was, du hast ihn nicht gesehen?«

»Es gibt Videoaufnahmen davon. Er hatte eine Helmkamera.«

Sie schweigt, und auf einmal kapiere ich: Natürlich, sie wird sich fragen, ob mir das schon öfter passiert ist. Ob ich auch bei Alex Fehler gemacht habe. Ich sollte ihr versichern, dass sie diesbezüglich keine Zweifel haben muss, aber ich schweige ebenfalls.

Heute Nacht finde ich keinen Schlaf. Ich wälze mich umher und schwitze wie ein Schwein, während mein Verstand auf Hochtouren läuft. In Endlosschleife spiele ich meinen letzten Rettungseinsatz durch und komme immer wieder an denselben frustrierenden Punkt: Da oben war niemand.

Wie könnte ich mir so sicher sein, wenn es sich nicht exakt so abgespielt hat, wie ich behaupte?

CARO

Ich wache sehr früh auf, noch vor Sonnenaufgang, aber Sami ist bereits aufgestanden. Ich höre die Dusche laufen und überlege, was ich jetzt tun soll. Die Nachricht, dass der Tote gefunden wurde, hat ihm schwer zu schaffen gemacht, so etwas vergeht nicht über Nacht. Aber auch mir geht es nicht gut. Schließlich hat der Berg sein nächstes Opfer gefordert, und die Leichtigkeit, die ich während der letzten Wochen gesammelt habe, droht mit nur einem Schlag von der knallharten Realität davongerissen zu werden.

Wie kann so etwas immer noch passieren? Wie konnte es vor sechs Monaten passieren, nachdem es bereits so viele vor Alex erwischt hatte?

Sami kommt aus dem Bad und zieht sich im Dunkeln an. Er scheint nicht bemerkt zu haben, dass ich wach bin. Nachdem er aus dem Zimmer gegangen ist, steige ich aus dem Bett, gehe duschen und verbringe eine halbe Stunde mit der Entscheidung, ob ich einfach meine Sachen packen und heimlich verschwinden oder doch zu ihm gehen und mit ihm reden soll.

Verschwinden geht nicht. Das kann ich doch nicht machen. Also bleibt mir nur Möglichkeit Nummer zwei. Ich finde ihn in der Küche, er sitzt auf einem der Barhocker, die zu einem langen Tresen gehören, und rührt mit dem Löffel in einem Glas Milch, das er sich offenbar warm gemacht hat. Ich kann mir nicht helfen, aber ein stattlicher Bursche wie er, der mit hängenden Schultern ein Glas warme Milch schlürft, bringt mich ein wenig zum Lachen.

Ich setze mich zu ihm. »Alles gut?«

Er nickt, aber ich glaube ihm nicht. »Ist sonst noch wer wach?«, fragt er.

»Nein. Zumindest habe ich niemanden gesehen.«

»Gut. Ich möchte nicht, dass hier irgendwer von dem Vorfall mit dem Toten erfährt. Also erzähl es keinem.«

»Keine Sorge. Ich werde den Mund halten.«

»Gut«, wiederholt er. Kurz ist er still, dann sagt er: »Weißt du, was ich nicht kapiere? Diese Kamera. Die hätte ich doch sehen müssen. Haben die nicht alle ein Licht?«

»Vielleicht war das Wetter einfach zu schlecht. Im Schneesturm sieht man doch oft nicht mal die Hand vor Augen.«

»Trotzdem. Ich kann mich an die Stelle erinnern, da war niemand.«

»Mach dir keine Vorwürfe.«

»Solchen Idioten gehört das Klettern verboten!«

»Hey. Beruhig dich bitte.«

Er steht auf und marschiert unruhig durch den Raum. »Diese Dilettanten von der Bergrettung möchten bloß ihre eigenen Ärsche retten. Wieso sind sie nicht selbst auf den Berg gestiegen, anstatt mich zu schicken?«

Er greift nach dem Milchglas, als wolle er es einfach zu Boden schleudern. Doch er bringt es bloß zur Spüle und schüttet den Rest weg.

»Was geht dir durch den Kopf?«, frage ich.

»Es passt einfach nicht. Ich laufe nicht an jemandem vorbei. Ich finde sie, ich finde sie immer, und wenn sie noch am Leben sind, bringe ich sie auch lebendig wieder zurück!«

»Du bist doch auch nur ein Mensch. Und Menschen machen Fehler. Außerdem wurdest du nicht fürs Lebenretten ausgebildet.«

»Ausgebildet? Jeder kann Leben retten. Das ist das Natürlichste auf der Welt!«

Er setzt sich zurück auf den Barhocker.

Ich wünschte, ich könnte ihm helfen. Er ist so etwas nicht gewohnt, er weiß nicht, wie sich Niederlagen anfühlen, und für den Moment tut er mir deswegen einfach nur leid.

Die Sonne geht auf, und Licht dringt durch die Fenster. Allmählich regt sich Leben im Haus. Konrad kommt im Morgenmantel in die Küche und wundert sich über den unerwarteten Empfang.

»So was, so was«, begrüßt er Sami mit einem polternden Lachen. »Hast du dich etwa am Frühstückmachen versucht? Dass ich das noch erleben darf.«

Ich ziehe mich zurück, während Sami mit Konrad über irgendwelche beschädigten Dachrinnen redet. Ich hole meinen Rucksack aus seinem Schlafzimmer, schlüpfe in Jacke und Schuhe und verlasse das Haus. Von Sami fehlt nun jede Spur. Ich schreibe ihm eine kurze Nachricht, dass ich gegangen bin und er sich melden soll, sobald es ihm besser geht.

Es wird ein langer Spaziergang von hier ins Tal, aber zum Glück bin ich Bewegung mittlerweile gewohnt. Auf dem Weg über den Parkplatz, der neben der Einfahrt liegt, begegnet mir ein Junge mit Borstenhaarschnitt und knochigem Gesicht. Er kommt aus dem Wald und trägt etwas auf seinen Schultern, etwas sehr Großes, Schweres, das seinen dürren Körper bei jedem Schritt zum Einsturz zu bringen droht. Da es in eine schwarze Plane gewickelt ist, erkenne ich nicht, worum es sich handelt. Aber der Junge scheint äußerst stolz darauf zu sein, und ich frage ihn im Vorbeigehen, was er da Tolles habe.

»Kriegsbeute«, verlautbart er schnaufend. »Herr Winterscheidt wird Augen machen!«

Er schleppt seine Kriegsbeute zur Hintertür, und ich denke nicht länger darüber nach.

Auf dem Weg ins Tal starre ich ständig auf mein Handy. Ob er antwortet, mich anruft, mich bittet, zurückzukommen und den Tag mit ihm zu verbringen, weil er es ohne mich nicht schafft. Nichts will ich lieber, als ihn sagen zu hören, dass er mich braucht. Weil das zwischen uns doch mehr ist, als wir beide dachten.

Ich fasse nicht, dass mir das passiert ist. Ausgerechnet jetzt, wo ich so kurz davor war, mein Leben wieder in den Griff zu kriegen. Wo ich meine Mitte gefunden und mich meinen Ängsten gestellt habe, bricht alles wieder auseinander. Kaputt gemacht von etwas, das ich nicht kommen sah und auch niemals wollte: Ich habe mich verliebt.

JANA

Oliver weckt mich auf. Er lässt das Handy so lange klingeln, bis ich gezwungen bin, mich aus meinem Nest aus Decken und Kissen zu wühlen und ranzugehen.

»Ist was passiert?«, frage ich verschlafen.

»Nein, nein. Ich wollte nur sichergehen, dass du unsere Verabredung nicht vergisst.«

»Es ist sieben Uhr morgens.« Ich richte mich auf. Richtig, es ist sieben Uhr morgens. Oliver und ich wollten heute wieder ins Tal fahren und die frühe Stunde dafür nutzen, um den Ort beim Spazierengehen ganz für uns zu haben. Es kann sehr ermüdend sein, sich mit dem Rollstuhl durch die Massen an Ski- und Wellness-Touristen zu zwängen. Um ein Haar hätte ich verschlafen.

»Gib mir zehn Minuten«, sage ich und rausche aus dem Bett.

Ich schaffe es sogar in acht Minuten. Als ich in Jacke, Stiefeln und Mütze nach unten komme, herrscht im Haus unerwartete Aufregung. Am Fuß der Treppe haben sich alle versammelt und reden wild durcheinander. Ich entdecke Manfred, der im Zentrum des Durcheinanders steht und diese neue Rolle sichtlich sehr genießt. Er hat etwas dabei, es liegt neben ihm auf dem Boden und ist mit einer Plane bedeckt. Etwas sehr Großes.

Konrad drängt sich aufgebracht in den Vordergrund. »Himmel, Arsch und Zwirn, was ist denn hier los?«

Manfred schlägt stolz die Plane zurück. »Ich habe ihn erwischt! Ich ganz allein.«

Erschrockene Gesichter. Ich schiebe mich an den anderen vorbei, und endlich sehe ich, was unter dieser Plane liegt.

Mein Wolf.

Das ist mein Wolf da auf dem Boden. Steif, mit heraushängender Zunge liegt er vor mir, abgestochen wie ein Schwein. Ein kalter, heftiger Schmerz fährt mir bis in die Fingerspitzen und raubt mir fast den Atem. Das kann nicht wahr sein. Nicht mein Wolf, bitte nicht …

Ich setze mich neben dem toten Tier auf den Boden, streiche durch sein Fell, das nass von Schnee und Blut ist.

»Wieso hast du das getan?«, frage ich den Jungen, beinahe bricht mir die Stimme weg.

»Genau«, sagt Konrad, »wieso hast du das Vieh nicht draußen gelassen? Sieh dir den Teppich an! Alles voller Dreck!«

Ich höre nicht auf, über das schwarze Fell zu streichen. Vergeblich suche ich nach einem Herzschlag, nach Wärme unter den zotteligen Borsten. Er war der Letzte seiner Art. Der Allerletzte.

Manfred kniet sich zu mir. »Bitte sei nicht böse auf mich«, sagt er leise. »Ich weiß, ich hab es dir versprochen. Aber mir hat's einfach gereicht. Du hast es doch selbst gesagt! Wenn er mich respektieren soll, muss ich Stärke zeigen. Jetzt wird er mich respektieren, darauf wette ich.«

»Manfred … du verdammter Idiot. Du bist so ein Idiot.«

»So, und wer beseitigt jetzt diese Sauerei?«, fragt Konrad.

»Ich verspreche, ich mache alles wieder sauber«, beteuert Manfred und steht auf. »Aber bitte lassen Sie mich ihn vorher noch Herrn Winterscheidt zeigen. Er muss das sehen!«

Er bekommt seine Chance früher, als ihm lieb ist.

Die Wohnzimmertür fliegt auf, und Sami trampelt mit stockfinsterer Miene auf uns zu. »Kann mir einer sagen, was dieser Lärm soll?«

Für ihn muss der Anblick eines toten Wolfs ein wahrer Augenschmaus sein. Ich dränge den Schmerz beiseite, stehe auf und mache mich bereit. Falls er dem Tier auch nur zu nahe kommt, ich schwöre, dann reiße ich ihm das eiskalte Herz raus.

»Schauen Sie, Herr Winterscheidt, den habe ich heute Morgen erlegt!« Manfred tritt beiseite und präsentiert stolz seine Beute. »Zuerst hab ich ihn mit der Steinschleuder am Kopf erwischt. Und den Rest hat das Messer erledigt. Cool, oder?«

Sami ist stehen geblieben. In seinem Gesicht steht nacktes Entsetzen. Ohne ein Wort starrt er auf den Wolf, und plötzlich packt er den Jungen am Arm und zerrt ihn weg, durch die Tür hinaus ins Freie.

Ich bin die Erste, die aus dem Haus stürmt, Konrad ist mir dicht auf den Fersen. Er überholt mich, da hat Sami den Jungen gerade in den Schnee geschleudert und verpasst ihm einen Faustschlag ins Gesicht. Der Junge rollt sich schreiend zusammen, Konrad bekommt Sami von hinten zu fassen und überwältigt ihn mit einer Kraft, die ich ihm nicht zugetraut hätte. Er zieht ihn von dem Jungen weg und versetzt ihm einen Stoß, sodass Sami mehrere Meter weit nach hinten taumelt.

»Bist du wahnsinnig!«, brüllt Konrad ihn an.

Erschrocken liegt der Junge im Dreck, mit blutender Nase. Ich stehe über ihn gebeugt und überlege tatsächlich, noch einmal nachzutreten, aber dann komme ich zur Vernunft, lege die Arme um ihn und versuche ihn hochzustemmen. Währenddessen brüllen Konrad und Sami sich gegenseitig an. Schließlich packt Konrad Sami am Kragen seines T-Shirts und befördert ihn zurück Richtung Haus.

»Ist schon gut«, flüstere ich Manfred zu, der sich in meine Umarmung klammert. Eines der Hausmädchen hält ihm ein Taschentuch unter die blutende Nase. Unter

dem blutdurchtränkten Stoff des Taschentuchs höre ich
ihn wimmern: »Geht weg … Lasst mich in Ruhe, geht
weg …«

»Der Junge ist geschockt«, brummt Konrad im Hintergrund. Er ist ganz außer Atem, aber anscheinend ist es
ihm gelungen, die Auseinandersetzung für sich zu entscheiden. Von Sami ist nichts mehr zu sehen. »Kommt,
bringt den armen Kerl ins Haus. Und lasst den Kadaver
verschwinden, um Gottes willen! Bevor hier noch der
Tierschutz auftaucht!«

Ich gebe Manfred ein Schmerzmittel und lege einen
Eisbeutel auf sein Gesicht, um die Prellung zu kühlen.
Ihm scheint zum Glück nichts Ernstes passiert zu sein,
aber für die nächsten paar Tage wird sein mustergültiges
Veilchen uns alle an diesen Vorfall erinnern.

Den Wolf ließ Konrad unverzüglich aus dem Haus
schaffen, und noch während ich hier stehe und meine
Gedanken zu ordnen versuche, zerfallen auf dem großen
Scheiterhaufen neben dem Haus die letzten Überreste
dieses stolzen Tieres zu Asche.

Ja, auch ich hätte den Jungen am liebsten zu Brei
geschlagen, als ich sah, was er getan hatte. Aber das ist
keine Entschuldigung. Ich muss Licht in die Sache bringen. Denn noch nie habe ich Sami die Beherrschung verlieren sehen. Erst recht nicht wegen eines toten Wolfs.

Nach dem wilden Trubel ist es verstörend still im
Haus geworden. Jeder geht schweigsam und unauffällig
seiner Arbeit nach. Im Erdgeschoss begegnet mir Oliver,
der eben aus dem Aufzug gefahren kommt.

»Ich wollte gerade mit ihm reden«, sagt er mit Blick
auf die geschlossene Wohnzimmertür. Seit einer Stunde
ist Sami da drin und gibt kein Lebenszeichen von sich.

»Vielleicht sollte ich es zunächst versuchen.«

»Bist du sicher?«

Ich nicke. »Ich rufe schon um Hilfe, wenn es nötig ist.«

Ich öffne die Wohnzimmertür und wage mich hinein. Alle Fenster sind geöffnet, es ist eiskalt. Das Kaminfeuer ist längst ausgegangen. Sami sitzt auf dem Sofa, hat die Beine auf dem Tisch überkreuzt und kommentiert mein Auftauchen mit einem erschöpften »Geh weg«.

»Ich will aber mit dir reden.«

»Da gibt es nichts zu bereden. Ich weiß selbst, dass ich Mist gebaut habe.«

»Dann weißt du sicher auch, dass du uns zumindest eine Erklärung schuldig bist. Was ist da bloß in dich gefahren? Du hast uns allen eine Heidenangst eingejagt.«

Er legt den Kopf in den Nacken und schließt die Augen.

»Sag es mir doch«, bitte ich ihn.

»Er hat den Wolf getötet«, antwortet er.

»Aber du hasst doch Wölfe. Er wollte dir imponieren, nur deshalb hat er's gemacht.«

»Wusstest du's?« Er hebt den Kopf und sieht mich an. »Hast du von dem Wolf gewusst?«

»Ja.«

Er wendet sich wieder ab. »Geh weg.«

»Wieso sagst du mir nicht, was los ist?«

»Du würdest es nicht verstehen.«

»Dann erklär's mir. Erklär's mir, ich höre mir alles an!«

»Lass mich in Ruhe.«

»Aber ich möchte doch nur –«

»Verflucht noch mal, was ist hier so schwer zu verstehen?«, brüllt er mich an. »Hau ab! Kümmere dich um deinen eigenen Dreck!«

Er hat mich schon so oft angefahren, so oft verletzt, aber diesmal ist es anders. Diesmal tut es mehr weh als sonst. Was ich auch versuche, nie dringe ich zu ihm durch, und zum ersten Mal begreife ich, dass da gar keine Absicht dahintersteckt, keine Bosheit oder Ignoranz, wie ich so lange dachte, sondern reine Logik: Ich kann es schlicht und ergreifend nicht. Die Rolle, die ich in seinem Leben spiele, ist nicht wichtig genug.

Rasch verlasse ich den Raum. Im Vorzimmer erwartet mich Oliver, der durch die offene Tür alles mitbekommen hat. Er will etwas sagen, aber ich gehe an ihm vorbei die Treppe hinauf und flüchte in mein Zimmer, wo ich mich ans Fenster stelle und still und heimlich meine Tränen vergieße. Alle Tränen, alle für mein ganzes Leben.

Ich höre den Aufzug, kurz darauf steht Oliver in der Tür. Er ist mir nach oben gefolgt, kommt aber nicht zu mir ins Zimmer. »Jana … warum weinst du denn?«

Ich weiß nicht, warum ich weine. Diesmal weiß ich es wirklich nicht. Manfred könnte Anzeige erstatten, und dann wird Sami wirklich große Probleme bekommen. Aber das ist es nicht und auch nicht die Trauer um den Wolf oder die ewig kalte Eintönigkeit, in der ich feststecke. Nein, diese Tränen bedeuten etwas anderes. Sie sind all das, was ich über die Jahre nicht wahrhaben wollte, was ich unterdrückt und in mich hineingefressen habe, damit niemand es je sieht. Und jetzt sind sie da, sie sind einfach da und nützen mir rein gar nichts.

»Jana …« Oliver ist zu mir gekommen. Er kann mich nicht berühren, er kann mich nicht halten, er kann gar nichts für mich tun. Er kann nur sagen, was wir beide nicht hören wollen. »Du liebst ihn wie wahnsinnig, nicht wahr?«

Verrückt, dass er es so ausdrückt. Wie wahnsinnig.

Aber genau das ist es. Sami hat mich wahnsinnig gemacht. Das ist die einzige logische Erklärung, warum sich mein Leben so entwickelt hat. Warum ich Olivers Pflegerin wurde, obwohl niemand mich darum gebeten hat. Warum ich hierbleibe, anstatt zu gehen. Es ist der reine Wahnsinn.

SAMUEL

Konrad rät mir, mich bei dem Jungen zu entschuldigen, und zwar aufrichtig. Schließlich könnte es für mich richtig unangenehm werden, wenn er den Vorfall zum Beispiel der Polizei meldet. Ich sage ihm, dass ich lieber in der Hölle schmore, bevor ich diesem weinerlichen kleinen Mistkerl auch nur einen weiteren Augenblick meiner Zeit schenke. Ihm eine zu verpassen war bereits zu gnädig. Über die Böschung hätte ich ihn schleudern sollen, dann wären wir das Problem wenigstens ganz los.

Im Haus herrscht eine düstere Stimmung, das Personal geht mir aus dem Weg.

Ich gehe laufen. Den ganzen Nachmittag bin ich unterwegs und zwinge meinen Körper zu Höchstleistungen. Am Schluss bin ich so erschöpft, dass mein Herz aus meiner Brust springen will, der Schweiß von meinem Gesicht tropft und die Sterne vor meinen Augen tanzen. Und immer noch bin ich voller Wut. Ich weiß nicht, was ich machen soll.

Zur Abenddämmerung komme ich zurück. Die Dusche hilft ein wenig. Das warme Wasser bläst meinen Kopf frei, sodass ich endlich kapiere, was ich brauche. Ich greife zum Handy und lese erneut Caros Nachricht: »Melde dich, sobald es dir besser geht.« Gilt das auch, falls es mir schlechter geht? Ich habe Abstand zwischen uns gebraucht, aber nun fürchte ich, dass genau das der Fehler war. Schon wieder dieses Wort – Fehler. Wie viele mache ich davon in letzter Zeit?

Ich rufe sie an, und sie meldet sich sofort.

»Hey. Wie geht's dir?«

»Nicht so gut«, antworte ich.

»Hast du noch mal mit den Leuten von der Bergrettung geredet?«

»Nein. Ehrlich gesagt will ich mit dem Thema nichts mehr zu tun haben.«

»Das verstehe ich«, antwortet sie mit sanfter Stimme. Dann ist es still.

»Hast du heute Zeit?«, frage ich. »Oder hast du schon was vor?«

Sie lacht. »Du bist der einzige Grund, warum ich überhaupt noch hier bin. Was sollte ich ohne dich vorhaben?«

Ich schlucke etwas hinunter, einen ziemlich großen, süßlich schmeckenden Klumpen, der völlig unerwartet in mir hochgestiegen ist. Ich glaube, das waren sämtliche Gefühle, die ich habe. Sehr gut, die haben hier nämlich nichts verloren.

»Okay, dann bin ich in einer halben Stunde bei dir.«

»Sicher? Cicero ist da. Ich kann auch zu dir kommen.«

»Nein«, entgegne ich schnell. »Hier herrscht derzeit ziemlich dicke Luft. Besser, wenn ich ein Weilchen aus dem Haus bin.«

»Dicke Luft?«

»Ich erzähl's dir später.«

Ich starre an die Decke, weil das die einzige Stelle in diesem Zimmer ist, wo keine verdammten Blumen sind. Zum vierten Mal läutet mein Handy, das neben mir auf der Matratze liegt. Caro wirft einen Blick aufs Display. »Schon wieder dein Butler.«

Dachte ich mir. Nach dem Zwischenfall mit Freddie denkt Konrad offenbar, er müsse mir hinterherspionieren. Ich warte, bis das Klingeln aufhört, dann drücke ich mir das Kissen aufs Gesicht und brülle so richtig heftig hinein.

277

Caro seufzt. »Ich finde, du machst es dir unnötig schwer.«

»Da redet die Richtige.«

»Du kannst dich nicht ewig bei mir verkriechen. Fahr zurück und entschuldige dich bei dem armen Bengel. Falls das überhaupt etwas nützt. Ganz ehrlich, du hast Glück, wenn er dich nicht anzeigt.«

»Und er hat Glück, wenn ich ihn nicht an den Tierschutz verpfeife!«

»Du wolltest den Wolf doch selbst abstechen.«

»Das war vorher.«

»Vor was?«

Vor ihr. Vor alldem. Als ich verbittert und unzufrieden war und dachte, ich könne das mit dem Tod eines alten, unschuldigen Tieres ändern.

»Es überrascht mich, dass du auf seiner Seite stehst«, sage ich stattdessen. »Schließlich war es dein armer, lieber Wolf, den er auf dem Gewissen hat.«

»Ja, schon. Aber ich meine nur, dass es nichts bringt, wenn du der Sache aus dem Weg gehst. Ich komm auch mit, wenn du willst.«

»Glaubst du, ich brauche dich zum Händchenhalten?«

»Hör zu, ich bekomme Platzangst in diesem Zimmer. Machen wir irgendwas. Gehen wir essen, laufen, von mir aus können wir auch einfach nur durch die Gegend spazieren. Aber bitte bewegen wir uns!«

Sie hat recht. Verstecken war noch nie meine Art. Zugegeben, kleine Jungen verprügeln auch nicht. Wir ziehen uns an und verschwinden, und ich bin überrascht, wie klar der Nachthimmel ist, nachdem ich die letzten Tage so düster in Erinnerung habe. Wir setzen uns ins Auto und düsen los, das Fahren hilft mir, den Kopf frei zu kriegen, und nach einer Weile fühle ich mich gefasst genug, um zurück nach Hause aufzubrechen.

Dort ist alles wie gehabt: gedrückte Stimmung und stickige Luft, weil die Fenster nicht geöffnet sind. Der Scheiterhaufen hinter dem Haus hat sich in einen schwarzen Haufen Asche verwandelt, der träge vom Wind über die Wiese verteilt wird. Ich möchte sofort ins Schlafzimmer, um mich weiterhin zu verbarrikadieren, aber Caro überredet mich, im Wohnzimmer zu bleiben.

Das Laufen des Aufzugs kündigt Übles an. Kurz darauf kommt Oliver mit ernster Miene ins Zimmer gefahren.

»Caroline, würde es Ihnen etwas ausmachen, mich mit meinem Bruder kurz allein zu lassen? Wir haben etwas zu besprechen.«

»Ja, natürlich.« Sie will aufstehen, ich halte sie zurück.

»Worum geht's denn?«, frage ich ihn.

»Kannst du deine Freundin bitte kurz rausschicken? Nur für ein paar Minuten.«

»Sie ist nicht meine Freundin, und ich schicke sie nirgendwohin.«

»Kein Problem«, sagt Caro schnell, »ich gehe einfach.«

Sie drängt sich an Oliver vorbei und verlässt den Raum.

»Bist du zufrieden, du Idiot?«, frage ich. »Sag nie wieder ›Freundin‹, wenn sie dabei ist!«

Er lenkt den Rollstuhl auf den freien Platz neben der Couch, den er sonst zum Fernsehen nutzt. Sein Gesicht ist noch ernster als zuvor.

»Raus damit«, sage ich. »Was willst du mir an den Kopf werfen?«

»Ich glaube, das weißt du ganz genau.«

»Es tut mir leid, okay? Dieser Junge triggert mich einfach mit allem, was er tut. Ich hab die Beherrschung verloren. Können wir das Thema lassen?«

279

»Das meine ich nicht.«

»Bitte, Oliver, ich brauche jetzt echt ein bisschen Abstand von euch allen.«

»Es geht um Jana«, erklärt er, als würde das alles ändern.

»Was ist mit Jana?«

»Es geht ihr nicht gut. Und zwar deinetwegen.«

Das ist interessant. Bisher war es in diesem Haus normal, dass man sich meinetwegen beschissen fühlt. Seit wann ist das ein Problem?

»Du hast es offenbar nicht gemerkt. Wundert mich im Grunde auch gar nicht. Aber dein Verhalten verletzt sie, und ich möchte dich bitten, damit aufzuhören. Nimm einfach etwas Rücksicht.«

»Rücksicht? Wovon redest du?«

»Ich rede von deiner Ablehnung. Sie würde es dir niemals sagen, aber ihr macht das alles wirklich schwer zu schaffen. Also wenn du in Zukunft bitte etwas rücksichtsvoller mit ihr umgehen würdest, vor allem in Bezug auf Caroline, wäre ich dir sehr dankbar.«

»Ach, so ist das«, sage ich. »Jetzt verstehe ich, was das hier soll. Ich weiß, du stehst total auf sie, und ihr habt meinen Segen, ehrlich. Du musst hier nicht den guten Samariter spielen. Macht, was ihr wollt. Mich interessiert es nicht.«

Er rollt ein Stück auf mich zu. »Sag mal, besitzt du kein bisschen Einfühlungsvermögen? Sie hat Gefühle für dich! Und du behandelst sie seit Jahren wie den allerletzten Dreck. Ist dein Herz damals in diesem See zu Eis gefroren? Bist du deshalb so ein riesengroßes Arschloch geworden?«

»Komm mir bloß nicht mit dem See! Du hast keine Ahnung, wie das war!«

»Redest du von Todesängsten? Denk ja nicht, du wärst hier der Einzige, dem es schon mal so ergangen ist.«

»Ich war ein Kind, du warst erwachsen. Großer Unterschied.«

»Du findest es also okay, sich sein restliches Leben wie ein Egoist aufzuführen?«

Er lässt mich nicht zu Wort kommen.

»Ich hab es satt, bei diesem Trauerspiel zusehen zu müssen. Sie hat Besseres verdient als das!« Er kommt ganz nah an mich heran, sodass wir Angesicht zu Angesicht sind. »Hör auf!«, brüllt er mir ins Gesicht. »Hör auf, ihr wehzutun!«

»Ich tue ihr weh? Ich rede doch kaum mit ihr!«

»Genau das ist es! Das ist es immer schon gewesen. Kapierst du es denn nicht? Hast du es in all den Jahren nie gemerkt?«

In all den Jahren … Die einzige bleibende Erinnerung aus den letzten Jahren sind die Gipfelkreuze, die ich umschlungen habe. Die vielen malerischen Sonnenuntergänge jenseits von Raum und Zeit. Wann immer ich zu Hause und somit in Janas Nähe war, schaltete mein Gedächtnis auf Durchzug. Ich weiß noch, dass sie als Kind diesen Ramsch gesammelt hat, wovon sie bis heute nicht losgekommen ist. Dass sie oft ganz plötzlich aufgetaucht ist, auf der Wiese, im Wald, als hätte sie bereits dort auf mich gewartet. Ich erinnere mich an ihr Gesicht, wie es früher ausgesehen hat, und kann beim besten Willen nicht verstehen, inwiefern es sich seitdem verändert haben soll. Sie war schon immer traurig. Immer, wenn wir zusammen waren, war sie traurig. Was kann ich dafür?

»Ich versteh nicht, was du meinst«, sage ich zum wiederholten Mal.

»Wie schade! Denn ich habe es sehr wohl gemerkt. Von der ersten Sekunde an musste ich dabei zusehen. Weißt du, wie das ist? Weißt du, wie es sich anfühlt, wenn sie deinetwegen weint? Und ich kann nichts für sie tun! Weil sich alles immer nur um dich dreht!« Er hält kurz inne. »Du findest das auch noch lustig?«, fragt er.

»Ja, ein bisschen schon.«

»Was stimmt nicht mit dir, du Arsch?«

»Ich sag dir, was ich lustig finde, diesen ganzen Auftritt hier. Ehrlich, musste das sein? Gibt es keinen anderen Weg, um vor ihr gut dazustehen? Einen, der mich vielleicht nicht so sehr miteinbezieht in eure kleine Misere?«

Jetzt habe ich ihn. Ganz plötzlich fällt ihm nichts mehr ein.

»Du sagst, ich hätte nie was gemerkt. Hab ich wohl, Oliver. Ich hab alles gemerkt, jeden noch so kurzen Blick in ihre Richtung. Also lass mich dir eines sagen: Sie steht nicht auf dich. Weil du ein Typ in einem Rollstuhl bist. Sie muss dir jeden Tag den Arsch abwischen. Verstehst du das, verstehst du, was das bedeutet?« Ich rüttle an seinem Stuhl, sodass sein ganzer Körper durchgeschüttelt wird. Er sitzt da und starrt mich an.

»Reden wir mal richtig von Mitleid. Denkst du, sie hat Mitleid mit dir, wenn sie dir wie einem Kleinkind das Essen schneiden und in den Mund schieben muss? Sie hasst dich. Sie hasst diesen Job, sie hasst dieses Haus, sie hasst einfach alles hier, deswegen ist sie ständig am Heulen. Sie will nicht mal mit dir in Urlaub fahren. So sehr hasst sie die Vorstellung, mit dir allein zu sein. Nur das großzügige Gehalt, das ich ihr zahle, hält sie davon ab, dich einfach hier sitzen zu lassen!«

»Du verdrehst das völlig, sie –«

»Wie lange geht das schon so zwischen euch, Jahre? Wie lange versuchst du's schon? Und du denkst ernsthaft, es ist meine Schuld, dass sie so unglücklich ist? Du bist es. Du bist ein Klotz am Bein. Und solange du in diesem Stuhl sitzt und ich für dich aufkommen muss, hältst du dich mit deinen Vorwürfen gefälligst zurück, hast du kapiert?«

Reglos sind Olivers Augen auf mich gerichtet. Er sagt nichts. Ich lasse ihn stehen, weil diese Unterhaltung längst jeden Reiz verloren hat. Im Vorzimmer begegnet mir Caro, die ein fast genauso entsetztes Gesicht macht wie Oliver.

»Was um alles in der Welt war denn das?«, fragt sie.

Sie hat es gehört. Dann weiß sie bestimmt, dass es keine gute Idee wäre, mir jetzt hinterherzulaufen.

CARO

Eine Wanduhr schlägt Punkt neunzehn Uhr, irgendwo im Haus. Das donnernde Geräusch droht mir den Schädel einzuschlagen. Sami ist nach oben gegangen, und seit er weg ist, spiele ich mit dem Gedanken, nicht nur das Haus zu verlassen, sondern auch ihn. Was er da eben zu seinem Bruder alles gesagt hat ... Ich verstehe ihn nicht, ich verstehe die Wut nicht, die ständig in ihm tobt, seine wechselnden Launen und dass man nie weiß, woran man bei ihm ist. Mein Gott, er ist Extremsportler – sollten Verlässlichkeit und innere Ruhe nicht zu ihm gehören wie seine Organe?

Es war dumm zu glauben, meine Welt gegen seine eintauschen zu können, bloß weil meine in Trümmern liegt. Die Teile passen nicht zueinander, und versucht man sie gewaltsam zusammenzustecken, wird nur alles zerbröckeln. Auch wenn es eine Zeit lang schön war – er ist nicht gut für mich. Vielleicht ist er für niemanden gut, nicht einmal für sich selbst. Ich muss endlich zurück nach Hause fahren und meine eigene Welt reparieren, anstatt hier die Scherben unter den Teppich zu kehren.

Die Frage ist, ob ich es jetzt tun oder noch warten soll, bis sich die Lage beruhigt hat. Wenn ich warte, werde ich es mir wieder anders überlegen. Dass das passieren wird, steht außer Frage.

Ich klopfe an seine Tür. Er öffnet mir und sagt sofort: »Tut mir leid, dass du das gehört hast. Aber er weiß einfach genau, welche Knöpfe man bei mir drücken muss, um mich zur Weißglut zu bringen.«

»Ist schon gut«, antworte ich.

»Echt, du hast keine Ahnung. Ich liebe ihn, aber er

284

ist so verdammt schwierig geworden, seit er nicht mehr laufen kann. Und diese ganze Sache mit Jana ... da hat er mich einfach auf dem falschen Fuß erwischt.«

»Ich dachte, zwischen dir und ihr läuft nichts.«

»Ist auch so. Aber offenbar ist selbst das ein Fehler. In letzter Zeit mache ich wohl alles falsch.«

Er beginnt wieder wütend zu werden.

Jetzt wäre meine Chance. Ein paar Worte, mehr ist es im Grunde nicht. Es sollte so leicht sein. Aber ich komme zu ihm, und er nimmt mich in den Arm.

Das wird nicht gut enden. Die Wahrheit ist: Schöne Dinge enden niemals gut.

Später gehe ich zurück nach unten. Sami hat sich hingelegt. Auch ich bin ausgelaugt, weil dieser Tag sich anfühlt, als hätte er vierzig Stunden, und immer noch ist er nicht zu Ende. Ich nehme mir vor, mit Sami zu reden, wenn er aufgewacht ist. Bis dahin ist hoffentlich auch mein Kopf wieder klar.

Auf dem Weg in die Küche komme ich beim Wohnzimmer vorbei. Durch die halb offene Tür sehe ich die Kanten von Olivers Rollstuhl. Ich möchte ihm ein wenig Gesellschaft leisten und betrete nach einem Klopfen den Raum. Er bewegt sich nicht, doch sein Gesicht in der dunklen Fensterscheibe hat mich im Visier.

»Wie geht es Ihnen?«, erkundige ich mich.

Seine Antwort ist ein ziemlich deutlicher Blick von mir weg.

»Hören Sie ... das hat er alles bestimmt nicht so gemeint. Er war wütend. Es tut ihm leid.«

Das Gesicht in der Scheibe regt sich leicht; ich kann nicht erkennen, ob er lächelt oder eine Grimasse zieht.

»Sie müssen auch seine Seite verstehen«, rede ich weiter. »Er hat es in letzter Zeit nicht so leicht.«

»Das kann ich mir nicht vorstellen.«

»Sie müssen doch selbst gemerkt haben, dass er neben der Spur ist.« Als er nicht antwortet, würde ich es ihm am liebsten erzählen. Die Sache mit der Bergrettung, dem Toten, die ganze beschissene Geschichte. Aber ich habe es Sami versprochen. Es muss einen anderen Weg geben.

»Bitte, Oliver. Zeigen Sie Verständnis.«

»Verständnis, sagen Sie?« Er dreht sich zu mir um. »Sie halten ihn für den großen Helden, nicht wahr? Für den unfehlbaren Samuel Winterscheidt. Den Bezwinger der Berge, den Bezwinger Ihres Herzens, unterbrechen Sie mich, wenn es zu pathetisch wird.«

»Sie sind wütend. Ich verstehe das.«

»Einen Dreck verstehen Sie.«

Ich trete einen Schritt zurück, und er lächelt, als hätte ich mich dadurch irgendwie verraten.

»Hat er Ihnen erzählt«, spricht er weiter, »wie ich mir das Rückgrat gebrochen habe? Hat er erzählt, wie es passiert ist?«

»Er hat gesagt, das Seil ist gerissen.«

»Ja, das erzählt er gerne. Es ist wohl auch die plausibelste Version. Da fragt keiner nach, wenn es heißt, das Seil ist gerissen. Unfälle passieren.«

Ein eisiges Schaudern fährt mir in die Brust. Diese Worte. Sami hat das Gleiche gesagt, als er von Olivers Unfall erzählt hat. In meinem Kopf braut sich etwas zusammen, eine dunkle Ahnung steigt in mir hoch, die ich nicht länger zurückdrängen kann.

»Was genau wollen Sie mir sagen?«

»Was wollen Sie denn wissen?«

»Die Wahrheit. Was ist mit dem Seil passiert?«

»Ach, kommen Sie. Sie wissen es doch.«

»Lassen Sie das. Wenn Sie mir etwas zu sagen haben, dann sagen Sie's, oder Sie halten verdammt noch mal den Mund!« Warum bin ich plötzlich so aufgebracht?

Oliver bleibt seelenruhig, lenkt den Rollstuhl zu mir und fährt fort.

»Sie wollen also die Geschichte hören? Die ganze Geschichte? Dann passen Sie gut auf, denn vielleicht beantwortet das ja sogar die Fragen, wegen denen Sie ursprünglich hergekommen sind.«

Er räuspert sich und reckt das Kinn, als mache er sich für eine große Vorstellung bereit. Dann beginnt er zu erzählen.

»Stellen Sie sich einen traumhaft schönen Tag vor. Klarer Himmel, warmer Fels, herrlich frische Luft. Ein Tag wie aus dem Bilderbuch. Das denkt sich auch unser Vater und bricht mit Sami und mir zu einer Klettertour auf. Es ist eine anspruchsvolle Route, aber wir alle drei sind Profis. Niemand hat Bedenken. Das erste Drittel läuft problemlos. Aber dann passiert etwas. Etwas, womit Profis eigentlich rechnen sollten. Steinschlag löst sich von einer Kante knapp über uns. Sami und ich können ausweichen, aber unseren Vater, der als Letzter unterwegs ist, trifft ein Brocken von der Größe eines Fußballs mitten auf die Stirn. Kein Helm kann da helfen. Nicht bei so einem Stein. Sofortige Bewusstlosigkeit. Unser Vater verliert den Halt und stürzt ab. Wissen Sie, was bei so einer Sturzenergie mit den Sicherungen passiert? Sie halten nicht. Die gesamte Seilschaft stürzt in den Standplatz und bleibt einige Meter darunter über einem Felsvorsprung hängen. Unser Vater rührt sich nicht mehr. Es gibt nur noch einen Haken. Einen Haken, an dem wir alle drei hängen. Ich versuche Halt zu erreichen, indem ich mich ins Pendeln versetze. Wichtig ist natürlich auch, dass das Seil hält. Es hätte gehalten. Aber wissen Sie, was? Sami findet das nicht. Er hat Angst, dass es auch noch die letzte Sicherung erwischt, und sagt mir, ich solle aufhören zu pendeln, weil der Haken das nicht aushält und wir sonst abstürzen. Aber ich muss versuchen, diesen Überhang dort zu erreichen, dann wird alles gut; wenn er mir nur ein bisschen Zeit gibt, kann ich uns alle retten. Aber die gibt er mir nicht. Er zieht ein Messer und schneidet das Seil unter sich durch. Er schneidet es einfach durch. Unser Vater und ich fallen in die Tiefe. Tja, und dann … wumms. Oder eher patsch? Bitte verzeihen Sie, ich weiß nicht genau, welches Geräusch Knochen machen, wenn sie brechen. Ich kann mich nicht mehr erinnern.«

Er wird still. Er dreht sich weg, und ich sehe nichts anderes mehr als sein verschwommenes Spiegelbild im Fenster.

»Sagen Sie mir, welcher Held tut so etwas? Wer stellt sein eigenes Überleben über das seiner Familie?«

Meine Stimme klemmt tief in meinem Hals fest. Vergeblich suche ich Bestürzung in mir, Abscheu, Fassungslosigkeit, doch alles, was seine Geschichte in mir auslöst, ist Mitleid. So unendlich großes Mitleid für ihn und für seinen Bruder. Niemand sollte vor die Wahl gestellt werden, sich zwischen dem eigenen Leben und dem Leben seiner Familie entscheiden zu müssen. Aber Sami wurde vor die Wahl gestellt. Und er traf eine Entscheidung. Wer bin ich schon, darüber zu urteilen, ob es die richtige Entscheidung war? Ich war nicht dabei.

»Haben Sie gar nichts dazu zu sagen?«, fragt Oliver.

»Ich denke … in dem Moment, als er das Seil durchgeschnitten hat, war er sich sicher, das Richtige zu tun. Vielleicht war es ein Fehler, vielleicht nicht. Wir machen doch alle Fehler, wenn wir Angst haben.«

»Eine ziemlich lockere Einstellung für eine Frau in Ihrer Lage.«

»Was meinen Sie damit?«

»Fragen Sie ihn doch mal nach Ihrem Verlobten. Fragen Sie ihn, was passiert ist. Hat Alex sich selbst vom

Seil abgeschnitten? Hat er Ihnen das gesagt? Er sagt so etwas gerne, wissen Sie? Es ist seine liebste Geschichte. Wenn er den Leuten weismachen will, er hätte alles gegeben.«

Etwas schnürt mir die Kehle zu. Ich versuche, es abzuschütteln. Es geht nicht. Vor meinem inneren Auge tanzt die Szene wie ein verwackeltes Fernsehbild: *Er hat sich losgeschnitten, Caroline. Das ist es, was passiert ist. Es war die einzige Entscheidung, die er noch treffen konnte.*

»Sie sind so still. Woran denken Sie, Caroline?«

»An gar nichts. Es ist nichts.«

»Fragen Sie ihn, na los. Fragen Sie ihn, ob Ihr Verlobter sich tatsächlich losgeschnitten hat. Oder ob es nicht doch er selbst war, der die Entscheidung gefällt hat. Denn ich weiß mittlerweile, wie gerne mein Bruder zum Messer greift, wenn's eng wird. Dieser Stuhl erinnert mich täglich daran.«

Dann sagt er nichts mehr. Ich marschiere aus dem Raum, laufe zur Treppe, wo ich mich auf die Stufen setze und die Stirn gegen meine Hände donnere, bis es schmerzt.

Meine ganze Welt, die ich in harter Arbeit aus den vielen Trümmern zusammengeklebt habe, bricht in diesem Moment wieder auseinander. Zerstört vom Bild eines Messers, das ein Seil durchschneidet. Erneut. Das Messer eines anderen.

Es geht ganz leicht. Seile durchzuschneiden ist einfacher, als sie festzuhalten.

Schritte reißen mich aus meinem Gedankenstrudel. Als ich den Kopf hebe, steht Jana vor mir. Ihr perfektes, symmetrisches Gesicht ist zu einer unterkühlten Maske erstarrt. Seit unserer ersten Begegnung konnte sie mich nicht leiden. Ich habe es sofort gespürt. Ich wäre ja geschmeichelt, dass sich eine derart schöne Frau von mir

289

bedroht fühlt, aber in Anbetracht der Umstände ist mir ihre Meinung reichlich egal.

»Sie sehen nicht gut aus«, stellt sie fest.

»Das glaube ich Ihnen aufs Wort.«

»Ist Sami oben?«

Ich nicke, mustere sie für einen Augenblick. Sami sagte, sie und er kennen sich seit Jahren. Womöglich schon aus der Zeit vor dem Unfall. Dann muss sie wissen, ob Oliver die Wahrheit sagt oder mich nur verunsichern wollte.

»Stimmt es?«, frage ich. »Stimmt es, wie Oliver damals verunglückt ist? Hat Sami das Seil durchgeschnitten?«

Eine Regung zuckt hinter der Maske, ein Schrecken, den ich nicht erwartet habe. Sie blinzelt, und im nächsten Moment ist sie wieder ganz beherrscht. »Hat Sami Ihnen etwa davon erzählt?«

»Nein. Oliver hat es mir erzählt. Gerade eben.«

Sie reckt das Kinn, um einen Blick ins angrenzende Wohnzimmer zu werfen. »Tatsächlich?«

»Er hat auch angedeutet, dass so etwas vielleicht schon öfter vorgekommen ist. Ist das wahr?« Bangend schaue ich in ihre frostigen Augen, hoffe auf ein Gefühl, auf etwas Warmes, das mir endlich diese furchtbaren Zweifel und Befürchtungen nimmt. »Sie kennen Sami doch so gut. Hat Oliver recht? Ist so etwas schon öfters passiert?«

»Ich denke, das sollten Sie ihn selbst fragen.«

»Aber Sie glauben doch nicht, dass es stimmen könnte, oder?«, hake ich nach, weil ich diese verrückte Hoffnung einfach nicht aufgeben will.

In Janas Gesicht bleibt es hart und eisig. Sie nimmt neben mir auf der Treppe Platz, sodass ich den Rosenduft ihres Haares einatme. Viel zu süßlich, aufdringlich, mir wird übel. Kotzübel wird mir, genauso wie von ihrer kalten, schmalen Hand, die auf eine sanfte und doch unangenehme Art meine Schulter berührt.

»Darf ich ganz ehrlich zu Ihnen sein, Caroline? Sie sollten abreisen. Das hier wird nicht gut ausgehen.«

»Sagen Sie bloß, Sie sind in Sorge um mich.«

»Ich sage nur, wie es ist. Solche wie Sie habe ich hier schon oft ein und aus gehen sehen. Er spielt mit Ihnen, ist Ihnen das nicht klar?«

»Solche wie ich«, wiederhole ich ihre abfällige Wortwahl. Ich hätte ja gelacht, wenn ich nicht ganz genau wüsste, wie sie das gemeint hat. »Und Sie, sind Sie auch eine von dieser Sorte? Hat er Sie ein paarmal flachgelegt und dann wieder fallen lassen? Können Sie mich deshalb nicht leiden? Weil er mich wirklich mag?«

Sie zieht die Hand zurück und richtet sich kerzengerade auf.

»Tut mir leid«, sage ich schnell. »Das war taktlos.«

»Nein, mir tut es leid. Ehrlich, Caroline, es tut mir so leid, dass Sie das alles durchmachen müssen. Erst Ihren Verlobten zu verlieren und dann herauszufinden, dass Sami es gewesen ist ... das muss furchtbar sein.«

Sie verstummt, sieht mich mit überraschten Augen an.

»Was haben Sie gesagt?«, frage ich mit erstickter Stimme.

Auf einmal grinst sie verlegen, als komme sie sich ganz dumm vor. »Oh mein Gott«, sagt sie. »Ich dachte, Sie hätten es mittlerweile selbst kapiert. Nachdem Sie mit Oliver geredet haben ...«

»Was kapiert?«

»Dass er es war. Gewissermaßen. Aber Sie dürfen ihm keinen Vorwurf machen. Ein Held zu sein ist nicht so einfach, wenn man selbst überleben will. Wer sind wir schon, über ihn zu urteilen? Was hätten Sie an seiner Stelle getan?«

Ich stehe auf. Ein dumpfes Rauschen bringt jeden Gedanken in meinem Kopf zum Schweigen, jeden Gedanken außer einem: Er hat mich belogen. Die ganze Zeit hat er mich belogen.

»Caroline?« Janas Stimme folgt mir verwirrt, während ich die Treppe hochmarschiere. »Caroline, das wollte ich nicht. Es ist mir so rausgerutscht. Ich dachte, Sie wüssten es längst.« Und dann noch, fast ein bisschen fröhlich: »Aber fragen Sie ihn einfach!«

Ja, ich werde ihn fragen.

Ich werde ihn so lange fragen, bis er mir die Wahrheit sagt.

JANA

Ich beobachte, wie sie mit blassem Gesicht die Treppe hocheilt. Lausche ihren stolpernden Schritten.

Letztes Jahr habe ich Sami einmal so richtig betrunken erwischt. Es war nicht so schlimm wie damals, als sein Vater gestorben war, aber berücksichtigt man seine strenge gesunde Lebensweise, war es dennoch beachtlich.

Er saß mit dem Rücken an die Brüstung seines Balkons gelehnt. Ich war in sein Zimmer gekommen, weil ich mir Sorgen um ihn gemacht habe. Seit dem Vorfall mit Alex Doppler hatte ich ihn kaum zu Gesicht bekommen. Er aß fast nichts, er trank nur. Als er mich sah, begann er zu lachen.

»Willst du mal was echt Witziges hören?«, fragte er lallend.

Ich setzte mich zu ihm, und er begann zu reden. Von Eis und Schnee, Wind und Kälte. Und von einem Seil. Er war ganz durcheinander. Die einzelnen Sätze ergaben überhaupt keinen Sinn. Ich wollte ihn trösten, irgendwie, damit es ihm besser ging, damit er wieder aß und endlich aus seinem Zimmer kam.

»Es war nicht deine Schuld«, sagte ich, obwohl ich kaum verstand, wovon er sprach.

Er sah mich an, mit einem Ausdruck, den ich weder davor noch danach je wieder in seinen Augen gesehen habe. Ich weiß nicht, wie es passiert ist, aber auf einmal küssten wir uns. Ich brachte ihn dazu, von diesem Balkon aufzustehen. Wir schafften es zum Bett, aber weiter kamen wir nicht.

Es war nur ein einziges Mal. Ich habe es nie jemandem erzählt. Ich musste es ihm versprechen.

Aber ich glaube, ich habe nun verstanden, was er mir an jenem Abend sagen wollte. Als Caroline vor mir auf der Treppe saß, wurde es mir schlagartig bewusst.

Ich habe es doch gesagt. Von Anfang an habe ich es gesagt. Ich bleibe, und sie wird verschwinden. Für immer wird sie aus seinem Leben verschwinden.

Und sie wird es sogar freiwillig tun. Weil er es war, der ihren Verlobten umgebracht hat.

CARO

Er sitzt mit müdem Gesicht auf dem Bett, als ich ins Zimmer komme.

»Ich bin kurz eingeschlafen«, sagt er gähnend.

Ich schließe die Tür hinter mir. Ich fürchte mich davor, meine Fragen zu stellen, fürchte mich davor, welche Antwort ich bekommen werde. Ich weiß nicht, was auf mich zukommen wird. Das ist alles ein furchtbarer Alptraum.

»Ich fühle mich schon viel besser«, sagt er, während er sich streckt und aus dem Bett steigt. Er verschwindet für einen Moment ins Bad, und die Angst droht mich zu zerreißen, droht in Wut umzuschlagen, in entsetzliche Wut, und das darf nicht geschehen. Ich muss ruhig bleiben, um jeden Preis die Nerven behalten. Sonst enden wir im Chaos.

Das Rauschen einer Toilettenspülung, gefolgt vom Laufen des Wasserhahns. Es kommt mir ewig vor, bis er endlich zurück ins Schlafzimmer kommt. Für einen Moment steht er da und betrachtet mich verwundert, dann will er zu mir, um mir einen Kuss zu geben.

»Ich habe mit Oliver geredet«, platze ich heraus. Den Worten gelingt, was mein Gesicht nicht schafft: Sie zwingen ihn dazu, innezuhalten, von einer Sekunde auf die andere. Immer noch ist sein Ausdruck mehr verwundert als besorgt. Aber ich merke deutlich, dass ihm das Lächeln nun schwererfällt.

»Er ist ziemlich sauer, was? Kann ich ja verstehen. Ich geh dann runter und entschuldige mich bei ihm.«

Er versucht es erneut mit dem Kuss. Ich drücke ihn weg.

»Er hat mir etwas erzählt … über seinen Unfall damals.«

Er blinzelt wie gegen starkes Licht. »Und was hat er erzählt?«

»Das weißt du ganz genau.«

Er stößt die Luft aus, als wolle er laut loslachen. Dabei ist nichts an dieser Situation auch nur im Entferntesten komisch. Kopfschüttelnd weicht er zurück, geht zum Balkon, macht kehrt und steht wieder vor mir, mit todernstem Gesicht.

»Und? Was hast du zu der Geschichte zu sagen?«

»Nichts. Was sollte ich sagen? Ich war nicht dabei.«

Er wartet einen Augenblick. Vielleicht denkt er nach, aber ich glaube, in seinem Kopf herrscht gerade nichts als Durcheinander.

»Na los«, fordert er mich auf. »Frag mich. Stell mir die eine Frage, die dich interessiert. Du kriegst dieselbe Antwort wie damals.«

Das glaube ich nicht. Nicht diesmal, nicht solange ich hart bleibe. Dabei will ich das gar nicht. Bei Gott, ich will diese Frage nicht stellen, aber es wird mir keine Ruhe lassen. Bis an mein Lebensende wird sie mich verfolgen, wenn ich jetzt nicht bereit bin, aus meiner Blase zu kommen und endlich der Realität ins Auge zu sehen.

Also stelle ich die Frage. Ich stelle sie hart und direkt, damit er nicht länger den Mut hat, mich zu belügen.

»Hast du Alex vom Seil abgeschnitten? Wie du's mit deinem Bruder und deinem Vater gemacht hast? Hast du Alex vom Seil abgeschnitten, hast du ihn sterben lassen?«

Plötzlich bete ich, dass er Nein sagt. Und wenn es eine Lüge ist. Bitte, soll er mich belügen, soll er lügen, und wir bleiben glücklich. Stattdessen stößt er wieder dieses geräuschlose, abgestumpfte Lachen aus.

»Ich wiederhole meine Frage: Hast du Alex vom Seil abgeschnitten?«

Er verschränkt die Arme vor der Brust und starrt mir ungerührt in die Augen. »Klug hat er das gemacht, mein lieber Bruder. Wirklich sehr schlau von ihm.«

»Hast du Alex vom Seil abgeschnitten?«

»Begreifst du nicht, was hier los ist? Er hat dir das mit seinem Unfall absichtlich erzählt, damit genau das passiert. Und du fällst geradewegs drauf rein.«

Ich stehe vor ihm, halb so groß wie er, ein Nichts verglichen zu ihm, verglichen zu den Dingen, zu denen er fähig ist, doch meine Frage stelle ich weiter. Mit jedem Mal werde ich selbstsicherer, aber auch wütender, und ich spüre, wie er mehr und mehr in sich zusammenfällt trotz der Härte, die er beweisen will.

»Hast du Alex vom Seil abgeschnitten?«

»Mein Gott, Caro …«

»Hast du Alex vom Seil abgeschnitten?«

»Soll das jetzt die ganze Zeit so gehen?«

»Hast du Alex vom Seil abgeschnitten?«

Er sieht sich um, als suche er nach einem Ausweg. Mit Leichtigkeit könnte er mich beiseiteräumen und so dieses Gespräch beenden. Aber irgendetwas hält ihn auf.

»Hast du Alex vom Seil abgeschnitten?«

Er begreift allmählich, dass er mich nicht von meinem Kurs abbringen wird. Egal, wie lange er schweigt. Zum ersten Mal ist er der Schwächere von uns.

»Bitte, Caro«, sagt er.

»Nein, Sami. Sag es mir. Hast du Alex vom Seil abgeschnitten?« Er antwortet nicht. Ich packe ihn am Kragen seines T-Shirts und brülle: »Hast du Alex vom Seil abgeschnitten?«

»Ja, verdammt noch mal, ja, ich habe ihn von diesem Scheißseil abgeschnitten!«

Ich lasse ihn los, trete zurück. All meine Wut droht plötzlich zu verschwinden, in ein dunkles, kaltes Nichts gezogen zu werden, wo seine Antwort widerhallt wie ein Schrei. Ich wusste es. Von Anfang an habe ich es gewusst, weil in seinen Augen eine Schuld steht, die kein Selbstvertrauen verdecken kann. Ich habe es gewusst und ihm trotzdem vertraut. Ich habe es gewusst und mich trotzdem in ihn verliebt. Weil es einfacher ist als die Wahrheit. Zum ersten Mal waren Gefühle sicherer als die Vernunft. Dass er all das ausgenutzt hat, reißt mein Herz in Stücke.

Sami ist vom Schreibtisch zurückgetreten und marschiert aufgebracht umher. Er ist völlig außer sich, redet ohne Unterbrechung.

»Ich hab es dir damals doch geschildert! Haargenau! Der Überhang, die Abbruchkante, mein Seil. Es ist verflucht noch mal gerissen, okay, als ich zu stark gependelt habe, ist es gerissen! Ich hing da an ihm dran. Wir beide an einer einzigen Sicherung. Was hätte ich tun sollen?«

»Du ... du hast ihn sterben lassen?« Ich flüstere nur noch, halte mich selbst umklammert, weil ich das Gefühl habe, sonst zu fallen. Hinab zu Alex, in die Tiefe, wo alles begann und doch für immer aufhörte.

»Ich wollte das nicht. Das musst du mir glauben. Ich hab alles versucht, ich bin da raufgeklettert, obwohl jeder es mir ausreden wollte, ich hab mein Leben riskiert, um ihn zu retten, aber ich konnte es nicht, okay? Ich konnte ihn nicht retten, also musste ich ... ich musste *mich* retten.«

»Aber er ... er war ein guter Kletterer. Er hätte ... vielleicht hätte er aus eigener Kraft ... wenn du ihm nur Zeit gegeben hättest ...« Meine Stimme versagt. Samis Gesicht verschwimmt vor meinen Augen.

»Caro, bitte. Du musst mir jetzt einfach vertrauen. Ich hatte keine andere Wahl.«

»Du meinst, wie bei Oliver?«

»Das war was anderes.«

»Wieso? Wieso war das was anderes? Machst du das

so? Gehst du lieber über Leichen, bevor du riskierst, dass dir etwas passiert? Das kommt mir etwas absurd vor, wenn man bedenkt, womit du dein Geld verdienst!«

»Du verstehst das alles nicht. Ich wollte nie, dass Oliver etwas zustößt. Oder meinem Vater. Ich wollte auch nicht, dass Alex etwas passiert. Das alles hätte nie geschehen dürfen.«

»Aber es ist passiert! Alex ist tot, dein Vater ist tot, Oliver wäre um ein Haar gestorben, und du stehst da und lässt dich feiern?«

Ich kann nicht mehr weitersprechen. So wütend war ich noch nie. Nicht, als Alex starb, nicht in dieser einsamen Nische irgendwo zwischen Berg und Tal, noch nicht einmal an jenem Abend vor einem Monat, als ich frierend im Schneegestöber stand und Sami mir und Ben die Tür vor der Nase zuwarf. Es gab so viele Möglichkeiten in meinem Leben, mir zu wünschen, ich könne jemanden umbringen. Jetzt bin ich nahe dran, es tatsächlich zu tun.

Mit aller Kraft stoße ich ihn weg, sodass er mehrere Schritte zurücktaumelt. Überrascht schaut er mich an, und ich brülle, ich brülle, als ginge es um mein Leben: »Wieso hast du ihn sterben lassen? Wieso! Lieber er als du, ist es das, was du mir sagen willst?«

Stille.

»Antworte mir!«, schreie ich aus Leibeskräften.

Und da erwacht Zorn in seinen Augen. Der ungebrochene Kampfgeist, der ihn Tag für Tag vorantreibt, der ihn auf alle Gipfel dieser Welt gebracht hat, der ihn zum besten Bergsteiger gemacht hat, den es gibt, und ja, auch zu einem kaltherzigen Egoisten.

»Ja«, sagt er, zunächst ruhig, dann wird er lauter. »Ja, zum Teufel, lieber er als ich! Oder glaubst du, ich opfere mein Leben für jemanden, den ich nicht kenne? Glaubst du das?«

Ich schüttle den Kopf, meine Gedanken überschlagen sich.

»Da oben, Caro – da oben gibt es keine Gesetze. Das solltest du inzwischen wissen. Am Ende ist sich jeder selbst der Nächste. Was hätte ich sonst tun sollen? Selbst sterben? Wäre dir das lieber gewesen? Zwei Tote im Eis?«

»Ich … ich …«

Alles bricht zusammen. Wer trägt nun die Schuld? Ich habe die Liebe meines Lebens verloren, weil ein anderer sein Leben über das eines Fremden stellte. Ist das gerecht? Oder ist das einfach bloß das Leben, von dem ständig die Rede ist, dieses beschissene, unfaire, knallharte Friss-oder-stirb-Leben, das mich Tag für Tag verarscht, mich am laufenden Band falsche Entscheidungen treffen lässt? Ihm zu vertrauen war falsch, hierherzukommen war falsch. Ich will mir nicht länger den Kopf darüber zerbrechen, was ich in letzter Zeit alles falsch gemacht habe, obwohl es sich so richtig angefühlt hat. Das hat jetzt ein Ende. Nichts soll je wieder in mir zerbrechen, nachdem es so harte Arbeit war, die Bruchstücke zusammenzufügen, nichts! Jetzt, in genau diesem Moment, gestehe ich mir ein, dass ich das alles nicht mehr will.

Ich gehe zur Tür. Sami beobachtet mich für einen Augenblick, dann ruft er: »Caro!«

»Lass mich.«

»Caro, warte. Bleib hier!«

Aber da bin ich bereits aus dem Zimmer gestürmt. Er folgt mir nicht. Er lässt mich einfach gehen. Also gehe ich, in tiefster Nacht durch den Schnee. Erneut stehe ich in einem Scherbenhaufen. Sehr schnell wird mir klar, was nun zu tun ist.

OLIVER

Vor acht Jahren

Sonnenschein, eine senkrecht abfallende Felswand und Samis besserwisserische Kommentare sind alles, was für einen total versauten Tag nötig ist.

»Hast du den Anseilknoten richtig gelegt?«, fragt er. »Setz deinen Helm endlich auf. Wind und Tiere reichen schon aus, um Steinschlag zu verursachen.«

»Ich weiß, okay? Mach jetzt keinen Stress!«

»Keiner macht hier Stress. Du bist einfach nur saulangsam.«

Wir sind kurz vor dem Einstieg in die Wand. Die Sommerhitze muss mir die letzten Gehirnzellen verbrannt haben – anders ist es nicht zu erklären, wieso ich zugestimmt habe, Sami auf diese kleine Tour zu begleiten. Nachdem er gefühlte hundert Mal meinen Anseilknoten, das Sicherungsgerät, die Karabiner und meinen Gurt überprüft hat, sieht er sich noch einmal die Route im Topo an und rechnet die benötigte Seillänge nach. Meine Hoffnung, dass wir uns beim Vorklettern diesmal abwechseln, hat er sofort zerschlagen. »Du kannst das nicht.«

Beim Klettern sollte man sich eigentlich aufeinander verlassen können. Ich vertraue weniger ihm, sondern mehr seinem Ego, was im Notfall hoffentlich groß genug ist, um einem Erdbeben zu trotzen. Er hingegen vertraut mir offenbar bestenfalls das Vorbereiten der Wasserflaschen an.

Sami setzt seine Sonnenbrille auf und schlüpft in seine Handschuhe.

»Ich möchte vorklettern«, sage ich noch einmal.

»Nein.«

»Doch.« Ich halte ihn zurück, als er schon den ersten Griff setzen will. »Sei ein einziges Mal nicht so ein Arsch.«

»Wer vorklettert, muss Standplatz bauen.«

»Eben, lass mich das endlich mal üben.«

»Das ist zu gefährlich für dich.«

»Als ob es dir hier um mich geht, du Egoist. Tut's dir so weh, mal nicht die Führung zu übernehmen? Lass mich vorklettern!«

Ein gehässiges Grinsen zuckt in seinem Mundwinkel, aber hinter der Sonnenbrille spucken seine Augen Feuer, darauf möchte ich wetten.

Er tritt zurück. »Bitte, dann mach.«

»Wie gnädig«, schnauze ich und klettere los, allein schon, um aus seiner Reichweite zu kommen. Es ist eine leichtere Route, die wir schon mehrmals geklettert sind, allerdings war ich noch niemals Vorsteiger. Ich gebe zu, die Aufregung vermischt sich gerade mit ein wenig Nervosität. Nach etwa fünfzehn Metern setze ich die erste Zwischensicherung, indem ich einen Friend in eine schmale Ritze im Fels platziere. Sami ist aus irgendeinem Grund kein Fan von Klemmkeilen mit Spreizwirkung, ich finde sie unerlässlich, gerade weil man sie nicht nur in Risse legen kann, die sich verjüngen, sondern auch in solche, die horizontal verlaufen. Aber Sami benutzt horizontal verlaufende Risse aus Prinzip nicht, den Grund müssen wir Normalsterbliche nicht verstehen. Wahrscheinlich gefällt ihm die Form nicht. Dieser wählerische Großkotz wird früh im Grab landen.

Apropos Großkotz. Im Hintergrund höre ich ihn irgendetwas sagen, vermutlich einen blöden Kommentar, warum ich so früh zwischensichere. Ich versuche ihn auszublenden und klettere weiter. Sein Gemecker hört aber nicht auf.

»Sind das Friends?«, ruft er, als er meine Zwischensicherung passiert.

»Man kann vor dir nichts verheimlichen.«

»Wieso nimmst du keine Klemmkeile?«

»Weil die oldschool sind!«

»Du hast bloß keine Ahnung, wie man sie vernünftig setzt!«

»Kannst du einfach mal die Klappe halten da unten?«

Wortlos entfernt er den Friend, doch anstatt ihn mitzunehmen, lässt er ihn fallen.

»Was soll das?«, rufe ich.

»Ich überhole dich sowieso. Und ab dann verwenden wir wieder Klemmkeile.«

»Sag mal, wo zum Teufel liegt eigentlich dein Problem?«

»Du hältst hier alles auf.«

Wut steigt in mir hoch, ich versuche dagegen anzukämpfen. Ich muss mich jetzt konzentrieren. Vielleicht ist das ja ein Trick, um mich aus der Reserve zu locken. Kein Problem. Ich bin die Ruhe selbst. Zügig klettere ich voran, spüre den uralten Stein unter meinen Fingern, rieche die glasklare, kühle Luft und frage mich plötzlich, an welcher Stelle der erste Standplatzbau fällig ist. Unwillkürlich will ich Sami fragen, der sich in seiner neuen Rolle als Nachsteiger erwartungsgemäß unwohl fühlt und viel zu wenig Abstand hält.

»Hör auf, mir am Arsch zu kleben!«, rufe ich stattdessen und klettere umso schneller.

Die Distanz zum Boden vergrößert sich. Baumwipfel bewegen sich im Wind und werden unter uns immer kleiner. Es kommt auf die Seillänge an, erinnere ich mich. Standplätze orientieren sich an Seillängen. Ich werfe einen Blick nach unten und bemerke mit knir-

schenden Zähnen, wie Sami in seinem Seil hängt, als
hätte er vor, mal schnell zu kampieren.

»Ich schlaf hier unten ein!«, ruft er hoch. »Mach
schneller!«

Er will mehr Tempo? Dann kriegt er mehr Tempo,
dieser Wichser.

Ich klettere weiter, erreiche den ersten Standplatz und
atme keuchend durch. Ich kann das. Ich habe es zigmal
bei Sami oder meinem Vater gesehen und noch öfter
im Geiste geübt. Kräfteverteilung ist das A und O. Im
Falle eines Falles müssen alle Fixpunkte den Sturzzug
aufnehmen können. In den Stein wurden bereits zwei
Bohrhaken zum Errichten der Reihenverankerung geschlagen. Ich nehme meine Standplatzschlinge, die ich
vorbereitet habe, hänge einen Karabiner in den unteren
Bohrhaken und sichere mich in diesem Karabiner zunächst einmal selber. Dann signalisiere ich Sami, dass
hier oben alles klar ist, darauf nimmt er mich bei sich
unten aus der Sicherung und gibt das Seil frei, damit ich
es nachziehen kann. Ich hänge den zweiten Karabiner
in den oberen Haken ein, hänge da wiederum die Bandschlinge ein und ziehe das Schlappseil ein. Ich will Sami
eben in die Sicherung nehmen, da bemerke ich, dass er
sich längst in Bewegung gesetzt hat und zu mir nach-
gestiegen kommt. Zum Teufel, was macht er da? Ich
rufe ihm zu, dass ich ihn noch nicht gesichert habe, er
ignoriert mich, klettert weiter in diesem irren Tempo,
und meine Hände beginnen zu zittern und zu schwitzen. Ich bekomme den Knoten einfach nicht geschnürt.
Wenn er jetzt einen falschen Schritt macht, stürzt er
dreißig Meter in die Tiefe.

»Spinnst du?«, rufe ich. »Ich bin noch nicht fertig,
bleib stehen!«

Aber er bleibt nicht stehen, im Gegenteil. Er wird
sogar noch schneller. Im Handumdrehen hat er zu mir

aufgeholt, ich will ihn anbrüllen, was diese waghalsige Aktion soll, er klippt seinen Karabiner in den Haken und schlägt mir mit der flachen Hand in den Nacken.

»Du Idiot hast die Hälfte vergessen!«

»Was?«, frage ich verwirrt.

»Was ist das da?« Er zeigt auf das Stück Schlappseil, das in der Bandschlinge hängt und sich friedlich im Wind bewegt. »Was ist das? Willst du uns etwa umbringen?«

»Jetzt halte mal die Luft an! Wer ist gerade zehn Meter ungesichert zu mir hochgeklettert, obwohl ich noch nicht fertig war?«

»Deine sogenannte Sicherung hätte mir auch nichts gebracht, wenn du schon fertig gewesen wärst. Solange da dieses Stück Schlappseil überhängt, kann mit einem Ruck alles vorbei sein!«

Ich schaue von Fixpunkt zu Fixpunkt. Er hat recht.

»Stell dir vor, der untere Haken versagt. Dann haben wir hier die gesamte Länge dieses Stücks Seil, die am oberen Haken zieht. Rechne nach, welcher Krafteintrag das ist. Na, rechne schon!«

Er verpasst mir noch einen Schlag an den Nacken. Ich ziehe den Kopf ein und starre auf den Fels.

»Im schlimmsten Fall reißt es beide Haken raus, und wir sind Matsch. Mit einem Mastwurf kannst du die Bandschlinge so ablenken, dass der Haken nicht belastet wird, sollte es hart auf hart kommen. Das geht so.« Im Handumdrehen hat er den Knoten gelegt. »Du kleiner Nichtskönner. Jetzt mach Platz und lass mich vorklettern.«

Er drängt sich an mir vorbei. In mir brodelt die Wut, aber nicht seinetwegen. »Ich hab's vergessen.«

»Was?«

»Ich hab's vergessen!«, brülle ich ihn an. Damit er vor Schreck erstarrt. Damit er loslässt und in die Tiefe stürzt. Für einen winzig kleinen Moment finde ich diesen Gedanken spannend.

»Eben«, antwortet Sami. »Genau aus dem Grund hab ich gesagt, dass du das Vorklettern einfach nicht kannst. Wer schlampig ist, stirbt. Und vielleicht bringt er sogar noch ein paar andere um.«

Diese Worte schwirren mir den gesamten restlichen Tag im Kopf herum. Ich habe keinen Appetit, bin rastlos und ziehe mich zurück.

Wer hätte gedacht, dass die bisher hilfreichste Lektion meines Bruders jene ist, mir zu erklären, wie man jemanden umbringt. Noch dazu so, dass nie jemand davon erfahren würde.

SAMUEL

Diese Nacht träume ich von früher.

Ich habe selten Träume. Mein Kopf ist nachts einfach leer, als hätten die vielen Eindrücke, die ich tagsüber sammle, alles in mir fortgerissen, jeden Platz für Phantasie verbraucht. Dabei ist Phantasie so wichtig. Wo wäre ich, wenn ich mir nicht schon als kleiner Junge all meine Ziele und Erfolge in meinem Kopf ausgemalt hätte, klarer als jede Realität? Was wäre passiert, wenn ich mich nicht in die Phantasie geflüchtet hätte, als alle mir vorschreiben wollten, was ich schaffen könne und was nicht?

Ich dachte immer, der Grund, weshalb ich keine Träume habe, ist der, dass ich mir bereits alle erfüllt habe. Aber das stimmt nicht. Ich habe nie das stolze Gesicht meines Vaters gesehen, wenn er all die Zeitungsberichte, die Interviews und die Fanbriefe sieht. Ich habe nie wirklich mit ihm über meine Mutter geredet, die sehr früh an Krebs gestorben ist. Er sagte immer, das besprechen wir, wenn ich älter bin. Ich denke, es war seine Absicht, Oliver und mich so früh dem Klettern näherzubringen. So waren wir abgelenkt und merkten es kaum, dass unsere Mutter nicht mehr da war.

Von alldem träume ich heute Nacht. Ich laufe mit Oliver durch den Wald und sortiere mit meinem Vater die Fanpost. Caro ist dabei. Die beiden verstehen sich prächtig.

Nach dem Aufstehen fühle ich mich gerädert. Ich bin appetitlos und bringe nicht einmal einen Schluck Wasser hinunter. In meinem Kopf surrt die Erschöpfung. Vielleicht liegt es am Wetter. Es regnet, und zwar schon den

307

ganzen Tag. Bei Nässe bleiben die Fenster geschlossen.
Das Haus erstickt förmlich an seinen eigenen Dämpfen.
Trotz des Regens und meiner Antriebslosigkeit ziehe
ich mir Laufschuhe an und renne durch den Wald. Ich
zwinge mich dazu, zwinge meinen Körper, zu funktionieren, denn wenn mein Körper nicht funktioniert,
funktioniert überhaupt nichts mehr.

Als ich zu Mittag zurückkomme, bin ich müde und
komplett durchnässt. Am Himmel ist es immer noch
dunkel.

Pausenlos schaue ich aufs Handy. Caro meldet sich
nicht. Es ist jämmerlich, was sich hier abspielt, ich bin
jämmerlich, ein jämmerlicher Lügner. Ob es einen
Unterschied gemacht hätte, wenn ich ihr von Anfang
an die ganze Geschichte über den 9. August erzählt
hätte? Vermutlich nicht. Niemand steht auf Tragödien.
Darum verdrehe ich sie in der Regel ja so gerne, die
Wahrheit, ich schraube und drücke daran herum, re-
pariere sie, wenn man so will, bis aus der Tragödie
schließlich eine Heldentat wird oder zumindest eine
Notwendigkeit, die über die Grenzen von Moral hinausgeht. Seile reißen nicht, hat sie gemeint. Stimmt, sie
reißen wirklich nicht so leicht – aus genau diesem
Grund muss man sie manchmal eben auch durchschneiden. Um andere zu retten, um die Welt zu retten
oder nur sich selbst. Völlig egal, solange man nur *ret-
tet*.

Nach dem Mittagessen suche ich Oliver auf. Ich bin
so wütend auf ihn, weil er das alles heraufbeschworen
hat. Weil er seit acht Jahren in seinem Käfig sitzt und mir
die Schuld an allem gibt, obwohl ich schon so viel Schuld
trage, dass ich bald ebenfalls nicht mehr laufen kann.
Und ich bin wütend, weil er nicht schnell genug war;
weil ich seinetwegen dieses verdammte Seil durchtren-
nen musste, an dem alles hing, was wir hatten. Denkt er,

mir fiel das leicht? Wer weiß, wo wir wären, hätte sich der Unfall nie ereignet. Ganz gewiss nicht hier, in diesem dunklen Raum voller stummer Anschuldigungen.

»Bist du hier, um mich wieder anzubrüllen?« Er hat mir den Rücken zugewandt und sieht nach draußen. Das Prasseln des Regens ist für einen Moment das einzige Geräusch. Dann, wie aus dem Nichts: »Hasst sie dich jetzt?«

»Ich hoffe, du bist zufrieden. Du hast einer Frau sehr wehgetan.«

Er lacht, aber es klingt voller Frust. »Hast du also tatsächlich ihren Verlobten auf dem Gewissen. Du schaffst es doch immer wieder, dich selbst zu übertreffen. Aber weißt du, was witzig ist? Ich habe es mir schon gedacht. Von dem Moment an, als du uns allen deine Lügengeschichte aufgetischt hast. Wieso machst du das eigentlich, wieso machst du dir die Mühe, uns anzulügen? Du weißt es offenbar nicht, aber du hast dieses ganz besondere Talent. Du musst es einem nicht mal erzählen, und trotzdem weiß man sofort, was du alles verbrochen hast.«

»Was soll ich deiner Meinung nach denn verbrochen haben? Ich bereue meine Entscheidungen nicht, keine davon.«

»Das weiß ich. Du lässt es mich täglich spüren, wie wenig du an meinem Zustand bereust.«

»Ach so, sprechen wir jetzt also wieder von dir. Ganz was Neues.«

»Dir ist doch völlig egal, was mich deine Entscheidung gekostet hat. Hauptsache, dir geht's prächtig! So war es schon immer!«

»Mach dich nicht lächerlich. Hätte ich es nicht getan, wären wir alle tot.«

»Das kannst du nicht wissen.«

»Wie lautet die wichtigste Regel, die Papa uns beigebracht hat? Gefährde niemals die Seilschaft. Ein schwaches Glied tötet alle.«

»Ich weiß. Er war so ein Poet.«

»Glaubst du, er hätte sich anders entschieden, wenn es mich erwischt hätte? Oder dich? Glaubst du, er hätte zugelassen, dass wir alle draufgehen?«

»Er wäre lieber gestorben, bevor er zugelassen hätte, dass uns etwas passiert.«

»In so einer Situation hätte er auch keine andere Wahl gehabt. Er hätte zum Messer gegriffen, du hättest zum Messer gegriffen. Mach mich nicht dafür verantwortlich, dass ich es war, den das Los getroffen hat.«

»Du redest ständig davon, keine Wahl gehabt zu haben. Aber du hattest die Wahl. Du hättest mir vertrauen können.«

»Worauf vertrauen? Dass dein panisches Pendeln etwas gebracht hätte? Es ging damals um Sekunden. Hättest du gewartet? Bis der letzte Haken reißt, hättest du gewartet?«

»Ich hätte dir vertraut«, antwortet er fest.

Mein Gott. Seit acht Jahren dasselbe Drama. Schuld hier, Schuld da. Ich bin es leid, mit ihm zu streiten, bin es leid, mir sein Selbstmitleid anzuhören, das mich an manchen Tagen so runterzieht, dass ich mich ebenfalls wie ein Krüppel fühle. Gratulation, er hat gewonnen. Soll er tun, was er will. Soll er mich hassen, mein Leben zerstören und das Leben anderer – ich bin raus hier, endgültig raus.

»Hast du ihr jetzt wenigstens die Wahrheit gesagt?« Er dreht sich um, kurz bevor ich den Raum verlassen will. »Deiner hübschen Kletterpartnerin?«

»Was kümmert's dich? Ehrlich, Oliver, mich interessiert das wirklich. Dich ging das alles einen Scheißdreck an.«

Er verengt die Augen. »Hast du dich in sie verknallt?«

»Was soll denn die Scheißfrage?«

»Mein Gott, du hast dich wirklich in sie verknallt! Ich würde ja lachen, wenn das nicht so traurig wäre.«

»Ähnlich traurig wie die Sache mit dir und Jana?«

Sein Blick kracht mir steinhart ins Gesicht, und er antwortet: »Du bist so ein widerliches Arschloch.«

»Hör zu, Oliver, es tut mir leid. Es tut mir leid, falls ich wegen Jana einen wunden Punkt getroffen habe. Aber diese ganze Aktion war doch der Beweis, wie sehr du uns alle mit deinem Zustand terrorisierst. Du bist ein rachsüchtiger kleiner Jammerlappen.«

Er hebt eine Braue. In Kombination mit seiner kerzengeraden Haltung, dem Anzug, den er so gerne trägt, und dem fein säuberlich frisierten Haar wirkt diese winzige Geste wie der Inbegriff der Herablassung. »Ich terrorisiere euch mit meinem Zustand?«, wiederholt er.

»Du willst mich dafür bestrafen, was ich getan habe. Das ist okay, ich kann das verstehen. Aber es gibt Grenzen, und jetzt hast du eine überschritten.«

»Und dabei solltest du mir dankbar sein, dass ich diese schwierige Aufgabe für dich übernommen habe. Wo hätte das sonst hingeführt? Wolltest du es ewig vor ihr geheim halten?«

Ich betoniere meine Faust gegen die Tür, dass es knallt. »Ich habe gar nichts geheim gehalten! Das Thema war längst vom Tisch. Wir hätten nie wieder davon gesprochen!«

Er schüttelt den Kopf. »Ich weiß, du arbeitest sehr hart an deiner heldenhaften Fassade. Schraubst täglich daran herum wie an den vielen unnötigen Dingen im Schuppen, die alle nicht funktionieren. Gibt es dich darunter eigentlich überhaupt noch? Denn manchmal glaube ich, deine astreine Fassade ist alles, was von dir noch übrig ist. Oder warum flüchtest du andauernd an all diese entfernten Orte, wo dich niemand erreichen kann? Warum suchst du diese ganzen Gefahren, die dich irgendwann, vermutlich sogar schon sehr bald, unter die Erde bringen werden? Und jetzt stürzt du dich Hals über Kopf in eine Affäre mit jener Frau, deren Verlobten du auf dem Gewissen hast. Korrigiere mich, wenn ich mich irre, aber das klingt nach einem ziemlich schlimmen Fall von Selbstsabotage.«

Erstaunt sieht er mich an. Habe ich zu heulen begonnen, oder was soll das? Auf eine verrückte Weise bin ich froh, dass er mir das gesagt hat, denn es klingt in der Tat nach einem ziemlich kaputten Kerl, und kaputte Dinge gehören repariert, bevor man sich ernsthaft daran verletzt. Ich bin Experte auf diesem Gebiet. Kaputte Dinge sind meine Leidenschaft. Vielleicht fühle ich mich deswegen mit Caro so wohl – weil sie kaputt ist, so kaputt wie ich, und ich uns beide reparieren kann.

»Sind wir jetzt fertig?«, frage ich.

Oliver lenkt den Rollstuhl zurück ans Fenster. »Weißt du, was, Sami? Es ist mir egal. Mach doch, was du willst.«

Endlich sind wir uns einig.

Der restliche Tag zieht grau und zähflüssig an mir vorbei. Ans stickige, enge Haus gefesselt zu sein macht mich noch angespannter. Als es bereits dunkel ist und Caro sich immer noch nicht gemeldet hat, nehme ich die Sache selbst in die Hand.

Sie lässt mich schmoren. Verdammt lange lässt sie mich schmoren. Aber schließlich hebt sie doch ab, und allein der distanzierte Klang ihrer Stimme raubt mir einen Moment lang allen Mut.

»Was sagst du zu dem miesen Wetter?«, beginne ich eher unbeholfen. Da sie ohnehin nicht antwortet, komme ich zur Sache, und ich zwinge mich, ruhig und fest zu klingen, damit sie nicht auf die Idee kommt, ich wäre so verzweifelt, wie ich es bin. »Magst du vorbeikommen, damit wir noch mal darüber reden können? Das lief ja gestern nicht so gut, und … ich würde dich einfach gerne sehen.«

»Warum?«

»Um es dir zu erklären.«

»Du hast mir bereits alles erklärt. Die Sache ist erledigt.«

»Wirklich? Du verstehst, warum ich so handeln musste?«

Eine schrecklich lange Pause. »Ja. Ich verstehe es.«

»Okay«, antworte ich vorsichtig. »Und was machen wir jetzt?«

»Ich weiß nicht.« Das klingt nach einer Möglichkeit. Keine große, aber immerhin. Ich möchte schon aufatmen, da fügt sie hinzu: »Ich habe nachgedacht.«

Ich beschließe, sie einfach reden zu lassen. Wenn es mich schon treffen soll, dann bitte schnell und mit voller Wucht. Ich kann das ertragen.

»Das Gespräch gestern hat mir gezeigt, dass … Oh Gott, es ist so kompliziert. Obwohl … eigentlich ist es überhaupt nicht kompliziert. Das mit uns ist einfach nur verrückt. Nicht nur wegen der Sache mit Alex.«

Sie unterbricht sich. Die Stille dauert so lange, dass ich Angst habe, sie wartet auf eine Antwort. Dabei weiß ich doch gar nicht, was ich sagen könnte, ohne noch mehr kaputt zu machen. Sie spricht endlich weiter, nach wie vor sehr distanziert.

»Ich denke, wir sollten uns nicht mehr sehen. Das Ganze war eine nette Abwechslung, aber … es war doch klar, dass daraus nichts wird. Du bist ständig unterwegs und … Oh Gott, ich klinge wie aus einem schlechten Film, nicht wahr?«

»Schon gut«, bringe ich mühsam heraus. Das Ge-

313

wicht eines Sattelschleppers scheint in diesem Moment auf meine Brust zu drücken. Ich warte, dass sie weiterspricht, und erneut lässt sie sich einen Augenblick dafür Zeit.

»Ich weiß jetzt, was ich wissen wollte. Wahrscheinlich ist es im Grunde völlig egal, aber ich wollte es wissen, und jetzt bin ich zufrieden. Darum habe ich beschlossen, wieder nach Hause zu fahren.«

»Ja … das dachte ich mir.«

Stille – worauf wartet sie? Dass ich versuche, sie umzustimmen? Dass ich sie anflehe zu bleiben? Sie würde Nein sagen. Und falls nicht, dann würde diese eine Sache auf ewig zwischen uns stehen. Sie hat unsere Situation vollkommen korrekt eingeschätzt: Wir haben keine Zukunft. Wir hätten eine haben können, aber die hing von Anfang an am seidenen Faden. Und den habe ich in Glanz und Glorie *abgeschnitten*.

»Ist das für dich okay?«, fragt sie.

»Caro, hör zu –«

»Belassen wir es einfach dabei, dass … Belassen wir es dabei.«

Ich schlucke. »Okay.«

Wir schweigen. Am anderen Ende höre ich das Zufallen einer Tür.

»Also dann, Sami. Ich muss jetzt meine Sachen packen.«

»Wann willst du denn fahren?«

»So bald wie möglich.«

»Dann will ich dich nicht aufhalten.«

»Vielleicht treffen wir uns ja wieder zum Klettern. Irgendwann mal. Es war wirklich schön.«

Sie legt auf, und ich stehe da. Wie ein begossener Pudel stehe ich da und warte, hoffe, bete, dass sie es sich überlegt.

Das Handy läutet in der Tat, aber es ist Steiners Nummer, die auf dem Display aufleuchtet. Die Bergrettung, jetzt? Ich atme tief durch und nehme den Anruf an.

»Samuel, bitte entschuldigen Sie die späte Störung. Es ist wieder was passiert. Zwei deutsche Bergsteiger sind seit gestern Nachmittag abgängig.«

Das überrascht mich. Ich dachte, unser letztes Treffen hätte ziemlich deutlich bewiesen, dass unsere Zusammenarbeit unter keinem guten Stern steht. Aber da Steiner hektisch weiterredet, höre ich mir an, was er zu sagen hat.

»Es ist leider etwas komplizierter als sonst. Die Lawinenaufsicht hat uns bisher noch kein grünes Licht gegeben, weil das Tauwetter die Lage deutlich verschlechtert hat. Aber wir hoffen auf eine Besserung in den nächsten Tagen, vielleicht schon morgen. Ich wollte Sie fragen, ob Sie uns wieder Ihre Hilfe anbieten würden.«

»Ist das Ihr Ernst? Sie wollen immer noch, dass ich für Sie klettere?«

»Sie sind der beste Mann für diesen Aufstieg. Und die Zeit läuft uns davon. Außerdem«, fügt er hinzu, »würden Sie diesmal eine Kamera tragen. Damit uns nichts entgeht. Was sagen Sie?«

»Kameras stehen mir nicht.«

»Ich fürchte, da haben Sie kein Vetorecht. Wir sind gezwungen, auf Ihr Versagen … auf die vergangenen Ereignisse zu reagieren.«

Ich muss grinsen. Das ist alles so witzig, dass ich es kaum noch ertrage. Es bringt mich schier um.

»Sagen Sie mir, wann und wo, und ich werde da sein.«

CARO

»Und wann wirst du ankommen?« Ben hat obenrum nichts an und stopft sich haufenweise Chips in den Mund, der mit dem Ketchup der Pommes verschmiert ist, die vor den Chips an der Reihe waren. Im Hintergrund spielt das Geschirr Tetris im Spülbecken. Auch wenn er etwas anderes behauptet, ich werde zu Hause dringender gebraucht als erwartet.

»Ich schätze, irgendwann am Abend. Ich werde mir keinen Stress machen. Vielleicht fahre ich auch erst am Nachmittag los.«

»Meinetwegen kannst du ruhig noch länger bleiben. Ich komme hier super zurecht.«

»Keine Bange, dir bleibt ja noch diese Nacht, um deine Partys zu feiern.«

Das Mampfen geht weiter, und er verteilt ungerührt Chipskrümel auf der Couch. »Und wieso jetzt auf einmal?«, fragt er. »Ich dachte, es geht dir gut in Schirau.«

»Schon, aber ich kann ja nicht ewig hierbleiben.«

»Ist zwischen dir und Sami alles okay?«

Ich habe es ihm nicht gesagt und werde es auch jetzt nicht tun. Er vergöttert Sami. Dass an seinem Idol nicht alles so heldenhaft ist, wie wir dachten, braucht er nicht zu erfahren. »Wir haben von Anfang an gewusst, dass es nicht von Dauer sein wird. Es war eine gute Ablenkung.«

»Aber es wäre schon cool gewesen. Stell dir vor, ihr würdet heiraten – dann würdest du Winterscheidt mit Nachnamen heißen!«

»Ich weiß, du magst ihn sehr«, antworte ich lächelnd. »Vielleicht sehen wir ihn ja irgendwann wieder.«

Er stützt den Kopf in die Hand und macht ein trauriges Gesicht. »Ich glaube nicht, dass das passieren wird.«

Ich auch nicht. Von all den Gedanken, die in den letzten Stunden meinen Kopf überschwemmt haben, tut dieser doch am meisten weh.

Ich bereite alles vor, verfrachte mein Gepäck ins Auto, um morgen keinen Stress zu haben. Auch die Abrechnung mit Frau Gremberger möchte ich schnell erledigt haben. Ich überreiche ihr das Geld für meinen fast fünfwöchigen Aufenthalt. Über eintausendachthundert Euro. Ein ganzes Monatsgehalt. Dennoch sehe ich es nicht als Verschwendung, im Gegenteil. Nichts hat mich so sehr weitergebracht wie die vergangenen Wochen.

Frau Gremberger serviert mir Tee auf der Couch, und ich erzähle von meiner Arbeit in Erichs Goldschmiede, von Ben und von Alex, ganz viel von Alex, und je mehr Wörter ich herauslasse, je mehr Erinnerungen ich laut ausspreche, umso deutlicher spüre ich, dass ich ihn loslasse, einfach so, wie das Durchschneiden eines Seils.

»Dann hat er Ihnen also gutgetan, der junge Samuel?«

Überrascht schaue ich sie an. Von Sami war den ganzen Abend lang keine Rede.

»Aber seien Sie froh, dass Sie wieder nach Hause fahren, Liebes. Das hätte keine Zukunft gehabt. Der Bursche ist wie sein Vater. Er wird jung sterben.«

SAMUEL

Es klopft. Ich bin sogar froh darüber. Den ganzen Abend schon verbringe ich damit, meine Ausrüstung für den morgigen Tag zu optimieren, ich putze die Steigeisen, zähle meine Haken, kontrolliere Zentimeter für Zentimeter des Seils. Damit auch ja nichts schiefgehen kann.

In meinem Kopf spuken seit Stunden diese Bilder umher. Ein heulender Abgrund, meterdickes Eis. Alex Dopplers letzte Sekunden. Es ist wahr, was ich ihr erzählt habe. Alles. Ich wollte ihn retten. Und er wollte, dass es mir gelingt.

Ist ein Leben mehr wert als das andere?

Vielleicht hätte ich mit ihm sterben sollen. Dann wäre ich wenigstens genau der Held, für den mich alle halten. Ein Märtyrer. Ist doch Beschiss, so etwas. Erst im Tod zu Ruhm und Ehre zu gelangen.

»Ist offen«, rufe ich und merke entsetzt, wie heiser ich klinge.

Ein schlanker Körper schiebt sich geschwind durch die Tür ins Zimmer. Sofort rieche ich das Rosenshampoo, mit dem sie seit Jahren ihr Haar wäscht. Der ganze Raum duftet danach, und mich überkommt ein willkommenes Gefühl von Ruhe und Geborgenheit. Nicht alles hat sich verändert. Manches wird für immer so bleiben, und das lässt mich erleichtert aufatmen.

Jana trägt bloß ihren Morgenmantel und fröstelt im Zug der offenen Fenster. Sie stellt sich neben mich ans Bett, die Arme vor der Brust verschränkt. Ihr langes, vom Duschen feuchtes Haar hängt ihr tief ins Gesicht.

»Stimmt was nicht?«, frage ich und stehe auf.

»Ich will nicht, dass du morgen auf diesen Berg steigst.«

»Hältst du mich jetzt auch schon für einen Versager?«

»Bitte, Sami.« Sie fasst nach meinen Händen. Zum ersten Mal sehe ich, dass sie Tränen in den Augen hat.

»Mir wird nichts passieren«, sage ich.

Sie versucht, die Tränen wegzublinzeln. Es gelingt ihr nicht ganz, und ein paar kullern über ihre Wangen.

»Jana, was soll denn das? Warum bist du hier?«

Sie nimmt einen tiefen Atemzug. So als stünde ihr ein Sprung in die Ungewissheit bevor. Sie kommt näher, greift nach meinem Gesicht. Sie küsst mich, mit einer schreckenerregenden Zärtlichkeit, die mir alle Luft aus den Lungen saugt, die Gedanken aus meinem Kopf. Da ist bloß ein Wort, das sich wie von selbst in mir ausbreitet: »Nein.«

Sie erstarrt. Nur einen Atemhauch sind wir voneinander entfernt. Ich schiebe sie sanft von mir weg, suche nach Worten und finde immer nur eines: »Nein.«

Nein zu allem, was sie hat, was sie mir geben könnte, ich will es nicht. Ich wollte es nie.

Sie bewegt sich noch weiter von mir weg, sehr langsam. Ich bin nicht mal überrascht. Vielleicht hat Oliver ja recht, und ich habe es die ganze Zeit geahnt. Aber nie hätte ich gedacht, dass sie es dennoch herausfordert. Sie ist doch nicht dumm. Sie sollte wissen, wohin das führt.

»Ist es wegen Caroline?«, fragt sie.

Ich schüttle den Kopf.

»Was ist es dann? Wieso sagst du es mir nicht?« Sie wird lauter. »Jetzt ist sie sowieso schon weg! Weil du ihren Verlobten hast abstürzen lassen.«

»Jana …« Mehr bleibt mir nicht zu sagen. Nichts kann ich tun, nichts.

»Wie lange hat es gedauert, bis sie dich sitzen gelassen hat? Wie lange? Eine vage Andeutung, mehr war nicht

nötig, und sie haut einfach ab! Während ich immer da
bin! Egal, was du tust, ganz egal. Ich bin immer da! Ich
tue alles für dich, schon immer habe ich alles getan, was
ist es also, was ist der Grund, warum du mich nicht
willst?«

Ich könnte ihr zehn Gründe nennen. Wir leben in
verschiedenen Welten. Was sie für Liebe hält, ist in
Wahrheit doch bloß Gewohnheit. Sie kennt mich einfach zu lange. Sie hat nie gelernt, ohne mich zu sein.
Aber genau das müsste sie, sie müsste ständig ohne mich
sein, weil sie mich dahin, wohin es mich zieht, nicht
begleiten könnte. All diese Dinge sind eine so unüber-
windbare Mauer, dass nicht einmal ich auf die andere
Seite klettern könnte. Aber das ist nicht der Grund,
der ein »Wir« bis in alle Ewigkeit unmöglich macht. In
diesem Moment ist das etwas ganz anderes.

»Vage Andeutung?«, wiederhole ich.

Geschocktes Schweigen.

»Okay, was ist hier eigentlich los? Steckst du dahinter? Hast du ihr von der Sache mit Alex erzählt?«

Sie presst die Lippen zusammen, sieht mich mit trot-
zigen Augen an. »Ja«, antwortet sie. »Das habe ich. Sie
wollte es wissen.«

»Und du hast es ihr gesagt? Du hast mir dein Wort
gegeben! Letztes Jahr, als ich so dumm war, es dir zu
erzählen, da hast du versprochen, es niemandem zu sagen!«

»Das weißt du also noch. Und sonst? Kannst du dich
erinnern, was an jenem Tag sonst noch zwischen uns
passiert ist?«

»Ich warne dich, leg's nicht darauf an.«

»Du bist nicht der Einzige, der Geheimnisse hat. Ich
muss auch mit so manchen Dingen leben. Aber laufe
ich deswegen weg? Lasse ich dich im Stich? Nein, ich
bleibe, ganz egal, was du mir erzählst oder wie du mich

behandelst. Ich bin immer für dich da, versuche für alles Verständnis zu zeigen. Und sie? Sie haut einfach ab! Du solltest mir dankbar sein! Nur meinetwegen weißt du jetzt, woran du bei ihr bist.«

Es ist merkwürdig. Denn eigentlich sollte ich sie verstehen. Ich möchte sie verstehen. Dieses abgewiesene, eifersüchtige, hilflose Ding. Aber ich verstehe es nicht. Ich könnte sie umbringen. Einfach meine Hände um ihren Hals legen und zudrücken, bis sie nicht mehr atmet. In diesem Moment will ich das wirklich tun.

»Verschwinde«, sage ich. Sie rührt sich nicht. »Raus hier, sofort!«

Sie zuckt erschrocken zusammen, mit schneeweißem Gesicht.

»Du sollst verschwinden, hab ich gesagt. Los, raus! Raus, verflucht noch mal, raus, Jana, raus!«

Sie dreht sich um und verlässt das Zimmer. Ich höre, wie ihre Schritte auf dem Gang schneller werden. Sie beginnt zu laufen.

Regen prasselt aufs Dach. Mir ist kalt. Ich schließe die Fenster und mache sie die ganze Nacht nicht mehr auf.

JANA

Ich bin allein. Allein auf der Treppe im Dunkeln. Meine Zimmertür steht offen, nur wenige Meter, dann wäre ich in Sicherheit. Aber ich bleibe auf dieser Treppe sitzen, allein, im Dunkeln.

Eine Hand berührt mich an der Schulter. Es ist Manfred. Er ist aus dem Zimmer gekommen, endlich ist er aus dem Zimmer gekommen. Ich möchte ihm sagen, wie froh mich das macht, schaffe aber bloß ein Schluchzen, das sich in der Stille jämmerlich anhört.

Er setzt sich zu mir, legt die Arme um mich und hält mich fest.

»Ich hasse ihn«, flüstere ich. »Ich hasse ihn so sehr.«

Er drückt meine Hand. »Ich auch. Glaub mir, ich auch.« Und dann noch: »Ich kümmere mich darum.«

SAMUEL

Es ist ein Morgen wie aus dem Bilderbuch: Sonnenschein, Windstille, glasklare, kalte Luft, die meine Lungen und mein Herz auf die doppelte Größe anschwellen lässt. Das Aufstehen fällt mir leicht trotz der unruhigen Nacht. Mit fertig gepacktem Rucksack gehe ich nach unten, wo Konrad mit einem großen Becher Kaffee auf mich wartet.

»Was sagt die Bergrettung?«, ist meine erste Frage.

»Steiner hat vor ein paar Minuten angerufen. Die Lawinengefahr ist immer noch zu hoch. Aber du sollst in Alarmbereitschaft bleiben.«

Wollen die mich verarschen?

Ich tausche den Kaffeebecher gegen mein Handy und wähle die bereits eingespeicherte Nummer.

»Steiner.«

»Wollen Sie mich verarschen?«

»Ihnen auch einen schönen guten Morgen.«

»Sie können mich mal! Ich stehe hier fix und fertig und freue mich aufs Klettern, und dann heißt es, ich soll in Alarmbereitschaft bleiben?«

»Das ist der Plan. Es ist einfach zu riskant für einen Rettungseinsatz. Letzte Nacht gab es in dem Sektor wieder einen Lawinenabgang. Der Einsatz wäre nicht sicher.«

»Für Sie und Ihre Leute vielleicht. Für mich sind das Trainingsbedingungen!«

»Auch Sie können nicht alles schaffen.«

»So ein Bullshit.«

»Möchten Sie jetzt ernsthaft mit mir darüber diskutieren?«

»Niemand diskutiert hier. Die Sache ist geklärt.«

»Ich lasse Sie da nicht rauf, Samuel.«

»Wie wollen Sie mich denn aufhalten?«

»Das ist mein voller Ernst. Solange der Bereich nicht sicher ist, wird kein Rettungseinsatz stattfinden.«

Gleich drehe ich durch – ernsthaft, wenn dieses Gespräch noch länger in dieser Tonart weitergeht, schlage ich irgendetwas kurz und klein.

»Und was sagen Sie den Angehörigen?«, frage ich.

»Wenn die wissen wollen, warum nichts unternommen wurde?«

»Manche Dinge stehen nicht in unserer Macht.«

»Sie wissen, wie gut ich bin. In null Komma nichts bin ich oben und hole Ihnen so viele Bergsteiger zurück, wie Sie wollen.«

»Es geht nicht, Samuel. Falls Ihnen etwas passiert –«

»Mir wird nichts passieren. Wie oft habe ich so etwas schon gemacht? Während wir hier stehen und reden, läuft den Menschen da oben die Zeit ab!« Er will etwas sagen. Ich lasse ihn nicht. »Ich komme zu Ihnen auf den Berg, und wenn Sie mich nicht mit einer Pistenraupe abtransportieren wollen, halten Sie den Mund und lassen mich meine Arbeit machen!«

Stille. Eine Nacht im Eis könnte nicht so ewig sein wie die wenigen Sekunden, die er über seine Antwort grübelt.

»Also schön«, sagt er dann. »Auf Ihre eigene Verantwortung.«

Ich lege auf und schalte das Handy aus. Dann schütte ich den Kaffee hinunter und schultere meinen Rucksack.

Konrads todernster Blick bohrt sich tief in meine Magengrube. »Bist du sicher, dass du das machen willst? Es herrschen riskante Bedingungen.«

»Fang du nicht auch noch damit an.«

»Ich bitte dich nur, noch einmal ganz ruhig darüber

nachzudenken. Du musst das nicht machen. Niemand erwartet von dir, dass du dein Leben riskierst.«

Witzig, denn ich bin mir ziemlich sicher, dass absolut jeder auf diesem Planeten genau das von mir erwartet: dass ich alles gebe, was ich aufbringen kann, zum Wohle der Allgemeinheit, ein Retter ohne Furcht. Oliver, Caro, Steiner – für sie alle bin ich eine Enttäuschung. Der Feigling, der ewige Egoist, der *Seildurchschneider* von Schirau. Bloß weil ich leben will, wenn der Tod nach mir greift.

Heldentum ist ein schnelllebiges Geschäft. Alle reden bloß von Ruhm und Glanz, doch was mit Helden passiert, die mal eine nicht so astreine Performance abliefern, davor warnt dich niemand. Streng genommen habe ich gar keine andere Wahl, als mich mit offenen Armen ins Risiko zu stürzen. Es gibt Fehler, die ausgebügelt werden müssen. Viele schwarze Punkte auf meiner ehemals weißen Weste. Da kommt mir eine Gefahr wie diese gerade recht. Auf eine perverse Art ist es sogar perfekt.

»Herr Winterscheidt?«

Freddie steht vor mir, der Junge mit dem blauen Auge. Seit dem Vorfall mit dem Wolf habe ich ihn nicht mehr gesehen. Ein übler Geschmack breitet sich in meinem Mund aus. Aber wenn ich die nötigen Worte jetzt hinunterschlucke, könnte es mir das Genick brechen.

»Hey, Kleiner. Ich wollte dir … Ich wollte mich schon lange bei dir entschuldigen. Was ich getan habe, war –«

»Ist schon gut, Herr Winterscheidt. Es tut auch fast nicht mehr weh. Es sieht schlimmer aus, als es ist. Und ich verstehe es ja auch. Ich hätte den Wolf nicht töten dürfen.«

Endlich hat er begriffen, wie man mit mir umspringt: gerade Sätze und gerade Haltung.

325

»Also dann, was gibt's?«

»Ich wollte Ihnen viel Glück für heute wünschen. Es soll ja sehr gefährlich sein wegen der ganzen Lawinenabgänge.«

»Mach dir keine Sorgen, ich kenne mich mit Bergen aus.«

Sein Blick fällt auf den Rucksack über meiner Schulter. Er lächelt und wiederholt: »Auf jeden Fall viel Glück.«

»Danke, Kleiner.«

Konrad und ich gehen zum Auto. Er wird mich zur Talstation bringen, weil ich vor einem Klettereinsatz keinen Kopf fürs Autofahren habe. Die Garagentür öffnet sich, und mir sticht das Licht einer grell brennenden Sonne entgegen. So muss es sich anfühlen, wenn man auf dem Weg ins Paradies ist. Oder in die Hölle. Ich fand schon immer, dass eines wie das andere ist. Nur durchs Klettern erreicht man den wahren Himmel. Und genau das werde ich jetzt tun.

JANA

Jemand tippt mir sanft auf die Schulter.

Ich öffne die Augen und schaue in Manfreds grinsendes Gesicht. »Was machst du in meinem Zimmer?«, frage ich.

Er sitzt an meinem Bett und hat ein Stück abgeschnittenes Seil in der Hand. An der schwarz-roten Färbung erkenne ich sofort, dass es Samis Seil ist. Er streift mit dem Daumennagel über das ausgefranste Ende, und ich ziehe mir die Decke bis ans Kinn und richte mich auf.

Die Sonne scheint durchs Zimmer. Von draußen höre ich ein Auto ankommen.

»Konrad hat ihn eben bei der Seilbahn abgeliefert«, sagt Manfred. »Er ist jetzt zu seiner Rettungsaktion unterwegs. Aber er wird nicht zurückkommen. Schau her!«

Er hält das Stück Seil in die Höhe.

»Was hast du getan?«, frage ich erschrocken.

»Sein Seil gekürzt. Als er geschlafen hat. Ein ganz schönes Stück habe ich abgeschnitten und rein zufällig vergessen, die Enden zu verlöten. Er wird es nicht merken. Er ist so ein selbstgefälliges Arschloch, er schaut nie nach seiner Ausrüstung. Aber es wird aufgehen, sobald er dranhängt! So was von aufgehen! Oder reißen! Oder nicht ausreichen! Such dir was aus!« Sein Grinsen wird immer breiter.

In meinem Kopf explodiert es. Gellend laut, ein Flächenbrand. Das kann nicht sein, er lügt – er muss lügen, alles andere wäre absurd. Und doch genügt ein Blick in seine Augen, um zu begreifen, dass das hier bitterer Ernst ist.

327

Ich stoße ihn weg, springe aus dem Bett und renne im Pyjama ins Erdgeschoss. Konrad begegnet mir im Vorzimmer. »Wo ist er?«, kreische ich.

»Wer, Sami? Ich habe ihn eben bei der Talstation abgeliefert.«

»Hast du dir sein Seil angesehen? War es in Ordnung?«

»Was?«

Ich kann nicht weitersprechen. Alles ist am Einstürzen. Mit Mühe und Not bringe ich das Wort »Handy« hervor, aber Konrad winkt ab.

»Er ist dort oben doch nicht erreichbar. Jana, was zur Hölle ist los?«

Er wird es selbst sehen, sobald er das Seil auspackt. Er ist Profi, er wird es sehen.

Und falls nicht? Falls er einfach nur Sami ist, der allem und jedem misstraut außer seinem eigenen Können?

Auf dem Weg nach oben kommt mir Manfred entgegen. Dass ich so aufgeregt bin, ergibt für ihn offenbar überhaupt keinen Sinn.

»Aber ich habe gedacht, du hasst ihn«, sagt er. »Du hasst ihn so sehr wie ich. Nur deswegen hab ich's gemacht!«

Ich hole aus und schleudere ihm meine Hand ins Gesicht, dass es knallt. Er sackt gegen die Wand, starrt mich an. Ich lasse ihn stehen und gehe mich anziehen. Wenn ich wiederkomme, werde ich ihn umbringen. Abstechen, wie er meinen Wolf abgestochen hat. Egal, was heute noch passiert.

Konrad hat am Fuß der Treppe auf mich gewartet. Er scheint immer noch nicht zu verstehen, was los ist, doch immerhin hat er jetzt den Wagenschlüssel in der Hand. Ich nehme den Schlüssel an mich, setze mich ins Auto, das in der Einfahrt parkt, und fahre los.

Wie spät ist es? Habe ich noch Zeit?

Nach zehn Minuten bin ich da. Ich habe solche Angst. Dass ich zu spät bin, nicht schnell genug. Dass ich ihn diesmal nicht retten kann. Die Talstation ist komplett überlaufen, frustrierte Skifahrer drängen sich am Eingang und lassen mich nicht vorbei. Ich beginne zu drängeln. Der Liftwart fischt mich heraus, weil er mich für eine Unruhestifterin hält.

»Ich muss da rauf!«, rufe ich.

»Tut mir leid, die Bahn ist wegen eines Rettungseinsatzes gesperrt. Bitte gehen Sie zurück hinter die Absperrung.«

»Ich bin Teil des Rettungsteams! Jetzt lassen Sie mich durch, verdammt noch mal!«

Er verengt die Augen, scheint mich nun endlich wiederzuerkennen. Ich war oft genug mit Sami da oben. Er holt ein Funkgerät heraus und murmelt etwas hinein. Kurz darauf kommt eine vom Wind verzerrte Antwort. Der Liftwart schüttelt den Kopf.

»Tut mir leid, die da oben sagen, es fehlt niemand mehr.«

»Aber ich muss –«

»Bitte gehen Sie zurück hinter die Absperrung, es wird sich alles regeln.«

»Verflucht!« Ich reiße ihm das Funkgerät aus der Hand und rufe hinein. »Hallo? Ich muss sofort mit Samuel sprechen!«

»Wer ist da?«, ertönt eine knarrende Stimme.

»Ist da Herr Steiner? Hier ist Jana. Ich muss mit Sami sprechen! Sie kennen mich doch, bitte, es ist wichtig!«

»Samuel ist bereits unterwegs.«

Oh Gott. Ich muss überlegen, sehe mich um. Der Liftwart versucht mir das Funkgerät wegzunehmen. Ich drehe mich weg und rufe ins Funkgerät: »Sein Seil ist defekt!«

»Was?«

»Bitte holen Sie ihn zurück! Ich meine das ernst, Sie müssen ihn zurückholen!«

»Beruhigen Sie sich. Wie kommen Sie darauf, dass …« Er bricht ab, als im Hintergrund weitere Stimmen hörbar werden.

Das Funkgerät knackst und krächzt. Dann kommt der Befehl an den Liftwart: »Okay, Alois, lassen Sie sie einfach rauf. Wir klären das oben.«

Die Bahn wird wieder in Betrieb gesetzt.

SAMUEL

Nackter Stein, in den ich meine Hände krallen kann. Ein Abgrund von mehreren hundert Metern Tiefe. Sonnenschein in meinem Gesicht und kalte Luft in meinen Lungen, mehr brauche ich nicht, um binnen Sekunden auf Hochtouren zu laufen. Um zu funktionieren wie eine frisch geölte, fünfhundert PS starke Maschine. Andere suchen Jahre nach ihrer Bestimmung, manche ihr ganzes Leben – ich finde sie jeden Tag aufs Neue, indem ich tue, was ich am besten kann. Das ist mehr wert als jedes Menschenleben, mehr wert als Heldentum oder etwas Dehnbares wie die Wahrheit. Als ich mich mit aller Kraft an den eisigen Fels klammere, als mir die Sonne auf den Rücken prallt und ich vor Erschöpfung und gleichzeitiger Euphorie schon fast nicht mehr kann, da weiß ich wieder, dass ich hierfür geboren bin. Hierfür und sonst nichts.

Ein widerliches Knacken zerfetzt mir fast das Ohr. Steiner, der sich über Funk meldet.

»Samuel, nur damit Sie's wissen, Ihre Haushälterin ist gerade bei uns.«

»Meine was?«

»Sami? Sami, ich bin's!«

Ich halte an und lehne mich in den Gurt. »Was machst du hier, Jana?«

»Dein Seil, ist mit deinem Seil alles in Ordnung?«

Sie klingt furchtbar verzweifelt. Ich schwenke ein Stück nach links, um mit der seitlich angebrachten Minikamera, die jeden meiner Handgriffe dokumentiert, das Seil zu zeigen. »Meinst du dieses hier? Das läuft wie geschmiert.«

»Warte … da muss wo eine offene Stelle sein! An
einem der Enden, da muss … Bitte, Sami, du musst zurückkommen, komm auf der Stelle zurück!«

»Keine Sorge, das ist nicht mein Seil. Ich hab mir
eines von der Bergrettung geliehen.«

Überraschtes Schweigen. »Das Seil ist nicht deins?«

»Nein. Und du kannst diesem kleinen Hosenscheißer
ausrichten, dass er gefeuert ist! Was dachte er denn? Hab
den Rucksack geöffnet und es sofort gesehen.«

Ihr entweicht ein atemloser Laut, der wohl ein Lachen sein soll, aber durch das Funkgerät klingt es wie
ein Wimmern.

»Oh mein Gott«, schluchzt sie.

Der Wind frischt auf. Ich sollte weiter.

»Steiner, nichts für ungut, aber macht es Ihnen was
aus, Jana aus dem Zelt zu bringen? Ich muss mich hier
konzentrieren.«

»Nein, Sami!« Sie scheint sich zu wehren, wird kurz
vom Funkgerät weggedrängt und nimmt es dann wieder
an sich. »Sami, bitte dreh um! Es ist zu gefährlich, es
könnte –«

»Denkst du, ich habe Angst vor ein paar Lawinen?«

Ich klettere weiter, hangle mich geschickt von Punkt
zu Punkt. Schnell gewinne ich an Höhe, sodass ich aus
dem Schatten einer Felskante komme und mein Gesicht
in den angenehm warmen Sonnenschein halte.

Der Bergrettung ist es immer noch nicht gelungen,
Jana des Platzes zu verweisen. Sie fleht mich weiter an,
umzudrehen. Da schwenke ich mit der Kamera nach
oben und zeige ihr die nächstgelegene Kante, die sich
gut zwanzig Meter über mir befindet. »Siehst du? Alles
in bester Ordnung. Keine Lawine und kein Steinschlag.«

»Sami –«

»Ich könnte hier oben Lieder trällern, und nichts
würde passieren. Ehrlich, Jana, vertrau mir. Es ist …«

... ein absolut perfekter Tag.

Wäre da nicht das tiefe, tonnenschwere Grollen, das in diesem Moment von oben auf mich herabrollt.

Im Funkgerät krachen Stimmen aneinander, übertönen sich wie wild losblinkende Alarmlichter. »Das darf doch nicht wahr sein!«, höre ich Steiner im Hintergrund fluchen. Dann hat er sich des Funkgeräts bemächtigt und ruft: »Über Ihnen hat sich ein Eisfeld gelöst. Gehen Sie sofort in Deckung, suchen Sie Schutz!«

Ich sehe mich um. Ich bin mitten auf offenem Feld. Kein Felsvorsprung, keine Nische, nichts. Ich schaue nach oben, wo die Sonne von einer herabfallenden weißen Masse verdunkelt wird. Es geht ganz schnell. Viel schneller, als man sich das vorstellt. So absurd es ist, aber ich habe in diesem Moment nur einen einzigen Gedanken.

Sie sollen nicht zusehen.

Ich schalte die Kamera aus und presse meinen Körper gegen den Stein.

JANA

Die Kamera zeigt graues Rauschen. Die Funkverbindung ist nicht mehr da.

Es ist nun ganz still im Basiszelt.

Ich gehe nach draußen und setze mich in den Schnee. Eine ganze Weile sitze ich da und rühre mich nicht. Bin still wie ein See.

Aber dann beginne ich doch zu schreien.

Und der Schnee wälzt sich ins Tal und reißt alles mit sich, was es gibt.

CARO

Wer hätte gedacht, dass ein Plüsch-Murmeltier so schweineteuer ist? Siebenunddreißig Euro für dieses Ding, das daheim sowieso im Schrank vergammelt. Alex würde lachen, wäre er jetzt hier.

Dennoch bin ich froh, dass ich es gekauft habe. Ich wollte von Anfang an eines von der Sorte haben. Jetzt werde ich Schirau wenigstens nicht mit leeren Händen verlassen.

Sicher in einer Plastiktasche verpackt landet das Murmeltier auf der Rückbank, zusammen mit etwas Reiseproviant, meiner Jacke und der Handtasche. Meine Stirnlampe liegt immer noch in Samis Auto. Soll er sie behalten. Vielleicht braucht er sie ja eines Tages.

Mittlerweile ist es später Nachmittag. Das Tal ist längst in den frühabendlichen Schatten versunken. Ich war einkaufen und habe in einer Konditorei drei Tassen Kaffee getrunken, nur um Schirau noch nicht verlassen zu müssen. Nur um noch ein kleines bisschen länger an diesem malerischen Fleckchen zu verweilen, das die letzten Wochen zu meinem neuen Zuhause geworden ist. Aber nun ist es so weit. Ich darf es nicht länger hinauszögern.

Es fühlt sich komisch an, das Ortszentrum zu verlassen und nicht, wie sonst, die Abzweigung zu Frau Grembergers Haus zu nehmen. Ich hatte mein kleines, geblümtes Zimmer schon richtig lieb gewonnen. Diesmal fahre ich weiter die Straße entlang. Der Ort wird zu einer verrückten kitschigen Erinnerung im Rückspiegel, zu einer dieser Miniaturen in den Schneekugeln, die es zuhauf in den Souvenirläden zu kaufen gibt. Der Wald und das Gebirge verlieren sich in der Ferne.

Noch vor einer Woche schien der Abschied weit entfernt. Ich sollte traurig sein, aber ich bin es nicht. Nur etwas wehmütig, dass dieser Tag nun doch so schnell gekommen ist.

Das Handy klingelt sich auf dem Beifahrersitz die Seele aus dem Leib. Zum dritten Mal innerhalb der letzten halben Stunde. Schnell greife ich es mir, um die Straße nicht zu lange aus den Augen zu lassen. Eine fremde Nummer leuchtet auf dem Display auf. Das ist merkwürdig.

»Arendt«, melde ich mich.

»Hallo, Frau Arendt, hier ist Konrad. Sind Sie noch in Schirau?«

»So gut wie kaum«, antworte ich. Die Häuser sind längst hinter einer Kurve verschwunden. Von nun an gibt es nur noch mich und die enge, kurvenreiche Straße, die mich hoffentlich schnell nach Hause bringt.

»Frau Arendt«, wiederholt der Butler. Er klingt bestürzt, das Sprechen fällt ihm schwer. »Frau Arendt, es … es ist etwas passiert. Es geht um Samuel.«

»Was ist mit ihm?«

»Es gab einen Unfall. Auf der Südwand.«

Ich steige auf die Bremse. Nicht fest, ich lasse den Wagen nur langsamer werden, immer langsamer, bis ich am Straßenrand schließlich zum Stillstand komme. Konrads Stimme drückt unangenehm an meinem Ohr. Er redet von Lawinen. Stundenlang scheint er davon zu sprechen. Und dann sagt er noch: »Er hatte Sie so gern.«

Die Zeit scheint mich zu verschlucken. Meine Wahrnehmung wird gewaltsam nach innen gedrückt, sodass da nichts ist außer meinem Verstand, der wie fremdgesteuert Konrads Worte wiederholt. *Er hatte Sie so gern.*

Als ich auf dem Parkplatz der Schirauer Talstation ankomme, ist es bereits dunkel geworden. Flutlichter tauchen die Liftanlage in ein grelles, viel zu schönes Leuchten. Zwei Hubschrauber sind in der Luft. Der Himmel erstrahlt im Glanz Tausender Sterne.

So viele Menschen sind auf dem Parkplatz unterwegs. Leute von der Bergrettung, Sanitäter, die Berggendarmerie, und alle sind in Aufruhr. Ich entdecke Jana und Konrad beim Lifteingang, und auch Oliver ist da. Eine plötzliche Hoffnung treibt mich voran, aus dem Wagen und geradewegs auf sie zu. Jana ist die Erste, die mich bemerkt. Sie hat eine Decke um die Schultern geschlungen, um in der eisigen Luft nicht zu erfrieren. Als ich bei ihr bin, frage ich sofort: »Hat man ihn schon gefunden?«

Jana vergräbt den Kopf an Konrads Schulter und beginnt zu weinen.

Oliver sagt: »Sie suchen noch. Aber sie glauben nicht, dass … dass er es überlebt –«

Ich gehe. Zurück zum Auto, zurück in meinen sicheren Hafen. Dahin, wo es keine Lawinen gibt und keine Flutlichter; wo ich geschützt bin vor der Realität, vor der schwarzen Walze, die mit grässlicher Geschwindigkeit auf mich zukommt. Noch höre ich, wie Oliver und Konrad meinen Namen rufen, dann knallt die Tür, und es ist, als wäre ich in einer Blase, in einem geräuschlosen Vakuum, aus dem nichts entweicht und in dem mich nichts je wieder erreichen kann.

Es ist nicht wahr. Niemandem passiert so etwas zweimal.

Ich starte den Motor und fahre los, als könnte ich so dem Schmerz entkommen, als würde die Realität sich so zu einem Traum verwandeln.

Die Lichter werden zu Nacht. Die Nacht wird zu Nichts. Nur ein Ausweg bleibt: Nicht stehen bleiben.

JANA

Ich sitze in meinem Zimmer und warte, dass die Wanduhr zur Viertelstunde schlägt. Seit dem Morgen tue ich nichts anderes, als auf den Krach zu warten, den ich so sehr hasse, aber die Uhr schlägt nicht mehr. Sie ist über Nacht wieder kaputt gegangen.

Der Platz am Fenster ist gemütlich. Ich spüre den Sonnenschein und sehe es sofort, wenn ein Auto die Einfahrt entlanggefahren kommt. Es ist wärmer geworden in den einzelnen Räumen. Ein paar Tage mit geschlossenen Fenstern, und schon wird das Haus wieder lebendig.

Das Läuten eines Telefons vertreibt die gespenstische Stille.

Ich will nicht, dass sie jetzt noch anrufen. Es ist drei Tage her. Wenn sie jetzt noch anrufen, weiß ich, was das bedeutet.

Gedämpfte Stimmen dringen aus dem Erdgeschoss. Konrad hat den Anruf angenommen, kurz darauf höre ich Schritte auf der Treppe. Gleichzeitig setzt sich der Aufzug in Bewegung.

Es klopft, und Oliver sagt: »Jana?«

»Die Bergrettung hat soeben angerufen«, fügt Konrad hinzu.

Sie warten, dann öffnet Konrad die Tür. Sein Gesicht ist zerfurcht von Sorge. Da er nichts sagt, schaue ich zu Oliver. Sein Gesicht ist ruhig, eine leere Fläche, die ich bemalen kann, womit ich will: mit einem Mund, der mir lachend sagt, alles sei wieder in Ordnung. Mit Augen, die vor Freude strahlen, weil es seinem Bruder gut geht.

Aber sein leeres Gesicht zeigt mir in Wahrheit bloß eines – dass nichts mehr so sein wird, wie es war.

»Sie haben ihn gefunden«, sagt Konrad mit belegter Stimme.

CARO

Vier Monate später

Die Sonne brennt vom Himmel. Es ist heiß, und ich ziehe mir die Sandalen aus und grabe meine nackten Füße ins Gras, um zu spüren, wie es sich anfühlt: wie lauwarmes Wasser, in das ich meine Sinne tauche, ein Kissen aus Samt und angenehmer Kühle. Ich habe den Sommer so vermisst. Wenn alles sprießt und lebendig ist, ein Meer aus Farben, Geräuschen und Gefühlen, dann spürt man sich selbst am besten. Wenn da keine Stille ist, die dir die Ohren zerfetzt. Kein Sturmwind und keine leeren Straßen. Im Sommer ist man so weit von alldem entfernt, dass der Winter kaum noch real erscheint. An besonders heißen Tagen sehnt man ihn vielleicht sogar herbei. Aber ich weiß es mittlerweile besser. Im Winter sterben all die schönen Dinge. Verschüttet unter Schnee und Eis.

Es ist ein Grab ohne viel Getöse. Bloß ein Stein mit einem Namen und einem Datum darunter. Wir wollten das so, und die schmucklose Schlichtheit spendet mir Trost. Etwas anderes hätte auch gar nicht zu ihm gepasst, finde ich. Wer am Limit lebte, umgeben von scharfen Kanten und tosendem Wind, könnte mit Blumen und kitschigen Skulpturen nichts anfangen.

Auf dem Weg zum Auto sind Ben und ich sehr schweigsam. Monatelang haben wir diesen Besuch vor uns hergeschoben, weil ich die Endgültigkeit, die dieses Grab bedeutet, nicht akzeptieren konnte. Auch jetzt fällt es mir schwer.

Ben weiß das natürlich. Er würde mich gerne noch

weiter begleiten, mit mir zusammen die Hürde nehmen, die als Nächstes auf mich wartet. Aber ich möchte nicht, dass er mit mir kommt. Ich muss das allein bewältigen. Wie schon so vieles zuvor.

Wir steigen ein.

»Wann brichst du morgen auf?«, fragt er.

»Schon ziemlich zeitig. Ich möchte noch vor siebzehn Uhr dort sein.«

»Bitte weck mich nicht auf, wenn du gehst. Aber ruf mich an, wenn du da bist!«

Heißer Sommerwind bringt die Luft zum Flimmern. Hier, in diesem erdrückenden Meer aus Licht und Farben. Er hätte es gehasst, an diesem Ort begraben zu sein, auf ewig dieser Hitze ausgesetzt, dem endlosen, flachen Horizont. Doch es ist nur ein Name auf einem Stein, einem Stein tief in der Erde. Ein leeres Grab. Er wird seinen Frieden dort finden, wo er am liebsten war. Im ewigen Eis der Berge.

Ich starte den Wagen.

Leb wohl, Alex.

Um ein Haar hätte ich es übersehen. Als ich das letzte Mal hier war, lag Schnee auf dem Dach, und lange Eiszapfen hingen von den Fenstern wie Gitterstäbe. Jetzt ist das riesige Anwesen mit dem Turm hinter den vielen grünen Bäumen fast nicht zu entdecken.

Ich bin nervöser, als ich dachte. Viel zu viel Parfüm klebt an meinem Hals, das Top sitzt eng, und meine Jeans kneift bei jedem Schritt. Bei unserem Telefonat letzte Woche war noch alles gut. Ich war gefasst, hatte die nötige Distanz. Nun klopft mein Herz vor Aufregung.

Konrad mäht gerade den Rasen. Als er mich bemerkt, schaltet er den Rasenmäher ab und ruft: »Es ist offen, gehen Sie einfach rein!«

In dem Moment geht die Tür auf. Mein Lächeln kommt ganz von allein.

»So was, du gehst selbst an die Tür?«, frage ich erstaunt. »Gar keine Bediensteten, die das für dich erledigen?«

»Ich versuche so viel wie möglich selbst zu machen. Ist eine gute Übung.«

Ich schaue auf sein linkes Bein. Unter der Hose ist der Unterschied fast nicht zu erkennen. Bloß im direkten Vergleich zum anderen Bein fällt auf, dass die Prothese ein bisschen weniger Volumen hat.

Er mustert mich eingehend. »Du siehst gut aus.«

Ich habe mich verändert, seit wir uns das letzte Mal gesehen haben. Meine Haare sind kürzer, und ich bin schlanker geworden, trainierter. Ich war viel unterwegs, habe Eindrücke an allen Orten dieser Welt gesammelt. Und auch Mut.

Er tritt beiseite und bittet mich hinein.

»Und, schon aufgeregt wegen morgen?«, will er wissen.

»Ja, schon ein wenig.«

»Ich war überrascht, dass du dich gemeldet hast.«

»Ich muss mir doch meine Stirnlampe zurückholen.«

Er grinst. »Die hab ich sogar noch.«

Wir gehen ins Wohnzimmer und setzen uns aufs Sofa. Er macht sich gut, kein Humpeln. Er hat mir erzählt, dass er jeden Tag eine Stunde auf dem Ergometer verbringt. Kletterversuche traut er sich noch nicht zu, aber ich bin mir sicher, dass er zu seiner alten Form zurückfinden wird. Und wenn es Jahre dauert. Ihm bleibt noch so viel Zeit.

»Und wie geht es den anderen?«, frage ich.

»Gut. Oliver macht jetzt dieses neue Therapieprogramm. Schweineteuer, aber er macht Fortschritte. Mit etwas Glück kann er sich irgendwann wieder bewegen.

Ich glaube, das macht ihm Mut. Wir verstehen uns jetzt etwas besser.«

»Das ist schön, Sami. Das freut mich wirklich.«

»Und Jana datet jetzt meinen Ergotherapeuten. Sie haben sich bei meiner Rehab kennengelernt, ist das nicht witzig?«

»Allerdings.«

Er strahlt mich an. Ich hatte befürchtet, er könnte sich verändert haben, weil der Unfall ihn nicht nur sein Bein, sondern auch etwas anderes gekostet hat: den sturen Willen in den Augen, der mich immer so fasziniert hat, und die Kraft, die er so mühelos mit mir teilen konnte, ohne selbst etwas davon zu verlieren. Aus diesem Grund bin ich ihn nie besuchen gekommen. Ich hatte Angst davor, so entsetzlich große Angst, jemanden zu erwarten, den es womöglich nicht mehr gab. Aber er hat sich nicht verändert, er ist nur ein Stück langsamer als zuvor, und das ist vielleicht gar nicht so schlecht. Zum ersten Mal sind wir auf gleicher Höhe, im gleichen Tempo. Das ist unser Moment. Der Dreh- und Wendepunkt eines ganzen Lebens.

»Ich bin so aufgeregt«, sagt er. »Du musst anrufen, wenn du oben bist.«

Alle anderen haben versucht, es mir auszureden. Ich sei lebensmüde, es mit diesem Berg aufnehmen zu wollen. Nach allem, was mit Alex passiert ist und den vielen Menschen davor und danach. Aber er wäre nicht er selbst, wenn er mich je davon abhalten würde, den nächsten Schritt zu wagen.

»Hat man da oben denn überhaupt Empfang?«, frage ich.

»Dann borg ich dir eben ein Funkgerät. Nimmt nicht so viel Platz weg, wie man denkt. Wenn man sich erst daran gewöhnt hat, ist es sogar recht praktisch.«

»Mal sehen«, sage ich.

Wir reden den ganzen Nachmittag. Über seine Rehab und die großen Fortschritte, die er macht, seit er endlich eine Prothese hat, mit der er umgehen kann. Und über meine Reisen und Touren aus den vergangenen Monaten, unterwegs auf Alex' Spuren. Seine Augen leuchten, als ich davon erzähle.

Es wird dämmrig und kühl, und ich begreife, dass es Zeit wird, mich auf den Weg in meine Unterkunft zu machen. Morgen wird ein langer Tag.

Sami begleitet mich noch zum Auto. Auf dem unwegsamen Untergrund der Kieselstraße merkt man es dann doch – ein leichtes Humpeln, er versucht es zu verstecken. Vielleicht wird er doch nie wieder klettern können. Falls er das weiß, überspielt er es gut. Nach einem kurzen Moment beugt er sich vor und küsst mich zum Abschied. Ist das ein Lebewohl?

Gerade als ich einsteigen will, sagt er: »Caro?«

Ich nehme an, dass er mir viel Glück wünschen wird oder dass er mich nun doch bittet, es mir noch einmal zu überlegen, weil ich diesem Berg einfach nicht gewachsen bin. Aber er fragt: »Schaust du noch mal vorbei, wenn du zurück bist?«

Da weiß ich, dass ich es schaffen werde.

Weil er an mich glaubt.

Ich stehe hier mit der Sonne in meinem Gesicht. Eisiger Staub kratzt in meinen Augen, mein Mund ist trocken, und der Wind ist einfach überall. Erinnerungen rasen wie abgehakte Szenen durch meinen Kopf. Ich weiß, was da drüben auf mich wartet. Dehydrierung, Knochenbrüche, der sichere Tod – oder aber der Anfang einer neuen Ära. Was auch immer es ist, ich werde es mir holen, werde finden, wonach Alex auf der Suche war. Wofür er lebte und wofür er starb. Heute ist ein guter Tag für Heldentaten.

Mit dem Eispickel in der Hand trete ich an die Kante. Alle sagen, es sei unmöglich, diesen Abgrund zu überqueren. Aber es ist nur ein Sprung. Also springe ich.

So weit ich nur kann.

OLIVER

Vor sieben Jahren

Heute ist es so weit. Heute ist der Tag, an dem ich es ihr sagen werde.

Sie ahnt es nicht. Wie auch, ich habe es all die Zeit gut versteckt. Wobei ich insgeheim glaube, dass ich es überhaupt nicht versteckt habe und sie bloß nie richtig hingesehen hat. Spielt auch keine Rolle mehr. Entweder sage ich es ihr heute, oder ich nehme es mit ins Grab.

Ich erwarte nicht einmal, dass es sie freuen wird. Wieso auch, ich bin ja kein Idiot. Aber ich möchte es ihr sagen, und sie soll es verstehen. Sie soll erkennen, wie es in mir aussieht. Wie es all die Zeit in mir ausgesehen hat, all die Jahre mit ihr und Sami und den vielen ungesagten Dingen zwischen uns.

Fast macht es mich ein bisschen schadenfroh. Sie wird erschüttert sein. Sie wird Mitleid mit mir haben. Sie wird behaupten, nie etwas bemerkt zu haben, obwohl sie es in Wahrheit wahrscheinlich doch bemerkt hat. Die vielen kleinen Zeichen, das ständige Sehnen nach einer Aussprache. Sie lügt, wenn sie sagt, sie hätte es nicht irgendwie geahnt. Denn die Anzeichen waren da. Seit sie in mein Leben getreten ist, war dieser Moment vorherbestimmt. Ich habe Angst, es ihr zu erzählen. Es kann sein, dass sie mich dafür hassen wird. Doch selbst wenn, es wird kein Hass von Dauer sein, denn bestraft bin ich schon genug.

Ich lenke den Rollstuhl zum Tisch, an dem sie gerade sitzt. Sie sortiert Briefe. Samis Fanbriefe. Seit Papas Begräbnis ist er unterwegs. Hier und da ein Anruf vom anderen Ende der Welt, sonst hören wir nichts von ihm. Er rennt davon, während ich an den Boden der Tatsachen gekettet bin.

»Jana«, sage ich.

»Ja?«

Ich war es.

Dieser eine Satz würde schon genügen. Sie würde wissen, was ich damit meine. Weil ich es schon mein Leben lang versuche. Das Kissen, das Loch, das Motorrad. So oft habe ich versucht, ihn umzubringen. Es ist die einzige Leidenschaft, die ich habe. Alles, was mich antreibt. Ich wette, sie würde es auf Anhieb verstehen.

Ich bin es gewesen. Der den Standplatz nicht anständig gesichert hat. Der genau wusste, was er da tat. Der am Vortag die Route heimlich im Alleingang geklettert ist. Um den Stein zu lockern, genau an der einen Stelle und noch an zwei anderen, die wir nicht mehr erreicht haben. Es hätte ihn treffen sollen, ihn ganz allein. Ich wollte, dass er abstürzt.

Doch es ist alles anders gekommen.

Es kommt mir nicht über die Lippen.

Verwirrt sieht Jana mich an.

»Ich bin so froh, dass du bei mir bist«, antworte ich. »Dass du dich um mich kümmerst. Ich bin so unendlich froh.«

Sie legt die Briefe weg und greift lächelnd nach meiner Hand.

Es ist ein komisches Gefühl, sie plötzlich so nahe bei mir zu haben, nach all der Zeit. Fast so, als hätte ich es nicht verdient.

347

Danksagung

Dieses Buch hat einen langen Weg hinter sich. Geschrieben habe ich es 2016, als ich weder einen Verlag noch große Hoffnung hatte, das würde sich je ändern. Ich habe es gefühlt hundertmal überarbeitet. Lange Zeit wusste ich nicht, was es eigentlich sein soll – Roman, Krimi, Liebesgeschichte? Wohl von allem ein bisschen was, und ich bin so froh und dankbar, dass mich auch diesmal wieder einige liebe Menschen bei der Entstehung begleitet und unterstützt haben:

Das fleißige Team des Emons Verlags, das einmal mehr an meine Geschichte geglaubt und ihr ein Zuhause gegeben hat.

Meine Mutter, die selbstverständlich auch dieses Buch als Erste gelesen und diesmal nicht so gemocht hat, weil es ihr nicht blutig genug ist. (Aber hey, ich muss doch auch mal was anderes schreiben.)

Mein Bruder, der mir sehr viel übers Klettern erzählt hat.

Anna Mechler, für die dieses Buch wohl immer das »Bergsteigerding« bleiben wird.

Marion Heister, die mir erneut geholfen hat, das Beste aus der Geschichte herauszuholen.

Und natürlich all meine Leser und Leserinnen da draußen, die es mir hoffentlich verzeihen werden, dass diesmal wirklich etwas komplett anderes auf sie zukommt. (Aber hey. Ich muss doch auch mal was anderes schreiben.)

Ich danke euch allen so sehr.

Michaela Kastel
SO DUNKEL DER WALD
gebunden mit Schutzumschlag, 304 Seiten
ISBN 978-3-7408-0293-6

Ronja und Jannik führen ein Leben ohne Zukunft, seit sie als Kinder von einem gewissenlosen Entführer tief in den Wald verschleppt wurden. Eines Tages gerät die Situation außer Kontrolle, und die langersehnte Freiheit ist zum Greifen nahe. Doch was so lange ein Wunschtraum war, erscheint ihnen plötzlich fremd und beängstigend. Und die Jagd auf sie hat bereits begonnen …

»*Ein schonungsloser Thriller, der bis in die entferntesten Winkel der menschlichen Seele führt.*« Buchkultur

www.emons-verlag.de

Michaela Kastel
WORÜBER WIR SCHWEIGEN
gebunden mit Schutzumschlag, 320 Seiten
ISBN 978-3-7408-0643-9

Zwölf Jahre sind vergangen, seit Nina ihr Heimatdorf fluchtartig verlassen hat. Nun kehrt sie unerwartet zurück, und ihre Ankunft wirft das sonst so ruhige Leben in der Gegend aus der Bahn. Was treibt sie wieder an den Ort, den sie so lange gemieden hat? Das Zusammentreffen mit ihrer alten Clique weckt in allen dunkle Erinnerungen an ein Ereignis, an dem ihre Freundschaft einst zerbrach. Und über das alle bisher geschwiegen haben …

»*Ein Psychothriller der ganz feinen Art.*«   BuchMarkt

www.emons-verlag.de

Michaela Kastel
ICH BIN DER STURM
gebunden mit Schutzumschlag, 272 Seiten
ISBN 978-3-7408-0914-0

Madonna ist eine Namenlose, ein Geist. Ihre Zelle trägt die Nummer 13. Ohne jede Hoffnung muss sie Nacht für Nacht Unvorstellbares über sich ergehen lassen. Doch Madonna ist zäh. Und geduldig. Als ihr endlich die Flucht gelingt, begibt sie sich auf eine gnadenlose Odyssee, mit nur einem Ziel vor Augen: Rache. Überall jedoch lauert Gefahr, denn ihre Peiniger sind ihr bereits auf den Fersen. Irgendwann gibt es für sie nur noch eine Frage: Soll sie weiter fliehen oder sich ihren Dämonen stellen?

»Michaela Kastel hat einen brutalen, dunklen, blutigen Thriller geschrieben, der auch wegen seiner poetischen Momente unter die Haut geht.«   Kronenzeitung

www.emons-verlag.de

Michaela Kastel
MIT MIR DIE NACHT
gebunden mit Schutzumschlag, 288 Seiten
ISBN 978-3-7408-1255-3

Nachdem sie den Teufeln entkommen ist, die sie einst entführt und zu Unvorstellbarem gezwungen haben, kennt Madonna nur einen Gedanken: Vergeltung. Sie muss noch einmal zurück in die Hölle, um zu beenden, was sie begonnen hat. Denn ihre Zelle mit der Nummer 13 existiert noch immer – und mit ihr eine gnadenlose neue Feindin …

www.emons-verlag.de

Michaela Kastel
ICH BIN DER STURM
gebunden mit Schutzumschlag, 272 Seiten
ISBN 978-3-7408-0914-0

Madonna ist eine Namenlose, ein Geist. Ihre Zelle trägt die Nummer 13. Ohne jede Hoffnung muss sie Nacht für Nacht Unvorstellbares über sich ergehen lassen. Doch Madonna ist zäh. Und geduldig. Als ihr endlich die Flucht gelingt, begibt sie sich auf eine gnadenlose Odyssee, mit nur einem Ziel vor Augen: Rache. Überall jedoch lauert Gefahr, denn ihre Peiniger sind ihr bereits auf den Fersen. Irgendwann gibt es für sie nur noch eine Frage: Soll sie weiter fliehen oder sich ihren Dämonen stellen?

»Michaela Kastel hat einen brutalen, dunklen, blutigen Thriller geschrieben, der auch wegen seiner poetischen Momente unter die Haut geht.« Kronenzeitung

www.emons-verlag.de

Michaela Kastel
MIT MIR DIE NACHT
gebunden mit Schutzumschlag, 288 Seiten
ISBN 978-3-7408-1255-3

Nachdem sie den Teufeln entkommen ist, die sie einst entführt und zu Unvorstellbarem gezwungen haben, kennt Madonna nur einen Gedanken: Vergeltung. Sie muss noch einmal zurück in die Hölle, um zu beenden, was sie begonnen hat. Denn ihre Zelle mit der Nummer 13 existiert noch immer – und mit ihr eine gnadenlose neue Feindin …

www.emons-verlag.de